DIÁRIO DE UMA CÚMPLICE

MILA WANDER

DIÁRIO DE UMA CÚMPLICE

essência

Revisão: Paula Nogueira e Andréa Bruno
Diagramação: 2 estúdio gráfico
Capa: Compañía
Imagem de capa: Leona Wellmann

CIP-Brasil. Catalogação-na-fonte
Sindicato Nacional dos Editores de Livros, RJ

W213d

Wander, Mila
Diário de uma cúmplice / Mila Wander. - 1. ed. - São Paulo : Planeta, 2016.

ISBN 978-85-422-0746-0

1. Ficção brasileira. I. Título.

16-32378 CDD: 869.93
CDU: 821.134.3(81)-3

2016
Todos os direitos desta edição reservados à
Editora Planeta do Brasil Ltda.
Rua Padre João Manoel, 100 - 21º andar
Edifício Horsa II - Cerqueira César
01411-000 - São Paulo - SP
www.planetadelivros.com.br
atendimento@editoraplaneta.com.br

Um presente indesejado

Querido diário...

Nossa, vou parar por aqui. É muito tosco começar a escrever um diário chamando-o de "querido". O problema é que não faço a mínima ideia de como iniciar um diário sem ser com esse clichê idiota. Diários são idiotas, de um modo geral. São inúteis, simplesmente. (rabisco)

Meu diário, no qual não estou a fim de escrever, porque diários são altamente infantis. Aliás, não escrevo em um desde que tinha 10 anos. Ainda me lembro dele, com seus desenhos rocambolescos e coloridos. Mas não usei esse artifício como cúmplice das minhas aventuras ou loucurinhas por muito tempo. E, no fim das contas, meus primos conseguiram confiscá-lo e até hoje fazem bullying comigo por causa das minhas confissões desconcertantes.

Porcaria de diário...

ARGH! Odeio diários! Quem foi que os inventou?

Seu diário,

Eu não gosto de escrever em você. Ponto final. Não gosto e nunca vou gostar. Mas o que posso fazer se minha melhor amiga me presenteia justamente com um? Pior ainda, essa mesma amiga (da onça!) diz na minha cara, como um recadinho nada sutil, que eu preciso urgente desabafar, e que devo usar suas páginas para isso. Ainda acrescenta que devo fazer isso porque sempre guardo todas as coisas dentro de mim — ressentimentos, tristezas, estresses —, e que ser tão introvertida vai acabar me matando.

Odeio ainda mais o fato de ela estar certa.

Entendo perfeitamente a sua preocupação, porém não posso fazer nada para mudar, de verdade. Eu sou assim. Sempre fui desse jeito durante meus 25 anos. Portanto, não culpo a minha melhor amiga, Ana Lessy, ou simplesmente Lessy, por me presentear com este diário ridículo. Suas intenções foram as melhores possíveis, tenho plena consciência. Ela sempre me pergunta se ando me alimentando corretamente, dormindo direito ou saindo com alguém. Pode não parecer, mas é legal da parte dela fazer isso, quer dizer, ficar em cima de mim, como uma tutora. Uma irmã mais velha. No fundo, gosto de me sentir protegida. Mas às vezes fico de saco cheio — se o diário é meu e tenho que desabafar, vou soltar o verbo, ok? Estamos combinados?

Não sei ainda se vou escrever em você com assiduidade, mas prometi à Lessy que narraria o meu cotidiano e todas as coisas que, por acaso, eu sentisse. Sério, ela me fez prometer de pé junto. Inclusive, Lessy informou que manteria uma leitura semanal do que ando escrevendo, assim poderíamos melhorar a nossa comunicação. E ai de mim se começasse a regular informação para você. Palavras dela. Portanto, "querido diário", eu me sentiria muito mal se nem ao menos tentasse fazer um esforço. Ela com certeza lerá isso, então, Lessy, está vendo? Estou fazendo isso por você, sua chata!

Não tenho a mínima noção de como se inicia um diário, mas acredito que seria interessante realizar uma pequena apresentação. Afinal, se alguém um dia quiser fazer uma biografia minha (impossível de acontecer), terá todas as informações da pessoa que eu era antes de começar a escrever aqui. Certamente essa biografia seria a mais tediosa do mundo, contaria a história de uma garota sem sal nem açúcar, que tentou, incontrolavelmente, ser uma pessoa mais interessante. Ok, vou tentar parar de reclamar — nossa, mas é tão difícil!

Meu nome é Christine Monteiro, porém todo mundo me chama de Chris. Pensando bem, não faço ideia de quando foi a última vez que ouvi alguém falar o meu nome inteiro. Às vezes, Lessy me chama de Christine quando está chateada comigo. Sou uma pessoa tranquila, quieta e tímida. Uma mulher que leva sua vidinha pacata, da maneira mais segura e asséptica possível.

Tenho 25 anos e moro sozinha em um apartamento há quase quatro anos. Sim, eu me sinto solitária muitas vezes. Na maioria das vezes, na verdade. É bacana ter alguém para fazer o jantar quando você chega cansada do trabalho. Também não gosto muito de ter que lavar o banheiro... Aqueles cabelos ruivos enrolados no ralo parecem nunca ter fim. Se eles estivessem enroscados em fios loiros ou morenos de um companheiro, por exemplo, nem acharia tão ruim lustrar azulejos. Gostaria de ter alguém com quem compartilhar a minha vida. Esse é o meu desejo profundo, mas estou solteira. Como sempre. Não que ninguém se interesse por mim; eu que nunca me interesso por ninguém. Não sei o que me faz achar que todos os homens são idiotas. Ou tenho muito azar em nunca conhecer alguém especial, ou devo ser bem exigente. Tipo acima da média. Muito acima...

O fato é que não tenho namorado, nem rolos, ficantes ou qualquer uma dessas nomenclaturas contemporâneas. Também não tenho família. Quero dizer, meus pais morreram há alguns anos. Ambos no mesmo dia. Sei que isso é bem trágico. Até hoje imagino que eles vão bater à minha porta a qualquer momento, depois de uma viagem longa. Eu tinha 15 anos quando aconteceu: meus pais foram à festa de um amigo e nunca mais voltaram. Desapareceram depois de saírem da festa, e, até hoje, não se sabe direito o que aconteceu. O carro deles foi localizado uns quatro dias depois, preso a um barranco, e seus corpos estavam alguns metros à frente, com marcas de tiros e espancamento. A polícia investigou, mas não demorou muito para que encerrassem o caso.

Não gosto muito de falar sobre isso, só achei que seria algo importante a se comentar em um lugar que deveria ser uma espécie de confessionário. Até porque minha vida após o acidente mudou drasticamente. Pensei que o sofrimento nunca acabaria e, de fato, nunca acabou. É uma coisa com a qual convivo constantemente, algo em que penso todas as noites antes de dormir.

A dor sempre vem. Sempre. O que aprendi nesses longos anos foi a conviver com ela.

Lessy sabe vagamente o que aconteceu. Não tive coragem de contar todos os detalhes. Bom, agora ela vai saber um pouco mais sobre esse capítulo da minha história. Não muito. Afinal, só eu sei de verdade como foram esses anos. Só quem passou por algo assim conseguirá me entender. Levei meses me recuperando da tragédia em uma clínica, e anos sendo atendida por psicólogos e psiquiatras. Nenhum deles conseguiu me consolar de verdade. Ou fazer a dor parar.

Tomei uma farmácia de remédios. Perdi parte da minha adolescência sofrendo pela morte dos meus pais. Atrasei minha formatura na escola e quase não consegui entrar em uma boa universidade. Apesar de tudo, nunca fui rebelde. Obedecia cegamente à minha tia, que me acolheu. Nunca questionei nada. Nem me envolvi com gente barra-pesada ou com drogas. Tentei manter uma vida normal e não arranjar confusão. Nunca permiti que a minha dor fosse justificativa para qualquer comportamento errático.

Morei aproximadamente quatro anos com a minha tia Judith, até o dia em que se casou de novo, com um idiota que não me queria por perto. Ela sempre foi uma tia legal e fazia de tudo para que eu me sentisse bem em sua casa. Serei eternamente grata a ela, pois me aceitou e cuidou de mim em momentos difíceis. Entendo perfeitamente que tivesse e quisesse seguir com sua vida.

Assim, busquei a minha própria casa e não demorei a encontrar um apartamento simples, porém arejado. Está longe de ser confortável, mas aprendi a gostar dele. Não tenho muitas coisas, mas o que possuo é suficiente. Meu trabalho não me permite morar melhor, e eu prefiro viver num apartamento pequeno a morrer de fome.

Falando em trabalho, sou educadora em uma creche. Para ser bem sincera, Lessy me ajudou muito com esse emprego, pois a mãe dela é a dona da instituição. De certa forma, acredito que me dei bem nesse ramo, pois as crianças gostam muito de mim e a diretora valoriza bastante as minhas sugestões e confia no meu trabalho. Ganho o justo para o aluguel, a comida e os estudos na Faculdade de Psicologia.

Como já expliquei anteriormente, eu me atrasei nos estudos e ainda estou cursando o quarto semestre da faculdade. Minhas expectativas para o futuro são... incertas. Não faço a mínima ideia de qual será o meu próximo passo depois de terminar a faculdade. Ando meio perdida ultimamente. Vivendo um dia de cada vez. Tentando me encontrar.

Já a Lessy... Bom, a Lessy é tudo o que eu gostaria de ser. Ela tem um namorado bonito e romântico, tira as melhores notas na Faculdade de Direito e mora em uma casa maravilhosa com seus pais. Aliás, esse cenário quase perfeito de filme é um dos motivos para eu não me abrir totalmente para você, viu, Lessy? Acho que você não entenderia o verdadeiro significado da palavra solidão, e muito menos o que quer dizer tristeza. Não que eu seja invejosa. Admiro você com todas as minhas forças e te desejo sempre o melhor. Mas é que você está em outra vibe, e não queria desanimá-la com os meus problemas. Só isso.

Bom, diário, basicamente esta é minha história. Uma coisa você não pode negar: tirando a tragédia com os meus pais, minha vida é um tédio. Tenho certeza absoluta de que bocejou algumas vezes e pensou em se autodestruir diante de tanto lugar-comum e chatice. Eu sou um completo tédio. Se pesquisarem a palavra em alguma enciclopédia, haverá uma foto minha bem ao lado. Deve ser por isso que ninguém me convida para um encontro há algum tempo. O último cara que teve a coragem de fazer isso foi embora depois de dois meses, com uma mulher loira, bonita e aventureira.

Não o culpo.

Quero dizer, só um pouquinho...

Quinta | Thursday | Jueves

9
Solitário aniversário

Janeiro | January | Enero

Maldito diário,

Hoje é o meu aniversário. Foi um dia bem normal, nada de novo. Acordei cedo — mas demoro séculos para acordar de verdade. Tomei café da manhã na padaria da esquina, pois estava com preguiça de preparar alguma coisa — a quem quero enganar? Não tinha nada na geladeira. Eu me esqueci de fazer compras, só para variar.

Segui rumo à creche. Amo o que faço, mas às vezes tudo o que eu queria era estar na praia, tomando água de coco e sendo servida com uvas diretamente na minha boca. Confesso que foi difícil tentar não olhar para o relógio o tempo inteiro, contando cada segundo para o fim do expediente.

A melhor parte foi quando as crianças me desejaram felicidades. Algumas me presentearam com cartinhas lindas, que guardarei com muito carinho. Sério, tenho uma gaveta repleta delas. Um amor! Elas realmente conseguem me deixar animada. Meu dia se enche de alegria quando vejo os sorrisos sinceros em seus rostos. Não é nada fácil, não se engane. Na maioria das vezes, lidar com crianças é realmente complicado, mas o meu trabalho vale muito a pena.

À noite, Lessy e seu querido namorado, o Jonatas, me visitaram. Os dois vieram comemorar o meu vigésimo quinto aniversário, e foi por isso que ganhei este diário. Preferia ter ganho algum perfume. Ou então uma blusinha. Sei lá. Qualquer coisa. Tá, Lessy, não precisa me comprar nada disso. Sei que você adora me provocar com seus presentes malucos... Este ano não podia ser diferente. Entendo completamente a sua necessidade de sair dos padrões.

Quase pirei quando abri o embrulho dourado, decorado com fitinhas brancas. No começo, pensei que fosse um livro ou algo assim, mas estranhei ver uma capa preta reluzente sem nada escrito. Fiquei pasma ao abrir a primeira página, depois a segunda, depois a centésima e ver que não havia nada escrito. Apenas linhas e mais linhas em branco. Lessy passou cerca de meia hora me explicando as variadas formas de usá-lo. E eu passei cerca de meia hora tentando entender os motivos para ela ter me dado algo tão... sei-lá-o-quê.

Contudo, não posso reclamar de um presente dado com tanto carinho. Lessy é realmente uma amiga e tanto. Não estou dizendo isso só para aliviar, sou uma pessoa bem sincera, e ela sabe. Amo a minha melhor amiga. E também sei que ela me ama. Esse seu carinho está estampado na torta deliciosa de nozes que preparou para a noite de hoje. Jonatas providenciou as bebidas. Melhor do que torta de nozes só uma cerveja bem geladinha! É ou não é?

Os dois foram uns amores. Conversamos por horas, ouvimos música e fofocamos sobre os meus vizinhos. Não é uma vizinhança muito silenciosa, se quer saber. Na verdade, dá para saber da vida de todo mundo sem sair de casa, já que escuto quase tudo o que falam do meu apartamento. Por exemplo, a vizinha de cima é traída todos os dias pelo marido quando sai para trabalhar à noite. Uma mulher misteriosa aparece e os ruídos são desconcertantes. Mas Lessy e Jonatas acharam isso incrível e riram a noite inteira.

Claro que fiquei absolutamente incomodada.

Os momentos que passei com eles hoje foram divertidos, porém tudo muda quando me vejo sozinha neste apartamento. Parece que as paredes me fazem lembrar constantemente o que sou. Ou o que fui. O que passei. Ou o que passo. Tudo fica tão... vazio. É como se eu estivesse presa em uma caixa de vidro; sem ar, sem saída, sem perspectiva. Fazer o que é comum pode ser confortável, mas certamente não é emocionante. Talvez seja o que me falta: emoção. Preciso aprender a dar vazão aos meus sentimentos e não fingir que estou bem quando quero chorar, ou dar uma de conselheira quando o que mais preciso é de um conselho.

Não é uma indireta para você, Lessy. Poucas amigas conseguem ter a metade da sua dedicação e carinho. Só entenda que não posso ultrapassar certas barreiras. Você tem a sua vida; eu tenho a minha. Vamos torcer uma pela outra, mas, no fundo, só quem pode viver a minha vida sou eu e você a sua. E eu estou aqui, agora, sozinha, curtindo o vazio que me pertence. Talvez esteja reclamando de barriga cheia. Talvez a solidão seja o fruto de uma semente que eu mesma plantei. Talvez eu afaste propositalmente as pessoas, concentrada demais em apenas respirar e agir mecanicamente, com medo de ser taxada como louca ou perturbada.

Às vezes me pergunto se essa minha vidinha besta, um dia, irá mudar. Eu bem que podia praticar alguns esportes radicais. Ou então tentar arranjar um namorado, casar, ter filhos, constituir uma família. Qualquer coisa seria mais interessante do que somente existir. É triste não ter esperança. A minha mente faz questão de tecer problemas insolúveis, só para inventar emoções que não serão substituídas pelas coisas importantes que perdi.

O rumo da conversa está seguindo em direção ao fundo do poço em uma velocidade incrível. Já estou chorando e manchando suas folhas novinhas. Lessy vai me matar...

Pronto. Peguei um lenço. Estou igual àquelas velhas que choram em frente à TV assistindo a novelas mexicanas toscas. Tá vendo? É por isso que não desabafo. De que adianta? O que vai mudar? O mundo conhecerá os meus problemas e ninguém fará nada a respeito. Nem eu.

O diário não é a minha solução. Nem a Lessy. Talvez o único modo de resolver o meu problema seja uma mudança drástica de atitude.

Mas... O que fazer? Como agir? O que devo mudar? Será que existe algum mapa que me informará aonde ir para ser feliz?

Tá, parei.

Sexta	10	Janeiro
Friday		January
Viernes	O misterioso do mal	Enero

10 — O misterioso do mal

Alguém está de brincadeira comigo. Zoando com a minha cara. Tenho certeza de que é este diário. Deve ser mágico, ou possuir algum poder obscuro. Não sei o que ele tem, só sei que, como uma estrela cadente, ele atendeu meu desejo. Só que este danado de diário resolveu me pregar uma peça. Só pode! Não tem explicação para o que acabou de me acontecer. É inacreditável!

Vou tentar explicar, escrevendo neste diário, o que aconteceu antes que a minha cabeça exploda ou eu tenha uma convulsão nervosa — se é que isso existe. Lessy vai me matar quando souber disso!

Respira, Christine... Vamos lá. Força!

O dia de hoje começou supernormal. Juro. Não fiz nada fora da minha rotina: tomei café da manhã na padaria da esquina de novo e eles, como sempre, serviram café requentado e pão dormido com manteiga, passado na chapa pra ver se reanima. Já estou acostumada. Para ser sincera, até gosto do sabor da manteiga quando mergulho o pão no café. Viu? Tudo absolutamente corriqueiro. Mais um dia de sobrevivência.

Fui à creche e me dediquei, como sempre, às crianças. Depois passei na Universidade para pegar uns livros que me ajudariam a elaborar um artigo para um projeto superhipermegachato. Essas coisas de faculdade que a gente tem certeza de que nunca nos servirá para nada.

Tanto a creche quanto a universidade são próximas do meu apartamento, por isso economizo o dinheiro do ônibus todos os dias e vou a pé a todos esses lugares. Também aproveito para me exercitar um pouco. É o único exercício que faço na vida, portanto não me vejo mais sem ele — apesar de Lessy insistir que a caminhada é longa.

Bom, eu não acho.

Tudo estaria completamente típico se não fosse a violência terrível desta cidade — e a minha extrema burrice, é claro. Não podemos nos esquecer dela, pois foi um fator primordial para a mudança na minha pacata vida sem sentido. Nunca pensei que ambas — a violência da cidade e a minha burrice — poderiam algum dia conspirar.

Nunca presenciei um assalto nem nenhuma outra ação violenta. Considerava-me uma sortuda por isso, pois a maioria das pessoas que conheço já passou por momentos muito desagradáveis com assaltantes. Jamais cheguei a pensar no que faria caso acontecesse algo comigo, e nunca senti um medo real de ser abordada por um marginal.

Por isso é impossível crer que realmente tenha acontecido comigo o que vou descrever a partir de agora.

Começou com uma simples paquera de rua. Acredite se quiser, foi uma paquera muito inocente. Daquelas que acontece quando você observa uma pessoa diferente das que está acostumada a ver andando por aí. A criatura se destaca na multidão e você para, olha e imagina, por alguns instantes, como ela vive. Não é algo incomum e, hoje, aconteceu comigo mais uma vez. Não que eu saia paquerando todo mundo por aí, mas é que não sou cega, ok?

Estava chegando em casa quando o vi e parei. Era simplesmente a perfeição em forma de homem. Nossa... Nunca tinha visto um cara tão bonito quanto aquele. Nunca mesmo. O meu bairro reúne a maior quantidade de homens velhos e feios do mundo, portanto aproveitei a paisagem como e quanto pude.

A primeira coisa que reparei foi que os olhos do sujeito eram de um azul-celeste quase divino. Seus cabelos negros e bagunçados, que lhe emolduravam o rosto, conferiam a ele um charme arrasador, assim como sua boca carnuda e bem desenhada. Fiquei hipnotizada. Podia sentir os meus olhos girando, saindo das órbitas diante de tamanha beleza.

Fiquei parada como se tivesse criado raízes no chão, apenas o admirando na maior cara de pau. O rapaz começou a caminhar pela rua estreita na minha direção e sorriu. Ele sabia que eu o estava paquerando, e que estava completamente embasbacada por ele — óbvio que sabia. Ele já devia estar acostumado com situações como aquela, pois qualquer mulher com um pingo de bom gosto apreciaria aquele indivíduo espetacular.

Para completar, ele tinha bom gosto para roupas. Vestia jeans escuros e um casaco comprido e preto, que contrastava divinamente com a cor de seus olhos. Caminhava com graça e certa pressa. Eu poderia ter ficado com medo, pois naquela rua estreita e escura não havia ninguém além de nós. Mas não o temi. Não consegui sentir nada além de fascínio.

Continuei parada quando ele, sem motivo aparente, começou a correr, ainda me encarando, e, quando estava bem próximo de mim, falou comigo. Sério, ele falou mesmo comigo. Só que, para a minha infelicidade, não foi nada do que eu imaginei. Aquele deus grego não pediu o meu telefone.

— Você tem carro?

— N-não... — gaguejei, meio sem saber como reagir. A pergunta foi um tanto esquisita, mas não desconfiei de nada. Consigo ser bem abestalhada quando quero.

Foi então que o inimaginável aconteceu. Ao ouvir minha resposta negativa, ele agarrou um dos meus braços com muita força, como se quisesse esmigalhar meus ossos. Meu coração congelou na hora. Soltei um gemido de dor e desespero.

Quem era aquele homem, afinal?

— Não estou brincando, garota! Você tem um carro? — A voz dele soou firme e decidida, chegando ao ponto de se tornar cruel. No entanto, era uma voz bonita, assim como ele.

— Largue-me! — Comecei a ficar apavorada. Primeiro porque ele estava me machucando. Segundo porque eu não conseguia parar de admirar seus olhos. — Isso dói!

— Olha, não tenho muito tempo! — Diminuiu consideravelmente a força que aplicava em meu braço, porém não me soltou. — A polícia está atrás de mim, e é melhor você cooperar. Por bem ou por mal.

Naquele momento, não consegui processar direito o que ele acabara de me dizer. Sei lá, não acreditei que aquele cara tão bem-apessoado fosse um bandido. Sim, sei que isso é preconceito, mas não conseguia entender por que seus olhos me provocavam fascinação, enquanto suas mãos me apertando me indicavam que ele não prestava.

Foi naquele exato instante que vislumbrei um revólver apontado pra mim. Ele havia sacado a arma de um dos bolsos do casaco. O homem ainda segurava meu braço de tal forma que eu não conseguia fugir. Fiquei paralisada, e ele apenas me encarou. Então, tudo aconteceu de repente, meio em câmera lenta. Vi a polícia surgindo na esquina, a confusão se armou e o tiroteio começou. Tiroteio!

O bandido me envolveu pela cintura, usando-me como escudo e me obrigando a correr com ele. A polícia parou de atirar assim que percebeu o que acontecia; havia mais alguém na rua deserta. Apesar do efeito câmera lenta, as coisas na verdade ocorreram num ritmo acelerado e não fui capaz de perceber a gravidade da situação. Só sei que corri o mais rápido que pude, até chegar ao ponto de não ter certeza se eu era refém ou cúmplice daquilo tudo. Mais propriamente, não sabia direito se queria que a polícia pegasse, ou não, aquele cara.

O tiro que finalmente o acertaria não tardou a ser disparado. Com um barulho muito alto e definitivo, o projétil partiu da arma de um dos policiais e atingiu o bandido antes de conseguirmos virar a esquina. Passamos por alguns becos, desertos àquela hora, até que o homem finalmente desabou com a bala cravada em seu quadril esquerdo. Tentei ampará-lo em meus braços antes que caísse no chão.

Ele me encarou, apavorado, gemendo de dor e tentando se levantar. Não conseguiu. A polícia ainda se aproximava, mesmo que cautelosamente, pois era possível ouvi-los ao longe. Provavelmente estavam receosos por haver uma refém. Uma vida inocente em jogo. No caso, a minha.

— Não dá para fugir, né? — murmurei, sem saber direito por que tinha feito uma pergunta tão idiota.

Mas a verdade é que eu senti pena. E não sabia o que fazer. Poderia simplesmente correr e ir para casa, mas não dava para deixar aquele homem tão bonito machucado naquela calçada. Ele se contorcia e tentava se levantar, mas o ferimento o incomodava ainda mais cada vez que se mexia.

— O que você ainda está fazendo aqui? Vá embora, garota maluca! — Ele me fuzilou com seu olhar sublime.

Sua indiferença cortou o meu coração, e senti raiva dele. Quer dizer, nem tanto. Não o suficiente para impedir a mim mesma de fazer o que fiz logo em seguida. Sabia que aquele homem não estava sendo perseguido por ter roubado uma galinha de algum quintal, mas me recusava a crer que fosse tão mal. Ele não parecia ser uma pessoa ruim. Não que pessoas bonitas não pudessem ser ruins, ou tivessem menos probabilidade. Só sei que dentro de mim algo falou bem alto.

Para ser sincera, gritou.

— Esta escada acima de nós é a saída de emergência do meu apartamento — expliquei sem pensar, olhando para cima. Alguns degraus e poderíamos nos esconder sem jamais sermos vistos. — Levaria você até lá, mas já que não quer...

— Pensa que sou idiota? Como vou acreditar na boa vontade de uma pessoa que acabei de ameaçar? — O homem tentou se levantar, apoiando-se em uma das barras de ferro da escada.

— Levando em consideração que sou a sua única saída...

Ele pareceu pensar um pouco no assunto, ainda me olhando intensamente. Logo em seguida, levantou-se e tentou subir a escada sozinho. Envolvi sua cintura com o meu braço esquerdo e o guiei para dentro do meu apartamento aos trancos e barrancos. Era uma situação urgente, por isso o cara me ajudava como podia, e acabamos por subir até a janela do primeiro andar, que sempre esqueço aberta, numa velocidade incrível. Sim, moro no primeiro andar. Alguma coisa contra? Viu, Lessy? Agora tenho um bom motivo para gostar de morar no primeiro andar. Ou não.

— Sente-se aí, vou dizer à polícia que escapei e que você seguiu sozinho por outra rua. — Minha voz estava resfolegante. Depositei o cara sentado no chão da minha cozinha.

— Não! — O homem sacou a arma novamente e apontou para minha cabeça. — Não sou otário, você vai me entregar. Feche todas as portas e janelas agora mesmo!

Suspirei alto, sem acreditar que tive a capacidade de levar um bandido para a minha própria casa. Tudo bem que era um bandido bonitão, mas ainda assim um bandido. E, pelo modo como me olhava e apontava aquela arma, não parecia que precisava refletir muitas vezes antes de me dar um tiro no meio da testa.

Depois de fazer o que ordenou, acabei ajudando-o a se deitar em minha cama, morrendo de raiva do tamanho da minha estupidez. Queria matar aquela voz que me dizia estar fazendo a coisa certa. Não foi certo, e ponto final. Sou mesmo uma inconsequente. Como pude arriscar a minha vida dessa maneira?

Ainda dava para ouvir algumas sirenes enquanto o acomodava e pegava uma toalha, a fim de estancar seu ferimento. Ele tirou o casaco, a camisa e a calça bem depressa, mostrando um corpo sarado de academia que, não fosse pelo machucado horrível que não parava de sangrar, me deixaria completamente absorta. Cheguei a soltar um arquejo indefinido, que ele fez questão de ignorar, mas logo procurei me recompor.

— Você precisa ir a um hospital — comentei aos murmúrios depois de longos minutos tentando ajudá-lo com a toalha limpa. O sangramento não queria estancar.

Àquela altura o homem estava quase inconsciente; seus olhos se fechavam e abriam de um jeito esquisito. Dava para notar que sentia muita dor pelas caretas que fazia. Percebi que estava atordoado, por isso conferi a sua temperatura, tocando-lhe de leve a testa. Queimava em febre. Ele começou a tremer muito, deixando-me assustada.

— Qual é o seu nome? — sussurrou, olhando para mim com fraqueza. Falou com uma voz tão doce que, por uns instantes, achei que a alucinada talvez fosse eu.

— Christine.

— Bonito nome, Christine. Eu me chamo Miguel... Eu...

Ele fazia muito esforço para falar, então decidi deixá-lo quieto. Repousei meu dedo indicador em sua boca bem-feita. Miguel pareceu entender a mensagem e fechou os olhos, apagando completamente.

Depois de conseguir, enfim, estancar o sangramento, peguei gazes, algodão, antisséptico e esparadrapo para tentar limpar o sangue, que começava a coagular, e fazer um curativo. Percebi que a bala não tinha se alojado no corpo de Miguel, mas tinha feito um belo estrago — fiz um curso rápido de primeiros socorros certa vez e agora eu estava usufruindo de todo o meu conhecimento, ainda que parco.

Passei horas observando aquele homem estranho dormir em minha cama. Miguel... Ele é realmente muito bonito. Mas isso eu já disse, não foi? É... Eu sei que sim. Mas sinto que tenho que ressaltar ao máximo. Só assim, quem sabe, possa justificar a minha estupidez.

Miguel aparenta ter no máximo 25 anos. Jovem, não é? Bom, eu tenho 25 anos! O coitado se perdeu muito cedo. Deve ser algum viciado filhinho de papai, daqueles que só fazem merda.

Mas seus traços são tão doces! Agora que não consigo parar de observá-lo — e de escrever nesta joça —, estou chegando à conclusão de que seu corpo inteiro soa como uma melodia. Tudo nele parece ser perfeito, moldado e esculpido, cada detalhe em seu devido lugar. Inclusive as cicatrizes extensas que possui, estas são particularmente belas. Não é possível que algo tão lindo seja tão perigoso.

Sou mesmo uma louca. Pode dizer. Arrisquei a minha vida por causa de um capricho. Quem poderia saber o que ele fizera de ruim para ser perseguido? Pode ser um assassino em série, um estuprador, um psicopata. Quem sabe seja totalmente maluco, mas eu... não consigo deixar de me sentir tão atraída por ele. E de não sentir nem um fiapo de medo ao seu lado.

Ai, meu Deus, ferrou geral!

Sábado | Saturday | Sábado

11

Janeiro | January | Enero

Cúmplice?

(de manhã)

Diário horroroso,

A noite não foi nada fácil. Miguel sentiu dores durante a madrugada inteira, ficou gemendo e imerso em alucinações. Falava coisas estranhas o tempo todo, delirava como um louco e suava frio. Eu não sabia direito o que fazer, não podia simplesmente levá-lo a um hospital. As pessoas fariam perguntas, e eu não saberia como responder a nenhuma delas.

Depois de não aguentar mais vê-lo sentir tantas dores, desisti do meu lema de não usar remédios sem prescrição médica; dei a ele analgésicos e antitérmicos fortes. Depois de 40 minutos, Miguel pareceu melhorar um pouco. Pelo menos parou de delirar e se entregou a um sono profundo e calmo.

Acordei às seis da manhã. Mal percebi que tinha dormido sentada em uma poltrona perto da cama. Superdesconfortável, por sinal. Mas eu não podia dormir com um homem desconhecido na mesma cama, podia? Nem pensar. Infelizmente meu apartamento só tem um quarto, e dormir na sala pequena estava fora de cogitação. Além de que não podia deixá-lo sozinho.

Dei graças a Deus por ser sábado. Não precisaria justificar a minha ausência na creche, pois lá não funciona aos fins de semana. Pensei em comprar algo para o café da manhã, porém não podia sair do meu apartamento e deixar Miguel sozinho. Tinha que resolver aquela situação o mais rápido possível, tentar fazê-lo ir embora, sei lá. Ele não podia ficar ali para sempre.

Miguel acordou algumas horas depois — horas que passei andando de um lado para o outro, praguejando baixinho e sem saber o que fazer —, parecendo se sentir bem melhor. O ferimento já tinha parado de sangrar, e a febre tinha ido embora por causa dos antitérmicos. Agradeci aos céus por aqueles remédios funcionarem, do contrário não saberia como agir. Sua melhora era um bom sinal. Eu acho.

Assim que ele descobriu que eu o observava ao lado da cama, encarou-me demoradamente, com seus olhos hipnotizantes. Estava fraco e muito confuso. Fez mil caretas antes de conseguir abrir a boca.

— Por que fez isso? — sussurrou com ar de desconfiança.

— Isso o quê?

— Você me salvou.

— Você meio que me obrigou a te salvar — Tentei me manter indiferente.

— Não. Não foi bem assim, eu poderia ter fugido sem problema algum. Então seria pego pela polícia e tudo estaria resolvido. Fale a verdade, por que me salvou?

— Por nada. Apenas tive vontade. Você não me pareceu ser uma pessoa ruim... — confessei e fechei a minha boca enorme logo em seguida.

Olhei para o chão, morta de vergonha. Claro que ele é uma pessoa ruim. É um bandido. Procurado. E me fez de refém.

— O que há de errado contigo? Qualquer um teria medo de mim. — Seu rosto ganhou mais expressões de desconfiança.

— Gosta de se sentir "o terrível", não é mesmo? — Tentei manter firmeza, já que estava cansada de ser posta contra a parede. Eu não diria o real motivo nem se ameaçasse me matar ali mesmo. Preferia morrer a ter que admitir aquela palhaçada. — Pois para mim você não passa de um bandidinho de meia-tigela. Não tenho medo de você.

Miguel arregalou os olhos e, com muita surpresa, observou-me por alguns minutos. Acho que não estava acostumado a ser tratado daquele jeito, muito menos por uma mulher. Era o tipo de cara que metia medo nelas. Ou excitação. Pensei que me daria um tiro bem no meio da testa por tê-lo chamado de bandidinho de meia-tigela, porém, depois de pensar, ele sorriu pela primeira vez e falou:

— Calma! Está muito estressada. Não precisa falar desse jeito, não combina contigo.

Fiz uma careta incrédula. Miguel nem me conhecia, como sabia o que combinava comigo ou não? Eu, hein...

Ele continuou sorrindo, fazendo-me esquecer de sentir raiva.

— Desculpe — murmurei, hipnotizada por aquele sorriso. Não dava para ignorar, não mesmo. Sua voz era suave demais para um bandido. Acho que ele poderia falar a pior mentira do mundo e eu acreditaria, sem nenhuma dúvida. Sério, por que eu tinha que ser assim?

— É você quem deve me desculpar. Ontem fui muito grosseiro, mas sabe como é... Quando se está nessa vida, é difícil dar valor a outra pessoa que não seja você mesmo. Obrigado por me ajudar, não sei como posso te... Argh! — Miguel soltou um gemido de dor ao tentar se levantar. — Isso está doendo pra caralho!

— Um bandido está em meu apartamento desculpando-se por me fazer de refém e ainda tentando ser gentil comigo? Acho que é você quem tem algo de errado... — Eu lhe ofereci um copo d'água, que estava na cabeceira da cama.

Miguel sorriu entre caretas.

— Não estou a fim de fazer mais uma inimizade. Sabe, Christine, eu também acho que você não é uma má pessoa, portanto não custa nada te agradecer por ter me salvado, mesmo sem eu ter merecido.

De modo algum conseguia tratá-lo da mesma forma que a minha cabeça o fazia. Em minha mente, seria capaz de fazer qualquer coisa para que ele se sentisse bem na minha casa, mas por fora tentava manter uma firmeza que sabia muito bem que eu não possuía. Procurava não sorrir, nem ser amistosa.

Peguei a bandeja de café da manhã, que eu havia milagrosamente preparado com o que tinha em casa, e entreguei a ele. Miguel apenas sorriu para mim e mordiscou um pedaço da bolacha doce com muito pesar. Foi então que me levantei da poltrona e liguei a televisão do meu quarto. O meu intuito era não ter que ficar olhando para a cara dele o tempo todo.

Quase não acreditei no que vi assim que mudei de canal e parei em um telejornal famoso da cidade. Eles falavam sobre nós. Segundo a polícia, Miguel — eles não disseram o nome, só o chamaram de "suspeito" — era procurado por assaltos a bancos e falsidade ideológica. Mas não foi isso o que me deixou mais assustada. Eles diziam no noticiário que Miguel fora ajudado em sua fuga por uma "mulher misteriosa".

A polícia tinha uma imagem minha que mais parecia um borrão, provavelmente tirada durante a ação por algum celular muito ruim ou capturada de alguma câmera de segurança de algum lugar por onde passamos. Todos queriam saber quem era a tal mulher. Pediram ajuda aos cidadãos para identificá-la — no caso, eu — e deram um telefone caso alguém soubesse do nosso paradeiro.

Eles me chamaram de cúmplice.

Olhei para Miguel, sem acreditar naquilo tudo, começando a sentir minhas mãos e pernas tremerem de medo. Ele apenas me encarou, pensativo, parecendo não estar abalado com a notícia. Seu olhar escureceu, e o sorriso foi embora enquanto fazia um esforço absurdo para se sentar na cama.

— Temos que sair daqui o mais rápido possível — disse finalmente, muito sério.

— Sairmos daqui? Você ficou louco! Para onde acha que vou com você? — Comecei a ficar desesperada. Tudo o que menos precisava na minha vida era ser julgada como cúmplice de um criminoso bonitão.

Isso, sim, não combina comigo!

— Não vai demorar muito para que te localizem, Christine. Eles devem estar rondando o quarteirão, e alguém vai te reconhecer naquela foto. Isso sempre acontece. Não vou ficar aqui esperando a polícia bater à sua porta e me encontrar vulnerável. — Miguel mantinha uma seriedade e calma fora do comum. Meu coração batia tão rápido que dava a impressão de que pararia a qualquer momento, no entanto o maldito parecia estar pouco se lixando.

— Eles pensam que sou sua cúmplice! — gritei de pavor.

— Você é a minha cúmplice. Me ajudou a escapar, lembra?

Fiquei calada, amaldiçoando a minha própria existência. Que idiota eu fui! Quanta irracionalidade!

Miguel se levantou e ficou em pé com dificuldade. Seu ferimento devia estar doendo muito, mas pelo menos estava estancado. Ele precisava de um médico com urgência, pois poderia infeccionar. O pior de toda aquela situação era que eu ainda tinha a capacidade de me preocupar com ele. E de achar o seu corpo a coisa mais perfeita que já tinha visto.

— Você vem ou não? — Sua pergunta me tirou dos pensamentos amargos, confusos e ensurdecedores.

— Como pretende sair daqui, e para onde vai?

Miguel vestiu sua camiseta azul-marinho, tomando cuidado com a ferida. Ainda bem que fiz um curativo. Se ele soubesse a cor que aquilo estava, uma mistura de roxos e amarelos, talvez não tivesse tanta coragem de levantar e tentar sair dali.

— Meu carro está a uns dois quarteirões daqui, a polícia nada sabe sobre ele. É por causa disso que eu estava atrás de outro carro, seria péssimo se descobrissem o meu. Podemos ir a uma casa que fica em outra cidade... Uns 40 minutos daqui, mais ou menos. Estávamos indo para lá — Miguel explicou rapidamente, como se estivesse dizendo aquilo tudo para si mesmo, e não para mim. Nada fazia muito sentido, para ser bem sincera. Sair de casa era loucura, devia haver policiais por toda parte, e eu estava longe de querer ser presa.

— E se eu não quiser ir?

Miguel me encarou como se eu fosse louca.

— Vai ser pega mais rápido do que imagina.

— Não tem problema se eu for com você? — Eu não queria ser um estorvo para o sujeito e nem atrapalhá-lo na fuga, apesar de não fazer a mínima ideia de para onde iria caso ele não me levasse consigo.

Miguel apenas continuou me encarando.

— Se tivesse problema eu não estaria te chamando. — Amarrou o seu casaco escuro na cintura e depois olhou para todos os lados, procurando por alguma coisa. — Você tem uns óculos por aí? Se eu fosse você, disfarçava os seus cabelos.

Toquei em meus cabelos vermelhos e compridos. Eles realmente chamavam muita atenção. Gosto desta tintura escarlate, uso desde os meus 15 anos. Realça bem os meus olhos verdes, mas Miguel tinha razão: eles são chamativos demais. As pessoas sempre reparam e fazem algum comentário. Costumo gostar disso, apesar de ser tímida. Porém, naquele momento, a cor dos meus cabelos realmente seria um problema. Busquei por dois óculos escuros pelo meu quarto bagunçado, além de um lenço comprido para amarrar na cabeça. Peguei uma bolsa grande e coloquei dentro algumas roupas, escova de dente, outros artigos de higiene pessoal e, lógico, não podia me esquecer do bendito diário.

Não sabia quanto tempo ficaria longe de casa, mas não pretendia demorar muito. Precisava convencer a polícia de que eu não era uma cúmplice, nem tinha nada a ver com o que me acusavam. Por algum motivo, nada me fez questionar que talvez fosse melhor ficar e tentar explicar tudo.

Tomei um banho rápido, morrendo de medo até da minha sombra. Pensamentos ridículos me fizeram imaginar como seria se Miguel resolvesse aparecer no banheiro. Afastei aquelas ideias malucas bem depressa da cabeça. A minha dose de loucura diária já estava em seu limite, não precisava de um bandido gostosão invadindo o meu chuveiro logo pela manhã.

Quando ficamos prontos para sair, descemos pelas escadas de emergência com muita cautela. Ainda era cedo, portanto não tinha muita gente pelas ruas, sobretudo na que passava por trás do meu apartamento, que era esquisita, estreita e absurdamente escura. Ninguém gostava de andar por ali.

Ajudei Miguel na descida, apoiando-o pela cintura. Às vezes ele soltava gemidos discretos de dor, mas tinha muita pressa e não se deixou abalar nem por um segundo. Seu corpo próximo ao meu causava formigamentos em minha pele. Era legal sentir suas mãos buscarem apoio no meu corpo, por mais nervosa que eu estivesse. Era uma sensação diferente, inusitada. E me perguntava o tempo todo o porquê de aquilo estar acontecendo comigo.

— Vamos caminhar pelas ruas como um casal, apoiados pela cintura. Assim seremos mais discretos. Sua sugestão me deixou animada.

Miguel ergueu mais o seu corpo e apertou os lábios, obviamente sentindo uma dor absurda, mas se esforçando ao máximo para se manter ereto, andando normalmente.

— Tudo bem — murmurei e tomei cuidado para não apertar a sua cintura com força. Sentir aquele corpo firme entre os meus dedos estava me tirando o foco. Aliás, tê-lo perto demais era uma verdadeira desconcentração.

Eu estava morrendo de nervosismo, devo admitir. É difícil acreditar na confusão em que me meti de um dia para o outro. Miguel parece gentil, mas ontem poderia ter me matado facilmente. Corri um risco enorme. Além do mais, nada me garantia que ele não estivesse planejando algum fim sinistro para mim. Poderia me estuprar e me bater até a morte, depois me jogar em algum lugar afastado. Esta era uma grande possibilidade, mas dentro de mim algo me dava a certeza absoluta de que ele não faria nada disso. Que estava realmente tentando ser legal.

Não me pergunte por quê. Apenas sentia isso. Claro, devo ser uma burra, portanto não dê atenção ao que sinto. Não entendo como a minha vida pôde mudar tão drasticamente apenas com um olhar. Preciso me lembrar de não ser tão inconsequente e infantil nos meus próximos atos, porque desta vez tinha ido longe demais.

***

Não demorou muito para encontrarmos o carro de Miguel. Era um Ford Fox prata, não chamava atenção. Pessoas normais, carros normais. Como Miguel mal podia se mexer sem sentir dor, tive que assumir o volante e dirigir nervosamente, seguindo suas orientações até chegarmos à tal casa onde estaríamos a salvo.

Não foi algo combinado. Ele apenas me entregou as chaves e entendi que teria de ser eu a dirigir. Só depois notei que a atitude de Miguel foi de alguém despretensioso e, mais ainda, de alguém que confiou em mim sem ao menos conhecer. Para ele, deve ser difícil confiar em alguém, mas por algum motivo não acreditava que eu fosse capaz de armar alguma coisa.

Ninguém pareceu ter percebido a nossa presença, e não havia sinal algum de policiamento nas redondezas. Finalmente a despreocupação e a incompetência da polícia atuaram em meu favor, pela primeira vez na vida.

Dirigi pela rodovia intermunicipal, pegando acessos desertos àquela hora. A casa ficava um pouco afastada da cidade, de modo que senti muito medo quando Miguel me mandou entrar em uma estrada de terra desconhecida e seguir sempre reto. Estávamos longe do centro da cidade. Longe da civilização. No meio do mato.

Para onde ele estava me levando? Era só o que martelava em minha cabeça.

— Não fique nervosa, Christine. Não vou fazer nada contigo — Miguel falou em certo ponto da estrada, adivinhando os meus pensamentos.

— Não me chame de Christine ou ficarei ainda mais nervosa. — Senti minhas mãos tremerem ao volante. — Só me chamam assim quando estão com raiva de mim.

— E como quer que eu te chame? Garota bonita dos cabelos vermelhos? — Miguel riu, e senti o meu rosto corar instantaneamente. A situação era periclitante e ele ainda conseguia zoar com a minha cara!

— Chris. Só Chris.

— Só Chris... — murmurou.

Seguimos por aproximadamente vinte minutos na estrada de terra até chegarmos a uma casa. Na verdade, uma mansão maravilhosa. Definitivamente, não parecia que aquela estrada feia e tortuosa terminaria naquele lugar. Havia um grande jardim na frente, e a casa era toda avarandada no térreo e cheia de terraços no primeiro andar. No térreo, havia cadeiras de madeira decoradas com entalhes. Fiquei abismada quando cruzamos a porta. Por dentro, o ambiente era rústico. Os móveis antigos eram de um bom gosto impressionante. A casa tinha sido decorada com uma grande sede de fazenda. Daquelas que ilustram páginas de revistas de decoração e arquitetura. Incrível!

Miguel acendeu algumas luzes, e a iluminação artificial revelou ainda mais detalhes dos móveis e objetos de decoração. Percebi que o lugar não estava coberto de pó como imaginara. Estava bem limpo até. O chão exalava um cheiro gostoso de produto de limpeza; alguém tinha organizado a casa havia pouquíssimo tempo.

Miguel pegou um pequeno telefone em cima do balcão da cozinha e digitou alguns números.

— Cheguei. Ok — disse com uma voz séria e depois desligou.

— Tem mais alguém aqui? — Eu me aproximei dele enquanto vislumbrava a cozinha enorme e bem equipada, com uma bancada no centro.

— O caseiro fez a limpeza hoje, mas não vai aparecer enquanto estivermos aqui. Ele mora num sobrado que fica nos fundos da casa, adora e conhece este lugar como a palma de sua mão.

Ah! Óbvio que uma casa daquele tamanho exigia os serviços de um bom caseiro. Mas claro, se os donos da casa fossem pessoas normais. Não sabia que bandidos podiam ser tão sofisticados.

Coloquei a minha bolsa em cima do sofá e resolvi dar uma olhada geral na sala de estar.

— Sente fome? — Miguel remexia em alguma coisa na cozinha. Ele parecia bem melhor, quase não reclamava mais das dores.

— Um pouco. Sua casa é incrível!

— Na verdade, não é minha. É nossa.

— Nossa?

Peraí, o que ele estava querendo dizer com "nossa"?

— Você não faz ideia mesmo do que eu sou, faz?

— Claro que não sei o que você é ou o que pretende. Nem sei o que será de mim e da minha vida. Não sei de nada. — Tentei desabafar tudo o que sentia de um modo bem despreocupado, mas Miguel deve ter notado o meu nervosismo.

Só me senti ainda mais idiota. Devia ter ficado em casa!

— Não se preocupe. Vou tentar dar um jeito de te tirar dessa.

— Você faria isso? — Observei um objeto feito de pedra e conchas que estava em cima de um dos móveis da sala. Era muito curioso.

— Claro — Miguel falou por trás de mim, dando-me um susto.

Ele me observou com cuidado assim que me virei, parecia tentar decifrar os meus pensamentos. Estava tão perto de mim que não pude deixar de admirar cada detalhe da sua beleza. Seus olhos azuis eram muito brilhantes e tinham um "quê" de mistério. Difíceis de traduzir. Uma mecha de seus cabelos escuros escorria perto do olho direito, emoldurando seu olhar de um jeito sexy.

Prendi a respiração, meio sem saber como reagir diante dele, até que percebi uma grande mancha de sangue em sua camiseta, bem no local do ferimento. O sangue do corte conseguiu ultrapassar o curativo e estava se espalhando pela vestimenta, que, mesmo escura, revelava a gravidade da ferida.

— Você precisa de um médico, Miguel. Isso está muito feio, pode infeccionar. — Apontei para o seu quadril, curvando-me para ver de perto.

— Vou pedir ao caseiro para que chame um médico seguro. — Ele também observou o local do tiro, depois andou com dificuldade até o telefone. — Vá lá em cima e escolha um quarto para você. Vamos dormir por aqui esta noite.

Não questionei o fato de ter que passar uma noite longe de casa. Era meio óbvio que não podíamos voltar até que a poeira baixasse. A única coisa que me preocupava era o meu trabalho na creche. Com certeza sentiriam a minha falta, isso se eu não conseguisse resolver aquele problema até a segunda-feira. Ninguém desconfiaria de nada. Pelo menos não até a polícia conseguir me localizar e espalhar as minhas fotos por aí, causando um rebuliço enorme.

Subi as escadas e entrei na primeira porta que encontrei. Era uma suíte grande, com cama de casal. Em vez de janelas havia portas que, quando abertas, serviam de acesso para o terraço. Apesar de estarmos no meio do nada, a vista era linda, repleta de árvores de vários tipos e de trechos descampados, com uma vegetação que alternava o verde-claro e o escuro, formando ondas.

Um lugar perfeito para passar a noite. E até para morar.

Deitei na cama imensa, estiquei meu corpo e a primeira coisa que fiz foi pegar o meu diário. Precisava contar tudo o que está acontecendo. Estou começando a achar que Lessy é um tipo de vidente ou algo parecido. Como ela sabia que eu precisaria tanto de um diário?

Esquisito, não?

Sábado | Saturday | Sábado

11
A proposta

Janeiro | January | Enero

(mais tarde)

Passei um tempão deitada na cama, pensando na vida e em possíveis soluções para o meu grande problema. Aliás, grande problema era apelido. Não podia simplesmente voltar e explicar para todo mundo que eu não tinha nada a ver com aquilo. Porque, cedo ou tarde, a polícia descobriria que eu estava envolvida, certo?

Também não poderia usar o argumento de ter ajudado Miguel só porque ele é bonito. Definitivamente não colaria, mesmo sendo verdade. Além do mais, se eu dissesse isso, muito provavelmente me mandariam para um hospício e não para a cadeia. E não sei o que é pior.

— Ainda está com fome? — Miguel entrou no quarto com novos curativos, aparentes por causa da calça jeans de cintura frouxa que usava. Ele estava sem camisa, e eu fiquei babando, é claro.

— Um pouco. Quem fez esse curativo?

— O médico veio aqui, mas já foi embora. Tive sorte, já que o tiro foi só de raspão. Só fez o estrago. — Mesmo estando visivelmente melhor, Miguel praticamente se arrastou até se sentar na cama. — Tomei uma vacina mais dolorida que o ferimento... Agora tenho que me dopar com remédios. — Ele parou e olhou ao seu redor. — Boa escolha, este quarto é foda.

Sentei-me na cama também.

— Miguel... Não paro de me questionar quando poderei ir embora. O que vamos fazer?

— Acho que você devia voltar e dizer que foi mantida como refém na própria casa. Depois diz que eu fui embora, e pronto. — Encarou-me com seus olhos firmes. — Vou pedir ao caseiro para que te leve em casa.

Fiz uma careta imensa.

— Se é tão simples, por que me convenceu a vir contigo?

Tudo bem, até eu sabia que era simples. Só não queria admitir que quis acompanhá-lo por livre e espontânea vontade. Eu me deixei ser levada.

— Nunca conseguiria sair de lá sozinho.

— Você me usou! — Fiquei meio decepcionada, já que eu permiti que me usasse para escapar. No fundo, desejava que ele tivesse me trazido porque queria a minha companhia. Doce ilusão formulada pela minha mente doentia.

— Desculpe — murmurou. Podia jurar que Miguel estava envergonhado. — Como eu disse, vou pedir para o caseiro te levar de volta.

— Não!

Não sei o que me passou pela cabeça para negar veementemente aquela oportunidade de ter a minha vida normal de volta. Mas não podia suportar a ideia de ir embora. Talvez a culpada fosse exatamente a normalidade do meu cotidiano. Afinal, o que me esperava em casa? Uma vida morna de professora e universitária, com poucos amigos, sem namorado ou alguém que realmente se importe comigo.

Não queria voltar para o meu pequeno apartamento, para a minha eterna e triste solidão. Não queria deixar Miguel, essa era a verdade. Tenho que confessar: o que aconteceu comigo nas últimas 24 horas foi a coisa mais divertida que já fiz em anos, apesar de perigoso. Prova de que realmente sou uma inconsequente.

— O quê? — Miguel franziu a testa, fazendo uma careta que nele ficava linda. Surpresa é pouco para traduzir sua expressão diante da minha loucura.

— E se eu não quiser voltar?

Ele continuou me encarando sem entender, estupefato, até que finalmente sorriu. Foi um sorriso meio faceiro, malicioso, como se estivesse pensando em uma grande besteira. Daria o mundo inteiro para saber o que Miguel pensou naquele instante.

— Então... Você quer se juntar a nós? — perguntou sem deixar desvanecer o sorriso.

— Como assim, "nós"?

— Chris... Eu faço parte de uma quadrilha muito grande. A maior do país. É tão grande que a polícia não faz ideia de sua existência. Pessoas de muita influência, políticos e empresários fazem parte dela — explicou, e fui sentindo que o meu coração poderia facilmente sair pela boca. — É uma rede, uma cadeia imensa de corrupção e inúmeros crimes, de todos os tipos que você possa imaginar.

Abri bem os olhos e processei aquelas informações lentamente. Não consegui falar nada por um longo tempo. Aquilo que Miguel acabara de me dizer mexeu com meus nervos. Não conseguia parar de me perguntar: onde eu me enfiei? Que tipo de gente era aquela, que tipo de homem Miguel era?

O pior de tudo é que não consegui entender o porquê de, apesar de estar assustada e morrendo de medo, ainda não querer voltar para casa. Devo ser uma espécie de masoquista, só pode. Ele continuou a explicação de sua, digamos, atividade profissional:

— Sou uma peça importante do jogo porque, quando alguma coisa está prestes a vazar, levo a culpa por tudo e me escondo. Além de realizar os serviços mais... físicos — ele falou com muita paciência, a fim de me fazer compreender a seriedade da situação. — Troco de identidade e começo tudo outra vez, enquanto o restante permanece limpo. Sou assim: viajo pelo país mudando de vida e fazendo o meu trabalho.

— Do jeito que você está falando, não me parece tão ruim. — Morri de vergonha por não conseguir odiá-lo apesar de saber, ou melhor, imaginar, porque saber eu não sabia, as coisas que ele aprontava por aí.

— Está muito enganada, Chris. Faço coisas horríveis. Coisas que, se tivesse presenciado, me odiaria para sempre — disse como se soubesse exatamente o que eu estava pensando.

Não sentia, dentro de mim, que seria capaz de odiá-lo algum dia. Na verdade sentia exatamente o contrário. Era como se eu conhecesse a essência de Miguel, como se soubesse quem ele era e gostasse dele, de alguma forma.

— Nada me espera em meu apartamento. — Tentei convencê-lo. — Não tenho motivos para voltar.

— Você tem motivos para ficar? — Miguel fez outra careta, sem entender direito o que eu estava dizendo ou propondo.

Ele não acreditava que, depois de ter me dito palavras tão horríveis, eu não estivesse morrendo de vontade de voltar para casa correndo, com o rabo entre as pernas e tremendo de medo.

— Na verdade, tenho vários.

Tinha?

Miguel me olhou fixamente, e eu não consegui deixar de encará-lo. Algo estava acontecendo entre nós, era perceptível. Eu não estava a fim de ir embora sem saber o que aquilo significava, apesar de achar tudo uma loucura.

— Se me disser quais são os motivos, deixo você ficar — Miguel falou depois de um longo período de silêncio.

— Quero algo novo em minha vida, alguma coisa divertida, diferente. Quero desafios, e não a minha rotina sem graça de volta. Acho que esse é um bom motivo, não?

— Chris, isto aqui não é nada divertido. Está longe de ser.

— Se me deixar te acompanhar, talvez fique.

Será que ele percebia as minhas segundas intenções? Eu estava agindo com muita cara de pau. O que eu pretendia, afinal de contas? Fugir pelo mundo com ele, vivendo um relacionamento criminoso? Tipo um Bonnie e Clyde à brasileira?

Miguel se levantou da cama tão rápido que eu pulei de susto com a sua reação brusca. Caminhou devagar até a grande janela que dava para o terraço e a abriu, deixando a brisa leve do fim da manhã invadir o quarto. Um cheiro característico de mato e terra entrou no ambiente. Inspirei profundamente aquela atmosfera. Liberdade. Era o que eu queria.

— Uma semana... — Miguel murmurou.

— O quê? — Levantei da cama e me aproximei devagar.

— Se em uma semana não desistir dessa loucura, então dou um jeito de você entrar no nosso grupo e receber seus devidos créditos por isso. Mas se desistir... — Ele se virou e me encarou severamente. — Então terei de matá-la, pois provavelmente saberá coisas demais. Não precisa responder agora se é o que quer. Ainda dá tempo de voltar. Como pode ver, é uma decisão complexa e definitiva.

Ele saiu para o terraço e me deixou sozinha com os meus pensamentos. Abri a boca, chocada. Mas não pelo fato da decisão ser tão cruel e fatal. Fiquei pasma porque simplesmente não conseguia acreditar que Miguel seria capaz de me matar.

Que tipo de atração é essa que me deixa tão cega?

Minha mente dizia — aliás, berrava aos prantos — para que eu fosse embora imediatamente. Cheguei inclusive a pegar minha bolsa, que estava em cima da cama, pronta para cruzar a porta e sair dali correndo. Contudo, uma parte de mim, uma parte maior e muito mais forte, dizia que meu lugar era exatamente ali: acompanhando Miguel para onde quer que ele fosse.

Pensei durante um bom tempo. Então corri para o terraço quando o meu corpo e a minha mente entraram em sintonia. Vi Miguel curvado no parapeito de madeira envernizada. Olhava para o horizonte com um semblante difícil de decifrar. Estava pensativo, silencioso. Quando notou a minha tímida aproximação, mal pôde acreditar que eu ainda estivesse ali.

— Escolho ficar contigo — falei, decidida. Decidida entre aspas, é claro. Meu cérebro latejava por ter quebrado a cabeça pensando na decisão, enquanto minha razão travava uma batalha com minha emoção, tentando fazer o juízo prevalecer. Sem sucesso.

— Você é surpreendente, Chris. — Miguel passou um tempão só me observando de cima a baixo. Seu olhar parecia me despir por inteira. — Te achei corajosa desde o início, mas não sabia que era tanto.

— Não sou corajosa, só uma louca inconsequente que talvez se arrependa, mas que não quer deixar de arriscar. — Resfoleguei. — Uma idiota que não liga se vai morrer.

Então Miguel fez algo incrível e inesperado. Envolveu seus braços fortes ao meu redor, dando-me um abraço meio sem jeito, pois seu quadril ainda doía por causa do ferimento.

— Vamos comer alguma coisa. Tem comida congelada na geladeira.

Ajudei Miguel a descer as escadas e, por um momento, criei a ilusão de que éramos um casal absolutamente normal, curtindo uma viagem ao campo em um fim de semana qualquer. Óbvio que essas ilusões eram provenientes da minha mente sem nexo. Da minha falta de juízo e compostura. Por um instante, achei que deveria ser internada em um hospício.

Enquanto eu colocava alguma comida no micro-ondas, Miguel se sentou no sofá, sentindo fortes dores. Eu devia me preocupar com a minha própria vida, mas só conseguia pensar em uma coisa. Ou melhor, em uma pessoa. Nele.

Sábado | **11** | Janeiro
Saturday | | January
Sábado | | Enero

11 Comparsas

(à noite)

Miguel e eu estávamos sentados diante da grande mesa de mármore escuro da sala de jantar, quando alguém bateu à porta. Tomávamos uma sopa instantânea que não estava tão ruim, mas a batida curta e insistente quase me fez colocar tudo para fora.

— Acalme-se! — alertou Miguel, tentando se levantar sem sentir muita dor. Como ele demorava muito a atender, as batidas ficaram mais apressadas.

— O que está acontecendo? Quem está lá fora? — Levantei-me, agitada. Não esperava por visitas, mas Miguel não parecia nem um pouco nervoso.

— É o pessoal. Informei a eles que já estava aqui. Estavam me esperando no local marcado. — Ele estava sério e ainda se arrastava. Saindo da sala, pegou as chaves em cima da mesinha da cozinha e continuou: — O resto você já sabe.

— Que pessoal? Como assim? Não estou entendendo, Miguel.

— Chris... Fique tranquila e aja como se fizesse parte de tudo. Eles não são tão ruins, na verdade são bem divertidos. Já avisei que estava contigo e que vamos, juntos, decidir o que fazer com você. — Parou antes de abrir a porta e me olhou. Permaneci imóvel em frente à bancada da cozinha, com cara de bocó. — Não posso te ajudar sozinho, estou sem condições. Além do mais, sou um mero empregado. Devo satisfações ao meu chefe.

Ele não tinha me contado aquele importante detalhe: não ficaríamos sozinhos. Mas não deu tempo de pensar muito. Miguel abriu a porta e eu prendi a respiração, sem saber pelo que esperar.

— Então, moleque! — Ouvi um berro engraçado.

Um homem negro entrou na casa, parecendo muito animado em ver Miguel, dando-lhe tapas nas costas e gesticulando cumprimentos ensaiados. Tinha traços fortes e uma beleza encantadora. Mais dois rapazes e uma mulher entraram na casa.

— Você nos deu um susto, cara! Pensei que te pegariam dessa vez.

— Pois é, mano, você deu muita sorte — disse um homem muito grande e musculoso, apertando os ombros de Miguel em um cumprimento desengonçado.

— E como está o ferimento, já deu uma olhada nisso? — Uma mulher se curvou para ver de perto o curativo. Era uma morena muito bonita e sexy, com um corpo escultural.

— Está tudo bem, o médico já deu uma olhada — respondeu Miguel sem se afastar.

O último cara era pequeno e mirrado. Ele apenas cumprimentou Miguel com um olhar sério e entrou na casa sem mais delongas.

— Essa é a ruivinha? — O homem negro se referiu a mim. Mostrou um sorriso contagiante, repleto de dentes brancos. Não deu para não sorrir de volta. — Caramba, você é bonita mesmo! Obrigado por salvar a vida do nosso parceiro.

Todos voltaram suas atenções para mim, e tive vontade de sumir. Lembrei-me de que não estava usando roupas adequadas, apenas um vestidinho estampado florido muito simples. Eu devia parecer uma mulher extremamente normal, similar a uma dona de casa, exceto pelos meus cabelos chamativos. Meu visual de "menina do interior" contrastava com o figurino elegante daquele povo, cheio de casacos estilosos e correntes de ouro. Sem falar nas tatuagens bizarras do homem mais forte, que se aproximou de mim com um olhar severo. Por um momento achei que fosse me matar ali mesmo, na frente de todo mundo. Mas ele apenas esticou sua mão para me cumprimentar.

— Plínio, ao seu dispor. — Sua voz, faceira em tom de zombaria, quase sarcástica, combinava com seu visual *bad boy*.

Observei seu braço tatuado, esticado em minha direção, e só depois me lembrei de que eu devia tocar naqueles dedos enormes se quisesse ter amizade com aquela gente. Ou se quisesse me manter viva.

— Christine. — Apertei a mão de Plínio com delicadeza. — Mas pode me chamar de Chris.

Ouvi uma risada divertida.

— Olha só, uma xará! Que maravilha! — O homem negro se aproximou e tomou a liberdade de me abraçar com cuidado. — Meu nome é Christian. Mas pode me chamar de Chris.

Não pude deixar de rir. Que coincidência!

Olhei para Miguel. Ele sorria, pois sabia que aquele encontro aconteceria exatamente daquele jeito. Acredito que Chris seja o piadista do grupo.

— Acho que temos um impasse aqui. Eu sou a original — brinquei.

— Nada disso, você é novata. Eu sou o Chris um e você é a Chris dois.

A mulher bonita me encarava com um olhar felino, quase como uma caçadora observando sua presa. Senti um arrepio na espinha quando percebi que Miguel a segurava pelas mãos. O cara mirrado, que usava óculos fundo de garrafa, falou seriamente:

— Vamos parar com a gracinha, estamos numa situação muito tensa. Temos coisas a resolver, deixem de ser infantis.

O homem olhou para mim, aproximando-se até me fazer tremer de medo. Estranho era o fato de ele ser o cara que, fisicamente falando, menos poderia intimidar alguém. Até mesmo eu era mais alta do que ele. Porém seus olhos miúdos incitavam respeito.

— O que faz aqui? Este lugar não é para você.

— Bom, eu... — comecei a falar, mas Miguel me interrompeu.

— Já expliquei, Ian. Só consegui fugir da polícia porque Chris me ajudou. — Miguel não largou as mãos da mulher por nada. — Eu a alertei para que fosse embora, mas ela insiste em ficar.

— Que coisa curiosa! — Chris, que parecia estar mais animado do que nunca, achava tudo muito engraçado. Era impossível não me sentir à vontade perto dele. Seu astral contagiava qualquer um.

— Ficar? Como assim? Você está doida? — Ian me olhava severamente por trás de seus óculos e toda aquela sarda no rosto. Sério, ele se passaria muito bem por um nerd superinteligente, estudante de alguma universidade conceituada. Era fácil imaginá-lo lendo livros enormes e solucionando cálculos complexos. Mas não dava para imaginar, em hipótese alguma, que ele era um bandido.

— Estou muito consciente. — Fingi ter certeza daquilo que dizia. — Não tenho motivos para voltar, e Miguel prometeu que me deixaria ficar.

— Sei... — murmurou com desdém.

Fiz uma careta só para deixar claro que não estava satisfeita com a sua desconfiança.

— Eu me responsabilizarei por ela — avisou Miguel. A mulher ao seu lado o encarou com uma expressão séria e misteriosa. — Portanto não se meta nisso, Ian. Eu resolvo.

— Quero só ver o que Orlando dirá. — Plínio se deitou no sofá como se aquela casa fosse dele. Eu não sabia, de fato, se era.

— Orlando gosta de mulheres bonitas. — Chris piscou um olho para mim. Senti que meu xará poderia se transformar em um grande amigo e aliado naquela situação. Pelo menos ele era o único que estava horrorosamente animado com a minha presença.

— Mas isso não é tudo — completou a mulher, encarando-me. Seu olhar frio fez meu rosto esquentar e minha testa começar a suar. — Só um rostinho bonito não faz a menor diferença.

— Claro que não faz — completou Ian, que depois se virou para os demais. — Cristal, pegue os equipamentos necessários, e Plínio, as bagagens. Chris, venha comigo. — Comecei a andar, só então notei que ele estava falando com Christian e não comigo.

Cristal olhou para Miguel, que a encarava de volta, ainda segurando sua mão. Fiquei roxa de ciúmes com toda aquela cena, pois era óbvio que existia algo entre os dois.

Eu me sentei no sofá ao lado de Plínio, sentindo-me uma idiota.

— Vamos lá fora, deixe os pombinhos se acertarem. — O grandalhão puxou minhas mãos e me arrastou em direção à porta. Congelei imediatamente, mas não tive escolha além de seguir Plínio até o carro, para ajudá-lo com as bagagens.

Saí da casa me sentindo arrasada. Miguel tinha uma namorada? Que idiota fui! Arrisquei tudo por um cara que já tinha compromisso com alguém.

Desilusão.

Senti que podia chorar a qualquer momento enquanto descia os pequenos degraus da entrada. Onde tinha me metido? Estava no meio do mato, à noite, com um bando de gente que nem conhecia! E o pior de tudo: todos eles faziam parte de uma quadrilha que, pelo visto, era bem poderosa.

Eu estava irremediavelmente "ferrada".

— Eu me liguei na sua, Chris — disse Plínio, seguindo ao meu lado até o carro. — É perceptível. Você está a fim dele.

— A fim de quem? — Eu me sentia bem distante.

— Não se faça de boba. Já saquei. Mas Miguel é muito ruim nessas coisas, ele não vai se ligar até alguém lhe dizer.

Encarei aquele homem grande e tatuado. Plínio tem cabelos loiros, cortados com máquina um. Parece um soldado. Sua pele é de um branco meio rosado, e a barba loira estava por fazer. Seus olhos são absurdamente claros. Seria um homem muito bonito se não fosse o medo que sua simples presença inspira. Ele é muito grande! Mas isso eu já disse, certo?

— Não sei do que está falando. — Minhas habilidades para mentiras descaradas eram boas. Estava me saindo uma ótima atriz ultimamente.

— Deixa pra lá. — Plínio abriu o carro e retirou três bolsas grandes sem nenhuma dificuldade.

Quando entramos na casa novamente, não havia sinal de Miguel ou Cristal. Ian estava sentado a uma mesa no canto da sala, com um laptop aberto. Chris pegava umas cervejas na geladeira, enquanto falava igual a um papagaio sobre um monte de coisas que não dava para entender.

Plínio subiu as escadas, levando as bolsas para o primeiro andar. Sentei no sofá com ar de derrotada. Sou uma imbecil. O que eu faria? Não podia ir embora no meio da noite. Não dava para seguir a pé pela estrada de barro escura e sinistra àquela hora. Além do mais, tinha prometido a Miguel que ficaria com ele. O problema é que, quando fiz isso, não sabia que ele não ficaria comigo.

— Vamos comemorar! — Chris praticamente gritou. Ele estava com o mesmo sorriso estampado, e me ofereceu uma cerveja bem gelada. Aceitei prontamente.

— Comemorar o quê? — Não sabia direito do que ele estava falando. Não parecia ter algo específico para se comemorar naquela noite.

— A vida. Sua integração ao nosso grupo. A todos os "Chris" do Universo. Qualquer coisa! — Jogou uma cerveja para Ian, que riu de leve, mas logo voltou a sua atenção para o laptop.

Abri a latinha de cerveja e prestei muita atenção naquele som característico de gás escapando. Tudo servia para tentar esquecer aonde Miguel e Cristal poderiam ter ido. Foi difícil não sentir ciúmes. Era como se Cristal estivesse roubando algo valioso que pertencia a mim. Sei que é um pensamento utópico, visto que Miguel e eu não tínhamos absolutamente nada um com o outro, mas...

— Qual é, quem morreu? — Chris se sentou no sofá ao meu lado. Tipo, bem ao meu lado. Grudado mesmo, como se fôssemos íntimos. — Você não vai ficar com essa cara de enterro a noite toda, vai?

Suspirei.

— Claro que não. Só que muitas coisas aconteceram de um dia para o outro. Nem imaginava estar com vocês agora.

Chris pegou nos meus cabelos e ficou me observando como se eu fosse uma atração de circo ou algo assim. Não evitei o contato, pois a expressão em seus olhos era de um vislumbre infantil. Ele estava encantado com a cor dos meus cabelos tanto quanto meus alunos ficavam quando eu os deixava soltos.

— Bonitos cabelos.

— Obrigada. — Sorri timidamente.

Chris se levantou tão rápido que quase caí de lado, sugada pelo buraco que ele tinha aberto no sofá, quando sentou ao meu lado.

— Simbora pra piscina! — gritou de tanta empolgação.

— Piscina? — Franzi o cenho.

— É! Piscina.

Segurou a minha mão e me puxou para uma porta de madeira corrediça atrás da sala de estar. Havia uma área de lazer com piscina e churrasqueira, antes da vastidão de arbustos e árvores logo adiante. O piso de madeira proporcionava um clima aconchegante e os pequenos quiosques, em volta da piscina redonda, combinavam com o clima rústico do restante da casa.

Chris se sentou em uma espreguiçadeira acolchoada, chamando-me para se juntar a ele. Colocou sua lata de cerveja na pequena mesa ao lado e inspirou profundamente, como se pudesse capturar todo o ar do lugar para dentro dos pulmões.

— Gostei de você, Chris — ele disse, sorrindo.

Não notei nenhum tipo de maldade em seu olhar ao confessar aquilo. Ele estava sendo sincero de uma maneira espetacular. De todos que estavam naquela casa, Chris era o menos parecido com um bandido, ganhava até mesmo de Ian.

— Também gostei muito de você, é impossível não se divertir com a sua presença. — Sorri de volta para ele. — Apesar de não saber nada sobre você.

Chris ficou me observando durante um tempão.

— Aos poucos saberá. E o que eu não disser, em algum momento entenderá o motivo de eu não ter dito.

Um calafrio percorreu a minha espinha. Não podia me esquecer de que Chris era um bandido, apesar de tudo.

— Entendo. Todos nós temos segredos, afinal. Aparentamos ser algo que não somos.

— Só se você permitir isso.

— Acho que permiti... Até demais. — Senti que poderia dizer qualquer coisa que Chris seria capaz de entender. Era o meu jeito imbecil de confiar nas pessoas, o que quase sempre resultava em desilusões.

— E quem você é, então? — Chris tomou um longo gole de cerveja.

— Ainda não sei. — Tomei meu primeiro gole. Um golão.

— Sabe, Chris, as coisas não são fáceis na vida que acabou de escolher para si. Muito pelo contrário, são supercomplicadas. — Assenti como se compreendesse os detalhes da minha escolha. — Mas eu não deixaria essa vida por nada neste mundo.

— Por que não?

— Primeiro porque não tenho nenhum motivo forte para sair. Segundo porque fiz amizades, e meus companheiros são tudo para mim. Tenho objetivos. Todos os dias é um desafio, uma aventura diferente. Acho divertido, apesar de haver momentos tristes também. — Ele ainda sorria. — E porque, claro, ganhamos uma nota preta com isso.

— O que vocês fazem exatamente?

Chris riu do meu questionamento carregado de inocência.

— Tudo o que nos mandarem. O bom é que nunca sabemos o que faremos em seguida, ou para onde iremos. Podemos roubar um banco ali, depois um hotel aqui, apagar alguém em outro lugar, simular alguma coisa na cidade vizinha. Ir a uma festa, depois a outra. Investigar a vida de beltrano ou sequestrar fulano. Sempre tem o que fazer.

Chris narrava aquelas atrocidades como se fossem tópicos de uma agenda de um funcionário padrão de uma empresa qualquer. Como se fosse muito corriqueiro roubar, matar, incriminar pessoas. O que mais me impressionou, com certeza, foi minha capacidade de realmente achar que tudo era muito natural. Não conseguia sentir medo. Eu não sabia que podia ser uma pessoa tão fria. Talvez fosse mesmo o meu destino terminar integrada a uma quadrilha ultrassecreta.

Ou talvez eu ainda tivesse escolha.

— Olha, Chris... — murmurei para que ninguém, além dele, me ouvisse. — Pensei que as coisas fossem bem diferentes. Um minuto atrás eu estava tentando me animar com essa nova fase, mas, neste momento, acho que só quero ir embora.

— Está com medo? — Ele ficou surpreendentemente sério.

Pensei um pouco antes de responder.

— Não, não estou com medo. Só que meus motivos para continuar não estão mais tão claros. Estou em dúvida, então acho melhor não arriscar.

Ele me observou, com seriedade, durante alguns segundos. Seus olhos muito escuros pareciam decifrar o que eu acabara de falar. A pele negra refletia a fraca luminosidade da área da piscina, fazendo seu rosto brilhar. Admito, era uma visão quase onírica.

Chris era muito bonito, mas não consegui encarar o seu olhar sério por muito tempo. Era estranho não vê-lo sorrir. De alguma forma, sentia como se já o conhecesse há muito tempo e soubesse que ele sempre sorriria. Mas talvez eu estivesse enganada. Não o conhecia de verdade, e talvez aquele fosse o momento certo para fazer a minha mente acordar de mais uma ilusão.

— Quero ir embora — defini de uma vez. Tentei não pensar em Miguel e na ideia de nunca mais vê-lo de novo. Se Chris me ajudasse, talvez eu pudesse sair sem ser vista. Talvez não precisasse sequer me despedir.

Talvez, talvez. A minha mente estava presa em uma encruzilhada.

Chris olhou para além de mim por alguns instantes, depois para a piscina, que estava tão calma que parecia um grande cobertor azul e iluminado. Permaneceu sério por algum tempo, mas depois sorriu. O sorriso de sempre.

— Posso te levar pra casa.

— Sério, Chris? Faria isso por mim?

— Favor de xará. Vamos. — Levantou-se da cadeira rapidamente, pegando umas chaves no bolso.

Eu me levantei também.

— Como pretende sair?

— Pego o carro. Dirijo. Você fica em casa. Eu volto. É simples! — Chacoalhou as chaves do carro na minha direção.

— E o que faço se a polícia me encontrar?

— A coisa mais fácil do mundo. — Pegou as minhas mãos e me puxou de volta, para dentro da casa. — É só se fazer de vítima. Miguel só te trouxe até aqui porque não conseguiria sair de lá sozinho. Se você tivesse dado uma de vítima desde o começo, teria se livrado dessa facilmente.

— Mas passei o dia todo fora de casa, como vou explicar?

— Diga que ele te levou para algum lugar de carro, e que você não conseguiu ver para onde foi, pois estava vendada. Então depois ele te deixou na estrada sozinha, ainda com a venda. Você pegou uma carona com alguém, ou um ônibus, sei lá... E chegou a sua casa. Pronto. — Cruzamos a sala de estar. Não havia ninguém por lá além de Ian, mexendo em seu laptop como um nerd. — Eles te farão um monte de perguntas, mas até chegarmos lá pensaremos em centenas de justificativas para que você não se contradiga. A polícia vai te vigiar por alguns dias, depois desistirá e tudo voltará à normalidade.

Chris pegou o seu casaco, que estava pendurado no braço do sofá, e abriu a porta, deixando a leve brisa da noite e o cheiro de mato verde entrar no ambiente.

— Para onde pensam que vão? — Ian perguntou sem tirar seus olhos do monitor.

— Chris desistiu. Vou levá-la para casa e volto em um minuto. Quer se despedir do pessoal, Chris?

— Acho que... não. Vamos logo — respondi com uma firmeza que não sentia. Comecei a me lembrar da velha solidão de sempre, do vazio que dominava meu ser toda vez que eu chegava em casa e não tinha ninguém me esperando. Nada além de uma pia de pratos sujos e uma cama desarrumada.

Chris pareceu notar a minha mudança de humor, mas não disse nada. Apenas esperou Ian falar o que achava do meu adeus.

— Vocês não vão sair daqui.

Eu meio que já esperava por isso. Ian é muito inconveniente e chato. Aposto que, no ensino médio, era um daqueles garotos que não pegava ninguém e cresceu cheio de traumas.

— Quero sair daqui — respondi com o mesmo timbre de má educação.

— Você não tem que querer, Christine. Quem colocou na sua cabeça que você tem o poder de decidir alguma coisa aqui? — Ian se levantou da cadeira e se aproximou, fixando seus olhos ampliados pelos óculos fundo de garrafa na minha direção.

Seus cabelos são meio avermelhados. Não como os meus, que são de um vermelho brilhante, mas um vermelho desbotado e sem vida. Depois de um tempo reparando melhor nas suas sardas, cheguei à conclusão de que ele era mesmo ruivo. Um ruivo legítimo.

— Ian, você não... — Chris começou a dizer, mas foi interrompido pelo olhar firme e amedrontador do comparsa, que levantou a mão e o fez se calar.

— Não seja idiota, Christine — Ian riu da minha cara. Foi um riso desdenhoso, que me fez ter vontade de vomitar a sopa que tinha tomado. Vomitar bem na cara dele, de preferência, para ver se sentiria o mesmo nojo que eu estava sentindo naquele instante. — Não pense que somos otários a ponto de te deixar ir embora. A primeira coisa que vai fazer será nos denunciar. Já está envolvida demais. Sabe muito bem como chegar até esta casa. Foi você quem dirigiu, não foi? Miguel não está conseguindo nem andar.

— Eu não tinha pensado nisso. — Chris olhou para mim com desconforto. O ar de desconfiança cruzou o seu semblante. Ele estava concordando com Ian, achando que eu queria ir embora apenas para denunciá-los e sair daquela como uma heroína.

Meu estômago gelou ao observar Chris se virar contra mim tão rapidamente. Sua presença me deixava segura, mas, naquele instante, eram dois contra um. Dois bandidos perigosos, espertos e frios contra uma idiota, sem senso algum de direção. Eu estava perdida.

Lágrimas se formaram em meus olhos, e apesar do esforço enorme que fiz para contê-las, não consegui.

— O que está acontecendo aqui? — Miguel descia as escadas com a ajuda de Cristal. Assim que vi seus olhos novamente, não fui capaz de fazer nada além de chorar ainda mais. — O que fizeram com ela? — Miguel largou Cristal mais rápido do que pude imaginar e se aproximou, envolvendo seus braços nos meus ombros.

— Ela quer ir embora. — Chris segurava a chave sem saber o que fazer.

— Mas por quê? Você disse que... — Miguel segurou o meu queixo, forçando-me a olhar para ele.

Seus olhos firmes muito perto só me provocaram ainda mais lágrimas. Soltei um gemido de tristeza e me desvencilhei de seus braços. Não precisava de um Miguel pela metade. Não era isso o que eu queria. Cristal estava bem ali, assistindo a toda aquela cena com cara de poucos amigos. E com razão, devo admitir.

— Christine não vai voltar — Ian determinou.

— Por que não? — Cristal resolveu abrir a boca, claro, apenas para defender seus interesses. — Deixem-na ir. Não precisamos dela por aqui.

— Exatamente. Ninguém precisa de mim, então eu vou embora.

Observei Cristal com certa raiva, mas pelo menos sabia que ela queria que eu fosse embora e defenderia essa posição até o fim. Ela me encarou de volta com seus olhos claros, sensuais e delineados por um kajal preto.

— Miguel, é um absurdo deixar que ela vá — alertou Ian. — Christine sabe onde estamos, e Orlando vai detestar se dermos esse vacilo.

— Sinto muito, Chris, mas eu concordo com Ian — Chris olhou para mim com pena.

— Ela não vai contar nada, não seria tão burra assim — Cristal se aproximou de Miguel, pegando suas mãos novamente e o abraçando.

Argh!

Eu sabia o que ela estava tentando fazer: demarcar território como fazem os cães. Nesse caso, ela era a cadela que urinava bem no pé do poste para que ninguém chegasse perto.

Quem sou eu para desejar o poste dos outros!

— Não, eu não seria tão burra. Só quero ir embora e viver na mediocridade até o fim dos meus dias. Não me interessa onde vocês estão, muito menos para onde vão.

— Miguel? — Ian o colocou na berlinda. — A decisão é sua, mas somente você arcará com as consequências. Estou avisando. — O ruivo tornou a sentar de frente ao seu laptop, fingindo pouco se lixar para a situação.

— Miguel... — Olhei diretamente em seus olhos azuis.

— Chris, pare. Você sabe que não dá. — Chris pegou minhas mãos e me puxou na direção das escadas. Deixei-me ser levada por ele, sentindo meu rosto arder de tanta decepção. Miguel olhou para o chão e pareceu se envergonhar por causa daquela situação constrangedora.

Como sou idiota e inconsequente! Por que tinha que ter feito aquilo? Por causa de um homem que já tem namorada? Aliás, por causa de um bandido procurado? Poupe-me!

Eu me meti na maior enrascada e agora não poderia sair dela. Seria marcada pelo resto da vida, destinada a andar com pessoas que eu nem sabia do que eram capazes. Podiam me matar a qualquer momento e me enterrar no quintal. Ninguém sentiria falta nem sequer chegaria a encontrar o meu corpo. Eu evaporaria e pronto. Aos poucos, eu não passaria de uma sombra invisível.

Chris me levou até o quarto e me ajudou a deitar na cama. Ele foi tão carinhoso e simpático que preciso me lembrar de agradecer-lhe por esse gesto. Sentia-me tão mole, tão arrasada! O cara por quem me interessei pela primeira vez na vida jamais pertenceria a mim, por mais que o tivesse ajudado. Ainda que de agora em diante sejamos companheiros de bandidagem, não passará disso.

Que merda!

— Descanse... Durma... — sussurrou Chris, cobrindo o meu corpo com um lençol fino e perfumado. — Amanhã é outro dia.

— Obrigada, Chris. Vou tentar.

— Venho daqui a três ou quatro horas. Deixe tudo arrumado.

— O quê?

— Eu disse que te levaria para casa, não foi? — Chris tornou a exibir o seu sorriso contagiante. — Quando todos estiverem dormindo, te levarei para casa e ponto final.

— Mas pensei que...

— Ian é um otário. Não sabe nada sobre as pessoas. — Ele caminhou até a porta. — Eu as conheço apenas pelo olhar, e o seu me diz que você só quer um pouco de paz.

— Obrigada, Chris. Muito obrigada mesmo. — Senti novas lágrimas em meu rosto. Aquele cara era uma criatura doce e especial.

Chris apagou a luz, ainda sorrindo, e foi embora. Passei longos minutos apenas olhando para o teto branco do quarto. Depois liguei o abajur e peguei o meu detestável diário.

Domingo | **12** | Janeiro
Sunday | | January
Domingo | | Enero

12

Um novo dia (e que dia!)

Domingo / Sunday / Domingo — Janeiro / January / Enero

(madrugada)

Odioso diário,

Nesta madrugada tive a absoluta certeza de que perdi completamente o meu juízo. É sério, não sei como fui capaz de mudar tanto em tão pouco tempo. Nunca tive tendências psicopatas. Sempre fui contra a violência e sempre depreciei o trabalho da polícia e do poder público, porque nunca conseguiram conter os roubos, assassinatos e outros tipos de crimes na cidade. Nunca fui a favor de atitudes agressivas, e nunca fui agressiva. Sempre associei violência a pessoas que não tiveram oportunidade de se formarem em alguma profissão, que não tiveram acesso à educação. No entanto, de um dia para o outro, conheço bandidos que não usam gírias, nem drogas, não são pobres ou moram em favelas. São bandidos bem articulados, educados e até elegantes.

Estou tão absurdamente surpresa comigo mesma que até tenho vergonha de escrever o que aconteceu. É difícil demais ter que admitir tudo de novo, tim-tim por tim-tim. Mas vamos lá, afinal, diários servem para isso, certo? Prometi à Lessy que escreveria mesmo sem vontade. Além do mais, os escritos deste diário podem ajudá-la a entender o que aconteceu comigo e por que fiz as coisas que fiz.

Tudo começou quando Chris veio me acordar, no meio da madrugada. Eu estava morrendo de sono e preguiça, e apaguei assim que terminei de escrever no meu diário. Ele ainda estava ao meu lado, aberto na página onde parei.

— Chris, acorde — ele sussurrou, chacoalhando-me. — Vamos embora, temos que ser rápidos antes que alguém desconfie.

Guardei meu diário na bolsa, fui ao banheiro fazer xixi e joguei um monte de água no meu rosto para tentar despertar. Escovei os dentes, vesti uma blusa fina verde-escura e uma saia jeans preta que eu tinha guardado na bolsa antes de sair do meu apartamento. Não demorou muito até descermos as escadas e sairmos da casa, caminhando cautelosamente na direção dos carros estacionados logo na entrada.

O Fox prateado de Miguel ainda estava do mesmo jeito que o deixei, mas havia outro carro ao lado: um sedan vermelho. O clima da madrugada estava muito frio, mas não ventava. O sol nascia no horizonte por trás das árvores graciosas, tingindo o céu com tons alaranjados. Um galo cantava ao longe.

Chris entrou no sedan. Abri a porta do carona e, ao me virar, vislumbrei Miguel na varanda da casa, com os braços cruzados. Estava sério. Meu corpo gelou e tremeu ao mesmo tempo. Fiquei confusa se deveria me despedir dele ou se deveria apenas ir embora.

Olhei para Chris e ele acenou com a cabeça, concordando em esperar um pouco mais. Por um segundo quis que me obrigasse a ir embora sem encarar Miguel. Isso se ele — o Miguel, digo — realmente deixasse que eu fosse embora. Pela expressão em seus olhos, sabia que não contestaria a minha decisão. Respeitaria a minha escolha. Aquilo era o mínimo que podia fazer para compensar o que eu fiz por ele.

Andei com cuidado para não fazer barulho no terreno arenoso e cheio de cascalhos que formava o pequeno caminho até a frente da casa. Não demorei tanto a alcançar os primeiros degraus da entrada e a me aproximar daquele homem perturbador. Seus olhos seguiram os meus passos de um jeito inexpressivo.

— Desculpa. Queria me despedir, mas...

— Mas você ia embora sem nem sequer falar comigo, como se eu não tivesse importância — interrompeu-me.

Mal dava para acreditar no timbre azedo que sua voz assumira. Um tom novo para mim; um sussurro rouco e doentio.

— Qual importância haveria de ter? — Mantive uma seriedade digna do Oscar de melhor atriz de todos os tempos.

Como eu podia ser tão falsa? E por que Miguel falava comigo daquela maneira, me cobrando o que nem deveria cobrar? Afinal, eu nada significava para ele, era apenas uma garota idiota que o salvou da cadeia havia 24 horas.

— Realmente. Nenhuma. — Seus braços ainda estavam cruzados. De repente, começou a evitar o meu olhar.

— Bom, estou indo agora. Desculpa, Miguel.

— Não. Eu que te peço desculpas. — Ele finalmente descruzou os braços e olhou para mim. Seus cabelos estavam meio desgrenhados, provavelmente por ter acabado de acordar. Eu gostava dos cabelos dele assim: ao natural. — Coloquei você em uma enrascada. Também não cheguei a te agradecer apropriadamente. Obrigado, Christine. Por tudo.

— Não está com medo que eu conte tudo à polícia?

— Não. Se você quisesse fazer isso, já teria arranjado um meio. — Era a mais pura verdade. — Só fico feliz que vá embora antes de descobrir realmente o que somos.

Feliz? Eu estava arrasada e o cara sentia felicidade?

— Então, tá. Adeus, Miguel — sussurrei, virando as costas e me preparando psicologicamente para nunca mais vê-lo de novo.

Enquanto descia as escadas, tive uma ideia brilhante e igualmente imbecil. Jamais veria Miguel novamente, certo? Certo. Então não teria nada para me lembrar dele do jeito que sempre quis. Todas as lembranças que eu possuía sumiriam com o tempo. Seus olhos azuis, depois de uns anos, não passariam de borrões indefinidos.

Desejei ter uma máquina fotográfica, para levar uma imagem dele comigo. Algo que me fizesse jamais esquecer o que senti quando o vi. À primeira vista, como nos filmes. Mesmo em uma situação altamente perigosa e maluca — como nos filmes mesmo!

Olhei para trás e, mais uma vez, encarei-o demoradamente, tentando gravar cada detalhe dele para me convencer depois de que nada daquilo tinha sido um sonho. Gravei sua boca farta, de aparência deliciosa, seus braços fortes, seus cabelos macios.

Aparência. Só aparência.

Ao observá-lo, percebi que jamais saberia se tudo o que eu achava sobre ele era verdade ou não. Nunca saberia se sua boca era realmente deliciosa, se seus braços eram firmes e se seus cabelos eram mesmo macios.

Não queria ir embora sem saber disso. Sem ter a certeza.

Não queria e não iria.

No momento em que me decidi, pouco me importei se estava fazendo papel de doida. Não liguei em ter um Chris esperando dentro do carro e provavelmente assistindo a tudo. Nem em estarmos do lado de fora de uma casa no meio do mato, em plena madrugada! Não quis saber de absolutamente nada. Só conseguia ver Miguel e sentir o tamanho do desejo que pulsava em todo o meu corpo, e quis tornar o que fantasiei sobre ele mais real do que a minha imaginação.

Foi num ato desesperado que subi as escadas com pressa e, sem tentar entender a expressão nos olhos de Miguel, simplesmente me aninhei em seu corpo, envolvendo meus braços em seu pescoço, segurando-lhe os cabelos. Eles eram mesmo sedosos. A primeira dúvida havia sido sanada.

O corpo dele contra o meu fez com que eu queimasse por inteira. Quando envolveu os braços em minha cintura, senti que talvez não devesse ir embora mesmo. Não poderia ir depois de sentir suas mãos macias tocarem minhas costas, mesmo que por cima da blusa fina e dos meus cabelos longos.

Puxei seu rosto para mais perto e pressionei meus lábios contra os dele num ato desesperador. Sua boca logo invadiu a minha, protagonizando investidas irresistíveis e difíceis de compreender. Mas meu corpo entendeu perfeitamente e se arrepiou inteirinho com seu beijo, que correspondia ao meu. Fiquei enlaçada em seus braços, dominada por sua boca deliciosa e inebriada pelo seu excitante cheiro masculino.

Estou louca por ele. Louca. Faria tudo outra vez, exatamente da mesma forma. Jamais me arrependeria. Nunca deixaria de salvá-lo. Sentido? Nenhum. Talvez eu seja perturbada ou simplesmente imatura. Dane-se. Estou cansada de tentar me definir.

Mais depressa do que eu queria, retirei meus braços de seu pescoço e deixei sua boca no ar, esperando por mais daquela loucura. Agora, sim, podia ir embora feliz. Ou pelo menos em paz. Naquele instante eu soube que, mesmo que eu voltasse para a minha vida morna, nada teria sido em vão. Aquele beijo tinha valido o esforço. Todos os momentos de medo, angústia, tensão... Tudo valeu a pena.

— Adeus, Miguel — sussurrei de novo, olhando firme em seus olhos, que agora me olhavam diferente. E eu agora sabia como era sua boca, cabelos, rosto, pescoço, braços. E precisava me contentar com isso. Minhas dúvidas deram lugar às certezas.

— Não vá — Miguel disse muito baixo. — Chris, não vá.

— Por quê?

Eu queria um bom motivo. Ansiava por sua resposta, pois era tudo de que mais precisava. Que futuro haveria para nós com Cristal por perto? E eu jamais me sentiria à vontade roubando o namorado alheio. Respeito é bom e todo mundo gosta, então não tome nada de ninguém se não quiser que algo seu seja tomado. Essa é uma de minhas máximas. E ainda tinha o fato de Miguel ser um bandido, participar de uma quadrilha e não ter uma identidade. Só Deus sabia se o nome dele era mesmo Miguel. Que tipo de relacionamento eu poderia ter com um cara assim?

— Vou dar um jeito.

— Dar um jeito em quê? — Miguel permaneceu calado. — Seus olhos dizem que não tem jeito. Apesar de te conhecer por tão pouco tempo, sinto que sei exatamente o que pensa.

— Chris...

— Vou embora. Sejamos maduros, não é? Quem sabe um dia te encontre por aí? Você sabe onde moro. Cuide-se.

E eu tentaria fazer o mesmo.

***

Entrei no carro não me pergunte como, e Chris finalmente deu partida. A estrada de barro estava igual à última vez que passei por ela; sinistra e tortuosa. Não fazia muito tempo, mas em minha cabeça as últimas horas equivaleram a duas décadas.

Meu coração ainda batia acelerado por causa do momento íntimo com Miguel. Mal dava para acreditar que eu tinha saciado — pelo menos por um curto instante — aquela vontade que se instalou em mim desde que o vi. Um suor frio escorria pela minha testa, e quase não conseguia respirar direito só de pensar nisso.

Depois de alguns minutos de silêncio, Chris resolveu tocar no assunto.

— Tem certeza de que quer mesmo ir embora? — Sorriu de um jeito meio malicioso. Bom sinal. Enquanto ele sorrisse, tudo estaria bem.

— Tenho.

— Faz muito tempo que não o vejo assim.

— Hã? — Sério, eu estava parecendo uma sonsa. Não conseguia parar de pensar no beijo.

— O Miguel, Chris. Há anos não o vejo assim.

— Assim como?

— Havia alguma coisa no jeito como te olhou. Eu o conheço há uns dez anos. — Chris passou a marcha e saímos da estrada de terra rumo à autoestrada e à civilização. — Olha... Tenho certeza de que você criou uma espécie de fantasia sobre nós durante esse tempo curto que está conosco. Não somos assim... Ou somos, não sei. — Suspirou. — O que quero dizer é que você não nos conhece de verdade.

Isso era óbvio e incontestável.

— O que quer dizer "de verdade", Chris?

— Você nos pegou em um momento de descontração. É óbvio que ainda não entendeu direito o que aconteceu contigo. Você é muito inocente.

— Sou uma otária, eu sei — murmurei.

— Não foi isso o que eu quis dizer. — Chris me olhou de relance, porém voltou a prestar atenção na pista. — Só estou te confundindo, não é?

— Sei lá. Só queria ir pra casa, mas ao mesmo tempo queria entender o que aconteceu.

Chris balançou a cabeça como se me compreendesse muito bem.

— Miguel fez coisas que eu não esperava que viessem dele — disse com uma voz séria. Não sei direito se mudou de assunto ou se prosseguiu com a ideia que estava tentando expor. — Eu o conheço, portanto sei como age, como pensa... Posso dizer com toda convicção que ele jamais te traria aqui em condições normais, mesmo sem saber direito como fugir. Sinceramente, você já devia ser carta fora do baralho. Nosso grupo está exposto com a sua presença, e Miguel sabe disso mais do que ninguém.

As últimas frases me fizeram congelar. Um medo aterrador se apossou do meu corpo, e por um momento me perguntei se estava no meio de uma cilada. Será que Chris ia mesmo me levar para casa? Ou estava apenas se livrando de mim? O que faria? Pararia em algum lugar no matagal e me mataria?

Acho que ele percebeu o meu pavor.

— Ei, fica tranquila. Se você está bem agora, é porque algo aconteceu...

Afundei o meu corpo no encosto, cansada de me sentir perdida e com medo. As minhas mãos tremiam.

— O que aconteceu? Que droga... — resmunguei.

— Não sabia direito até ver o que vi. Claro que já desconfiava, mas não tinha certeza. O cara gamou em você.

Bufei.

— Grande merda. Estou indo pra casa. Nem devia ter saído de lá.

Chris sorriu.

— Mas saiu. Por quê?

— Não sei... Talvez algo realmente tenha acontecido entre nós.

Era difícil acreditar que eu estava meio que desabafando com Chris, a pessoa que havia um segundo pensei que estivesse me levando para o matadouro. Não sabia se confiava nele ou não. Uma grande parte de mim confiava, mas o medo do desconhecido impedia que eu me sentisse totalmente à vontade com ele. Estava envergonhada por causa de tudo, inclusive por ele ter visto o que não devia. Sentia-me usada também. E assustada.

— É por isso que pergunto: tem certeza de que quer ir embora?

Claro que não podia ignorar o que Chris tinha acabado de me dizer. Ele deixou claro que Miguel tinha gostado de mim e mudado algumas atitudes por minha causa. Sou uma criancinha assumida, mas não significa que não tenha a capacidade de raciocínio. Não ficaria para ser o capricho dele. Não podia estragar a minha vida só para ser usada. Ele me descartaria quando enjoasse. É isso o que deve fazer com as pessoas. Foi isso o que fez com a Cristal. Ele nem pensou duas vezes antes de me beijar!

— Tenho. — Chris me olhou de uma forma esquisita. — Desculpa, Chris, mas estou tão confusa!

Senti lágrimas se formarem em meus olhos, deixando a minha vista embaçada. Meu coração batia apressadamente, e meus lábios ainda tentavam se recuperar do poder do beijo de Miguel. Passei as mãos pelos cabelos, sentindo-me desarrumada.

— Não era para menos. Você é esperta, Chris. Se quer a minha opinião, acredito que esteja fazendo a coisa certa. E é por isso que estou aqui; para te ajudar a sair dessa antes que vire uma bola de neve.

Aquiesci.

— Obrigada.

Ele piscou um olho e sorriu.

— Gostei de você.

É. Eu também tinha gostado muito de Chris. Sentiria falta dele. Passaria horas deitada na minha cama, só imaginando como seria se eu tivesse escolhido ficar.

Passamos alguns minutos em silêncio. Queria perguntar cada detalhe da relação entre Miguel e Cristal, pois era um assunto que corroía o meu juízo. Mas de quê adiantaria? Eu estava indo para casa e nunca mais precisaria me preocupar com nenhum dos dois. Sabia que doeria por algum tempo — pensar em Miguel e em tudo o que aconteceu —, principalmente porque teria que repetir mil vezes para a polícia cada detalhe do meu dia de surto completo. Mas tudo isso passaria. Superaria aquele sentimento esquisito que invadiu o meu coração e voltaria a viver a minha vida simples e normal, como sempre. De volta à solidão do meu apartamento.

Olhei para Chris, que dirigia com muita habilidade e uma serenidade impressionante. Nem parecia que havíamos conversado sobre algo tão sério. Ele tinha se mostrado um grande amigo, verdadeiro, por quem valia a pena arriscar qualquer coisa. Sabia que estava fazendo aquilo tanto por mim quanto por Miguel. Seria eternamente grata por isso. E um dia, se fosse permitido, eu o compensaria por sua amizade.

Chris respeitou o meu profundo silêncio. Ligou o som, deixando o volume baixinho. A música permaneceu apenas como pano de fundo para os meus pensamentos. Na verdade, eu mal sabia o que pensar. Um turbilhão de ideias aparecia em minha mente muito depressa e ia embora na mesma velocidade. Procurei me concentrar nas marcações da pista, nas placas de sinalização e no balanço que o carro fazia a cada curva. Sentia-me voltando para casa depois de uma viagem longa e conturbada, perguntando-me, obviamente, se devia mesmo voltar.

Entretanto, era tarde demais. Pelo menos era isso o que eu pensava. Só te digo uma coisa, caro diário: o destino sempre dá um jeito de nos surpreender. Para o bem ou para o mal.

***

Tudo estava bem quieto quando aconteceu. Encostei a minha testa no vidro da janela do passageiro e assim fiquei por muito tempo. Tentava refletir sobre o que havia aprendido com os acontecimentos recentes, portanto estava imersa em um jogo de ideias malucas. Nada percebi até que, de repente, Chris freou bruscamente. Meu corpo se projetou para a frente com força total, e no mesmo instante ouvi pipocos que se assemelhavam a tiros.

Pelo barulho que o carro fez, com certeza deixou marcas de pneu na pista. O veículo tremelicou em descontrole por alguns instantes, e soltei um grito alto. Ouvi mais um barulho estridente, até que Chris conseguiu frear por completo. Quase bati com a cara no porta-luvas, tamanho o impacto da freada, mas o cinto de segurança salvou o meu rosto no último instante.

Olhei ao redor por impulso, pensando que havíamos sido atacados, mas não havia ninguém na estrada. Ainda estava um pouco escuro na via, e não passavam carros em nenhum dos lados. Éramos apenas Chris e eu dentro daquele veículo, no meio do nada.

— O que foi isso? — gritei.

— Você está bem? — Chris perguntou de um jeito muito esquisito. Encarei-o com os olhos esbugalhados, e visualizei o seu rosto tomado pela mesma expressão de medo que com certeza o meu também mostrava.

— Estou... O que foi isso? O que aconteceu? Algum animal na pista?

— É uma armadilha — respondeu seriamente, ainda segurando firme o volante.

— O quê? Que armadilha?

— Não viu os espetos na estrada? Eu estava distraído, não consegui frear a tempo. Estamos sem os quatro pneus — Chris olhou para todos os lados, procurando por alguma coisa.

— Os quatro? Mas...

— São bandidos de estrada, Chris. Eles colocam uma armadilha na via, fazendo todos os pneus estourarem. O motorista desce do carro para ver, e eles assaltam o sujeito. Já fiz tanto isso... — Chris fechou os olhos e suspirou. — Porra! — Bateu as mãos com força no volante. Pulei de susto.

— E agora? Você está querendo dizer que vamos ser assaltados? — Comecei a respirar forte, tão depressa que dava para sentir o meu pulmão trabalhando sofregamente.

Chris tirou o cinto de segurança.

— Assim que descermos do carro. — Percebi que ele tentava manter a calma. Alguém ali deveria ficar calmo, certo? E com certeza não seria eu. Então Chris abriu o porta-luvas, retirou uma arma reluzente e, logo em seguida, destravou-a com um clique. Meu desespero se intensificou.

— O que pensa que vai fazer? — Senti a minha voz esganiçar, morrendo de medo de ouvir a resposta.

— Eles não podem roubar as coisas que tem neste carro.

— Pensei que tinham retirado tudo.

Chris me encarou significativamente.

— Nem tudo.

Ele retirou o celular do bolso e digitou alguns números com uma rapidez impressionante. Não consegui fazer nada além de manter meu corpo estático por detrás daquele cinto, com medo até de olhar ao redor da estrada vazia. Só havia mato nos dois lados da pista.

— Miguel? — Chris praticamente berrou ao celular. — Siga imediatamente pela estrada até a cidade, preciso de apoio. Estou perto do quilômetro 65. Preste atenção na via e venha rápido! — Desligou o celular, entregando-o a mim. — Você vai ficar aqui. Esconda-se.

— O quê? — Eu estava assustada demais para compreender o que ele queria que eu fizesse.

— Este carro é blindado, e o vidro é todo revestido com uma película escura. Eles não sabem quantas pessoas estão aqui dentro. Esconda-se aí embaixo e não saia por nada neste mundo. Mantenha as portas trancadas, ouviu bem, Chris? — explicou rapidamente, com uma firmeza digna de um profissional. Parecia saber exatamente o que fazer, e isso só me deixava ainda mais assustada.

— Não vou te deixar sozinho... E se ele estiver armado também?

— Não é apenas um. Esses assaltos são feitos em bando.

— Pior ainda! — eu me desesperei.

Ele nem sequer se abalou. Estava sério e muito esquisito, totalmente diferente do Chris que conheci.

— Chris, se algo der errado, permaneça no carro e espere Miguel chegar. Não desça. — Segurou meus braços com força, olhando fixamente para mim. — Não vou te deixar vulnerável. Não faz ideia das atrocidades que poderiam fazer contigo. Agora, esconda-se. Rápido!

Não tive escolha além de empurrar o banco em que eu estava para trás e me esconder no espaço que se abriu embaixo do porta-luvas. O que Chris tinha acabado de dizer só contribuiu para que eu ficasse mais desesperada. Comecei a chorar baixinho, como uma criança perdida.

Ele desceu do carro sem pressa, e tratei de trancar as portas. Chris ainda confirmou se eu tinha mesmo as trancado. Logo em seguida, caminhou para a frente devagar, com a arma empunhada e à mostra. Perdi-o de vista e por um instante achei que nunca mais voltaria para me buscar. Chorei ainda mais, abafando a boca com as mãos.

Demorou uma eternidade até que comecei a escutar vozes do lado de fora.

— Olha só, o cara tem uma arma! Que corajoso! — Ouvi risadas. Chris estava certo, não se tratava de apenas um bandido. Eram vários.

— Largue a arma — outra pessoa disse com uma voz alta e muito grave.

Um momento de silêncio e nada aconteceu. Fiquei morrendo de vontade de abrir o maior berreiro, mas me segurei. Engoli o choro e senti o nó em minha garganta quase me sufocar.

— Como vê, somos muitos mais do que você. Podemos te matar em um segundo, antes que dispare a sua arma — continuou dizendo a mesma voz.

Silêncio. Acreditei que Chris ainda pensava no que fazer. Eu não fazia ideia de quantos caras estavam ali e não me contive: levantei-me só um pouco e observei através do vidro da frente. Três homens apontavam suas armas para Chris, enquanto ele mirava em um homem gordo e esquisito que estava no meio, alguns passos à frente. Provavelmente era o líder do grupo de assaltantes. Três contra um! Chris não tinha a menor chance.

Tentei abafar um soluço.

— Não vou avisar de novo, largue a arma! — gritou o homem gordo.

Por um momento pensei que Chris fosse desistir e se dar por vencido. Não dava para competir com três sujeitos armados. Porém, quando menos esperava, ele atirou na cabeça do homem gordo e no peito do homem alto e loiro da esquerda, como se escolhesse o momento certo para atirar antes de ser atingido. Elemento surpresa. E loucura máxima também. Parecia um ninja.

Levei um susto imenso e acho até que gemi alto de desespero. Meu coração quase saiu pela boca. Os dois bandidos caíram inertes no chão instantaneamente, sem nem sequer saber o que tinha acontecido. Os tiros foram certeiros, mas infelizmente Chris não foi rápido o suficiente para atingir também o homem que estava à direita. Prevendo isso, jogou-se no chão velozmente, segundos antes do homem atirar nele. A bala passou direto, perdendo-se na mata, do outro lado da pista.

Gritei sem querer, e só depois tampei a boca com uma mão. O bandido deve ter me ouvido, pois se virou por um instante na direção do carro. Foi o seu maior erro. Chris reagiu rápido, aproveitando o segundo de desatenção do assaltante. Deu um chute na mão dele, fazendo sua arma rolar para longe. E então foi pra cima do oponente, desferindo coronhadas no rosto e na barriga do sujeito.

A cada golpe sentia o meu coração afundar. Observar o Chris agindo com tanta selvageria me fez entender uma parte do que ele estava tentando me dizer: eu não o conhecia. Não fazia ideia do que ele era capaz.

Em segundos, os três assaltantes estavam caídos no chão. Eu estava horrorizada por ter presenciado três mortes cruéis, orquestradas pelo cara que tentava me ajudar com tanta bondade. Tentei não me prender muito a isso, afinal, era uma questão de sobrevivência: ou eles ou nós. Se Chris não tivesse nos protegido, só Deus sabe como aquilo podia ter terminado.

Apesar de ter sido uma cena forte, violenta e digna de um filme de ação, uma parte do meu cérebro ficou feliz por Chris ter se livrado daquela enrascada tão facilmente. Bom, acredito que para ele não tenha sido tão fácil, mas para quem assistia foi até simples demais.

A desenvoltura e habilidade que ele demonstrou foram impressionantes. Chris era treinado, e muito bem treinado, para aquele tipo de situação. Cheguei à conclusão de que o grupo inteiro deveria ser como ele, inclusive Miguel. Eu não os conhecia de verdade. Chris tinha razão; eu estava criando uma fantasia que não passava de mera ilusão adolescente.

Eu estava prestes a descer do carro para abraçá-lo — ou talvez chamá-lo de um monte de nome feio — quando ouvi um barulho esquisito. Olhei através do vidro escuro do veículo e percebi um homem saindo por detrás de uma das moitas na beira da estrada. O sujeito caminhou a passos firmes, empunhando uma arma. Não deu tempo de reagir.

Chris estava de costas, observando os homens mortos estirados no chão. Nem sequer percebeu a presença do quarto assaltante. O indivíduo se aproximou depressa, antes mesmo das minhas pernas mostrarem qualquer sinal de vida. Apontou a arma para a cabeça de Chris, que congelou ao ouvir sua voz. Era um homem negro e alto como ele.

— Largue a arma, seu engraçadinho! — gritou o bandido.

Chris sabia que não havia tempo nem espaço para uma reação. Tinha sido totalmente rendido. Ou largava a arma ou o homem atiraria em sua cabeça sem pensar duas vezes. Estaria morto em instantes.

Sem saber o que fazer, mas sabendo que precisava ajudar Chris, abri o porta-luvas com pressa e encontrei outra arma. Era igual a que o meu mais novo amigo usava. Puxei a pequena trava, imitando o gesto que ele fizera havia poucos minutos. Eu mal sabia pegar naquilo, portanto não soube dizer se fiz corretamente.

Por um segundo esmagador, observei a cena que se desenrolava bem na minha frente: Chris havia largado a arma, e o homem se mantinha às suas costas. Eu precisava fazer alguma coisa, urgente!

Saí do carro devagar, tentando não fazer barulho, com a arma em punho. O homem estava de costas para mim, o que facilitou bastante a minha vida. Aproximei-me dele, sentindo minhas mãos trêmulas e o meu coração agitado trazendo-me uma sensação de sufoco. Mal sabia como segurar uma arma, tentava como podia mantê-la firme.

Fora do carro, o clima estava muito frio. O vento soprava sem nenhuma piedade, aumentando a tremedeira incessante que atingia o meu corpo. Meus cabelos esvoaçaram para todos os lados, mas continuei andando devagar até chegar o mais próximo possível do bandido. Segurei a arma com as duas mãos. Suspirei alto antes de começar a encenar um papel que não tinha nada a ver com a Christine que eu conheço.

— Largue a arma agora, otário — rosnei.

O homem pareceu congelar no mesmo instante. Chris olhou para mim de soslaio, desesperado. Suas mãos ainda estavam levantadas em um gesto de rendição. Nem sequer pisquei. Estava concentrada no que fazia, pronta para atirar e disposta a resolver aquilo logo.

— Solte agora, ou atiro em você mais rápido do que poderá atirar nele. — Tentei manter uma frieza quase congelante em minhas palavras. O homem sentiu isso, pois percebi que estava começando a fraquejar.

— Não tenho medo de morrer — admitiu o sujeito.

— Mas deveria, porque sua cabeça vai se espatifar em pequenos pedaços e seus miolos vão fazer essa estrada feder para sempre. Solte a arma agora, não vou repetir! — cuspi aquelas palavras. Sério, não me reconheci.

— Eu não... — o homem começou a falar. Contudo, ninguém nunca saberá o que ele diria naquele momento angustiante.

Puxei o gatilho com tanta força que achei que partiria a arma em dois pedaços. Senti uma pressão grotesca agindo em minhas mãos, mas as mantive firmes, direcionadas na cabeça daquele homem. Um barulho ensurdecedor ecoou por aquela estrada rodeada de verde. O tiro foi definitivo, alto e oco. Num piscar de olhos, o bandido estava no chão, vertendo sangue pelo ferimento fatal na cabeça.

Senti uma gota de suor brotando da minha testa. Passei segundos eternos olhando para o homem que eu acabara de matar. Tirei a vida de um homem, diário! Dá para acreditar? NÃO! Mas foi exatamente o que aconteceu.

O silêncio invadiu aquela estrada completamente. Ainda não havia sinal de tráfego por ali, ainda bem. O sol começava a ganhar definição no céu, e não demoraria muito para o clima esquentar. Chris olhava para mim, absolutamente surpreso. Seus olhos grandes estavam ainda maiores. Como eu, ele não sabia o que fazer ou falar até que o canto de um pássaro nos tirou do estado de choque. Chris pegou a arma das minhas mãos e voltou para o carro.

— Me ajude a tirar essa barra de metal da estrada.

Eu não tinha percebido, mas na estrada havia uma barra grossa com espetos enormes voltados para cima. Certamente foi a armadilha que os bandidos utilizaram para furar todos os pneus do carro. Ajudei, com muito custo, a jogar o metal com espetos para fora da pista, no meio do mato, onde se perdeu completamente. Era um pouco pesado, mas eu não sentia muito as minhas mãos. Meus pensamentos se resumiam apenas ao homem que eu tinha acabado de matar. O tiro ainda ecoava nos meus ouvidos, o momento do disparo se repetia diversas vezes na minha cabeça.

— Enquanto você tira o que tem no porta-malas, vou pôr esses caras dentro do carro. Coloque as coisas ali no acostamento — Chris manteve uma seriedade incrível e uma agilidade ainda mais impressionante.

— O que você vai fazer?

— Não tem como arranjar quatro pneus novos de uma hora para outra, trocá-los e ir embora sem chamar atenção — explicou enquanto jogava o primeiro homem no banco de trás. — Um carro pode passar por aqui a qualquer momento, e então teremos testemunhas. Temos que nos livrar desses caras e do sedan. Rápido, Chris!

Eu não consegui abrir a minha boca para falar mais nada, portanto apenas obedeci. Retirei umas maletas pretas que estavam no porta-malas do sedan vermelho, bem como sacolas e objetos que nem sabia o que eram.

Depois de pôr os quatro homens dentro do carro, como se fossem sacos de cimento, Chris tirou todas as armas do porta-luvas, colocando-as dentro de uma sacola. Ele era profissional, sem dúvida.

Depois de dez minutos — e de me desesperar achando que algum carro passaria e alguém nos veria ali —, Chris ligou o veículo e conseguiu posicioná-lo transversalmente na estrada. Foi um trabalho muito difícil, pois todos os pneus estavam furados. A dianteira ficou virada para o matagal, que cobria o lado direito da pista. Ele deixou o freio de mão destravado. Eu estava no acostamento, completamente estupefata, ainda sem acreditar em tudo o que tinha acontecido.

Não dava para crer no tamanho do nosso azar.

— Chris, ajude-me a empurrar este carro na ribanceira.

— O quê?

— Apenas me ajude a empurrá-lo, temos que nos livrar de toda essa merda. Pegue esse galão branco aí.

Dentre as coisas que tirei do porta-malas do automóvel, havia um galão branco com um líquido que não pude reconhecer, mas supus que fosse gasolina. Peguei-o, fui até a traseira do carro e o entreguei a Chris. Ele abriu a tampa e, olhando para todos os lados, despejou o conteúdo dentro e fora do veículo. Depois que derramou cada gota, começamos a empurrar o sedan para dentro do matagal. Foi meio difícil com os pneus furados e com aquele cheiro de gasolina. Mas, logo depois do acostamento, o terreno era bem íngreme, o que facilitou que o automóvel escorregasse pela ribanceira, parando entre duas árvores enormes.

Eu ainda estava sem reação. Sentia que choraria e sairia correndo dali a qualquer momento, mas alguma coisa prendia a minha concentração. Algo me fazia querer assistir à explosão que aconteceria assim que Chris acendesse um isqueiro e atirasse em cima daquele carro.

— Afaste-se, isso vai ser bombástico! — gritou Chris, que tinha descido um pouco pela ribanceira, para ficar mais próximo ao veículo. Mais uma vez, conferiu se teríamos testemunhas. Fiz a mesma coisa. Se fôssemos pegos com a boca na botija, tudo estaria perdido.

Fiquei o mais distante que pude. Assim que ele acendeu o isqueiro e o jogou em cima do sedan, ouvi outro carro frear bruscamente na autoestrada. Quase morri do coração, mas foi apenas o nosso resgate que havia chegado. Miguel saiu do carro, parecendo muito preocupado. Assim que olhei para os seus olhos azuis, levei um susto por causa da explosão que aconteceu na ribanceira. Destroços de toda natureza voaram para os lados, mas não chegaram a alcançar a pista.

Chris já estava pegando as coisas no acostamento. Não havia tempo para explicar nada. Plínio, que estava dirigindo, saiu do carro e começou a ajudar. Miguel mancou um pouco, por causa do ferimento.

— Você está bem? — Plínio passou por mim antes mesmo de eu conseguir alcançar Miguel. Mal pude encará-lo.

— Acho que sim.

— Vamos sair logo daqui! — gritou Plínio para Chris, pegando um monte de maletas de uma vez só.

Em minutos já não havia mais nada naquela pista além de uma grande coluna de fumaça que saía do carro em chamas, pintando o céu de cinza.

— E as placas do carro? — Miguel perguntou a Chris.

— Retirei, estamos seguros.

Como assim, retirou? Nem tinha visto Chris fazendo aquilo.

— Vamos embora, Christine. — Miguel se virou na minha direção. — Vai ficar tudo bem. — Ele me puxou para si, guiando-me de volta para seu carro.

Todos estavam tão assustados que demorou alguns minutos para que a primeira pessoa começasse a falar durante o caminho de volta para a casa. Essa pessoa era dona do timbre de voz mais delicioso que eu já ouvi na minha vida, o tom que despertava algo dentro de mim.

— O que aconteceu, afinal? — Miguel questionou de um jeito assustado.

Nós dois estávamos no banco de trás, enquanto Plínio dirigia e Chris permanecia calado e muito sério, ao seu lado.

Como eu não respondi nada, Chris contou cada detalhe do que tinha acontecido, desde o instante em que nossos pneus estouraram até o momento da explosão do carro. Enquanto ele narrava, Miguel continuava a me encarar e segurar os meus ombros, envolvendo-me em um meio abraço. Tudo o que aconteceu passou novamente pela minha cabeça, deixando meus nervos em frangalhos.

— Foi muito corajosa, Chris — disse Plínio, rindo quando soube o que eu fiz. — Você tem talento, devo admitir.

Depois de contar tudo, Chris parecia mais relaxado. Virou-se para trás e nossos olhares se encontraram. Ele tinha o poder de sorrir com os olhos, mesmo quando sua boca não queria. E eu gostava disso.

Nada precisou ser dito. De repente, tudo foi demais para mim. Comecei a chorar. Não de modo digno e natural, mas um choro alto, desesperado. Solucei e gemi de tanta angústia que sentia em meu peito. O estresse do que havia acontecido comigo pareceu se juntar em um só lamento. Doía demais.

Miguel me abraçou com mais força ainda, e me entreguei àquele aconchego, usando sua camisa como lenço. Só queria ir para casa, mas as coisas estavam cada vez mais complicadas para o meu lado, como se alguém estivesse trabalhando arduamente para que eu não voltasse nunca mais.

— Vai ficar tudo bem, acalme-se — murmurou em meu ouvido.

Quando chegamos à mansão, eu ainda estava arrasada. Larguei Miguel dentro do carro, pois não queria criar mais problemas entre ele e a Cristal. Na verdade, não queria ter que explicar nada a ninguém. Não estava a fim de ouvir elogios sobre o que tinha feito e muito menos as reclamações, que eu sabia que viriam, por parte de Ian. Chris e eu havíamos saído escondidos, e ele não deve ter gostado disso.

Desci do carro em câmera lenta e senti alguém segurando as minhas mãos. Era Chris. Ele me observou durante um longo tempo. Fiz o mesmo, ainda com lágrimas nos olhos.

— Obrigado, Christine — murmurou com uma voz rouca.

Balancei a cabeça negativamente. Ele segurou o meu queixo.

— Chris... Não me agradeça, pelo amor de Deus.

— Tudo bem, vou te agradecer de outra forma. A partir de agora, juro por tudo no mundo que te protegerei. Custe o que custar — Sua voz firme, estranhamente séria, fez o meu cérebro entender que estava falando a mais pura verdade.

Ele me protegeria. Mas será que seria capaz de me proteger de mim mesma?

Domingo | Sunday | Domingo

12

Tentativa de homicídio

Janeiro | January | Enero

(mais tarde)

Diário ridículo,

Juro que vou parar de escrever em você. Quanto mais escrevo, mais coisas horríveis acontecem. Até quando será assim? O único motivo de não ter desistido até agora foi por causa da ideia da minha biografia. Estou começando a achar que alguém poderia se interessar por ela, afinal, não é todo dia que alguém encontra escritos de uma simples educadora que mata homens em estradas. Não mesmo.

Estava havia horas deitada na cama, escrevendo e pensando sobre a minha grande falta de sorte, quando alguém bateu à porta. Eu não queria falar com ninguém, mas a pessoa nem sequer esperou resposta, simplesmente abriu a porta e entrou. Era Miguel.

— Christine...

— Chris — eu o corrigi com uma voz tediosa.

Que raiva eu sentia quando ele me chamava de Christine! Dava vontade de morrer. O pior é que o idiota sabia disso, mas fazia questão de me tirar do sério. Eu realmente não conseguia entender por que, depois de tudo o que tinha acontecido, ainda estava ligando para a forma como Miguel me chamava.

— Chris. Você está bem? — Aproximou-se e sentou-se ao meu lado na cama.

Miguel tinha trocado suas roupas. Agora vestia uma camiseta regata branca e jeans velhos de aparência confortável. Seus cabelos escuros estavam molhados, provavelmente porque tinha acabado de sair do banho. Nem preciso ressaltar o quão lindo estava. A feiura passava longe dele.

— Não. Matei um homem e agora não sou mais uma cúmplice. Sou uma assassina! — Senti novas lágrimas se formarem. Já tinha chorado tanto, mas pelo visto não havia sido o bastante.

— Fez isso para defender um amigo.

— Nada justifica! — berrei, sentando-me na cama. — Nada muda o fato de que matei um homem.

— Vai superar isso mais rápido do que pensa. — Seu jeito sério demais me irritou. Obviamente, Miguel já devia ter matado muitas pessoas. Esse mero pensamento me deixou ainda mais confusa.

— Eu sei... — menti, nem sei direito por quê. Nunca superarei.

Miguel me encarou. Passou um tempão analisando o meu corpo inteiro. Novamente, achei que me despiria. Ele se aproximou devagar, com cautela. Não me mexi. Entendi perfeitamente o que queria: repetir a dose do que oferecemos um ao outro naquela madrugada.

Foi então que a porta do quarto se abriu, sem cerimônia. Que porcaria! O pior de tudo foi quando vi Cristal desfilando o seu vestidinho curto, estilo "oi, sou periguete", que deixava metade de seus seios à mostra. Miguel se afastou sem alardes, olhando feio para a namorada.

Os olhos da fulana faiscavam o que ela queria dizer: "O que está fazendo sozinha com o meu namorado?".

— Christine, tenho boas e péssimas notícias para você. — Cristal se aproximou e sorriu lindamente, querendo fazer papel de boa moça. Ou não. Desconfiei, pelo seu risinho satisfeito, que a notícia boa era ruim, e a péssima, triste.

— Diga. — Já não me surpreenderia com mais nada.

— A boa notícia é que você vai ficar. Todos decidiram por unanimidade que você não vai voltar para casa. Está envolvida demais.

— Que ótimo. Perfeito! — declarei com ironia.

Era esperado. Quem se arriscaria novamente me levando em casa, depois de tudo o que aconteceu? Nem Chris seria tão idiota a esse ponto, por mais que quisesse me ajudar de verdade. Meu envolvimento naquela história ultrapassara o de mera garota perdida que não fez nada de errado.

— Espere um pouco... Qual é a péssima notícia? — perguntou Miguel, achando o comportamento de Cristal bem esquisito. — Até agora, a única decisão tomada foi a que acabou de dizer.

O rosto de Cristal se iluminou por alguns segundos. Foi muito rápido: a maluca sacou uma arma prateada, que estava escondida atrás de si, e a apontou na minha direção.

— A péssima notícia é que teremos que te matar. — Ouvi um clique.

Meu coração congelou e fiquei sem reação, ainda tentando engolir o que ela estava dizendo. Eu tinha que morrer? Depois de tudo pelo que passei?

Miguel, totalmente diferente de mim, levantou-se em um salto e afastou as mãos de Cristal com habilidade, fazendo-a apontar para a parede.

— Está louca? — berrou. — Jamais irá matá-la!

— Não tente me impedir, Miguel — gritou Cristal, com raiva. — Todos nós decidimos. Christine não pode viver, ela sabe demais.

— Vamos levá-la conosco! — Miguel urrou, resoluto.

Ele estava tão próximo de Cristal que seus corpos quase se tocavam. Meu coração ainda batia depressa. Fiquei completamente paralisada, morrendo de medo até de me mexer.

Cristal queria me matar. Todos queriam me matar.

— Temos seis pessoas e um carro. Não podemos levá-la conosco, é muito perigoso! Por que defende tanto essa idiota?

— Solte essa arma, Cristal. — Miguel segurava as mãos dela com força. Percebi que estava cauteloso, pois não queria que ninguém se machucasse, nem eu nem ela.

— Vou matá-la, Miguel! Você não pode impedir! — Cristal continuou gritando, beirando o descontrole. — Cansei dessa puta!

Epa! Espera lá! Puta? Quem a maldita pensa que é?

A raiva acabou me trazendo um pouco de reação. Olhei ao redor, percebendo que as janelas estavam trancadas. Nunca poderia escapar dali rápido o suficiente. Aquela mulher me mataria; seu olhar feroz deixava suas intenções muito claras.

— Solte a sua arma. Agora! — Por incrível que pareça, Miguel parecia muito mais controlado do que Cristal. Seu último grito foi firme e decidido, soando com uma ferocidade que não combinava com ele. De repente, apertou a mão da mulher com mais força, fazendo a arma cair no chão, bem em cima do tapete felpudo em tons pastéis.

— Nunca vou te perdoar por isso, Miguel. Você vai me pagar muito caro!

— É uma ameaça? — Miguel soltou a mão dela como se pegasse fogo. Abaixou-se e pegou a arma com agilidade, travando-a e guardando na cintura.

Suspirei aliviada, mas não adiantou muito. A adrenalina ainda corria em minhas veias, deixando o meu coração perigosamente acelerado.

— Não. — Cristal recuperava o fôlego. Lágrimas se formaram em seus olhos muito claros. Ela olhou para mim. Eu devia estar fazendo uma cara de extremo terror, por isso ela sorriu. Doente. Esta palavra a definia muito bem. — Meu amor... Nunca. Perdoe-me — Abraçou Miguel com paixão, sem hesitar. — É o pessoal que acha que devemos acabar com ela.

— Que pessoal? — Miguel quis saber.

Eu também. Mas o que estava querendo saber era por que ele não tinha impedido o abraço da cascavel.

— Ian e eu. Plínio não tem certeza... Chris está irredutível como você. Mas é o melhor para nós, meu anjo. É para o bem do grupo. Não podemos levar essa... — Cristal me encarou — *coisa* aí conosco. Vai acabar com todos nós.

— Faremos uma reunião agora. Decidiremos com cuidado. Enquanto isso, nada será feito.

— Ok. Eu te amo, meu bem — Cristal falou, visivelmente chateada, mas sua voz soou doce e sedutora. Ela beijou Miguel na minha frente, um beijo propositalmente demorado, depois foi embora depressa, deixando-nos sozinhos de novo.

O que mais posso dizer? Eu tinha criado raízes naquela cama. Meu corpo inteiro doía de tensão. Nunca tinha corrido tanto risco em toda a minha existência. Aquele mundo com certeza não era meu. Não servia para mim. Nada tinha a ver com ele. A vontade de estar na minha casa voltou forte. Não queria respirar nem mais um segundo sabendo que Cristal podia beijar Miguel quando ela bem entendesse, sobretudo na minha frente.

Certo... Do que eu estava falando mesmo?

Engoli o choro e me levantei da cama, caminhando até o banheiro.

— Desculpe por isso — ele falou baixinho.

— Pelo quê, Miguel? Pelo quê? — Fui muito grosseira. Estava ficando cansada daquela situação incômoda. Devia estar em casa há muito tempo. — Não gosto de você. Não fale como se me importasse contigo e com essa... mulher que escolheu como companheira.

— Eu não estava falando sobre isso.

— Sobre o quê, então?

— Sobre Cristal ter tentado te matar. Não tenha dúvida de que ela o teria feito se eu não estivesse aqui para impedir.

Abri a torneira e lavei o meu rosto, sentindo-me uma completa idiota. Depois de ter visto Cristal beijando Miguel, achei que uma arma apontada em minha direção doeria muito menos. Além do mais, ela só estaria me fazendo um favor, acabando logo com essa vida sem sentido que levo. Eu tinha tantos motivos para ficar quanto tinha para ir embora. Ou seja, nenhum.

O que me importava a esta altura do campeonato?

Nada.

— Devia ter deixado — murmurei, de modo que não sei se ele escutou. Acho que não.

Estou odiando cada vez mais a situação. Odeio a mim mesma por ter sido tão estúpida, Miguel por me fazer sentir algo que não estou preparada para experimentar, Cristal por ser tão linda — e igualmente vaca — o tempo todo, esta casa porque está longe de ser um lar normal. Odeio violência, bandidos e o fato de ter matado um homem. Odeio tudo. E todos.

— Convocarei uma reunião agora. Vamos deixar tudo resolvido.

— Tanto faz. — Eu me encarei no espelho do banheiro. A porta estava aberta, e Miguel olhava na minha direção.

Meus olhos verdes estavam rodeados por olheiras profundas. Os cabelos escarlate continuavam lisos como sempre, mas feios, amarrotados. Peguei um elástico e os amarrei em um rabo de cavalo.

— Chris, lamento muito, mas não vai poder voltar para casa tão cedo.

Suspirei alto. Miguel também. Então soltei uma pergunta sem pensar:

— Isso dá dinheiro?

— Isso o quê?

— Esse lance de quadrilha, roubos... Essas coisas. Você ganha bem?

— Bem até demais — Miguel respondeu sem conter um sorriso bobo.

— Tipo, quanto?

— Milhões.

— Mi... Milhões?

— Sim. — Ele riu. — Muito dinheiro.

Saí do banheiro e me aproximei dele só para confirmar o que tinha me respondido. Tudo bem, esperava mesmo que aquele tipo de emprego rendesse bastante. Mas milhões? Mal fazia ideia de quanto era isso!

— Está querendo me dizer que você é milionário? Você e todos nesta casa?

— Sim. Todos nós. Ganhamos bem, muito bem.

— Bom... Sendo assim, eu me candidato ao emprego.

— Do que está falando? — Miguel franziu a testa, confuso. Pareceu ter levado um susto. — Enlouqueceu?

— Quero ser uma de vocês. — Sorri boba e nervosamente.

As palavras simplesmente saíram da minha boca, vindas de um lugar desconhecido. Não sabia se aquela decisão era regida pela razão, pela emoção ou pela minha recém-adquirida loucura. Uma parte de mim gritava, dizendo que tudo aquilo era um absurdo, que eu estava negando tudo o que sempre acreditei. A outra parte dizia que eu só tinha 25 anos e negar o que acreditei ao longo da vida não era lá grande coisa. Tinha muito que aprender. Além do mais, dinheiro é o objetivo principal do mundo todo. Por que não ser um pouco ambiciosa?

— Pense melhor, Chris. Não é uma brincadeira. Às vezes te acho consciente, mas às vezes tenho certeza de que não sabe o que diz.

Sabe que eu acho a mesma coisa?

— Quais são as minhas opções, Miguel? Nenhuma! Então é melhor encarar essa realidade de vez, antes que alguém me mate.

Ele pensou um pouco. No fundo, sabia que, do alto da minha inconsequência, até que eu tinha razão. Não podia voltar para casa, nem sair por aí com eles sem fazer parte do esquema. Para sobreviver, eu tinha que ter uma utilidade para o grupo. Precisava fazer alguma coisa para me integrar e, depois que conseguisse ganhar algum dinheiro, poderia "pedir demissão" e me mudar para outro país. Longe de toda essa história sem sentido.

Miguel se aproximou e ergueu uma mão. Tocou a lateral da minha face. Pensei que eu fosse morrer, mas me segurei. Não podia dar aquele gostinho à Cristal. Seus dedos começaram a descer, explorando meu corpo. O toque era leve. Senti-o entre meus seios e depois na minha barriga. Fechei os olhos.

Só os abri de novo quando senti a sua ausência. Miguel havia se afastado.

— Vamos. Vamos reunir todo mundo — definiu, por fim.

***

Miguel já não andava com tanta dificuldade como antes, apesar de se mover lentamente. Ajudei-o a descer as escadas mesmo assim. Ainda podia sentir seus dedos me tocando de leve e me perguntei o que poderia ter acontecido se ele não tivesse parado com a sua exploração, lá em cima, no quarto...

O pessoal estava lá embaixo, todos com cara de poucos amigos. O clima era tenso. Ian digitava alguma coisa em seu laptop, como sempre, enquanto Plínio e Chris conversavam baixo. Cristal estava na cozinha, tomando uma cerveja e petiscando amendoins com a maior cara de falsa.

— Vamos decidir o que faremos — propôs Miguel a todos, aproximando-se da mesa onde Ian estava e chamando o restante do grupo para se reunir.

Chris pegou duas cadeiras e me fez sentar ao seu lado. Nem sequer pestanejei. Plínio permaneceu no sofá. Cristal se acomodou perto de Miguel, no lado oposto da mesa.

Ian desligou o computador e acendeu um cigarro. A fumaça me incomodou, mas eu que não seria doida de reclamar. Seu rosto estava sério e seu olhar me fuzilava. Cristal também não parecia satisfeita, mas segurava a mão esquerda de Miguel com firmeza. Instintivamente, aproximei-me de Chris, apoiando a minha cabeça em seu ombro. Segurei-lhe a mão.

Mulher é um bicho esquisito. Nenhuma delas aceita ser humilhada por outra. Queria mostrar para Cristal que não estava preocupada com o relacionamento dela com Miguel. Chris não entendeu muito a minha atitude, mas entrelaçou nossos dedos e permanecemos assim, esperando alguém dizer alguma coisa.

Miguel observou, por alguns segundos, os meus dedos entrelaçados nos de Chris em cima da mesa, mas depois resolveu começar de uma vez com o falatório. Retirou um enorme pedaço de papel dobrado de dentro da bolsa, que estava com a alça presa em uma das cadeiras. Abriu-o na mesa. Era um tipo de mapa.

— Temos que passar nesta cidade. E nesta. — Fez marcações com uma caneta hidrográfica vermelha, mostrando dois municípios um tanto distantes entre si. — Nesta daqui temos que apagar um cara chamado Patrick, um traidor barato, alguns de vocês devem conhecê-lo. E nesta...

— Desculpa interromper, Miguel, mas você está contando os nossos planos para pessoas que não deveriam ouvi-los — Ian argumentou, olhando para mim com cara feia.

Apenas devolvi o olhar, mantendo uma careta insatisfeita. Não podia mais me fazer de vítima daquilo tudo. Que tipo de credibilidade teria se ficasse agindo como uma idiota?

— Na verdade, Ian, Christine se juntará a nós. — Miguel foi taxativo. Não parecia satisfeito com a informação, mas pelo menos entendeu o que eu tinha dito lá em cima. Não havia escapatória para mim.

— O quê? — Cristal ficou surpresa.

— Ela quer se juntar ao grupo.

— Uau — admirou-se Plínio. — Mais uma gostosa!

Senti meu rosto corar de imediato com o comentário. Plínio mal se importou, apenas sorriu debilmente. Acho que ele era o cara mais burrinho do grupo. Devia fazer parte da turma que faz o serviço, não da que pensa sobre ele.

— Você não pode decidir quem entra e quem sai do grupo. Apenas Orlando tem esse poder. — Ian contaminou o ambiente com ainda mais fumaça. Quase engasguei.

Não me pergunte quem é esse tal de Orlando.

— Por isso mesmo, depois que cumprirmos com a nossa última tarefa da temporada, irei levá-la até ele — explicou Miguel, ainda sem se intimidar. — Enquanto isso, Christine nos ajudará como puder. Certo, Chris?

— Certo.

— E quem me garante que ela é de confiança? — Ian estava com raiva de ser contrariado.

— Eu garanto. Ela salvou a minha vida. Agiu com esperteza — Chris intercedeu, falando pela primeira vez naquela reunião. Suas mãos apertaram as minhas.

Ele olhou para mim com seu sorriso magnífico, e eu apenas sorri de volta, segurando suas mãos com mais força ainda. Chris é um cara incrível.

— Também confio nela. — Miguel olhou novamente para as minhas mãos e as de Chris. — Ela também salvou a minha vida.

— Bom, mas eu não confio — Cristal rosnou.

— Nem eu — murmurou Ian. — Temos um empate. O que me diz, Plínio?

Plínio olhou para mim demoradamente. Foi difícil saber o que se passou pela sua cabeça, mas pareceu ter pensado bastante em todas as possibilidades antes de dar sua resposta. Fiquei tensa ao entender que o meu futuro, e talvez até a minha vida, dependia da resposta daquele cara.

— Ela tem talento — disse, sorrindo e piscando para mim. — Podemos dar uma chance.

Ufa! Mil toneladas foram retiradas das minhas costas.

O rosto de Cristal ficou tão vermelho que achei que fosse explodir, porém ela manteve a compostura e tomou mais um gole da sua cerveja, evitando olhar na minha direção. Ian se deu por vencido, afundando o corpo na cadeira onde sentava.

— Então, está decidido. Ela fica. — Miguel voltou a pegar a caneta e a mirá-la no mapa. — Como estava dizendo, apagaremos um cara nesta cidade e pegaremos uma encomenda importante nesta daqui. Depois terminaremos a jornada e teremos que descarregar. Orlando está neste estado. — Demarcou um lugar ainda mais longe.

— Temos que arranjar outro carro — alertou Chris. — Nos dividir e sermos mais cautelosos. Miguel e Christine estão sujos. Você também, Cristal.

— Por enquanto — ela respondeu, convicta. Eu me perguntei o que ela tinha feito para estar suja.

— Você tem que apagar os seus cabelos, garota — Ian apontou para o topo da minha cabeça. — Eles chamam atenção a quilômetros de distância.

Aquiesci, mas tive vontade de chorar. Teria que mudar os meus cabelos, depois de tantos anos? Que merda!

Os rapazes passaram um tempão articulando detalhes de como atravessariam praticamente o estado inteiro sem chamar a atenção da polícia. Eles eram profissionais, mas eu não e, por isso, não consegui entender quase nada. A única coisa que compreendi é que passaríamos a maior parte do tempo viajando de carro. Seria um verdadeiro tédio. Só depois me lembrei do que havia acontecido mais cedo, na estrada. Viajar poderia não ser tão tedioso assim. Na verdade, se fosse apenas tedioso seria bom. Seria ótimo!

***

Ficou decidido que iniciaríamos a missão no dia seguinte, à tarde. Daria tempo para que Miguel se recuperasse um pouco mais do ferimento, e também para que os garotos descobrissem como terminara a história do carro que explodiu. Não podíamos levantar suspeitas, e ainda bem que estávamos distantes do local.

Além do mais, todos os integrantes tinham acabado de chegar de um "dever" e estavam muito cansados. Eles passaram uma temporada inteira juntos, seguindo por diversas cidades, fazendo todo o trabalho sujo. Era uma vida corrida, perigosa e exaustiva, contudo eu poderia me acostumar. Ou não.

— Alguém ensina essa garota a usar uma arma. — Ian apontou para mim de um jeito acusador.

— Eu ensino. — Plínio se candidatou antes que Chris ou Miguel abrissem a boca. Como ninguém questionou, ficou definido que Plínio me ensinaria a atirar. Eu não sabia se ficava nervosa com o fato de ter que segurar uma arma de novo ou aliviada por alguém me ajudar a ser menos leiga no assunto.

Depois da reunião, o clima pareceu ficar menos tenso. Os rapazes foram para a área da piscina, cada qual com a sua cerveja. Conversaram descontraidamente, como se não tivessem nada mais sério para fazer. Até Ian deixou sua carranca preocupada de lado e riu um pouco das piadas de Chris.

Eu estava tão cansada que decidi tomar um banho e dormir um pouco. Miguel me convenceu a comer umas torradas com geleia antes de subir para o quarto. Eu me perguntei se um dia teria forças para negá-lo alguma coisa.

Plínio me avisou que começaríamos a primeira aula daqui a algumas horas.

Domingo | Sunday | Domingo

12

Treinando a mira

Janeiro | January | Enero

(meio da tarde)

Treinamento.

Sei que preciso disso, mas só de pensar fico nervosa. Se você está treinando alguma coisa, significa que vai precisar fazer aquilo em algum momento da sua vida. O problema é que não sei se estou disposta a arriscar tanto, a mudar a minha vida de uma forma tão absoluta. Não faço ideia se vou ser capaz de atirar em alguém de novo. A primeira experiência já foi traumática, porém, segundo Plínio, eu me acostumaria com o tempo.

Mas como me habituar a cometer o maior dos pecados da humanidade? As pessoas que essa gente mata com certeza têm família. Têm filhos. Sentimentos. Eles matam a sangue frio, sem levar nada em consideração. Nem sequer pensam que, em algum lugar, deve existir uma mãe, ou esposa, chorando a morte de um ente querido. Como controlar a culpa? Como fazer algo tão cruel sem se sentir o pior ser vivo do mundo?

Não sou uma pessoa ruim, muito menos fria. Não vejo motivo algum para sair matando as pessoas sem dó nem piedade. Até mesmo o que sinto por Miguel não será carta branca para esse tipo de comportamento. Faço tudo por ele, mas uma coisa é salvá-lo, protegê-lo e agir em legítima defesa. Outra coisa, totalmente diferente, é sair matando por aí.

Eu estava arrasada quando acordei naquela tarde. Minha cabeça latejava como se alguém tivesse batido nela com um martelo. Plínio estava no meu quarto, olhando através da janela. Uma brisa leve e refrescante entrava, tornando o clima bem agradável.

— Há quanto tempo está aqui? — Estranhei o fato de ver um homem enorme desfrutando a vista do meu quarto. Plínio é belo do mesmo modo que é intimidador.

— Há quanto tempo está acordada? — Sorriu.

— Não muito.

— Idem. — Ele abriu ainda mais as cortinas, deixando a luz do meio da tarde tomar conta. — Vamos começar o treinamento?

Soltei um gemido, uma parte por preguiça e a outra por pura chateação. Não queria aprender a atirar em ninguém, mas não tinha escolha. Isso podia salvar a minha vida. Ou pior ainda, a vida de Miguel e de Chris. Precisava estar preparada.

Descemos as escadas e seguimos em direção à área da piscina. Plínio estava animado, dizendo que trabalhara montando um alvo bem legal para me ensinar algumas noções de mira, e também como usar algumas armas específicas. Explicava-me tudo com uma grande paciência, mas eu não conseguia prestar atenção. Na verdade, minha atenção estava voltada para Cristal. Ela estava deitada de bruços na beirada da piscina, usando um microbiquíni que deixava todo o seu traseiro praticamente de fora. Miguel e Chris conversavam alegremente em duas espreguiçadeiras. Ian movia alguma coisa na churrasqueira.

— É... A festa hoje vai ser boa. — Plínio riu, segurando minhas mãos e me conduzindo para um espaço verde que ia além da piscina. — É o último descanso da temporada, por isso temos que aproveitar. Mas primeiro o dever, você tem que aprender algumas coisas básicas.

Adentramos um pouco o matagal que ficava no fundo da mansão e chegamos a um trecho mais aberto, uma campina. O sol brilhava majestosamente no céu, por isso fiquei com calor. O vento soprava de leve.

— Está vendo o seu alvo?

— Hum... — Olhei adiante, mas não consegui ver absolutamente nada naquele matagal. Tudo era verde. Caules, galhos, folhas, grama. Era tudo mato. — Acho que não.

— Ali, bem na sua frente. — Plínio apontou.

— Continuo sem ver nada. — Comecei a rir.

Plínio realmente teria trabalho com aquela tarefa. Tinha certeza de que ele se arrependeria por ter se candidatado tão rapidamente para aquela função. Sou tão lesa!

— Aqui... — Apoiou o seu corpo grande atrás do meu e orientou meu dedo a seguir a mesma linha que seu indicador fazia no ar. — Veja.

Havia uma coisa meio branca no meio da mata. Aos poucos comecei a encontrar mais detalhes daquele objeto. Era um pedaço de madeira fincado no chão, e em seu topo tinha uma fruta-pão enorme pendurada. Presa ao pedaço de pau havia uma tábua de madeira arredondada e, bem no meio, um círculo branco desenhado. Aquele era meu alvo. Parecia uma pessoa, na medida do possível, mas estava bem escondida entre aqueles arbustos.

— Tome. — Plínio me entregou uma arma. — Destrave aqui. Engatilhe assim. — Puxou uma aba para baixo e a arma fez um barulho seco. Ele ainda estava atrás de mim, tão próximo que dava para sentir sua respiração no meu pescoço. — Segure com as duas mãos. Depois faremos com apenas uma.

— Acho que não vou conseguir... — resfoleguei, sentindo-me idiota e incomodada com a sua aproximação.

Só de olhar para aquela arma meu coração doía tanto quanto a minha cabeça. Lembrei-me do crânio ensanguentado do homem depois que atirei nele.

— Claro que vai. Preste atenção. — Plínio segurou minhas duas mãos, envolvendo-me em um abraço meio esquisito. — Tente mirar e concentre-se. Mantenha os dois olhos abertos.

Assim que segurei a arma e mirei o alvo, alguma coisa aconteceu na minha mente. Era como se não fosse mais eu. Mantive meus olhos atentos e parecia que tinha ganhado uma dose extra de coragem e determinação. De repente, estava empenhada naquilo, queria muito acertar o alvo.

— Atire quando achar que deve. — Plínio largou minhas mãos, deixando-as soltas no ar. Um segundo depois, o projétil já estava instalado bem no meio da fruta-pão, que se espatifou em migalhas.

— Caralho! — Plínio praticamente gritou, iniciando uma gargalhada. — Isso foi... perfeito! Eu disse que você tinha talento, Chris. Foi feita para isso!

Fiquei afobada, mas não consegui rir daquilo.

— Nunca atirei em nada antes...

O que estava acontecendo comigo? Do nada tinha me transformado em uma atiradora de elite? Esse é o tipo de talento que eu não sabia que tinha. Pensando bem, nem sei direito se pode ser considerado um talento. Parecia mais um carma.

— Você tem noção de mira. É observadora e mantém as mãos firmes. — Ele ainda sorria, exibindo seus dentes muito brancos. — Seu olhar é seguro; a mente se concentra facilmente. Não estava errado quando votei a seu favor.

Plínio estava tão empolgado com o meu acerto que foi impossível não sentir orgulho de mim mesma. Finalmente existia alguma coisa no mundo na qual eu era boa. Tudo bem que não participaria de quermesses nem ganharia chocolates tentando derrubar os alvos com uma arma de chumbinho. A coisa era bem mais séria. Envolvia questões muito mais complexas.

— Treine mais alguns tiros, desta vez com uma mão. — Apontou para o alvo novamente. — Vamos lá, preciso te mostrar outras armas.

Depois de atirar dezenas de vezes, e de acertar a grande maioria, Plínio ficou convencido de que eu era habilidosa o suficiente para possuir uma arma. Juntos, escolhemos a que senti mais facilidade de atirar. Quando me entregou, alertou para que nunca me esquecesse de travá-la antes de guardar.

Na manhã seguinte treinaríamos mais um pouco, antes de partirmos para a última fase da "temporada" deles. Não sabia o que isso significava, mas viajaríamos para longe. Muito longe.

— Agora, vamos à festinha! — Plínio finalmente definiu, após duas horas de prática, com um sorriso malicioso nos lábios.

Seguimos de volta para a área da piscina. Já estava escurecendo, e só notei quando saímos do matagal. Plínio estava com os braços em volta dos meus ombros, parabenizando-me e elevando o meu ego por causa da descoberta da minha nova habilidade.

Fiquei aliviada por tudo ter dado certo, pois o que menos precisava naquele momento era de mais um motivo para me sentir um estorvo. Precisava me integrar àquela gente. Muito além de precisar, *queria* me dar bem com todos, menos com a Cristal. Não queria ter nada a ver com ela, mas manter uma relação de respeito seria bom.

Cristal ainda estava deitada na beira da piscina. Seus seios fartos atraíam o olhar de todos os que usavam cueca no recinto, inclusive o de Miguel. Isso era perceptível. Cada um dava uma espiada nela, mesmo que sorrateiramente. Não os culpei. Cristal tinha um corpo escultural, digno de estampar a capa de uma revista masculina.

Como toda mulher que fica ao lado de alguém mais bonita do que ela, senti-me feia. *Muito* feia. Meus cabelos estavam meio assanhados, amarrados em um rabo de cavalo. Eu estava suada por causa do calor que fazia no meio do mato, também pelo esforço e pela concentração que aquela atividade exigia. Minha saia jeans preta era muito simples, e a blusa verde-musgo não era lá das mais sexy.

— Vou pegar uma cerveja para nós, a gente merece! — gritou Plínio, seguindo para a cozinha.

Sem saber direito onde ficar, sentei-me ao lado de Chris na espreguiçadeira. Ian ainda cutucava a churrasqueira, mas agora eu já podia sentir um cheiro delicioso de carne grelhando. Chris me abraçou imediatamente, beijando-me na bochecha.

Percebi que sua atitude não continha segundas intenções. Seus olhos diziam claramente que ele só estava tentando fazer com que eu me sentisse bem. Que amigo maravilhoso era aquele? É incrível que algo tão louco tivesse que acontecer para que eu conhecesse uma pessoa tão singular.

— Como foi a aula?

— Melhor do que pensei — respondi, meio envergonhada. Não conseguia me orgulhar do que tinha feito. — Acho que levo jeito pra coisa.

— Christine, estávamos nos perguntando aqui... — Cristal se virou para me encarar. A bunda enorme ficou para cima de novo. — Sua família vai procurar por você. Seus pais, namorado... Sei lá. Deve existir alguém no mundo que não vai desistir muito fácil. Isso pode ser um problema.

Era óbvio que Cristal estava tentando encontrar motivos para que eu não seguisse com o grupo. Seu rosto estava completamente normal, a voz soava doce e relaxada, mas sabia que ela me queria bem longe dali. Não hesitaria em fazer o que estivesse ao seu alcance para se livrar de mim. Seus olhos felinos deixavam isso bem claro e, naquele instante, acreditei ser a única que enxergava seus objetivos. Talvez porque eu era a única que possuía grande quantidade de progesterona, além dela.

— Engano seu, Cristal. — Tentei devolver aquele olhar de sonsa para ela. — Meus pais morreram há muito tempo, não tenho namorado e moro sozinha desde os 18 anos.

Miguel franziu o cenho, provavelmente porque não sabia nada sobre o lado negro da minha história. Chris prestava atenção, interessado na nova informação sobre mim. Senti vergonha por ter despertado o interesse para uma parte da minha vida que preferia esquecer.

— Sério? — Miguel voltou toda a sua atenção para mim.

— Sim. — Olhei para ele sem me demorar muito. Seus olhos estavam muito lindos para o meu gosto. Precisava me acostumar com o efeito deles em mim. — A tia que me criou não me liga há alguns meses, e a minha melhor amiga é a única que vai se importar. Bom, mas ela deve estar muito ocupada agora cuidando da própria vida.

Chris ainda me abraçava. Não tirou os olhos de mim. Sua expressão sempre alegre havia desaparecido, dando lugar a um semblante sério.

Cristal ficou morrendo de raiva e, para disfarçar, resolveu passar bronzeador em seu corpo. Mas já estava anoitecendo!

— Fale mais sobre você — pediu Chris.

Miguel continuou atento, encarando-me e tentando ignorar as mãos de Chris nos meus ombros. Deu para perceber isso pela maneira como virava o rosto quando Chris me apertava mais forte. Ciúmes? Talvez. Se o nosso beijo tivesse significado alguma coisa, deveria ter conversado comigo sobre isso. Contudo, ele apenas ignorava o que tinha acontecido. E eu continuava sem saber o que estava acontecendo entre nós.

— Não tenho muito a dizer, a minha vida sempre foi uma grande porcaria.

Senti vontade de beber alguma coisa, e Plínio foi bem providencial quando surgiu da cozinha com duas cervejas numa mão e uma tigela grande de amendoins na outra. Ele me ofereceu uma latinha, piscou para mim, sorridente, e foi ajudar Ian a preparar as carnes.

— Nos resuma a porcaria da sua vida — Miguel se mostrou interessado.

Cristal tentava se manter distante, sem se importar com o interesse repentino do namorado em mim, mas eu podia perceber sua irritação.

— Infância normal. Puberdade irritante. Morte dos pais quando eu tinha 15 anos. Três anos de tratamento psiquiátrico, duas internações. Depressão moderada. Centenas de medicamentos pesados. Casamento repentino da tia. Solidão em um apartamento. Mil contas a pagar. E por aí vai... — expliquei rapidamente, dando outro gole generoso na cerveja.

— Quantos anos você tem? — Miguel perguntou, curioso.

— Vinte e cinco. Comemorados um dia antes de você ganhar isso — apontei para o curativo dele.

— Vou te dar um presente depois — ele disse, despreocupado, mas alguma coisa em sua voz soou ambígua. Que tipo de presente? Só pensei em besteira, admito.

— É, também vou te dar um presente! — Chris gargalhou, para logo em seguida se levantar e me atirar na piscina. No reflexo, puxei sua camisa e ele acabou mergulhando junto comigo.

Ainda bem que eu tinha deixado minha arma nova em cima de uma das mesinhas do recinto. A água estava muito fria. Assim que emergi, soltei um grito. Chris subiu à superfície, gargalhando como uma criança. Foi impossível não rir também. Em segundos, estávamos brincando de atirar água um no outro.

— Olhem só! Os "Chrises" se dando bem! — Plínio ria bastante. Miguel nos observava de um jeito estranhamente sério.

— Chris, eu não tenho muitas roupas aqui, você vai ter que me emprestar as suas! — gritei, atirando nele a maior quantidade de água que pude.

— Vai ser demais te ver de cueca e gravata! — Ele ria como um menino, achando tudo muito divertido.

Chris tinha um quê de inocência em seus olhos, embora eu soubesse que de inocente ele não tinha nada. Havia me provado, mais cedo, do que era capaz. Aquela súbita lembrança me causou arrepios, mas não me prendi a ela. Chris era especial e me fazia sentir da mesma forma.

Saí da piscina com dificuldade, pois minha saia não era lá muito flexível e minhas sandálias de tiras impediam um movimento mais amplo dentro da água. Chris saiu logo em seguida, até que descobrimos que cometemos um erro enorme: fora da água estava bem mais frio, pois a brisa do fim da tarde congelou a nossa pele. Miguel me ofereceu uma toalha e, antes que eu a aceitasse, colocou-a em volta dos meus ombros.

— Vai pegar uma gripe assim. Coloque roupas secas.

— Tá bom, papai. — Tentei não prestar muita atenção nele.

Seus bíceps firmes à mostra e os cabelos sempre bagunçados eram uma verdadeira tentação aos meus sentidos. Meu coração gelava mais do que aquela brisa a cada vez que o via. Era uma sensação de sufoco quase insuportável, um desejo enorme de me atirar em seus braços e de ficar simplesmente ali, sem me preocupar com mais nada.

Ignorei ao máximo sua boca convidativa e subi ao meu quarto, pronta para um banho e roupas limpas. Estava mais feia e repugnante do que um gato molhado. Meus cabelos tinham ficado umas trezentas vezes pior depois do banho de cloro.

Tirei toda a minha roupa e dei uma olhada geral no espelho do banheiro. Mulheres sempre fazem isso, mas dessa vez eu tinha um motivo especial. Estava encucada. Certo, sei que eu não tinha nem um pingo da sensualidade de Cristal, mas também não sou feia. Não sou tão magra, mas não sou gorda. Meus seios não são enormes quanto os dela, mas são bonitos. Diria que proporcionais ao meu corpo. Um ponto ao meu favor é que não pareço ser artificial. Aposto que Cristal colocou silicone e já se submeteu a mais de um processo cirúrgico.

Totalmente sem motivo, abri o armário do espelho. Foi do mesmo modo como abrimos a geladeira e esperamos que apareça, do nada, alguma coisa interessante pronta para ser devorada. Havia alguns medicamentos por ali, além de analgésicos, gaze e um tubo de água oxigenada. Achei um sachê no cantinho e vi que era descolorante. Muito providencial.

Foi então que tive uma ideia bem maluca. Não sabia se daria certo, porém, naquele instante, não me questionei muito. Pintava os cabelos de vermelho-vivo havia anos, mas aquela nova fase da minha vida merecia uma mudança drástica. E depois Ian tinha meio que me obrigado a fazer isso.

Não acho que ficaria esquisita caso virasse loira. Na verdade, achei que poderia combinar com a minha pele branca e os meus olhos verdes. De qualquer forma, só saberia se tentasse. Comecei a tomar um banho quente ainda ruiva e saí do banheiro loiríssima.

Coloquei um vestidinho leve cor-de-rosa e tentei secar os meus cabelos na toalha, até eles quererem ganhar alguma definição. Quando tive coragem de me olhar no espelho, o espanto foi enorme: estava tão diferente que parecia outra pessoa. Era a mulher forte, decidida e corajosa que enfrentava todos os perigos. Aquela não era exatamente eu, mas agora fazia parte de mim.

Eu seria uma loira fatal.

***

Ian e Plínio estavam felizes, fatiando pedaços de carne enormes e experimentando o poder da churrasqueira. Acompanhavam a refeição sempre com um gole de cerveja. Ian ia para o seu centésimo cigarro. Ainda bem que não vi sinal de outro tipo de droga. Pelo menos não até aquele momento.

Não havia sinal de Cristal ou Chris, portanto supus que estivessem se trocando também. A noite chegou, e o clima esfriou consideravelmente. Uma pena eu não ter trazido o meu casaco, ele fazia muita falta.

Procurei por Miguel e o encontrei do outro lado da piscina, apoiado na cerca de madeira, observando o matagal à sua frente. Eu me aproximei devagar, mas não adiantou muito. Plínio notou minha presença e começou a gritar lá do outro lado.

— Uma loira gostosa, finalmente! — Fez um sinal de positivo e eu não consegui segurar um riso bobo.

Ian olhou para mim, mas não pareceu se importar muito com a mudança. Miguel se virou rapidamente e parou quando seu olhar encontrou o meu. Abriu a boca, prestes a dizer alguma coisa, mas se calou.

— E então, gostou? — Tentei quebrar o gelo e fingir que não estava morrendo de vergonha.

Não sabia direito sobre o que conversar com ele. Era tanta coisa para dizer e, no entanto, não conseguia falar nada importante.

— Você está... linda. No mínimo.

— E no máximo? — ousei perguntar.

Ele desviou o assunto.

— Eu gostava muito do vermelho, mas o loiro ficou espetacular também. Qualquer cor em você ficaria... — interrompeu, olhando alguma coisa além de mim — legal.

— Uma loira! — gritou Chris às minhas costas. Ele tinha tomado banho e agora vestia um jeans escuro e uma camisa polo vermelha. — Nossa! — Ergueu minha mão e me fez girar em torno de mim mesma. Senti meu vestido rodar de leve.

— O que achou, Chris? — perguntei, animada.

— Adorei! Ficou show de bola!

Ele sorriu, depois olhou para Miguel e para mim, percebendo que estávamos afastados do restante da turma. Sendo assim, inventou uma desculpa qualquer e saiu de perto, deixando-nos a sós de novo.

— Precisamos...

— Nós... — Miguel e eu falamos ao mesmo tempo, mas ele tomou a palavra para si: — Nós precisamos conversar.

— Certo. Comece a falar antes que a sua namorada apareça.

— Ela demora horas secando os cabelos.

Imagino. Tenho certeza de que Cristal passa umas duas horas só se observando de frente ao espelho, admirando sua beleza e se esquecendo de que sua imagem é apenas uma casca para o que realmente esconde. Mas não estávamos falando de Cristal. Estávamos?

— Vem comigo. — Miguel puxou de leve a minha mão.

— Não, Miguel. — Puxei-a de volta, sem pensar direito em como o seu toque era gostoso.

— Confie em mim.

Pensei um pouco enquanto olhava para o chão, mas, quando meus olhos se encontraram com os dele novamente, não consegui impedi-lo de me guiar para onde quer que fosse.

Descemos uma pequena escada na lateral da área da piscina, que dava diretamente para o lado externo da casa, até alcançarmos o terraço aconchegante e muito ventilado. Havia vasos de plantas pendurados por correntes presas às vigas de madeira que apoiavam o telhado, bem como algumas cadeiras de vime suspensas também. Sentamos em um banco duplo, na lateral esquerda do grande terraço. A luz estava apagada naquele extremo, pois não havia necessidade de iluminação. Ninguém ficava ali.

Já estava pensando em pular toda a conversa chata que teríamos e partir logo para os "finalmentes", mas sabia muito bem que não seria assim.

E também ou teria Miguel por inteiro, ou não o teria. Não viveria de migalhas alheias.

— Queria pedir desculpas por tudo o que te causei nas últimas horas — ele começou, tocando no assunto desde a sua raiz. Desde o momento em que tive a estúpida ideia de salvá-lo da polícia.

— Não... — Miguel colocou seu dedo indicador em meus lábios, fazendo-me calar. Aquele mesmo dedo faceiro que tinha cruzado parte do meu corpo. Infelizmente, dessa vez ele não desceu mais.

— Se existir qualquer coisa que você queira muito... Qualquer coisa, Chris, eu juro que te darei. Tenho uma dívida eterna contigo. Estraguei a sua vida e nunca vou me perdoar por isso.

Ele estava mesmo me perguntando o que eu queria muito? Sério?

— Você não estragou nada.

— Claro que estraguei. Diz isso agora, mas daqui a uma semana poderemos ter esta mesma conversa e você concordará comigo. — Miguel estava muito sério. — Não faz ideia de como a nossa vida é complicada.

— Sei que não é fácil, Miguel, mas tive opções e fiz a minha escolha. Mesmo que descubra ter tomado a decisão errada, ainda assim foi minha escolha, portanto não se culpe. — Coloquei uma mecha do seu cabelo para trás, tomando a liberdade de tocá-lo. Para quê? Só atiçou ainda mais o desejo que sentia por ele.

Miguel me observou por um longo tempo, através da penumbra do terraço, enquanto eu o encarava em resposta. Sua simples presença era capaz de mexer com todo o funcionamento do meu corpo. Tudo fluía rápido e calmo ao mesmo tempo. Ficamos completamente calados durante minutos eternos, um tentando adivinhar os pensamentos do outro.

— Era isso o que você tinha para me dizer? — Comecei a ficar chateada com o seu ar misterioso.

— Também.

— E o que mais?

— Sabe, Chris... A minha relação com Cristal é muito complicada.

— Que tipo de complicação? — Fiz uma careta.

— É tão complicada que não me relaciono com outras pessoas há alguns anos.

Fiquei estupefata com aquela afirmação. E curiosa. Queria saber por que era tão complicado para ele. Gostaria de entender o que Cristal tinha que nenhuma outra mulher tinha — além de glúteos bem definidos e uma falsidade fora do comum.

— É tão óbvio que Cristal não faz o seu tipo que chego a ficar enojada — confessei em voz alta. — Está na cara que você é infeliz. Ela nem sequer consegue te fazer sorrir.

— Ela é muito bonita, mas isso não é tudo.

— É claro que não! — Ri com ironia. — Por que não termina logo?

— Já disse, é complicado. — Ele virou o corpo para frente, mantendo seu olhar fixo em uma das plantas que pendiam do telhado através de uma corrente prateada.

Não conseguia entender aonde ele queria chegar com toda aquela conversa. Fiquei desconcertada por algum tempo, até que a minha razão resolveu se mexer e chegar a uma conclusão satisfatória para a atitude dele. Miguel estava me enrolando. Isso mesmo. Sabia que eu nutria sentimentos por ele — isso estava escrito bem no meio da minha cara —, no entanto, não estava a fim de terminar seu relacionamento com Cristal só por minha causa. Por isso que resolveu conversar comigo e inventar histórias para me fazer desistir de alimentar qualquer esperança.

Quando a ficha finalmente caiu, morri de vergonha. Sério, fiquei tão sem graça com essa situação chata que minha vontade era de abrir um buraco ali mesmo, só para enfiar a minha cabeça. Senti o meu corpo meio mole, como que refletindo todo o cansaço psicológico que sofri nos últimos dias.

Miguel ainda olhava para a planta, pensativo e com uma expressão meio... triste. De fato, era muito deprimente, devo concordar. Mas para mim, e não para ele. Arrisquei a minha vida por sua causa. Não que eu esperasse receber algo em troca. Eu faria tudo de novo para deixá-lo a salvo, mas ele bem que podia ser mais sincero comigo. Era o mínimo que deveria fazer por mim.

— Então, Miguel... — falei secamente, jurando a mim mesma que nunca mais seria fraca. Apesar da vontade absurda de sair dali correndo, apenas engoli o nó que subia na minha garganta e continuei falando. — Não tenho nada a ver com a relação de vocês. Se isso foi um desabafo... Bem, não sei o que posso fazer para te ajudar, principalmente se não me disser mais nada além disso. Tenha fé e tudo ficará bem.

Tentei dar uma de amiga. Não me culpe, diário, não queria sair por baixo nessa história. Miguel não podia pensar que eu estava realmente me importando. Estava, é claro, mas ele não precisava saber.

Miguel voltou a me olhar com uma expressão confusa. Meu objetivo era deixá-lo envergonhado com o que estava fazendo comigo. Quero dizer, não ter sido sincero desde o começo. Ele bem que podia ter dito: "é, você é bonita e eu te beijei, mas não passou disso, procure entender". Ou algo do tipo: "pensei que fosse embora, então te beijei, mas não imaginei que você voltaria para me assombrar".

— Bom, o cheiro está delicioso e meu estômago está roncando... — Eu me levantei do banco duplo. — Se não tem mais nada a dizer, vamos à festinha.

— Está chateada? — sussurrou, ainda sem entender a minha reação.

Pensei em negar e ir embora, fingindo que tudo estava perfeitamente em ordem. Mas não pude. Eu me virei na direção dele.

— Quer saber? Não sou uma pessoa falsa, não sou como Cristal ou como você. Falo o que penso, sempre foi assim e não é agora que serei diferente.

— Do que está falando? Quando fui falso contigo? — Miguel se levantou do banco também. — Acho que está me entendendo errado.

— Entendi tudo perfeitamente, Miguel. Não se preocupe. — Eu me aproximei dele, com olhos acusadores. — Você é frio, calculista e acha que tem controle sobre todas as coisas, inclusive sobre mim, afinal, estou aqui por uma falha sua.

— Está enganada. — Sua voz ficou fria, parecia que ele estava se defendendo de algo.

— Eu faria exatamente a mesma coisa para te salvar. Dezenas de vezes. Centenas. Não me arrependo de nada e nem espero nada em troca. — Deixei claro que não pretendia colocar a culpa de nada sobre ele. — Apenas a sua sinceridade, só isso. Mas, para alguém como você, devo estar pedindo demais.

— Você me conhece muito pouco para me julgar tão livremente. Estou sendo sincero. O que quer que eu faça? Não posso te colocar em risco.

Parei um pouco, sem entender bulhufas do que ele estava falando. Risco? O único risco que eu corria era o de desistir de voltar ao churrasco e me atirar nos braços dele, ignorando tudo o que tinha acabado de me dizer.

— Realmente eu te conheço muito pouco para sentir essa coisa ridícula que sinto toda vez que você está por perto. — A minha boca enorme acabou dizendo o indizível. — Mas sinto... Eu sei que você é uma pessoa especial, mas é muito infeliz.

Miguel suspirou alto e mordeu os lábios, mas não tirou seus olhos de mim. Eles queimavam a minha pele, e pareceu ficar pior depois que confessei, "sem querer querendo", que de fato sentia algo por ele. Fazer o quê? Como disse, não sou uma pessoa falsa. E odeio falsidade.

— Não queria ter te salvado para te ver infeliz assim. — Eu lhe toquei a face com a ponta dos meus dedos. — Mas respeito suas decisões. Por isso, vamos à festa!

Quando me virei para seguir em direção à área da piscina, senti algo me puxando pelas mãos e quase gritei de susto. Sem nenhuma lógica, Miguel me empurrou contra a parede e pressionou o seu corpo contra o meu.

Envolvida pelo seu perfume maravilhoso, fiquei sem reação, apenas esperando alguma coisa acontecer. Ele segurou o meu queixo, obrigando-me a olhar diretamente em seus olhos.

— Sou mesmo frio e calculista, você tem razão. A vida me fez assim, Christine. Não tenho motivos para me sentir alegrinho. Por outro lado, você é insegura, frustrada consigo mesma e tem baixa autoestima.

Aquela afirmação quase me fez desabar no chão. O modo como ele me encarava, dizendo aquilo com tanta convicção, foi um baque para mim. Senti meus olhos ficarem marejados de tanta angústia. Era como se ele estivesse tentando revidar o que eu dissera. Acertei na minha análise sobre ele e, sinceramente, ele também acertou sobre mim. Mesmo assim, expor os defeitos das pessoas dessa maneira é humilhante. Senti-me culpada por ter dado a brecha para ele fazer isso, e triste por ele ter admitido a sua infelicidade. Não queria que fosse assim.

— Talvez nós nos conheçamos mais do que pensamos — sussurrei, fazendo força para não chorar.

— Talvez sim. E eu me pergunto: por quê?

— Não sei. — Passei os meus braços em volta de seus ombros, sentindo o meu corpo arder ao se encostar a sua pele. — Destino, talvez?

— Tenho medo desse tal de destino. — Ele segurou a minha cintura.

— Você sempre quer controlá-lo.

— Seria ótimo se pudesse.

— Mas nunca conseguiu de verdade. — Era uma mera suposição.

— Não, nunca consegui.

— Você devia deixar acontecer.

Miguel me prendeu ainda mais contra a parede. Segurou a minha cintura com as suas mãos firmes, encostando o seu rosto no meu. Nossos lábios ficaram muito próximos, e respirei o mesmo ar que circulou em seus pulmões. Senti as mesmas mãos descerem ainda mais, segurando as laterais das minhas coxas. Arfei de desejo, fechando os olhos.

Senti-lo tão perto é magnífico. Seu corpo grande, seu cheiro espetacular... Só precisava de mais dele. Atendendo ao meu pedido, Miguel me levantou, obrigando-me a envolvê-lo com minhas pernas. Terminei completamente exposta. Ele soltou um curto gemido.

Por um momento achei que aceitaria a minha sugestão. Pensei que talvez estivesse errada em minhas conclusões precipitadas. Mas Miguel apenas se afastou até me largar completamente, depositando-me no chão e se desvencilhando dos meus braços. Fiquei sem entender nada.

— Não posso, Chris — ele disse sem olhar para o meu rosto, começando a andar em direção à área da piscina. — Esqueça isso, por favor.

Miguel foi embora, deixando-me sozinha.

Meu estômago roncou alto e desesperadamente. Entre chorar e comer alguma coisa, escolhi a segunda opção.

Pra que chorar de estômago vazio?

***

Esperei Miguel sair do meu campo de visão para dar a volta na casa. Resolvi entrar pela porta da frente. Se Cristal estivesse na área da piscina, não nos veria saindo pelo mesmo canto. Além do mais, ninguém precisava saber que ele me deixou sozinha no escuro. Tudo o que eu menos queria era passar por aquele tipo de humilhação.

Pensei em comer algo pela cozinha e ir dormir, mas o cheiro da carne assando estava realmente de dar água na boca. Quando cheguei perto da piscina, Cristal estava lá com Miguel sentado ao seu lado, segurando suas mãos.

Ele parecia descontente e pensativo, porém eu não pretendia me estressar com os dois naquele instante. Apesar de deprimida, cansada e psicologicamente abalada, tinha que encontrar uma forma de aceitar os fatos. Sou uma mulher madura — pelo menos deveria ser — e preciso agir como tal se pretendo sobreviver a esta nova etapa da minha vida. Não foi em vão que realmente fiquei com vontade de curtir aquela minifesta. Deixei a tristeza de lado, ignorei completamente o casal e simplesmente curti a noite. Chris e eu ensaiamos algumas coreografias das músicas que tocavam no som da casa. Rimos um bocado. Ele era uma ótima companhia e era impressionante como tínhamos uma ligação. Conseguíamos nos dar bem como se fôssemos amigos de longa data. Parecíamos falar a mesma língua; ele sempre adivinhava o que eu estava pensando e, de alguma forma, eu conseguia fazer o mesmo.

Depois de muita cerveja, carne de churrasco e de rir quase a noite inteira das coisas que Chris falava, eu estava realmente me divertindo, como não fazia havia anos. Quando me dei conta, não tinha mais ninguém por perto, todos haviam se recolhido. Menos Chris e eu.

Ele então me contou sobre a sua história de vida. Dividimos as nossas particularidades esta noite.

— Vim de uma família muito pobre de periferia, Chris. Meu futuro sempre foi incerto, nunca fui de estudar muito... Andava pelas ruas, usando drogas desde muito pequeno. — Nós dois estávamos deitados, cada um em uma espreguiçadeira, na frente da piscina. O céu estava repleto de estrelas, e apenas elas eram testemunhas daquela narrativa chocante. O vento soprava frio, fazendo o meu nariz congelar. — Com 12 anos eu já andava armado pelo meu bairro. Era respeitado aonde quer que fosse.

Eu escutava atentamente cada detalhe do que Chris dizia. Queria saber mais sobre aquele amigo tão especial e que havia aparecido na minha vida de um jeito tão inusitado.

— Fugi de casa aos 17 anos e nunca terminei os meus estudos.

— E o que aconteceu quando você fugiu?

— Andei pelas ruas durante anos. Praticava pequenos furtos e gastava tudo com drogas. — Ele ficou muito sério, fitando o céu acima de nós. — Foram tempos muito difíceis. Conheci a violência na sua forma mais profunda. Com o tempo, ganhei experiência. Aprendi a atirar, a lutar, a correr...

— Como entrou na quadrilha? — questionei, já sabendo a resposta. Chris era um cara altamente habilidoso, disso ninguém podia duvidar. Ele tinha talento, profissionalismo. Qualquer um o contrataria.

— Fui pego pela polícia. Respondi a um monte de processos até que conheci Orlando, nosso chefe. Ele me salvou de mofar anos na cadeia. O cara sabia das minhas habilidades e fez a oferta irrecusável de me contratar para seu grupo.

— E como ele fez para te tirar de lá? — Não conseguia entender como Chris tinha se safado tão facilmente.

— Orlando conhece todo mundo. Ele é influente nos quatro cantos deste país, resolve tudo com apenas uma ligação. Não é um cara que você gostaria de ter como inimigo.

Engoli em seco.

— Há quanto tempo está no grupo?

— Uns dez anos. Foi quando conheci Miguel e nos tornamos parceiros. Depois entrou Plínio, Cristal e, por fim, Ian. E agora você. — Ele sorriu, olhando para mim por um momento, mas tornando a observar o céu logo em seguida.

— Quantos anos você tem, afinal? — Chris não parecia ser tão velho. O seu jeito sempre alegre com certeza lhe diminuía vários anos.

— Trinta e dois. — Mostrou os músculos do braço, dando tapinhas nele. Comecei a rir, mas parei quando uma nova pergunta rodeou a minha mente.

— Ainda usa drogas?

— Depois de quebrar a cara um bocado de vezes, larguei. Miguel me ajudou muito nisso, por sinal.

Ignorei a menção ao nome de Miguel, mesmo que por dentro meu coração meio que congelasse apenas em ouvir seu nome.

— Você se arrepende? Digo, de se juntar ao grupo de Orlando? Como ele é? — continuei com o interrogatório.

— Não — Chris respondeu rapidamente, sinal de que era mesmo verdade. Ele não se arrependia de levar aquela vida complicada. Diferente do que eu podia sentir em Miguel. Enquanto Chris se mantinha positivo e trabalhando com certo prazer, Miguel era rancoroso, sério. Parecia ter medo de tudo e de nada ao mesmo tempo. — Orlando é um cara com quem ninguém gostaria de se meter, mas, quando você ganha a confiança dele, as coisas ficam muito mais fáceis.

— E a sua família? Ainda tem contato com eles?

— No começo, eu mandava dinheiro para todos. Depois de um tempo descobri que o meu irmão mais velho roubava tudo para gastar em bebidas e drogas. Parei de mandar assim que soube disso, então ele enlouqueceu. Meteu-se em tanta confusão que agora está preso. Pegou mais de 50 anos.

— Nossa...

— Agora mando dinheiro escondido para a minha mãe, pois tenho medo que os agiotas do meu irmão façam alguma coisa contra ela. Meu pai faleceu há alguns anos, nem cheguei a me despedir.

Caramba!

— Deve ser bem difícil para a sua mãe... — murmurei, morrendo de dó. — Tem outros irmãos?

— Não. Somos só o meu irmão e eu. Sabe, ele fazia parte do grupo de Orlando, mas usava tanta droga que chegou um momento em que não conseguia fazer nada certo. Tive mais sorte do que ele, pois pude contar com a amizade de Miguel.

— Seu irmão fazia parte do grupo? — Franzi o cenho.

— Sim, foi através dele que Orlando soube que eu existia. Quando fui convidado, meu irmão ainda estava dentro. Ele era muito bom no que fazia, de verdade. Era um dos melhores. Até que chegou a um ponto que Orlando não aguentou mais suas loucuras e o expulsou. Passou então a andar por aí sem rumo, torrando o dinheiro dele e o que eu enviava para mamãe. Terminou preso.

— Você não tem raiva do Orlando por causa disso?

— Não. Meu irmão mereceu, ele fez muita merda. Se ele não fosse preso, talvez não estivesse mais neste mundo. Ele é doido e perigoso. Mas é gente boa. Sei lá, é difícil definir aquele idiota — disse, rindo.

Fiquei em silêncio por alguns minutos, absorvendo tudo o que Chris falou. Não dava para acreditar que eu tinha entrado naquela situação tão rapidamente. Dois dias antes trabalhava apenas para me manter, e daqui para frente só o destino dirá até quando suportarei viver do jeito que Chris viveu a vida inteira.

Era óbvio que nós dois vínhamos de mundos completamente diferentes. Eu tinha uma família feliz e bons amigos. Cresci em um ambiente amoroso, saudável. Nunca usei drogas. Tudo bem que minha história é marcada por uma tragédia, mas nunca me faltou nada.

Expliquei isso a Chris.

— Cada um carrega o seu próprio fardo, não significa que doa menos — ele respondeu com suavidade.

— Mas me sinto culpada por achar que a minha vida sempre foi ruim, quando na verdade tive oportunidades que você não teve.

— Não adianta ficar pensando nisso. Acho que deve dar uma chance a si mesma e tentar ser feliz, apesar de tudo.

Suspirei, lembrando-me da minha situação atual. Nada era fácil.

— Tenho medo de me arrepender. Temo não ser aceita, não servir para nada — disse, suspirando.

— Eu sei. Você seria anormal se não sentisse medo. Mas prometo que vou te ajudar e te proteger sempre que precisar — falou, sorrindo. — Vai dar tudo certo.

— Não sei...

— Ei, olha pra mim. — Chris virou seu rosto para me encarar. Olhei para ele de volta. — Vai dar tudo certo, acredite.

Eu não acreditava muito nisso, mas estava feliz por pelo menos uma pessoa na face da Terra estar torcendo por mim. Minha cabeça estava a mil por hora, o medo e a angústia voltando.

Suspirei profundamente. Não consegui evitar pensar no que Cristal e Miguel estariam fazendo àquela hora. Eles se recolheram há algum tempo, e o mero pensamento sobre aquilo já era capaz de me deixar muito irritada. Eu sabia que estavam juntos no mesmo quarto.

Pensei que talvez fosse melhor esquecê-lo. Deixar tudo de lado e, quem sabe, dar outra oportunidade para o meu coração.

Olhei para Chris deitado ao meu lado. Ele era um homem alto, bonito, habilidoso e, acima de tudo, me respeitava. Ele gostava da minha presença, deixava claro que se sentia bem quando estava comigo. Além de me fazer rir. Rir muito mesmo. E eu me sentia completamente protegida quando estava com ele. O que mais poderia querer em um homem?

Subitamente, e encorajada pelas cervejas que bebi, eu me levantei da minha espreguiçadeira e deitei devagar na que Chris estava. Apoiei a minha cabeça em seu peito forte e ele me abraçou, ajustando melhor o meu corpo no espaço disponível. Seus braços estavam quentes e me protegeram do frio daquele lugar. Era aconchegante demais.

A princípio, ele não percebeu nada de anormal, até porque não era a primeira vez que nos acarinhávamos. Mas, quando ergui o meu corpo e deixei nossos rostos estrategicamente perto, ele pareceu entrar em choque. Eu não sabia direito o que queria com aquilo. Tudo bem, não vou mentir para o meu próprio diário, na verdade sabia muito bem. Estava tentando ser feliz de outro modo. Era isso. Eu não queria ter que suportar a desilusão e a angústia por não ser correspondida. Aprendi há muito tempo que devemos dar valor a quem nos valoriza. Às vezes não somos felizes simplesmente porque não damos uma chance às pessoas que merecem de verdade. E esse alguém pode estar bem ao nosso lado, cabe a nós enxergá-lo.

Chris era uma dessas pessoas. Foi por isso que tomei aquela atitude, mesmo que bastante precipitada.

— Christine... — ele sussurrou enquanto eu fazia nossos corpos se tocarem ainda mais. — Você não quer fazer isso de verdade.

Senti suas mãos segurarem os meus cabelos.

— Eu quero, Christian. — Não era mentira.

Se não desse certo, pelo menos tinha tentado. Claro que não queria estragar a nossa amizade tão intensa, mas somos maduros para saber separar as coisas depois. Não tive muito tempo para pensar, na verdade. Acho que estava mesmo bêbada.

— Não quer... — Alisou meus novos cabelos oxigenados com carinho, ainda surpreso em me ter tão perto. Nossos lábios estavam quase se encostando.

Aproximei as nossas bocas, mas ele desviou um pouco. Acabei lhe beijando o espaço entre o fim da boca e o princípio da bochecha.

— Por que não? — murmurei sem me chatear. — Você é a única pessoa no mundo que me respeita e compreende.

— Olhe para mim, quem sou eu para te julgar?

— Mas você me respeita. Eu valorizo isso.

— É por te respeitar que não vou deixar você fazer o que está pensando. — Chris afastou o meu rosto de leve, abrindo espaço para se sentar. Continuei deitada e me virei de frente, voltando a observar o céu que estava tão negro quanto os olhos dele.

— Como pode manter sentimentos tão bons dentro de você, Chris? — Fiquei surpresa com o tamanho do caráter que ele possui. Tentei não ligar para o fora que acabara de receber. — Depois de tudo o que passou, como consegue ser assim: amoroso, respeitoso, carinhoso?

— Nem sempre fui assim, até que um dia resolvi oferecer às pessoas algo que nunca tive. — Ele se sentou de costas para mim, apoiando sua cabeça com as duas mãos. Era sinal de que estava nervoso. — Quando não estou trabalhando, posso ser diferente.

— Eu te admiro demais.

— Eu também, Chris. Vejo em você todas as qualidades que busco em uma mulher: inteligência, força, simpatia... beleza... — confessou, porém sem olhar para mim.

— Então por que não quer me dar uma chance?

— Porque o nome de outro está escrito na sua testa, e eu respeito tanto você quanto o dono desse nome. — Virou-se para me encarar. — E porque não quero e nem vou estragar essa ligação que a gente tem desde que nos conhecemos. Isso é amizade, o nome é exatamente esse.

— Não quero ser infeliz. Só isso. — Eu me levantei e segui para o meu quarto sem nem sequer olhar para trás.

Tentei pregar o olho depois de um banho relaxante, mas não consegui. São três horas da manhã e nada do sono aparecer. Contudo, sinto-me exausta. Estou tão cansada que nem sei como consegui pegar este diário e escrever tantas coisas. Amanhã iremos embora, e eu não sei o que será de mim. Não sei o que me aguarda, nem para onde iremos ou o que deverei fazer para convencer o grupo a me integrar.

Só espero não ter que matar ninguém. O resto até vai.

Quanto a Cristal, apesar de ter tentado me matar, prometo, meu diário, que não vou ser falsa com ela. Vou ser bem sincera a partir de agora, doa a quem doer. Sobre Miguel, que eu sei que você quer saber, nem vou perder o meu tempo pensando em algo que não tem lógica. Já quanto a Chris... Não sei. Não sei de mais nada. E, sinceramente, é melhor assim. Saber demais pode ser muito perigoso em certas ocasiões.

Segunda | Monday | Lunes

13
A longa viagem

Janeiro | January | Enero

Querido diário,

Hoje foi o nosso primeiro dia de viagem. E que viagem! Já percorremos um monte de cidades e vimos várias paisagens passarem por nós, quase sem pausas. A estrada está monótona e tediosa, o que me faz pensar ainda mais em todas as coisas que aconteceram comigo desde que fiz a burrice de salvar a vida de Miguel. Mas como esse não é o começo de mais um dia, sinto a necessidade de escrever tudo o que aconteceu hoje de manhã, antes do marasmo total ter se abatido sobre o nosso carro.

Pois é, acostume-se com narrativas enormes, porque agora finalmente eu tenho o que escrever. Hoje, em específico, tenho muitas novidades a contar. Coisas que até agora não acredito que aconteceram.

Bom, só consegui dormir direito depois que o primeiro galo cantou, indicando o começo de mais uma manhã. Paguei um mico bem infantil. Passei a noite em claro imaginando Cristal entrando nos meus aposentos e me dando um tiro na cabeça. A porta do meu quarto permaneceu trancada, mas ela podia entrar pela janela — que não tem tranca —, ou sei lá, tenho certeza de que uma mulher como ela não é impedida por uma porta trancada.

Juro que fiquei realmente assustada com a possibilidade de dormir e nunca mais acordar. Como me desculparia com Chris pela noite anterior? Jamais descobriria a história "complicada" entre Cristal e Miguel, nem saberia como seria a minha vida com aquele grupo. Eu não podia morrer sem saber disso. Sou uma mulher muito curiosa.

Apesar de ter vontade de rever os meus pais e ir para um lugar melhor, nada me garante que exista de verdade alguma coisa após a morte. Eu quero viver. Mesmo depois de ter entrado em tamanha confusão, mesmo me sentindo triste, quero viver. Além do mais, detestaria dar esse gostinho à Cristal. Se fosse para morrer, não podia ser pelas mãos dela. De jeito nenhum.

Sendo assim, não me culpe por ter praticamente invadido o cômodo de Chris pela manhã, logo cedinho. O clima ainda estava frio e o tempo parecia meio chuvoso. Ainda não tinha vestígios dos raios de sol, e era muito provável que o dia inteiro ficasse daquele jeito. Percorri o corredor do andar de cima, tentando fazer o mínimo de barulho possível.

A porta do quarto de Chris não estava trancada, para a minha sorte. Eu sabia onde ele estava dormindo, pois passei pelo corredor no dia anterior e o vi organizando algumas coisas que não consegui identificar. Foi apenas uma passada rápida para pendurar, no varal do terraço ao lado, umas roupas que lavei no chuveiro. Eu não tinha muitas, portanto resolvi lavar as que já tinha usado. De qualquer forma, sabia onde era o seu quarto e isso foi fundamental. Do contrário seria impossível dormir, apesar do sono imenso que estava sentindo.

Nem sequer bati à porta. Apenas a abri com cuidado e a fechei devagar, tentando ser cautelosa para não assustá-lo. Mesmo com toda precaução, Chris abriu os olhos e se sentou na cama de um jeito assustado.

— Christine? O que aconteceu? — Ele ficou preocupado e em alerta, como se a Terceira Guerra Mundial tivesse começado.

— Nada. Só... não consigo dormir — murmurei, mas não demorei muito para me sentir uma idiota medrosa.

Chris coçou os olhos, ainda desacostumados com a claridade leve do quarto, e depois sorriu. Aquele sorriso que eu gostava até demais.

— Quer que eu te faça companhia lá embaixo? — perguntou, levantando-se vagarosamente.

Chris usava apenas uma bermuda azul-clara que parecia meio desconfortável para dormir. Seu corpo estava todo à mostra, por isso tive o vislumbre de seus braços, peito e abdômen definidos. Contudo, não me ative a eles, meu objetivo em procurá-lo foi apenas para buscar proteção e dormir em paz.

— Na verdade, não. Estou com muito sono e preciso dormir um pouco. — Aproximei-me da cama de solteiro com lençóis brancos, que pareciam aconchegantes.

O quarto em que Chris estava era bem menor do que o meu. Não possuía banheiro próprio e a decoração era simplória: um armário, um pequeno criado-mudo com duas gavetas e cortinas cobrindo a janela.

— Posso ficar aqui?

— Chris, eu... — Ele pareceu meio desconcertado, mas deitei na cama sem esperar a conclusão de sua resposta.

— Só não quero amanhecer morta. Acha que permitirei que Cristal me mate enquanto durmo?

— Ela não ousaria fazer isso, Chris. Não se preocupe. — Chris decidiu por se deitar também.

— Não sei. Ela me olha de um jeito assustador. — Peguei um pouco do lençol para me cobrir, dividindo-o com ele. — Cristal vai tentar de tudo para me tirar do caminho. Escreva o que estou te dizendo.

— Vou ficar de olho.

Percebi que Chris evitava se encostar a mim. Era um trabalho meio difícil, pois a cama era pequena, mas, mesmo assim, ele procurava se manter distante. Odiei aquela situação. De verdade.

— Vai me evitar? — Eu me inclinei em sua direção até ficar de frente para ele. — Se for fazer isso, melhor eu ir embora.

— Chris... Não sei bem o que fazer. Sou homem. Desculpa.

— Não vim aqui me atirar em você. Estou realmente com medo de ser morta e tenho tanto sono que... — Não consegui mais terminar a frase, pois comecei a chorar feito criança.

— Ei... Eu sei, eu sei... — Chris finalmente quebrou o gelo entre nós e me abraçou, aninhando-me em seus braços. Daquele modo eu estava muito mais segura. — Não vou mudar absolutamente nada contigo, mas só se me prometer que não vai fazer as coisas sem pensar, em momentos de desespero.

— Estou tão envergonhada. Agora você me acha uma desesperada.

— Não. Só acho que está perdida por tentar entender o que não compreende ainda. Isso vai passar.

— Se quer que eu vá embora, por favor, diga. Seja sincero comigo — choraminguei.

— Quero que fique. Relaxe e durma.

— Tem certeza?

Chris suspirou.

— Faz ideia do quanto é bonita, Chris? — sussurrou sem desfazer o nosso abraço. — Seu cheiro é incrível. Não quero arranjar problemas.

— Só quero dormir.

— Eu sei. Vamos dormir agora.

Aquiesci, tentando parar de chorar.

Como se o seu desejo fosse uma ordem, não demorei muito a cair no mais profundo sono. De fato, desmaiei e acordei na mesma posição em que estava quando adormeci: abraçada a Chris, um pouco virada de bruços. Meus braços estavam dormentes pela posição, por isso virei para o outro lado. Chris estava dormindo, mas começou a se mexer quando me movi. A cama era confortável, mas não dava para duas pessoas dormirem sem inconvenientes.

— Por quanto tempo dormimos? — perguntei, ainda sonolenta.

— Não faço ideia. — Chris se sentou na cama.

A cortina que cobria a janela impedia que a luminosidade do sol entrasse no quarto completamente, de modo que não dava para ter noção da hora. Eu me sentia descansada e pronta para acordar, por isso sentei também, ao lado do meu mais novo melhor amigo.

Foi então que ouvimos uma batida rápida à porta. Quem batia, sem esperar respostas, simplesmente foi logo entrando.

Era Miguel.

— Chris, que demora! Temos que ir logo ao... — Ele parou, completamente sem fala depois de ter me visto ali.

Miguel piscou algumas vezes, como que para ter certeza de que não estava vendo coisas. Meu coração congelou ao vê-lo e, mais ainda, ao compreender o que estava pensando daquela cena.

Tudo piorava pelo fato de que eu vestia apenas uma camisola fina, e Chris tinha o lençol enrolado na parte de baixo, escondendo sua bermuda de tal forma que parecia que ele não estava usando nada.

Chris estava sonolento e não percebeu na hora, mas, depois de alguns segundos, olhou para Miguel procurando entender por que tudo tinha ficado tão silencioso. Compreendendo o que se passava, olhou para mim e novamente para Miguel.

— Espera aí, eu não... — Chris pareceu ser o único capaz de dizer alguma coisa naquele momento.

— Desculpe. — Miguel conseguiu sair do transe e se virou para a porta mecanicamente, fechando-a depressa assim que saiu.

Sei que foi ridículo da minha parte ter deixado aquilo acontecer. Não devia ter ido até o quarto de Chris, sei lá, poderíamos ter dormido na sala ou até no meu quarto, que tinha uma cama maior e podíamos ficar mais separados um do outro.

Mesmo assim, no momento não entendi por que Miguel ficara tão chateado. Afinal, ele não me queria mesmo, tinha me dado um fora e me ignorara a noite anterior quase toda.

— Melhor eu ir falar com ele. — Chris se levantou com pressa. Não consegui fazer outra coisa além de observar os meus trajes com mais atenção. Minha camisola de algodão era transparente em certos pontos, além de que era bem folgada. Um traje meio infantil e nada sensual. — Você está bem?

— Não. Não estou entendendo nada — disse, chateada e confusa.

— É complicado.

— É... Já me falaram isso.

Chris vestiu uma blusa branca de manga comprida e saiu do quarto, não antes de me dar um beijo rápido na testa. Saí dali logo após ele. O dia estava frio; ventava muito e ainda chovia. Soprava uma brisa forte no corredor do primeiro andar, vindo do terraço. Não resisti e fui ver de perto como estava o clima, mesmo sentindo que começaria a tremer de frio a qualquer momento.

Encostei-me a uma das pilastras de madeira do terraço e respirei fundo o ar gélido. O céu estava escuro por causa das nuvens negras. Ouvi vozes vindas do terraço. Chris falava com Miguel. Claro que tentei escutar, afinal, a minha curiosidade só perde para a minha capacidade de arranjar confusão.

— Confie em mim — Chris tentava falar baixo para ninguém escutar. — Ela só está com medo, e tem toda razão. Você está dando muito na cara. Cristal não é idiota.

— Não consigo... Não dá para evitar — murmurou Miguel. Eu não podia vê-los, mas imaginei seu rosto entristecendo, pelo seu timbre de voz infeliz.

— Mas precisa se conter — Chris falou com firmeza. — Eu gosto muito dela, cara. Prometi protegê-la e odiaria se você não fizesse o mesmo.

Tentei chegar mais perto para ouvir melhor a conversa dos dois. Apesar de não entender muita coisa, tinha certeza de que estavam falando sobre mim. O problema todo foi que, ao me aproximar, tropecei em um pequeno degrau que havia no chão. Busquei equilíbrio na proteção de madeira do terraço para não me estatelar e, claro, isso fez um barulho estrondoso, pois não consegui evitar bater as minhas pernas com força no chão. Os dois pararam de conversar e vieram conferir o que tinha acontecido.

— O que houve? — Chris correu para me levantar, enquanto Miguel só observava.

— Tropecei no nada. E então... — Tentei parecer uma pessoa normal, conversando com pessoas normais em uma situação mais normal ainda. — Vamos tomar café da manhã?

— Só se for almoço. Já é quase meio-dia — respondeu Miguel seriamente. Depois se dirigiu a Chris: — Vamos lá, temos que arrumar um carro.

— Você está em condições de fazer isso? — Nosso amigo perguntou, apontando para o ferimento de Miguel e fazendo uma careta.

— Estou dopado de remédios, não sinto absolutamente nada. Vamos logo!

— Não é melhor chamar Cristal? Seria mais simples.

— Ela foi fazer uma vistoria com Plínio. Foram conferir de perto a situação do carro que explodiu na estrada.

— Eu vou — afirmei, intrometendo-me na conversa. Mal tinha consciência do que eles estavam falando, só sabia que podiam precisar de mim.

— Nem pensar. Sem a menor chance. — Miguel sorriu como se eu tivesse contado uma piada. Chris também sorriu, mas pareceu pensar melhor na possibilidade.

— Se é de uma mulher que estão precisando, então faço questão de servir para alguma coisa.

— É perigoso. Chris, diga a ela. — Miguel olhou para ele, apontando para mim e esperando que concordasse com o que dizia. Mas Chris acabou nos surpreendendo.

— Acho que ela tira de letra.

— Viu só? — Fiz graça, piscando para Miguel. — Vamos lá. — Segurei as mãos dele e o puxei pelo corredor, tentando fingir que seu toque macio não me proporcionava nada de especial. Claro que era só fingimento. Por dentro, eu estava gritando em êxtase apenas por ter a chance de tocá-lo mais uma vez, de ver que ele não estava com tanto ódio de mim assim por ter me visto numa cena tão constrangedora com o amigo.

Chris deve ter explicado tudo a ele.

Miguel se deixou levar por minhas mãos. Quando descíamos pela escadaria, perguntou, sorridente:

— Você vai vestida assim?

— Ai, meu Deus, não! Volto já, não vá sem mim! — Corri até o meu quarto, mas não cheguei a fechar a porta.

Lavei meu rosto, escovei os dentes, coloquei uma calça jeans azul-escura e uma blusa preta decotada de alcinha. Estava frio, mas eu não tinha um casaco. Acabei encontrando, entre as roupas que trouxe, uma blusa de manga comprida. Vesti-a prontamente. Penteei meus cabelos com as mãos mesmo. Eles estavam muito ressecados por causa do descolorante. Precisava resolver isso, porém mais tarde.

Quando saí do banheiro, Miguel estava sentado na minha cama com um ar muito sério. Olhei para porta e logo percebi que estava fechada.

— Oi — falei, meio envergonhada. Deixei a porta do banheiro aberta, e certamente ele me viu trocando de roupa.

Miguel não falou nada. Levantou e se aproximou de mim. Seus olhos acabaram com o que sobrara do meu juízo. Eles estavam diferentes, exerciam uma força ainda maior sobre mim. Sobre o meu desejo. Fiquei paralisada como uma presa que se entrega à morte definitiva.

Ele parou quando seu corpo ficou tão perto que chegou a encostar ao meu. Não falou nada. Não desviou o seu olhar predatório. Com as mãos firmes, segurou a barra da minha camisa de manga comprida. Suspirou. Suspirei também.

— Miguel... — sussurrei quase sem fôlego.

— Shhh...

Ele pensou um pouco mais no que faria, mas acabou erguendo a minha camisa. Tirou-a completamente e a jogou para longe. Fiquei com os braços erguidos, como se não soubesse onde colocá-los. Como se estivesse me rendendo àquele desejo absurdo que só fazia aumentar.

Miguel me puxou pela cintura. Meu corpo se chocou contra o dele com força, e soltei um meio gemido tanto de susto quanto de prazer. Seu corpo grande ficou ainda mais evidente para mim enquanto ele segurava com firmeza e continuava a me puxar como se quisesse que o meu corpo atravessasse o dele.

Por fim, deixei os meus braços caírem sobre os dele. Não havíamos sequer nos beijado e eu já estava completamente excitada, pronta para o que desse e viesse com Miguel.

Então, com um dos dedos, ele deslizou uma das alças da minha blusa, expondo um dos meus seios. Nitidamente excitado, não só porque arfava rapidamente, mas pelo volume que se formava teso logo abaixo de sua cintura, fez uma trilha de beijos delicados do meu pescoço até o mamilo exposto. Chupou-o como quem degusta um sorvete. Gemi alto instintivamente, mas Miguel usou a mão livre para tampar a minha boca com força calculada. Senti-me presa, sem saída, entregue, louca para tê-lo imediatamente.

Miguel segurou o cós da minha calça como se fosse rasgá-la. Seus dedos precisos escorregaram para dentro e foram se juntando até chegar ao botão e ao zíper. Mal deu tempo de abri-los e uma mão mais urgente já passeava pela minha calcinha, atiçando uma parte de mim que não era tocada por um homem havia um tempo. Depois de sentir toda a minha excitação quente e molhada em seu dedo, ele disse:

— Juro que vou tentar me arrepender disso, Christine... — murmurou com uma voz rouca repleta de desejo. Uma voz totalmente diferente, que eu ainda não conhecia, porém amei ouvi-la. — Mas só depois. Agora, eu sou incapaz.

Miguel me largou por um segundo, e achei que eu fosse cair no chão. Fui amparada pelos seus braços, que tomaram a minha cintura novamente e me ergueram. Ele me arremessou sobre a cama.

Um corpo másculo logo me prendeu contra ela, e uma boca urgente tomou a minha, sussurrando promessas que seriam devidamente cumpridas.

Uma a uma.

***

Passei muito tempo decidindo se escreveria ou não o que veio a seguir. Enquanto observava pelo vidro da janela do carro, pensei no que resultaria se eu revelasse todos os detalhes da minha primeira transa com Miguel. Lessy certamente me faria muitas perguntas se soubesse que estive com alguém; ela sempre me deixava envergonhada com a sua mania de me questionar sobre as minúcias dos meus raros encontros.

Depois de refletir bastante, resolvi que não escreverei apenas para Lessy ler, mas para eternizar aquele momento. Um instante que passou como um suspiro, mas que deixou marcas em mim que jamais serão apagadas, não importa o que aconteça.

Ainda estou em êxtase. E em choque. As lembranças estão vívidas, mas sei que, depois de algum tempo, sumirão gradativamente, por mais que eu queira deixá-las intactas. Descrever os minutos mais intensos da minha vida servirá para que eu me recorde sempre que quiser, com a mesma emoção, como se os estivesse revivendo. E quem sabe assim, nas horas mais difíceis, eu me lembre de que tudo valeu a pena, e que nada está perdido quando se carrega um sentimento tão profundo no peito.

Ainda não acredito nos beijos sufocantes que Miguel me deu com tanta gana, como se necessitasse daquilo bem mais do que eu. Mas o fato é que, quando me jogou na cama, iniciou uma confusão de lábios e línguas que me tiraram da órbita. Mantive os meus olhos sempre abertos, pois não queria perder a visão esplendorosa que era tê-lo em cima de mim, roubando-me cada beijo como se eu pertencesse a ele desde o início. Definitivamente, acreditei nisso. Eu pertenci a ele, por completo.

Apesar do clima frio lá fora, o seu corpo estava quente e aconchegante. A firmeza dos seus músculos e de suas mãos experientes contrastava com a boca macia, que se lançava ora com leveza ora com selvageria contra a minha. Quase morri de verdade quando uma mão, a que aparentemente era a mais ousada, desceu pelo meu pescoço e segurou um dos meus seios.

Ele só havia retirado a minha blusa de manga comprida, mas a de alcinha que eu estava por baixo era tão fina que me senti bastante exposta. Ainda mais porque não estava usando sutiã. Meus seios são tão pequenos, totalmente diferentes dos dois melões de Cristal. Acho que foi isso o que me fez recuar um pouco quando ele insistiu e colocou a bendita mão por dentro da minha blusa.

Miguel não se abalou. Afastou-se o suficiente para me observar de perto. Os olhos azuis ainda irradiavam desejo, e também certa pressa. Não falou nada. Continuou desvendando o que existia dentro da blusa fina, e eu me sentia flutuar a cada vez que apertava as pontas sensíveis dos meus seios.

Pensei em falar alguma coisa, aproveitando a pausa entre as nossas bocas, mas nada consegui dizer. Ele utilizou a outra mão para segurar os meus cabelos pela raiz, por trás da minha nuca, e apoiou o cotovelo no colchão abaixo de nós.

Não fui capaz de fazer qualquer ruído. Estava hipnotizada, paralisada, totalmente estarrecida e me perguntando se estaria imersa em um sonho erótico. A mão que atiçava os meus seios foi descendo devagar, até que voltou a navegar por dentro da minha calça. E da minha calcinha.

Gemi. No mesmo instante, e antes mesmo que concluísse o tal gemido, sua boca voltou a investir na minha. Pensei que fosse morrer sufocada pelo tesão. Dedos precisos acharam facilmente o caminho para me levar diretamente ao céu, se é que pudesse existir um paraíso melhor do que aquele onde eu já me encontrava.

Os movimentos circulares de seus dedos quase me levaram ao êxtase. Teria acontecido se Miguel não tivesse retirado a sua mão e voltado a me estimular os seios. De repente, ele se ergueu, ficando de joelhos na cama. Nem deu tempo de perguntar o que queria, foi logo arrancando a minha calça, puxando-a pelo cós. Fui despida depressa, ainda mais porque ele fez questão de levar a minha calcinha junto.

Agora sim, eu estava completamente exposta para ele. Nem sequer me envergonhei. Não deu tempo. Sentia tanto desejo que qualquer resquício de vergonha na cara precisou deixar o meu corpo.

Miguel voltou a se deitar sobre mim, mas a sua boca ficou na altura da minha barriga. Distribuiu beijos molhados por ali, e achei que fosse sofrer um ataque cardíaco. Já estava tonta, com a visão meio embaçada. Não dava para crer que aquele homem me beijava naquele ponto. Meu estado de saúde se tornou periclitante quando começou a me mordiscar.

Gemi alto. Ele ergueu uma mão e prendeu a minha boca com força, mas não parou de me estimular nem por um segundo. Sinceramente, eu não precisava de mais estímulo. Estava quase à beira do precipício só com a sua boca na minha barriga, não podia nem imaginar o que aconteceria se resolvesse descer um pouco mais.

Segurei os seus cabelos e os puxei, pedindo socorro em silêncio. Tentava visualizar a sua boca investindo na minha pele, mas parecia um cenário surreal demais para o meu cérebro. Precisei fechar os olhos e me concentrei apenas no que sentia.

Miguel finalmente decidiu ser aquele o momento certo para acabar de vez comigo. Fez uma trilha de beijos que desceram sem pausa até a parte que, naquele instante, era a mais molhada do meu corpo. Sua língua nem sequer pestanejou; começou rápida e insistente, e assim prosseguiu durante um tempo eterno de verdadeiro tormento para os meus sentidos.

A sua barba por fazer às vezes se encostava às minhas coxas, e nem preciso dizer que quase fiquei sem ar. Suas mãos ora estimulavam os meus seios, ora alisavam a minha pele em diversos pontos diferentes, mas era de uma maneira possessiva que só me deixava mais entregue.

Não me lembro de ter tido um orgasmo tão intenso quanto aquele. Foi rápido e delicioso, fez-me viajar para um lugar incrível onde certamente Miguel estava. Nenhum lugar seria incrível sem ele, afinal. Tão depressa quanto veio, o êxtase foi embora. A minha respiração sôfrega se tornou ainda pior, até porque fui obrigada a gozar sem provocar ruído algum.

Miguel ergueu a cabeça na minha direção. Seu rosto ainda estava sério, exalando o mesmo desejo. Sua língua passeou pelos seus lábios em um gesto extremamente sexy.

— A sua maior sorte é que preciso ser rápido — murmurou com seriedade, como se tivesse falado algo que significasse a vida ou a morte de alguém.

Pensando melhor, significava mesmo. Talvez eu tivesse morrido se Miguel precisasse ser mais devagar. Quanto à sorte, ainda não sei definir. Seria muita sorte morrer nos braços dele.

Miguel não esperou resposta, e eu também não saberia o que dizer àquela altura. Ainda me sentia tonta, fora da minha própria realidade. Devo confessar que piorou quando ele voltou a se ajoelhar na cama e desabotoou a própria calça jeans.

Meu Deus, foi um martírio esperar pelo que viria. A minha curiosidade não me permitiu desviar os meus olhos, mesmo que estivesse me sentindo um pouco acanhada. Não sabia se estava preparada para ver a sua intimidade, mas, quando Miguel finalmente se deixou exposto — abaixando a calça junto com a cueca até a altura de suas coxas firmes —, a única coisa que pude sentir foi desejo.

Miguel pegou um preservativo não sei de onde. Acho que estava em sua calça. Vestiu-o com naturalidade, e ainda muito sério. Ele não pareceu sentir um pingo de vergonha. Na verdade, logo tratou de se jogar novamente sobre mim, sem me dar a chance de decidir o que fazer. O comando total estava com ele. E eu permiti, pois sabia que estava em ótimas mãos.

Sua boca encontrou a minha novamente, só que dessa vez não foi nada suave. Talvez fosse apenas um prelúdio para o que aconteceria mais embaixo, não sei. Só sei que, com as pernas abertas ao redor da sua cintura, esperei pelo que veio mais rápido do que pensei. Veio com força total.

Miguel me penetrou com tanta força que soltei um grito, mas ele foi devidamente abafado pela sua boca. Fazia muito tempo que eu não tinha relações. O meu corpo demorou a se acostumar com a sua invasão tão maciça, mas, assim que aconteceu, irrompi no segundo orgasmo mais intenso da minha vida.

Desviei a minha boca no instante do êxtase. Queria gritar um pouco, pôr para fora todo o desejo que me consumia. Mas Miguel não deixou. Voltou a usar as mãos para me conter, e me vi presa mais uma vez em seus domínios.

Miguel não desacelerou, muito pelo contrário, intensificou o ritmo logo após o meu êxtase, e depois de um minuto entendi por quê; ele queria atingir o seu próprio. Não demorou. Senti seus braços tremerem e o seu abdômen, ainda coberto pela camisa que vestia, contrair-se um pouco. Não provocou ruído algum, mas a sua respiração se tornou tão ofegante que podia ser mais alta que um gemido.

Quando se sentiu satisfeito, parou completamente os movimentos, porém se mantendo dentro de mim. Seus olhos me analisaram. Queriam dizer muitas coisas, pude perceber.

— Arrependido? — murmurei, ainda resfolegante.

Ele balançou a cabeça em negativa. Depois, desvencilhou-se de mim completamente. Retirou o preservativo e começou a aprumar a calça jeans.

— Mas para o seu próprio bem, juro que vou tentar me arrepender.

Eu me sentei na cama, sentindo o mundo girar. Estava vestida apenas com a blusinha fina de alcinha, que ele nem chegou a tirar, assim como eu não tirei a sua camisa. Melhor dessa forma, pelo menos o seu curativo não ficaria exposto. Podia machucá-lo.

— Por quê?

Ele encontrou a minha calça e me deu, para que eu me vestisse.

— Já disse que é complicado.

— Complicado? — Fiquei de joelhos na cama. — Vou te dizer o que é complicado: você invadir o meu quarto, transar comigo e depois fingir que nada aconteceu.

Miguel parou o que estava fazendo e me encarou. Soltou um suspiro.

— Certo. Acho que já me arrependi.

Bufei.

— Que ótimo para você. Obrigada! — ironizei.

Saí da cama e tentei caminhar até o banheiro, mas ele me impediu. Segurou as minhas mãos e se aproximou, fazendo nossos corpos se colarem de novo.

— Chris, me desculpa. A minha intenção não foi te machucar, eu só... Não pude mais me conter. Ou fazia isso ou morria, entenda. As coisas ainda são complicadas, eu ainda não posso fazer nada para mudar.

— E o que quer que eu faça? — murmurei amargamente.

— Não sei. Não quero que pense que sou um canalha. Nunca fui um cara de prometer as coisas, sou de cumprir. Não vou te prometer nada, irei te poupar de ficar esperando.

Aquiesci.

— Tudo bem. Não há problema. Não me arrependo.

Ele encostou a testa na minha.

— Você é tão gostosa... — arquejou, e senti a minha pele arrepiar.

— A sua namorada também é. — Que maturidade, Christine!

Ele fez cara feia.

— Pare, Chris. Não há comparação entre você e ela.

— Só me diga, Miguel... Apenas me responda com muita sinceridade: ficaria comigo se ela não existisse?

Ele segurou o meu rosto com as duas mãos. Encarou-me intensamente. Sério, fiquei pronta para outro *round* só com um olhar. Por que tenho que estar tão apaixonada? Podia ter um pouco mais de dignidade, só um pouquinho. É pedir muito?

— Nem sequer pensaria duas vezes — respondeu muito seriamente. Eu acreditei. Fazer o quê?

Não pude evitar beijá-lo mais uma vez. Fui prontamente correspondida.

— Precisamos ir logo. — Miguel nos afastou um pouco. — Odeio ter que te levar, mas a missão nos aguarda. — Alisou a minha face.

— Certo. Vou me vestir.

— Vou te esperar lá embaixo.

Miguel saiu do quarto, mas não antes de dar uma última olhada em mim. Procurei a cama para me sentar, pois não consegui permanecer de pé.

Para quem queria uma vida emocionante, eu até que estava me saindo bem demais.

***

Tratei de me arrumar bem depressa. Desci as escadas quase voando e dei de cara com Plínio.

— Não tão rápido! — ele gargalhou, tentando se desvencilhar de mim. Estava segurando uma caixa de papelão enorme, e nem me pergunte o que tinha dentro dela.

Sorri como resposta. Vi Ian na cozinha, mas nem sinal de Cristal. Caminhei até a saída e a vi debruçada no Fox prateado de Miguel. Ela estava visivelmente irritada. Acho até que estavam brigando, mas pararam quando me aproximei na maior cara de pau.

— Vamos, Miguel? — Ignorei a gostosona e abri a porta do carro. Ela me olhou como se quisesse me matar. Ah, é... Me esqueci, ela quer mesmo me matar.

Eu me sentei no banco do passageiro antes que ela sacasse uma arma e atirasse em mim ali mesmo. Miguel evitou o meu olhar, avisando à Cristal que logo estaríamos de volta. A maldita fez questão de dar um selinho nele antes de se afastar do veículo. Talvez fosse melhor ela me dar aquele tiro de uma vez.

Seguimos rumo à estrada de terra, que estava ainda mais lamacenta depois da chuva que caiu pela manhã. Miguel abriu totalmente as janelas do carro, deixando o vento frio entrar. Era bem agradável.

— Então, temos vinte minutos de estrada de barro pela frente, o que vamos fazer? — perguntei, sentindo-me animada nem sei por quê. Acho que era por estar longe de Cristal. Ou então porque eu não queria entrar no assunto "o que há de tão complicado entre você e a Cristal?", e achava que com um clima mais animado não chegaríamos a esse tipo de conversa.

— Que tal o jogo do "quem é você"? — ele propôs, sorrindo.

— Jogo do "quem é você"? — Fiz uma careta. Nunca tinha ouvido falar naquele jogo antes, mas parecia interessante.

— É assim, você faz uma pergunta do tipo "qual a sua cor favorita?", daí eu respondo e você responde também a mesma pergunta. Depois é minha vez de perguntar, e nós dois respondemos. E assim sucessivamente.

— Ah, entendi... — Gostei daquela brincadeira. Era uma forma divertida de conhecer melhor as particularidades de Miguel. Apesar de ter acabado de conhecer uma particularidade *bem* particular dele, ainda havia muito a descobrir. — Vamos lá! Quem começa?

— Primeiro as damas.

— Hum... Qual é a sua cor favorita? — Ri porque utilizei a mesma pergunta que serviu de exemplo. Por incrível que pareça, não consegui formular uma melhor, embora houvesse mais de mil perguntas circundando a minha mente.

Miguel riu também, olhando para mim de soslaio, depois voltando a se concentrar na estrada tortuosa. Ele parecia estar mais alegre. Agradeci mentalmente por esse momento. Só queria um pouco de paz e descontração. Esquecer um pouco as complicações. E saber que eu fazia parte da alegria dele me deixava duplamente feliz.

— Acho que verde. Bem verde. — Ele me olhou de novo, dessa vez se demorando um pouco mais. — Agora, responda.

— Bem azul — falei com convicção, fazendo analogia à cor profunda dos olhos dele. Só depois me lembrei que os meus olhos eram verdes. Fiz uma careta, sem saber direito se ele tinha feito o mesmo que eu. E, claro, torcendo para que sim. A esperança é a última que morre, afinal. — Sua vez.

— Prato favorito?

— Batata frita — respondi, dando risada.

— Hum... — ele murmurou. — Torta de chocolate.

— Sério? — questionei, gargalhando.

— O que foi? Não ria! É a sua vez.

— Lugar que adoraria visitar?

— A minha casa — Miguel respondeu, deixando escapar um sorriso morno.

— Que casa? Pensei que você morasse em qualquer lugar. — Ele não parecia ter um lugar fixo para ficar, até porque a vida que leva não permite que se prenda a um canto determinado.

— Falo da minha casa quando eu era mais novo. A casa dos meus pais. Com muita sorte, eles ainda devem estar por lá.

Morri de curiosidade.

— Há quanto tempo não os visita?

— Uns dez anos. — Meu queixo caiu. A história dele não era tão diferente da de Chris. — Assim que entrei no grupo, não dei mais as caras, apenas algumas ligações "de vez em nunca". É muito perigoso manter contato com a família neste ramo. Existem as vinganças, e os caras normalmente se vingam usando as pessoas que você mais ama.

— Isso é cruel! — Fiquei horrorizada.

Talvez por esse motivo Miguel seja tão infeliz. Ele só queria ir para casa e ser uma pessoa normal.

Observei-o durante muito tempo, pensativa.

— É. Mas você não me respondeu ainda — prosseguiu com o jogo.

— Paris — murmurei, ainda pensando no que Miguel tinha me dito.

Talvez eu não voltasse para casa nunca mais. Talvez jamais tornasse a ver a minha tia ou a Lessy novamente. E as crianças da creche? Nunca as veria crescer. Nunca mais poderia voltar.

— Paris? — Miguel me acordou dos pensamentos.

— Sim, Paris. Queria muito conhecer.

Miguel saiu de casa assim como Chris, há dez anos. Eles começaram muito novos, e até hoje ainda andavam sem rumo, cometendo atrocidades pelas cidades do país, trabalhando numa coisa altamente sem sentido. Eles eram ricos, mas e daí? Para que tanto dinheiro se você não tem paz? Se não pode sequer manter contato com sua família?

— Você está bem? — Miguel notou o meu desespero.

— Estou bem. É a sua vez.

— O que mais gosta de fazer?

— Hum... Acredito que essa resposta mudou há alguns minutos — Olhei-o significativamente. Ele fez uma carinha bem maliciosa, mas decidi deixar para lá. — Acho que ir à praia. Eu ia todos os fins de semana, mesmo sozinha. Adoro o mar.

Voltei a refletir sobre o que Miguel tinha me dito. Lembrei-me de que Chris me disse que enviava dinheiro para sua mãe. Ele também se afastou por culpa do seu trabalho.

— Gosto de nadar, mas não tenho feito muito isso — respondeu Miguel. — Sua vez.

A estrada de barro acabou, e começamos a transitar pela pista asfaltada que, àquela hora, já estava um tanto movimentada. Não seguimos rumo à cidade como pensava que faríamos. Em vez disso, partimos na direção contrária.

— Quantos anos você tem? — perguntei.

— Vinte e nove — respondeu Miguel, fazendo uma careta. — Não vale, já sei a sua idade!

Ele tinha entrado no grupo com 19 anos? Muito cedo. Muitíssimo cedo. Que tipo de vida era aquela?

— Chris, depois continuamos a jogar. Vamos nos concentrar na ação agora. Vai ser bem simples. — Miguel ignorou o fato de eu ter ficado muito séria. — Você tira de letra.

— Como vamos fazer?

— Vou parar no acostamento, daí saímos do automóvel. Você vai pedir ajuda aos carros que passarem, e eu ficarei escondido por trás desse matagal. — Apontou para a mata que crescia paralela à pista. — Quando alguém parar, você diz que o pneu furou. Essa pessoa vai conferir os pneus, e o restante deixa comigo. O problema é que você tem que conferir se a pessoa está sozinha. O carro dela também tem que ser simples, nada de carros de luxo ou muito grandes. Apenas veículos comuns. Se por acaso parar pessoas acompanhadas ou caminhões, você desconversa e diz que está esperando o reboque. Entendeu?

— Acho que entendi. E depois?

— Depois espere que eu lhe dê um sinal, daí você pega o nosso carro e dirige de volta para casa. Deixe que eu guie o carro roubado, pode ser perigoso para você. Lembra onde é a entrada da estrada de terra?

— Lembro.

O acesso à estrada de terra era rodeado por uma vegetação vasta que quase o escondia. Quem não o conhecesse, com certeza passaria direto. Logo, dificilmente encontraria a casa em que estávamos.

Pensei que demoraríamos um pouco mais nos concentrando, porém Miguel logo parou o carro no acostamento largo. Não havia sinal de casas ali por perto, nem de lojas, nem de nada. Tudo era apenas tomado por uma vasta vegetação. Mato para todos os lados. Alguns carros passaram direto por nós, ignorando a nossa súbita parada.

— Está vendo aquele retorno adiante? — Miguel apontou para a frente. Assenti com a cabeça. — É ali que você vai retornar. Quando chegar à entrada da estrada de terra, passe direto por ela e volte novamente pelo outro retorno. Percorra tudo de volta até chegar de novo neste. Só então pegue a estrada para casa. Entendeu?

— Entendi. Para despistar, certo?

— Exatamente. Tem mais alguma dúvida?

— Acho que não. Só um frio enorme na barriga.

Meu estômago estava em frangalhos de tanto nervosismo. Se alguma coisa desse errado e aquilo acabasse mal... Bom, eu não queria nem pensar nisso. Miguel ainda estava machucado, embora não estivesse sentindo dor, o que me preocupava bastante.

— Vamos lá. — Ele abriu a porta do carro.

— Espera, só me diz uma coisa. — Impedi-o de sair do carro no último instante, segurando seu braço. Lembrei-me de fazer uma pergunta que não queria calar, e era o que mais estava me deixando nervosa. — Você não vai matar ninguém, vai?

— Não será necessário — respondeu seriamente. — Está pronta agora?

— Agora, sim. — Suspirei, aliviada.

Miguel ligou o pisca-alerta, e nós descemos do carro. Ele olhou para os dois lados da estrada, esperando o momento em que ninguém estava passando. Não queria levantar suspeitas. Logo, escondeu-se entre os arbustos altos e longos próximos ao acostamento.

Deixei alguns carros passarem enquanto criava coragem para começar a encenar. Suspirei fundo umas mil vezes. Comecei fazendo alguns sinais com as minhas mãos, pedindo ajuda para os automóveis que passavam. Todos me ignoraram. Passaram-se alguns longos minutos sem que ninguém sequer tivesse a decência de me ajudar. Tudo bem que a pista não estava lá tão movimentada, mas era um absurdo deixarem uma mulher sozinha na estrada com um pneu furado. Que falta de educação!

Foi então que entendi o porquê de aquele trabalho ser perfeito para uma mulher realizar. Cristal teria vindo com um de seus vestidinhos curtos, mostrando metade de suas pernas torneadas e bronzeadas. Ela seduziria qualquer motorista que usasse cuecas.

Sentindo-me feia e mal-ajambrada, retirei a camisa de manga comprida que estava usando e amarrei na cintura. Dei um jeito na minha blusa decotada de alcinha. Meus seios não eram nem metade dos de Cristal, mas poderiam servir para alguma coisa. Soltei os meus cabelos, agora loiros oxigenados, e os arrumei da forma mais sexy que consegui.

Assim que estiquei o meu dedo novamente, fazendo sinal para alguém parar, um Pálio preto passou por mim, diminuindo a velocidade, até que parou completamente logo depois do Fox prateado de Miguel.

A minha primeira reação foi tentar localizá-lo no meio da moita, mas não consegui vê-lo. Tudo só dependia de mim. Meu coração quase saiu pela boca, dava para sentir os batimentos latejarem por todo o meu corpo. Corri até o Pálio, fingindo estar desamparada e, antes de alcançar a porta, um cara saiu de dentro dele. Era um homem loiro e muito bem-apresentado, vestindo um terno social. Provavelmente estava a caminho do trabalho. Sua expressão era de pura compaixão, embora eu soubesse que, se não tivesse soltado os cabelos e retirado a blusa que escondia o decote, a compaixão dele não teria dado as caras. Soube disso no exato momento em que me olhou de cima a baixo.

— O que aconteceu? — O homem continuou me observando de uma forma um tanto esquisita. Olhei para dentro do Pálio, sorrateiramente. Não havia mais ninguém ali. Perfeito. Era a hora de agir.

— O pneu estourou, e eu não sei como trocar — choraminguei, fingindo estar completamente frustrada com a situação toda.

— Eu troco para você. — O cara sorriu, mas continuou me olhando de cima a baixo. — Seu estepe está bom?

— Está. Venha ver o pneu que furou, é este daqui — falei alto, observando que, apesar de tudo, o cara tinha boa vontade. Eu acho. Quero dizer, ele vestia trajes impróprios para trocar um pneu, e o sol estava alto e queimava bem. Ele devia estar derretendo dentro daquele terno. Bom, era boa vontade ou muita carência. Nunca vou saber direito.

O homem percorreu o trajeto pela lateral que ficava do lado da pista e não do matagal, analisando os pneus com cautela. Ficaria mais difícil para Miguel agir assim, por isso o alertei de que o pneu furado estava do outro lado do carro. Ele me acompanhou.

— É este aqui. — Apontei para o pneu visivelmente intacto, sentindo-me envergonhada por estar mentindo na maior cara de pau.

— Tem certeza? Vou dar uma olhada. — Ele se acocorou no asfalto e tentou observar o pneu mais de perto. — Não me parece furado.

— Ah, mas acho que foi um prego. — Eu me fiz de leiga, rezando para Miguel aparecer depressa.

O desconhecido se esgueirou para mais perto do pneu, observando-o detalhadamente. Olhei para os dois lados da pista. Nenhum carro passando. Era o momento perfeito.

Como se tivesse escutado os meus pensamentos, Miguel saiu da moita e surpreendeu o homem loiro por trás, colocando um pano em seu rosto. Não deu muito tempo para que ele entendesse o que estava acontecendo, muito menos para que reagisse. O sujeito desfaleceu em segundos. Miguel o segurou com dificuldade, pois além de alto ele era um pouco gordo, arrastando-o para dentro do matagal.

Olhei para os dois lados de novo, tentando disfarçar. Alguns carros passaram sem perceber o que estava acontecendo, pois, na posição que estava, o carro encobria bem Miguel. Ele então puxou alguma coisa do bolso do homem e terminou de arrastá-lo até os arbustos, largando-o sem dó nem piedade.

— Muito fácil — disse ele quando passou por mim, balançando a chave do carro do indivíduo em suas mãos. — Vamos, Chris. — Deu-me a outra chave que estava em seu bolso, a do Fox prateado. — Lembre-se do que eu te disse. Vamos rápido, antes que ele acorde.

Sem pensar duas vezes, segui para o Fox enquanto Miguel entrava no Pálio como se o carro já fosse seu. Ele saiu do acostamento bem antes do que eu e rapidamente já estava fazendo o retorno, dirigindo calmo e tranquilamente. Segui logo depois, porém mais devagar, tentando não chamar atenção, de modo que, quem passasse por ali, nem sequer imaginaria que nós estávamos juntos.

Foi um tédio ter que dar a volta inteira naquele perímetro antes de entrar na estrada que levava à mansão. Perdi cerca de quarenta minutos fazendo todo o trajeto no asfalto e, depois, mais meia hora percorrendo a estrada de terra.

Quando finalmente cheguei, o tempo tinha mudado da água para o vinho. Fazia frio. Era provável que chovesse a qualquer momento. Meu estômago roncou alto. Havia saído de casa sem ter comido nada, mas, de alguma maneira, só comecei a sentir fome quando o nervosismo foi embora e a adrenalina baixou.

Desci do carro, observando Ian e Plínio mexendo no Pálio que Miguel trouxera. Eles estavam tirando a placa do carro e... colocando outra! Uma placa com numeração totalmente diferente.

— O que é isso? — perguntei ao passar por eles.

— Ah! Você veio — disse Ian sem emoção.

— Claro que vim, para onde achou que eu iria? — Fiz uma careta. Ian conseguia realmente ser insuportável. De todos ali, ele era a pior das criaturas.

— Estamos colocando placas limpas neste carro. Não vamos sair por aí dando bandeira, certo? — Plínio piscou para mim e me olhou de cima a baixo, igual àquele cara do acostamento. Alguma coisa nele me assustou, por isso apenas lhe ofereci um sorrisinho besta e entrei na casa.

Chris estava de frente ao computador, digitando algumas coisas que pareciam importantes, pelo seu nível de concentração. Percebi que havia agora uma máquina impressora em cima da mesa, além de outros equipamentos que não consegui identificar por nunca tê-los visto antes. Como ele estava de costas para a porta de entrada, não me viu entrando. Cheguei por trás dele e beijei o seu pescoço bem depressa, provocando um estalido característico.

— Grrr! — Imitei um bicho querendo mordê-lo. Ele se assustou, mas depois riu. — O que está fazendo, Chris?

— Sabia que você voltaria! — Chris se levantou da cadeira e me abraçou, sorrindo abertamente. — Eu tinha certeza.

— Claro que voltaria, por que todo mundo resolveu achar que eu me perderia?

— Foi um teste, Chris, e você passou. Miguel e eu apostamos que você voltaria. O restante achou que iria para casa e daria um jeito de sumir do mapa. Mas eu conheço você...

— Isso tudo foi um teste? — Comecei a ficar chateada. Não sabia que Miguel estava me testando aquele tempo todo. Dei uma volta de mais de uma hora na estrada por causa de um teste? Ridículo!

— É bem comum um teste de fidelidade, moça. Não fique chateada. Além do mais, Ian nunca deixaria Miguel em paz se ele não fizesse o teste contigo.

Fiquei um pouco decepcionada, é claro, mas a explicação de Chris fez um pouco de sentido. Mesmo assim, fechei a cara. Não gosto de ser testada.

Miguel apareceu na sala, vindo da cozinha. Ele riu e se aproximou, parecendo muito satisfeito.

— Eu não te disse, Chris? — Maldito! Ele sabia muito bem que, depois do que aconteceu entre nós, seria impossível que eu fosse embora sem mais nem menos.

Fiz uma careta de descontentamento. Não sabia se tinha ficado feliz por ter passado no teste e ter provado que era uma pessoa de confiança, ou triste por Miguel ter feito aquilo comigo. Um teste! Era só o que me faltava.

Será que o que fizemos entre quatro paredes havia sido um teste?

— Olha só, Miguel, a cara dela não nega que nem pensou em fugir. — Cristal apareceu na sala de repente, encarando-me com seu olhar rotineiro de cobra cascavel. Só que dessa vez não fingiu que era uma pessoa agradável e nem que me queria por perto. — Ela é idiota a esse ponto.

— Se eu quisesse fugir, Cristal... — Eu me aproximei dela até chegar o mais perto possível. — Já teria fugido.

— Só prova o quanto você é otária — ela falou com desdém, mirando seus olhos extremamente claros na minha direção, como se fosse uma arma mortal.

Meu sangue ferveu de raiva, circulando ainda mais rápido pelo meu corpo. Seu olhar cruel me dava nojo e repulsa, contudo fiquei satisfeita por ela finalmente ter deixado a máscara cair. A sua falsidade era evidente.

— Vamos ver quem é a otária aqui — ameacei com firmeza.

Aquela ridícula veria uma coisa. Eu estava doida para arrancar aqueles cabelos perfeitos e dar socos nos seus peitos enormes, até ver os silicones pularem para fora e derreterem no chão. Nunca fui de brigar com ninguém, muito menos fisicamente, mas a minha raiva foi tanta que eu acho que a mataria a chutes e pontapés. Até imaginei aquele rostinho bonito todo deformado. Os dentes brancos todos para fora. Ela tinha que entender com quem estava lidando. Mesmo que nem eu soubesse quem exatamente era aquela mulher corajosa — e nem sempre sensata — que surgia dentro de mim sempre que era necessário.

Antes que ela ou eu pudéssemos desferir o primeiro golpe — o que realmente estávamos a ponto de fazer —, Miguel puxou Cristal para si e Chris segurou as minhas mãos assim que as levantei contra ela.

Foi por um triz.

— Parem com isso, vocês duas — ordenou Miguel, levando Cristal para a área da piscina e sumindo com ela antes que eu pudesse olhar para ele.

Permaneci concentrada nos olhos falsos de Cristal, queimando-a com meu olhar firme e decidido até perdê-la de vista.

— Eu estava torcendo por você, se quer saber — riu Chris, mas de um modo meio nervoso, esperando que eu relaxasse um pouco mais. Depois ele soltou as minhas mãos. — Vamos, sente-se aqui.

Chris me levou para um banco encostado a uma parede branca, no canto da sala de estar. Fiquei meio sem entender o que pretendia fazer, mas, logo em seguida, ele pegou uma máquina fotográfica.

— Só faltam os seus documentos para irmos. — Colocou a máquina nos olhos e mexeu na lente para focar. — Se eu fosse você, arrumava os cabelos.

Passei os dedos pelos meus cabelos, como que os penteando. Coloquei-os de lado e, ainda com raiva, observei a câmera. Chris tirou o retrato e foi verificar algo no laptop, ignorando a minha falta de paciência.

— Pegue todos os documentos que você trouxe. Temos que nos livrar deles.

Sem nada mais a declarar, subi as escadas e fui para o meu quarto. Meu coração ainda batia acelerado de tanta raiva. Cristal havia me tirado do sério e, mais do que isso, sabia que nossa rixa não tinha terminado naquela sala. Eu tinha certeza, e ela também.

Peguei a minha bolsa e revirei todos os compartimentos. Achei a minha identidade e carteira de motorista. As duas possuíam fotos minhas em idades diferentes, porém ambas mostrando os meus antigos cabelos vermelhos-vivos.

Sentia saudade deles. Os meus cabelos eram a minha identidade, tal qual aquele documento que eu segurava. Senti que estava deixando de ser quem era. E o pior de tudo é que não sei no que estou me transformando, mas não me parece algo bom.

Não *mesmo*.

***

Alguma coisa que estava dentro da minha bolsa caiu no chão, fazendo um baque ruidoso. Era o meu celular. Mal me lembrava dele. Quando o apanhei e visualizei a tela acesa, havia nada mais nada menos do que 87 ligações. Prendi a respiração e verifiquei de quem eram. Dezessete eram da minha tia, oito de um número desconhecido e o restante era da Lessy.

Haviam notado a minha ausência, afinal. Sem pensar nas consequências, retornei a ligação para o celular da minha melhor amiga. Não sabia se podia fazer isso, mas não consegui evitar a vontade enorme de falar com ela, de tentar me explicar de alguma forma. Lessy me apoiava há anos, em todos os aspectos da minha vida. Eu não podia sumir sem dar satisfações.

Depois da terceira chamada, Lessy finalmente me atendeu.

— Christine! É você? Você está bem? — A voz dela estava afobada e assustada.

— Sou eu, Lessy, estou bem... Estou ótima. — Fechei os olhos e contive a minha vontade de cair no choro. — Como você está?

— Estou desesperada, Christine! Onde se meteu? — ela começou a gritar histericamente. — A polícia está atrás de você, vieram me perguntar coisas... Pensei que tinha sido raptada! Vou ligar para a polícia agora e...

— Não! — gritei também. — Escute, Lessy, eu entrei numa fria. Você não pode ligar para a polícia, e muito menos dizer que liguei. Apague esta ligação do registro do seu celular assim que desligar.

— Como assim, Christine? O que você fez? O que está acontecendo? — Lessy começou a chorar de desespero.

Não previ essa reação dela. Não esperava que fosse capaz de se importar tanto comigo. Tudo bem, sempre soube que se importava, mas não daquele jeito. Senti um nó se formar em minha garganta. Queria muito contar tudo, mas não podia dizer nada por telefone. Além de difícil de entender, alguém poderia rastrear a nossa ligação. A única saída era acalmar um pouco os seus ânimos, confortá-la e ligar de vez em quando dando notícias. E claro, rezar para que ela não comentasse nada com ninguém.

— Não posso explicar, é complicado — resumi usando a maldita palavra que Miguel usava comigo. — Mas eu estou bem e vou ficar bem.

— Quando vai voltar? Você tem que explicar à polícia, houve um mal-entendido e... Eles estão dizendo que você é cúmplice de um cara. Isso é loucura!

— Lessy, eu não vou voltar. Não posso voltar. — Senti lágrimas se formarem em meus olhos. — Só liguei para dizer adeus.

Lessy ficou em silêncio por eternos segundos. Cheguei a pensar que a ligação tinha caído, ou que ela tivesse desligado na minha cara, mas depois ouvi a sua respiração ficar cada vez mais pesada. Até que ela soltou um soluço alto e profundo, entrando em completo desespero.

— Não diga isso, Chris! Onde você está? O que aconteceu contigo?

— Eu fiz besteira, Lessy. Não dá para explicar nada à polícia, e nem para voltar. Por favor, não fique assim e não fale sobre a nossa ligação com ninguém. Considere isso como um último pedido de amiga.

— Não posso aceitar, Christine. Sua tia está procurando por você em toda parte! Ela está arrasada e se sentindo culpada por te deixar tanto tempo sozinha. E eu também!

— Ninguém tem culpa de nada. Não diga nada a ela, não fale que liguei. Ela irá desistir em breve. Prometa, Lessy, prometa que vai fazer tudo o que eu disse.

— Não posso... Não posso fazer isso.

— Por favor! — choraminguei, sentindo o meu rosto ser tomado por um turbilhão de lágrimas. — Por favor, prometa, Lessy.

— Tudo... bem... — ela falou com dificuldade, chorando como uma louca. Assim como eu. — Eu prometo se... me prometer ligar às vezes. Só para saber se você está... bem.

— Eu prometo. Agora tenho que ir. Adeus, Lessy.

Desliguei.

E desmoronei. Senti que a casca dura e resistente que me protegia contra as loucuras que aconteciam na minha vida estava se dissolvendo. Nunca mais veria Lessy de novo. Nem tinha certeza de que ela não chamaria a polícia. Ainda é difícil acreditar na loucura em que me meti. Acho que jamais me acostumarei.

Solucei e chorei até não aguentar mais, lembrando-me do desespero da minha amiga ao telefone. Ela estava mesmo arrasada por tudo aquilo. E eu nem sequer tinha explicado direito o que aconteceu. Passei um tempo deitada na cama, pensando em voltar para casa e encarar a situação de frente, explicar tudo à polícia, responder a cada processo e sofrer as consequências pela minha burrice.

Não demorou muito para que eu desistisse. Não quero voltar, não quero a minha vidinha medíocre de novo. Lessy teria que entender. Um dia, e tenho fé nisso, terei a oportunidade de me explicar. Deixaria que ela lesse este diário inteirinho e, com muita sorte, compreenderia as minhas atitudes.

Só espero mesmo que você me compreenda, Lessy.

Eu me levantei, lavei o meu rosto e tentei me manter firme. Já estava ficando tarde, e eu sabia que partiríamos rumo ao desconhecido em alguns minutos. Juntei todas as minhas poucas coisas na bolsa e desci com ela, segurando todos os meus documentos em mãos.

Entreguei-os a Chris, e ele me deu outros recém-fabricados. Uma identidade e uma carteira de motorista falsas. Quero dizer, falsas e verdadeiras ao mesmo tempo. Não havia nada que as diferenciasse das originais, não dava para perceber que não eram de verdade. Mas eu sabia perfeitamente. Sabia porque, em primeiro lugar, o meu nome não é Tatiana de Oliveira. Segundo porque aquela garota loira com um olhar odioso não era eu.

Definitivamente, não.

— O que achou? — Chris perguntou rindo, sabendo que eu tinha feito uma careta ao ver a foto.

— Perfeitas. Muito boas.

— Estamos partindo em instantes. Já trocamos as placas, arrumamos os documentos do carro e trocamos os documentos de todo mundo. — Chris encaixava os equipamentos que estava usando em grandes maletas. — Você vai precisar disso, deixe sempre na sua cintura. — Ele apontou para a minha arma, que estava logo em cima da minha bolsa aberta. Eu não queria sentir a sua superfície gélida novamente, mas não tive muita escolha.

— Espero nunca precisar dela. — Peguei o revólver, conferi se estava travado e guardei na parte de trás da minha calça, deixando a minha blusa escondê-lo.

— Sempre precisará. Sempre.

Ian, Plínio e Miguel começaram a carregar algumas bagagens e maletas, dividindo-as entre os carros. Chris foi procurar o caseiro para avisar que estávamos indo embora. O caseiro ficaria responsável em limpar tudo; tiraria todos os vestígios que poderiam existir de que passamos por ali. Eu não sabia se ele conhecia a natureza obscura daquele grupo, mas supus que sim e que, assim como eu, ele também era cúmplice de tudo aquilo.

Depois de tudo pronto, reunimo-nos no estacionamento para nos separarmos. Eu queria muito ir com Miguel e Chris, mas era praticamente impossível de acontecer. Até porque Cristal ainda me encarava de modo odioso, e com certeza ela estaria ao lado de Miguel na empreitada. Fiquei apenas calada, sentindo-me uma marionete triste e depressiva, enquanto todos escolhiam seus lugares e recebiam de Miguel alguns detalhes e alertas sobre aquela viagem. Chris notou minha tristeza e introspecção logo de cara.

— Chris vem comigo, Plínio vai no Fox e Cristal, Miguel e Ian no Palio — ele propôs. — O que diz, Miguel?

— Está ótimo. — Ele olhou para mim, e depois se voltou para Cristal. Apenas ignorei. — Vamos logo, temos muito chão pela frente.

— Nem me fale — Cristal comentou, insatisfeita.

Tudo bem, aquela divisão não foi tão ruim assim. Cristal e Ian eram companhias muito desagradáveis, de um modo geral. Provavelmente eu não teria assunto algum com Ian. Já com Cristal... Bom, uma de nós talvez não sobrevivesse àquela viagem se fôssemos postas juntas em um mesmo veículo. Tive pena de Miguel por ter que aturar aquelas duas criaturas antipáticas, mas ele pareceu não se importar nem um pouco com isso.

Com certeza eu me divertiria bastante com a companhia de Chris. Quanto a Plínio... Não tenho certeza. Ele parece gostar de mim, mas desde as nossas aulas de tiro ao alvo estava muito estranho comigo. Ele me olhava de um jeito diferente, meio... assustador. Contudo, isso provavelmente é coisa da minha cabeça. Plínio assusta qualquer um, na verdade. É impossível não temer a presença dele, mesmo quando ri de uma piada. É como se não desse para acreditar que um homem enorme e tatuado como aquele tivesse algum tipo de senso de humor. No entanto, podia estar sendo simplesmente preconceituosa. As aparências não dizem nada sobre ninguém, é ignorância achar isso.

***

São dez horas da noite, e estou completamente exausta. Louca para chegar logo ao nosso destino, seja ele qual for. A essa altura do campeonato, só queria não ter que ouvir o ruído característico do carro nem ver mais árvores, casas, pessoas e cidades passando por nós.

Passamos por dois postos da polícia rodoviária, e em nenhum deles fomos parados. Os rapazes sabiam o que fazer caso algo desse errado, mas, como eu não sabia, ficava desesperada. Ainda estou nervosa, para ser bem sincera. Preciso me acostumar com a ausência de paz.

Estou no banco de trás do Fox, com Plínio dirigindo e Chris cochilando no banco do passageiro.

Pensando bem, cochilar não é uma má ideia. O dia foi muito longo.

Terça	# 14	Janeiro
Tuesday		January
Martes	## Uma quase revelação	Enero

(madrugada)

Eram três horas da manhã e ainda não havíamos chegado ao nosso destino. Estávamos viajando havia quase dez horas; já não aguentava mais aquele carro. Só paramos para esticar as pernas duas vezes e cada carro num lugar diferente, para não despertar suspeitas. Portanto não pude ver Miguel nem por um minuto. Estava com saudades da sensação boa que só a presença dele consegue me causar. Também da sensação meio sufocante de seus olhos me encarando, do jeito que se move e do nosso momento de loucura total. Tudo nele me inspira desejo.

Só queria ter outra oportunidade de repetir a dose, mas não sabia se seria possível. Se bem que, àquela altura, apenas um simples abraço me serviria. Era tudo de que eu precisava partindo dele.

Durante a viagem, apenas as memórias dos poucos — porém muito significantes — momentos que passei junto a ele invadiam a minha mente. Lembrei-me de que desde que o havia conhecido não tinha passado tanto tempo sem Miguel. Era torturante.

Não conseguia evitar lembrar principalmente da nossa louca transa. Cada detalhe me deixava quase sem ar: o seu olhar me encarando com profundidade, a boca maravilhosa envolvendo os meus lábios, o abraço quente, sua expressão singular que traduzia o desejo que sentia. Desejo por mim. No momento não tinha caído a ficha; a ideia de que Miguel me desejava e quase não podia se conter para me ter foi digerida aos poucos. Mas as minhas conclusões só me confundiam ainda mais. Não conseguia compreender o que ele queria comigo. O nosso momento quente deixou mais do que claro que Miguel sente alguma coisa por mim, mas ele insiste em manter uma relação com Cristal.

Talvez eu esteja enganada com relação a tudo, talvez Miguel seja um cara que só quer se divertir com as mulheres e sair por aí cometendo crimes dos mais bárbaros. Ou talvez ele estivesse cansado, infeliz e querendo parar de fazer essas coisas. Mas por que ele simplesmente não para?

Que droga! Pela milésima vez naquela viagem, senti-me usada em todos os sentidos.

— Está pensativa... — murmurou Chris, que agora dirigia o carro. Plínio estava ao seu lado, dormindo e roncando como um porco. Era engraçado o jeito como a sua boca mexia e o nariz assoprava.

— Você é feliz fazendo isso, Chris? — Tive certa curiosidade para saber se existia algum tipo de felicidade em fazer todo o trabalho sujo.

Aquelas pessoas parecem não se abalar com nada nem sofrer de nenhum tipo de peso na consciência. Não faço ideia de como pode ser possível. Ainda não conseguia esquecer o homem morto estirado na estrada. E nem o dono do carro que ajudei a roubar.

— Seis meses infeliz... Seis meses feliz — respondeu ele, sorrindo como sempre.

Conseguia ver o seu rosto através do retrovisor. As luzes dos postes da cidade que atravessávamos iluminavam o seu semblante, deixando-o particularmente encantador. Seu sorriso era o recheio do bolo, capaz de tirar coisas ruins dos meus pensamentos e todo aquele peso insuportável do meu coração.

— Como assim?

— Trabalhamos apenas durante seis meses. Chamamos esses períodos de temporada. Quando acaba uma temporada, temos seis meses de descanso, um tempo para curtir o nosso próprio dinheiro e gozar de certa liberdade. Podemos viajar e fazer o que bem entender, desde que, findo esse prazo, voltemos para recomeçar tudo de novo. Além de que precisamos tomar muita precaução para não sermos pegos.

— Isso é interessante. Uma notícia boa, na verdade... Eu estava aqui imaginando como seria ganhar dinheiro apenas para trabalhar pelos outros o tempo todo.

— Orlando pensa a mesma coisa. Acha que trabalhamos melhor se tivermos tempo para curtir. Ele nos deixa abocanhar a grana, nos dá tempo para curtir, mas, em troca, nos exige competência, fidelidade e discrição máxima.

— Muito inteligente da parte dele.

— Sim. Ele divide o seu pessoal por períodos, de forma que sempre haverá gente trabalhando e gente descansando. — Chris fez uma curva fechada que levou o meu corpo todo para o lado direito do carro. A estrada estava muito deserta. O sol só brilharia dali a algumas horas. — Por sorte, estamos quase terminando a temporada. Algumas semanas e estaremos livres! Costumo chamar esta época de alforria. — Chris sorriu mais uma vez.

— Para onde você vai quando terminar? — perguntei, metade por curiosidade e a outra metade por querer me integrar nos planos dele.

Chris era uma companhia maravilhosa. Miguel provavelmente viajaria com Cristal para bem longe... Bom, eu não queria impedir. Não queria atrapalhar Chris também, pois provavelmente ele devia ter alguma namorada esperando-o em algum lugar.

Mas eu não sabia — nem tinha — para onde ir.

— Não sei direito ainda. Miguel e eu costumamos fazer algumas viagens e ir pescar. São tempos em que buscamos alguma tranquilidade.

— Vocês ficam juntos? — Estranhei.

— A maior parte do tempo. Ele é a única família que eu tenho agora, e sou a única família dele também.

Uau! Sabia que eles eram muito amigos, mas não fazia ideia de que era tanto assim. Só pude ficar feliz por aquela amizade.

— Você não visita a sua mãe? Nem o seu irmão? — Eu já sabia a resposta. Era perigoso visitá-los pela quantidade de inimizades que tinham. Era complicado se envolver com os familiares depois de ter ingressado no grupo.

— Bem que queria. — Chris entristeceu a sua voz gradativamente. — Mas não posso colocá-los em risco.

Permanecemos em silêncio por algum tempo, cada qual envolto em seus próprios pensamentos. Chris se lembrava de sua família enquanto eu me perguntava o que faria quando a temporada acabasse.

— Bom, não quero me intrometer, mas vocês são a minha única família agora também — comentei com certa vergonha por estar me convidando para ficar com eles. Ninguém era obrigado a me aturar.

— Está mesmo preocupada com isso? Sério? — Riu, olhando para mim através do retrovisor pela primeira vez desde que começamos a conversa. — Não seja boba, acha que nós te abandonaríamos?

— Não quero atrapalhá-los.

— Deixe de besteira! Não se preocupe por nem mais um segundo, certo?

— Tá bom... — Suspirei alto, batendo a minha caneta esferográfica azul na parte superior do meu diário. A última frase estava incompleta.

— O que é isso que você tanto escreve?

Cobri o diário com as minhas mãos como se ele estivesse bem atrás de mim, espiando cada palavra. Senti meu rosto corar.

— Meu diário. Não ria.

É claro que ele riu, mas de um jeito gostoso. Eu disse que diários são infantis. Essa história de escrever o que pensamos é muito perigoso. Imaginei Chris lendo o meu diário e, apesar de ele ser a única pessoa no mundo que eu poderia pensar na possibilidade de deixar ler o meu diário — além de Lessy —, senti uma vergonha imensa. Pareceria uma completa idiota aos olhos de qualquer leitor.

— É bobagem, eu sei. Mas ultimamente é uma válvula de escape. Acho que sem ele eu já teria enlouquecido.

— Não é bobagem. Tem coisas que não podemos sair contando por aí, e outras que ninguém entenderia se a gente contasse.

— Esse é o principal motivo pelo qual ainda estou insistindo em escrever.

— Por outro lado, tome muito cuidado com ele — alertou com seriedade. — Principalmente se anda descrevendo as coisas que faz no cotidiano. Esse diário pode ser uma testemunha contra você, uma prova concreta de crimes... Ele não pode cair em mãos erradas, Chris. Aconselho não mencionar o nome das cidades por onde anda. Pode ser um mapa para nos encontrar.

Juro que não tinha pensado nisso antes.

— É verdade, vou tomar cuidado. Apagarei o que for comprometedor, prometo. — Bocejei despreocupadamente. Aquela viagem não tinha fim nunca. Eu já havia me sentado e deitado de muitas formas no banco de trás, mas estava enjoada de todas as posições. Todas elas eram desconfortáveis. Precisava de uma cama urgente. — Quando vamos parar em algum lugar?

— Estamos chegando perto da cidade onde concluiremos a próxima missão. — Chris também parecia cansado, mas não deixava o seu sorriso contagiante ir embora de jeito algum. — Falta menos de meia hora para chegarmos, e então vamos dormir em algum motel. Depois, localizaremos o alvo e prepararemos a ação.

— E depois?

— Depois vamos para a próxima missão, por isso temos que ser rápidos e bem discretos. Quando terminarmos, faltará só mais uma em outra cidade distinta.

— Hum... — Suspirei novamente. Aquele resumo do que íamos fazer parecia ser algo supersimples, mas eu sabia que implicaria muitas coisas. Coisas para as quais eu não estava nem um pouco preparada. Já me sentia tão exausta! E nem tínhamos começado ainda.

Chris deu uma espiada no Plínio, que ainda dormia um sono pesado. Ele mal se mexia. Só dava para perceber que ainda estava vivo por causa de seus roncos. Comecei a rir, e Chris me acompanhou, até que estávamos gargalhando como loucos.

Eu não sabia de onde vinha tanta graça, mas rir com Chris era simplesmente magnífico. Nós temos uma ligação muito forte, não canso de repetir isso. Foi assim, de repente, sem muito esforço.

— Espero que a nossa amizade dure para sempre, Chris. — Eu me inclinei para a frente e lhe beijei a bochecha. Vi quando o seu rosto ganhou uma coloração diferente. — Gosto muito de você, de verdade.

— Eu também, Chris... — Sua voz ganhou um tom de seriedade que eu particularmente não gostava, mas sabia que era necessário. — Eu também.

Permaneci em silêncio, e Chris fez o mesmo. Foi impossível não pensar nas coisas que me disse na noite anterior, quando dei uma de maluca e me atirei para cima dele. Ainda me lembro dos seus olhos negros e da sua boca carnuda muito próxima. E também da forma como falou que eu tinha muitas qualidades, que via em mim tudo o que procurava em uma mulher. Depois, lembrei de quando falou que havia outro nome escrito na minha testa.

Ele sabia que eu gostava de Miguel e que sofria muito por causa disso. Queria poder desabafar sobre essa questão com ele, mas:

1 — Plínio estava no carro e poderia acordar a qualquer minuto.

2 — Não sabia exatamente se Chris se sentiria confortável falando sobre esse assunto. Afinal, quase nos beijamos na noite anterior. Só não fizemos isso porque ele foi respeitoso comigo. Se dependesse de mim, só Deus sabe até que ponto teríamos chegado.

Chris fez uma coisa que tenho certeza de que muitos caras não fariam. Porque, no fundo, sabia que seria uma atitude impensada, uma ação regida pelo desespero do momento. Não que eu não gostasse dele e não me sentisse atraída, mas Chris compreendeu que eu sentia alguma coisa por Miguel.

Suspirei de novo. Pela milésima vez, em um intervalo curto de tempo. Seria muito mais fácil se eu tivesse me apaixonado por Chris. Olhei o seu rosto pelo retrovisor e me envergonhei por não conseguir sentir a mesma coisa que sentia quando olhava para Miguel. Mais suspiros.

— Você sabe que pode me dizer qualquer coisa, não sabe? — Chris mais uma vez estava adivinhando os meus pensamentos. — Não precisa suspirar para o seu diário, sempre será um monólogo. Ele nunca vai te dar conselhos.

— Estou envergonhada. Decepcionada. Não sei dizer o que é, só sei que é ruim.

— Já sabe os motivos?

— Sei. — Encarei o meu diário. — Eu acho.

— Quer falar sobre isso? — Estávamos chegando a uma cidade cheia de luzes brilhantes. Os sinais da civilização apontavam no horizonte, e eu só conseguia dar graças a Deus.

— Não sei como começar a dizer isso. — Olhei para Plínio. Ele continuava roncando.

— Pelo começo! — disse, dando risada.

— O começo é bem complicado. Eu ainda não entendi direito.

— Tente.

Tomei fôlego e comecei a minha narrativa. Contei tudo o que tinha acontecido comigo desde que Miguel cruzou o meu caminho, na rua próxima a minha casa. Expliquei cada detalhe, esclareci o que pensei naquele momento, toda a parte da paixão quase avassaladora, tudo por trás do motivo pelo qual o salvei da prisão imediata. Todos os meus medos com relação a minha nova condição de vida. Falei também sobre a mulher que tomava o meu corpo quando fazia coisas que jamais pensei em fazer. Detalhei o telefonema da Lessy e, por fim, contei-lhe sobre a loucura que Miguel e eu havíamos feito no quarto.

Depois que abri a minha boca enorme, nada conseguiu me frear. Chris permaneceu calado, apenas ouvindo cada detalhe e fazendo caretas nas partes mais angustiantes. Falei sobre como desejaria estar apaixonada por ele, e como me sentia bem com a nossa ligação. Por fim, demonstrei a minha irritação em ver Cristal e Miguel juntos. Contei que ela quase me matou.

Falei tudo. Se ele lesse o meu diário, não teria mais nenhuma surpresa.

Quando finalmente terminei e tive coragem de encará-lo de novo, Chris segurava o volante com força. Estava fechado em uma expressão muito séria. Permaneceu em silêncio por tanto tempo que desisti de esperar um conselho ou qualquer outro tipo de reação. Enxuguei uma única lágrima que caiu sem querer e olhei ao meu redor: estávamos dentro da cidade, e o Pálio em que estavam Ian, Miguel e Cristal entrou no estacionamento de um motel simples. Passamos direto pelo motel e paramos na primeira rua à direita.

— Plínio, acorde — disse Chris um pouco alto demais, com a sua expressão séria ainda intacta. — Já chegamos.

Plínio deu alguns pulos de susto, mas não demorou muito a se recompor. Finalmente não escutaríamos mais os seus roncos.

— Cara, não durmo assim há quase seis meses. — Limpou um filete de baba que caiu no canto da sua boca, depois abriu a porta e saiu. Logo em seguida, abriu a porta de trás, bem ao meu lado, e entrou. — Vamos, Chris, vai ser complicado dois caras entrando em um motel. Isso chama atenção. Fique no banco da frente que eu vou me esconder por aqui.

Mesmo achando que seria impossível esconder um homem do tamanho de Plínio, saí do carro e dei a volta, abrindo a porta do passageiro. Olhei para Chris, mas ele estava encarando o volante como se tivesse alguma coisa muito interessante por lá. Odiei com sinceridade não ter contido a minha boca enorme. Falar a verdade é muito chocante. Existem coisas que nem o seu melhor amigo precisa saber.

Demos a volta no quarteirão, só para despistar, e entramos no motel. A portaria era bem discreta, de forma que ninguém nem sequer notou quem estava dentro do carro. Apenas recebemos a nossa chave e pronto.

O motel estava pouco movimentado; apenas alguns guichês estavam ocupados. Vimos o carro de Miguel estacionado ao lado.

Miguel, Ian e Cristal entraram de soslaio.

— Tudo bem? — Miguel perguntou a Chris. Ele deu a chave a Miguel e acenou com a cabeça.

Desci do carro, e Plínio também. O grandalhão começou a descarregar algumas maletas com a ajuda de Ian. Tentei ignorar a presença de todo mundo, mas logo resolvi ajudar os rapazes com os equipamentos.

Chris ainda estava esquisito.

***

Não conseguia dormir. Não que eu estivesse com medo, pois Chris e eu estávamos dividindo uma cama de casal, enquanto Plínio dormia em um dos sofás do quarto, que, graças a Deus, era muito organizado e limpinho. Assim que chegamos e descarregamos as malas no canto da saleta, marcamos de nos reunir mais ou menos às duas da tarde. Já são dez da manhã e eu ainda não preguei o olho, embora esteja aliviada por finalmente poder esticar as minhas pernas e braços simultaneamente.

Estava cansada, com toda certeza, e com sono também, mas não conseguia parar de pensar na minha idiotice, na minha grande estupidez. Fiquei horas encarando o meu próprio corpo no espelho redondo do teto, tentando me acostumar com as mechas loiras que saíam da minha cabeça e se perdiam no travesseiro. Chris está de costas para mim, distante o suficiente para não perceber quanto eu já me mexi e revirei, tentando descansar sem conseguir.

***

Depois que nos reunimos no nosso quarto para falarmos da missão, as turmas se separaram outra vez. Plínio dormiu rapidamente, assim que o pessoal foi embora. Chris tentou evitar ao máximo a conversa inevitável. Mais cedo, já não estava mais me importando tanto com o silêncio dele — apesar de doer bem no fundo — e sabia que devia dar um tempo para que ele engolisse tudo. Claro que não entendia por que tinha ficado tão sério com aquilo, por isso só supus uma coisa: ele estava gostando mesmo de mim. Naquele momento, foi a única coisa que consegui pensar.

Tentei dormir, mas de novo não consegui.

Eu estava pensando na vida quando sentei na beirada da banheira de hidromassagem que havia dentro do quarto, olhando para o fundo e imaginando tomar um banho quente ali mesmo. Plínio ainda dormia, mas Chris pelo visto também não conseguia pegar no sono, portanto o banho não seria possível.

Depois de uma meia hora, ele se aproximou de mim e se sentou ao meu lado. Tinha acabado de tomar banho de chuveiro e vestia uma bermuda simples junto com uma camiseta. O cheiro de shampoo e sabonete vindo do Chris era delicioso. Apesar de preocupada com aquela conversa, sentia que nunca deixaria de me sentir bem ao lado dele.

— Desculpa ter demorado tanto. — Ele olhou para o chão, meio sem graça.

— Não faz mal — menti. Claro que tinha feito mal. Não descansaria em paz até saber por que a minha vida mexia tanto com ele. Fiquei com medo de que jamais falasse comigo de novo.

— Christine... A situação é mais complicada do que imagina. Você está aqui por motivos errados. Entrou em uma coisa que desconhece.

— Eu sei, mas já estou aqui. Não tem como voltar. — Coloquei as minhas pernas para dentro da banheira, na direção oposta ao Chris.

— Vou te dar um conselho muito sério. — Sério como ele estava naquele momento. O meu estômago revirou de medo. — Você precisa me ouvir. Tem que me ouvir.

Permaneci no mais completo silêncio, esperando que ele começasse. Chris parou um pouco, observando Plínio deitado no sofá, conferindo se ele estava mesmo dormindo. Eu sabia que ele falaria tudo o que eu não queria ouvir. Tinha certeza.

— Você precisa esquecer Miguel. Precisa se afastar dele para o seu próprio bem.

Tá certo, mesmo esperando algo parecido com aquilo, o jeito como ele falou cada palavra me chocou. Soou como algo definitivo, como se não houvesse um meio-termo, uma justificativa. Como se eu estivesse completamente errada por estar interessada no cara.

— Eu sei que ele tem Cristal e...

— Não é isso, Chris. Quero dizer, é isso. — Puxou de leve o meu queixo, e o encarei. As lágrimas começaram a se formar em meus olhos. — Ela é muito perigosa. Tão perigosa que nem Miguel consegue se livrar dela.

Por aquilo eu não esperava. Mesmo. Por mais que Cristal fosse perigosa, ela não seria páreo para Miguel. Ele era meio que o líder do grupo, isso tinha que significar alguma coisa.

— Se ele quer se livrar dela, talvez eu possa ajudar de alguma forma e...

— Não — Chris me interrompeu prontamente. — Não pode. Se você se envolver, só vai piorar.

— Mas a gente transou! — falei um pouco mais alto do que a voz sussurrante que estávamos usando para não acordar Plínio. — Não posso desistir tão fácil assim. Não posso fingir que nada aconteceu.

— Se Cristal souber que você está de olho em Miguel, ou vice-versa... Você não tem a menor chance.

— Eu não entendo!

— Não precisa entender. Quanto menos souber, maior é a probabilidade de fazer exatamente o que estou te pedindo.

— Acho que é bem o contrário. — Eu me levantei. Chris segurou as minhas mãos e se levantou também, impedindo que eu me afastasse. Mil coisas se passaram pela minha cabeça. Como ele nada falou, continuei: — Se era para eu me afastar desde o início, por que não me alertou antes? Foi você quem me disse que os olhos dele estavam diferentes ao me olhar. Não se lembra? Por que fez isso, Chris?

— Porque eu pensei que você ia embora.

— E acha que dizer aquilo facilitaria alguma coisa? Criou uma ilusão dentro de mim. Encheu o meu coração de esperança, e agora a destrói sem me explicar os verdadeiros motivos. Acha certo?

— Não. Mas no momento achei que fosse o certo a dizer. Você ia embora, e provavelmente nunca mais nos veríamos de novo. Achei que seria um consolo saber que Miguel talvez tivesse correspondido.

— Um consolo?

O que Chris havia dito passou longe de ser um consolo. As palavras dele me atormentaram e sabia que me atormentariam dali em diante. Não consigo entender mais nada. Na verdade, estava cansada de tentar entender. Esse bando de gente doida ia acabar com o que tinha sobrado dos meus nervos.

— Confia em mim? — Ele entrelaçou as suas mãos nas minhas e se aproximou até chegar muito perto, usando todo o seu poder calmante. E eu caí direitinho. Balancei a cabeça para cima e para baixo, aquiescendo, sentindo-me arrasada e completamente frustrada. Por que nada podia sair do jeito que eu queria? — Confia mesmo, de verdade?

— Confio.

— Então faça o possível para evitá-lo. Fique longe dos dois. Finja que não se importa, não sei. Faça qualquer coisa, mas não se envolva.

Soltei as mãos de Chris com teimosia. As primeiras lágrimas começaram a cair sem aviso, e eu não soube mais o que fazer. Minhas forças tinham ido embora. Ele ficou olhando para mim com uma expressão séria e ao mesmo tempo triste. Não o queria sentindo pena, por isso saí de perto e deitei na cama, de costas para ele. Chris se deitou logo em seguida, beijando docemente minha bochecha.

— Por favor — murmurou. — Faça isso. Toda vez que se sentir mal, conte comigo. — Como eu nada respondi, ele me desejou bom-dia e se virou, levando metade do lençol consigo.

E estou aqui. Escrevendo neste triste diário que só me faz entrar em confusão. Bela vida eu arranjei! Só tenho o que lamentar mesmo. Já não bastava estar praticamente sozinha no mundo desde os 15 anos, a vida tinha que me lembrar, mais uma vez, de que não nasci para ser feliz?

As lágrimas começaram a cair nas folhas, então parei de escrever. Vou tentar dormir mais uma vez. E engolir esse nó dolorido que cresce em minha garganta.

Terça	14	Janeiro
Tuesday		January
Martes	Insone	Enero

(uma hora depois)

Ainda não consegui dormir. Que maravilha, não? Tudo bem, não reclamarei. Pelo menos parei de chorar.

Terça | 14 | Janeiro
Tuesday | | January
Martes | Decidida | Enero

14
Decidida

Terça — Tuesday — Martes

Janeiro — January — Enero

(duas horas depois)

Diário, decidi fazer exatamente o que Chris me falou. E sabe o que mais? Vai ser melhor assim. Vou buscar a minha felicidade de outra forma, já que não posso fazer as coisas do jeito que quero. Realizarei o meu trabalho no grupo com afinco e profissionalismo e, depois que essa temporada acabar, darei um jeito de fugir para bem longe daqui. Para um lugar onde ninguém me reconheça, no qual possa voltar a ser alguém normal, na medida do possível. Chris poderia até vir me visitar na temporada de férias se ele quisesse.

Preciso deixar de fazer papel de idiota. Chris estava certo. Ele está vendo a situação de fora, com os pés no chão. Está enxergando o que não consigo ver. Confio nele, e se diz que é melhor não me envolver, vou fazer exatamente isso. Não sei os motivos, mas deve ser algo muito maior e perigoso. Talvez além da minha compreensão.

Só sei que já estou de saco cheio dessa história toda, e ela mal começou. Aprendi com a vida o suficiente para entender que algo que começa errado jamais termina certo. É a lei da existência.

Terça | **14** | Janeiro
Tuesday | | January
Martes | **Trégua** | Enero

(mais tarde)

Passei o dia inteiro bocejando. Não era para menos; não durmo há mais de 24 horas e, da última vez que dormi, foi muito pouco. No carro só havia dado uns cochilos rápidos. Não consegui dormir porque tinha trabalho a fazer e, graças à competência dos rapazes, nosso alvo foi encontrado. Passamos o dia planejando o que faríamos. Foi com muito custo que convenci todos — menos Cristal, mas ela não tem voz — a me deixar participar pelo menos das reuniões.

Evitei ao máximo os olhos de Miguel queimando a minha pele. Tentei ficar o mais longe possível para não ter que sentir nem o seu cheiro. No fim, percebi que podia passar por aquilo sem que doesse tanto.

— O nosso alvo está hospedado aqui. — Miguel apontou para um mapa da cidade. Estávamos sentados numa mesa pequena, que não tinha cadeiras suficientes, portanto Plínio e Chris ficaram de pé. Cristal estava deitada na cama, olhando fixamente para o espelho no teto. — O que é muito estranho, já que a casa dele é aqui. — Seu dedo parou em uma rua localizada dois quarteirões antes do luxuoso hotel da cidade.

— Ficha completa — pediu Chris.

— Patrick Senna, 47 anos — respondeu Ian, mexendo no seu laptop com avidez. — Agente do grupo há mais de quinze. Ele teve a insensatez de "pegar emprestadas" joias que deveriam ser entregues ao Orlando no mês retrasado. Desde então, foge de cidade em cidade até que foi localizado pela equipe de busca. Que otário. Foi muita burrice. — Riu.

Plínio também deu um riso leve, e Miguel apenas balançou a cabeça, concordando. Chris estava pensativo, tanto quanto Cristal.

— Suponho que devamos recuperar as joias? — perguntei, mas sem saber se a pergunta era boba demais.

Ian olhou para mim pela primeira vez na vida.

— Acha que Orlando se preocupa com as joias? Ninguém quer saber de joias, esse homem quebrou a confiança dele depois de quinze anos. Alguma coisa muito mais séria aconteceu, até porque esse tal Patrick não precisa delas.

— Orlando quer a cabeça dele. Só temos que fazer isso — Miguel acrescentou, olhando diretamente para mim. Prendi a respiração.

Não me demorei em seu olhar. Visualizei o laptop de Ian ao meu lado. Havia um mapa eletrônico estampado na tela, demarcando o hotel e a casa do alvo. No canto direito, havia uma foto dele e algumas informações pessoais. Patrick era grisalho e tinha olhos claros, meio caídos. Na foto, vestia um terno elegante, mantendo uma expressão séria. Tinha outra marcação na tela do computador, um ponto amarelo-vivo que piscava.

— O que é isto? — Apontei para o monitor.

— Nosso próximo dever. É uma casa pertencente a um dos inimigos políticos de Orlando. — Ian mantinha uma expressão cansada. Seus óculos fundo de garrafa estavam se equilibrando na ponta de seu nariz, deixando à vista seus olhos muito claros. — Esse cara tem um grupo similar ao nosso. Vitón de La Merce. Ele é francês. Temos que descobrir um modo de acabar com eles.

— Talvez Patrick tenha alguma coisa a ver com esse tal Vitón, por isso está por aqui — comentei por alto. Todos olharam para mim. Sério, como se eu tivesse descoberto a teoria da relatividade ou algo assim.

— Muito bem, Chris! — Miguel exclamou, sorrindo. — Você tem razão, eles podem estar interligados. Patrick tem o mundo inteiro ao seu dispor, no entanto, está exatamente na cidade em que Vitón se fixa.

— Além de que ninguém deixaria o grupo de Orlando por um motivo tão idiota. O que são meras joias diante de quinze anos de serviço? Esse Patrick tem dinheiro suficiente para comprar as joias que quiser — completou Chris.

— O que torna as coisas complicadas — Cristal emitiu uma opinião pela primeira vez. Nem sabia que ela prestava atenção no assunto, mas pelo visto eu estava enganada. — O sumiço de Patrick pode alertar os integrantes do grupo de Vitón.

— Não se fizermos bem-feito — comentou Plínio.

— Não se fizermos as duas coisas simultaneamente — falei mais para mim mesma do que para o grupo.

Se uma parte do pessoal ficasse incumbida de dar um sumiço em Patrick, a outra poderia acertar as contas com o tal Vitón. Era uma solução que podia ser inteligente e bem mais rápida. Eu tinha pressa. Queria ir embora logo daquele lugar.

Novamente, todos olharam para mim.

— Isso é impossível — disse Ian, por fim. — O grupo de Vitón é forte e tem muitos integrantes. Estamos aqui apenas para vigiar e recolher informações.

— Aposto que nem todos os integrantes estão nessa casa. Além do mais, quantas pessoas são necessárias para apagar um cara em um hotel?

— Eu faria isso sozinha — murmurou Cristal, mas todo mundo escutou. E aposto que ninguém duvidou. Bom, pelo menos eu não duvidei.

— Isso requer estudo. Temos que avaliar quantas pessoas estarão lá e como vamos fazer. Também verificar se eles realmente têm ligação um com o outro. Só assim saberemos se é possível ou não a ideia da Chris. — Miguel parecia satisfeito. — Temos que colher mais informações sobre Patrick. O que ele está fazendo, para onde vai todos os dias...

— Quanto tempo temos? — perguntou Chris, pensativo.

— Três dias — respondeu Ian. — No mínimo.

— Saberemos quando tudo estiver pronto. Temos que começar a agir — definiu Miguel. — Chris, Plínio e Ian vão observar a casa de Vitón a partir de amanhã. Sejam discretos, vocês sabem o que fazer. Eu e as garotas vamos ver o que Patrick anda fazendo.

Quase não acreditei que estava sendo inclusa na missão.

— Eu vou com as garotas — desconversou Chris. — É melhor você ir com eles, Miguel. — Todo mundo pareceu concordar, menos eu. Mas era preciso. Chris estava tentando deixar as coisas mais fáceis para mim.

— E a casa? — perguntou Plínio. — Não podemos ficar neste motel para sempre. Chama muita atenção.

— Vamos para lá agora mesmo. — Miguel tirou umas chaves do bolso e as colocou em cima da mesa. — Aluguei para o mês inteiro. Inventei um monte de história e paguei adiantado. O proprietário ficou contentíssimo. — Sorriu.

Não pude deixar de olhar para ele. Seu meio sorriso fazia os meus olhos brilharem e o meu rosto esquentar. Aproveitei o tempo que ele não olhava para mim e o observei de perto, disfarçando bem.

Como posso gostar tanto de alguém desse jeito?

***

Chegamos à casa alugada às nove da noite, cansados do dia longo e concentrados no dever que cumpriríamos no dia seguinte. Não era uma casa muito grande, nem bem decorada como a mansão do campo, mas era discreta, como deveria ser, com muros altos e portão de correr, e eu tinha gostado da varandinha que dava para os fundos, onde havia um quintal arborizado. A garagem era ampla o suficiente para caber os dois carros e ainda sobrava espaço. Alguém teve a brilhante ideia de parar em um drive thru e comprar comida gordurosa o bastante para satisfazer o meu apetite reduzido dos últimos dias.

Estava terminando de tomar um sundae de morango com cobertura de caramelo quando Cristal apareceu na varanda e se sentou em uma das cadeiras brancas de plástico na minha frente. Eu a ignorei completamente, sabendo que era o mais sensato a fazer. Não estava a fim de confusão, apesar de adorar de verdade a ideia de enchê-la de socos e pontapés.

— Vai acabar engordando — comentou sem emoção.

— Eu não engordo.

Ela olhou para mim meio sem acreditar no que eu tinha dito. Mas era a mais pura verdade, podia comer uma lata de leite condensado três vezes ao dia e o meu peso continuava exatamente o mesmo.

— Sabe, Cristal, acho que começamos errado — falei, pensando em uma ideia que me ajudaria muito no que eu estava planejando para a minha vida. — Acho que você pensa que eu quero roubar o seu namorado ou algo assim, só porque o salvei.

Cristal ficou sem reação, e imaginei mesmo que ela reagisse daquela forma diante de uma atitude de sinceridade máxima. Ela não estava acostumada com franqueza, com coisas ditas tão claramente. O problema é que eu estava mentindo. E bem feio. Mas a loira que já fazia parte de mim estava maquinando. Quem sou eu para impedi-la de trabalhar em prol do meu próprio bem?

— Somos mulheres, sabemos como as coisas acontecem. Não gostamos de nos sentir ameaçadas. Mas não é nada do que você está pensando, sério. — Pisquei um olho para ela em gesto de cumplicidade. — Christian e eu temos um lance. — Sorri, sentindo-me a maior mentirosa de todos os tempos.

Quando encontrarem este diário, daqui a alguns anos, e resolverem fazer um filme sobre a minha vida, com certeza a atriz que fará o meu papel ganhará um Oscar.

— Puxa, isso é... — Cristal soltou um suspiro aliviado. Estúpida. Era muito fácil enganá-la. — Desculpa por ter tentado te matar. Realmente não gosto de concorrência.

— Acha que eu seria uma concorrência? Olhe para si mesma, você é linda, estonteante. E Miguel te ama, dá para perceber. — Havia uma meia verdade naquilo. Cristal era mesmo linda, mas só fisicamente. Por dentro ela não passava de uma bruxa enrugada e má. Quanto a Miguel... Ele devia amá-la. Não tinha outra explicação para que continuasse aturando aquela mulher. Eu não conseguia engolir qualquer outra explicação.

Cristal sorriu com tanta força que pensei que seus dentes pulariam para fora da boca. O jeito mais fácil de enganar uma pessoa como Cristal é exaltando suas qualidades. Nesse caso, exaltar sua beleza alimentaria o seu ego já elevado, e ela se acharia a última bolacha do pacote.

— É que você também é linda, Chris. Os homens ficam olhando para você, pensa que não percebo?

— Claro que não. Eles olham para você, por isso deixe de besteira. Não quero arranjar confusão com ninguém.

— Então vamos começar de novo — sugeriu, oferecendo-me uma mão para que eu a cumprimentasse. Apertei-a com ar de alegria, percebendo suas unhas enormes e bem pintadas. Claro, por dentro eu queria que Cristal se danasse.

— Vou ver o que o meu amor está fazendo. — Ela se levantou e me deixou sozinha na varanda.

Aquela mulher era perigosa? Poupe-me.

Olhei para o horizonte à minha frente. Só havia uma escuridão total, tal qual a minha própria alma. A Christine com cabelos avermelhados chorou duas ou três lágrimas, mas a loira as enxugou e as guardou em um lugar bem profundo.

Reparei no céu. Havia algumas poucas estrelas, e elas foram cúmplices da minha esperança renovada, de um sentimento que me fez bem, não sei direito por quê. Aquele céu exigia promessas. Prometi a mim mesma que lutaria para que tudo aquilo acabasse bem e eu me tornasse uma mulher livre de toda aquela gente maluca e de tanta confusão.

Bocejei umas sete vezes até me convencer de que precisava dormir. Passei pelos garotos, que assistiam a um jogo de futebol bem desinteressante para mim, e deitei no colchão do pequeno quarto em que eu dormiria.

Na verdade, era para eu dormir na cama, e o Chris no chão. O colchão tinha sido ideia minha, por isso decidi ser teimosa, ou razoável, depende do ponto de vista.

Boa noite, diário. Não aguento mais escrever por hoje.

Quarta | Wednesday | Miércoles

15
Espreitando

Janeiro | January | Enero

Senhor Senna ou Patrick Senna. Quarenta e sete anos. Cabelos grisalhos e curtos, porte elegante, olhos claros. É um homem alto e atraente para as mulheres da idade dele. Mas com certeza ele não queria ninguém da idade dele. Tinha dinheiro suficiente para conquistar qualquer garotinha ambiciosa. Saquei logo de cara quando o vi saindo dos elevadores do hotel, mais de meia hora depois da minha chegada. Estava acompanhado por uma garota que parecia ser bem mais nova do que eu.

Eles se encaminharam para o restaurante refinado do lugar, passando por mim com ar de superioridade. A garota vestia trajes de banho, provavelmente para passar o dia inteiro na grande piscina do hotel, tomando drinques caros e bronzeando a pele branca até ficar vermelha como um camarão. Seu vestidinho, estilo saída de banho, era curto o bastante para deixar suas pernas magras e brancas à mostra. Meu trabalho havia começado.

— Localizei. Estão indo para o restaurante, Chris — sussurrei.

Eu estava com uma escuta potente encaixada no ouvido, além de um microfone em formato de broche pendurado na minha blusa azul. Chris estava em algum lugar do restaurante, enquanto Cristal fingia que estava trabalhando e curtia a piscina do hotel. Com certeza ela estava tomando alguma coisa diet e mostrando sua bunda para os caras ricos que se hospedavam ali. Fiquei sentada no hall de entrada do hotel, fingindo ler uma revista com um conteúdo mil vezes mais avançado do que o meu QI permitia acompanhar.

— Estão? — Chris perguntou.

— Sim. Ele está com uma garota. Mais nova do que eu, por sinal, e com cara de periguete. — Chris riu muito baixo, com certeza disfarçando com o guardanapo. Cristal soltou um grunhido que mais pareceu um gemido.

— Deve ser uma acompanhante — ela definiu. — É bem comum por essas bandas.

— Acompanhante? Na minha terra isso tem outro nome — respondi.

— Entraram no salão — avisou Chris. — Realmente ela é muito nova para ele.

— Eu disse. Já escolheram a mesa?

— Ainda não, espere um pouco mais. — Um minuto depois e Chris confirmou: — Canto extremo direito, uma mesa redonda. Tem certeza, Chris? — perguntou ele com ar de preocupação. O plano que tínhamos em mente foi ideia minha. É, eu sei, às vezes tenho boas ideias. Só assim para deixar de pensar nas coisas que não devo.

— Estou indo — sussurrei de volta, decidida.

Lentamente, deixei a revista onde estava. Levantei-me do enorme sofá, confeccionado com um tecido caríssimo, e fui até o restaurante. Nunca me senti tão importante quanto naquele hotel. Os funcionários tratavam os hóspedes com educação e delicadeza singulares. Eram especialmente treinados para atender gente muito abastada.

— Senhora? — cumprimentou o garçom antes de abrir a porta de vidro com detalhes dourados e brilhantes, para depois me deixar passar com um sorriso estampado no rosto.

Olhei para minha direita e não foi tão difícil assim achar o casal. Ainda era cedo, e os ricos costumam acordar bem tarde. Tivemos sorte de não esperarmos tanto assim e, claro, de termos chegado cedo. Um ponto para nós.

Fingi procurar uma mesa e vi Chris me observando de longe, sentado em uma das grandes mesas redondas, sozinho, saboreando um café e fingindo estar ali por acaso. Pensei que ficaria com vergonha de ser observada por ele, mas a atriz dentro de mim estava encenando o seu papel. Quando ela surgia, nada podia impedi-la.

Como combinado, aproximei-me da mesa de Patrick e fingi tropeçar, de alguma forma, perto de onde o casal estava. Foi perfeito. Tão impecável que meio que machuquei os meus joelhos quando eles se chocaram no chão com força, provocando um barulho seco. Eu havia praticamente me atirado no piso sem medo algum. Praguejei baixinho, chateada com a minha tamanha estupidez. Aquela atriz levava as coisas a sério demais.

Patrick se levantou, com preocupação evidente no olhar, e sua acompanhante soltou um gritinho assustado.

— Você está bem? — O homem ofereceu a mão para me ajudar a levantar.

Aquele era o momento ideal para colocar em prática a segunda parte do plano. A parte primordial que facilitaria muito a nossa vida. Prendi um pequeno adesivo transparente na parte interior de uma das pernas da cadeira em que Patrick estava sentado, de modo que, quem viu, pensou que eu estava tentando me apoiar nela. Dentro daquele adesivo continha um microchip que funcionava como um potente microfone, desenvolvido especialmente para aquele tipo de situação. Tecnologia avançada, segundo Chris. Acompanharíamos tudo o que seria dito naquele café da manhã entre Patrick e sua acompanhante. Se déssemos sorte, arrancaríamos algumas informações importantes sobre ele.

— Obrigada — falei quando finalmente me pus de pé e limpei os meus joelhos com as mãos. Eles estavam meio vermelhos, destacados entre as minhas pernas brancas. Senti vergonha de verdade. — Desculpem-me, sou meio desastrada.

— Não se preocupe. — A tal acompanhante sorriu com muito esforço. Ela parecia não querer realmente estar ali, mas com certeza era muito bem paga. Do contrário, não riria tanto nem usaria tantas joias logo pela manhã. Um escândalo.

Aproveitando a deixa, pus em vigor a minha grande ideia, da qual Chris nem desconfiava. Muito menos Cristal. Nem o restante do grupo. A invenção do papel, que havia desenvolvido enquanto rabiscava no meu diário, era genial, apesar de um pouco perigosa. Mas valeria a pena todo o esforço. Assim eu ganharia novos créditos com o grupo.

Disfarçadamente, peguei o papel no bolso da minha saia jeans.

— Obrigada por me ajudar, senhor. — Estendi a mão para ele e sorri.

Patrick me encarou por uns instantes, até que apertou com cuidado e educação a minha mão estendida, parando de sorrir quando sentiu o pequeno pedaço de papel entre os seus dedos. Ele fez exatamente o que eu esperava: disfarçou e tornou a sorrir. Eu também sorria, demonstrando mais interesse do que realmente sentia.

Depois de segundos eternos, pedi licença e continuei andando pelas mesas, sentando-me bem longe dos dois e do Chris. Éramos personagens distintos naquela cena. O restaurante representava um dos palcos mais luxuosos que existem, e com figurantes que não tinham sequer noção de que faziam parte de uma grande peça teatral.

— O que foi aquilo? — perguntou Chris com curiosidade. Seu rosto franzido pareceu encolher, enquanto ele tomava lentamente um gole do seu café.

— Uma ideia — respondi. — Espero que dê certo, até agora deu. Só basta ele fisgar a isca.

— O que você fez? — sussurrou Cristal.

— A senhorita gostaria de realizar o pedido? — Um garçom se aproximou de mim com uma educação exagerada.

— Um café com leite, um pão de milho com queijo... E uma coalhada — pedi, sem noção alguma do que os ricos comem. Eu só queria um café da manhã normal, estilo dos que eu comia na padaria da esquina. Será que tinha pão requentado?

— Odeio coalhada — Cristal gemeu no meu ouvido.

Quase arranquei aquela escuta naquele momento, mas me controlei, sorrindo para o garçom, que anotou tudo num sistema computadorizado em seu pulso. Ele saiu elegantemente pelo salão, sem estranhar o meu pedido e sem nada mais declarar. Que chique!

— Então, Chris, não vai nos contar o que fez? — continuou Cristal.

Chris estava de frente para mim, por isso podia ver todas as minhas expressões. Ele me encarava, curioso, mas eu só mantinha uma pose charmosa para combinar com o restante do ambiente, fingindo indiferença a tudo e todos. Gostei de fazer aquilo.

— Um bilhete. Com meu telefone.

— Que telefone?

— Comprei um chip novo na loja de conveniência que passamos antes de virmos. Era para ser um número novo para mim, mas depois me desfaço dele — sussurrei ainda mais baixo, com medo de ser ouvida por algum garçom ou cliente. Seria meio esquisito ser pega falando sozinha.

— Você acha que ele vai te ligar? — perguntou Cristal.

— Claro que vai. Você não faz noção da maneira como ele está olhando para ela. Esqueceu até que está acompanhado — Chris completou.

Eu estava meio que de costas para o casal, por isso não conseguia ver nada do que ele estava dizendo.

— Sem ciuminhos, Christian — Cristal usou um tom divertido.

Chris quase engasgou com seu café, fazendo uma careta para mim. Eu tentei disfarçar ao máximo e fui salva pelo garçom, que já trazia o meu pedido. Ele não fazia sequer noção de que eu dissera a Cristal que estávamos juntos.

— O que achou? — alguém falou na escuta. Alguém que não era Cristal, nem Chris e muito menos eu.

— Maravilhoso. Este hotel é magnífico — uma mulher respondeu. — Sempre gostei daqui.

— Essa escuta só liga quando quer — reclamou Chris. — Vamos ouvir em silêncio.

E foi o que fizemos. Ficamos no mais completo silêncio, apenas escutando a conversa entre os dois e encenando o nosso papel com delicadeza e desenvoltura.

— Já veio outras vezes? — Patrick perguntou.

— Sim, algumas. — Escutei um barulho de xícara batendo no pires.

— Escute...

— Jennifer. — A mulher não pareceu chateada por Patrick ter esquecido seu nome.

Não contive um sorriso meio idiota. Aquilo era o fim da picada, não dava para entender como alguém era capaz de se submeter a isso.

— Vamos curtir esta manhã, e depois dispensarei os seus serviços. — O homem não pareceu ter ficado mais sério, não mudou seu timbre de voz nem por um instante.

— Fiz alguma coisa errada? — perguntou a mulher, preocupada. — Prometo que...

— Não, imagina, Jennifer. Você foi perfeita. É só que tenho uns negócios a resolver. Tudo bem?

— Tudo bem. — A mulher pareceu muito infeliz, mas nada podia fazer para mudar as atitudes do homem. Era ele quem mandava.

Os dois permaneceram calados durante tempo suficiente para que Cristal abrisse sua boca grande e soltasse suas garrinhas afiadas:

— Para que pagar por algo que se pode ter de graça, não é mesmo?

— Agora é só esperar a ligação — concluí, ignorando o comentário constrangedor de Cristal, embora tenha certeza de que o meu rosto ficou vermelho de raiva e vergonha.

Chris também ignorou o comentário dela. Escutamos uma conversa nada reveladora, e bem entediante, por algum tempo. Percebi que a missão chegou ao fim quando meu amigo pagou a conta e saiu do hotel. Nosso carro estava estacionado próximo ao posto de gasolina na esquina da avenida larga e movimentada.

Assim que terminei o meu café e paguei a conta, levantei-me meio inclinada para trás. Patrick acompanhou o meu movimento, e nossos olhares se cruzaram por alguns segundos. Sorri e me encaminhei para fora, saindo do hotel sorrateiramente.

Nosso plano era ficar ali até o fim, mas eu devia sair quando Chris saísse também. Foi o combinado. Acho que ele percebeu que não seria necessário permanecer naquele lugar.

Patrick ligaria, e depois seria muito mais fácil. Eu descobriria tudo sobre ele, e então saberíamos o momento exato de agir. Era magnífico.

***

— Uma ideia magnífica! — Plínio sorriu amplamente quando contei para o restante do grupo sobre como foi a nossa experiência com Patrick. — Ele com certeza morderá a isca.

— Você não pode sair com ele, Chris — disse Miguel muito sério.

Estávamos sentados em volta da mesa de jantar larga, dando início à formulação dos nossos planos. Ian, Miguel e Plínio passaram a manhã inteira e a metade da tarde observando a movimentação na casa de Vitón. Eles conseguiram visualizar sete pessoas, dentre elas homens e mulheres, circulando despreocupadas pela grande casa, localizada em um bairro nobre da região. Tudo indicava que eles não estavam muito preocupados com um suposto ataque. Contudo, os rapazes acreditavam que podiam existir mais pessoas lá dentro, e seria perigoso e muita burrice se não tomássemos as precauções necessárias. Por enquanto, nenhum sinal de Vitón.

— Por que não? — perguntei contrariada, ignorando o seu rosto espetacular olhando para mim com insatisfação.

Meu plano era perfeito. Eu sairia com Patrick e tentaria descobrir o que ele andava fazendo, para onde ele ia e muitas outras informações úteis e relevantes para o nosso trabalho. Isso era incontestável.

— É muito perigoso. Patrick não é um homem confiável. A tarefa é de risco, não deve ser realizada por alguém inexperiente.

— Bobagem — acrescentou Cristal, que pintava as unhas de vermelho, parecendo despreocupada com o assunto. — O nosso trabalho é arriscado por natureza, meu amor, riscos fazem parte da nossa vida. Christine vai tomar todas as precauções e não estará sozinha de fato.

— É verdade, Chris é uma de nós agora. — Plínio olhou para mim maliciosamente. — Temos que confiar em sua capacidade.

— O que acha, Christian? — Miguel perguntou ainda angustiado, sabendo que Chris era o único que me protegeria de verdade.

— Acho que Chris deve fazer o que bem entender — ele respondeu sem olhar para mim ou para Miguel. Estava entretido com um artefato de metal que não consegui identificar, mas supus que fosse algum tipo de arma incomum. — Ela já deu provas suficientes de que é capaz de ajudar. Se ela acha que pode fazer isso, vamos ficar ao seu lado e agir naturalmente, como um grupo que somos.

— Exatamente — concluí, sorrindo.

Miguel olhou para Ian, que apenas deu de ombros. Então suspirou e me encarou demoradamente. Seus olhos claros estavam brilhantes, apesar da expressão preocupada. Não consegui simplesmente ignorar. Continuei olhando-o fixamente, lembrando-me dos momentos que tivemos. Depois de me lembrar das partes magníficas, veio em minha mente a nossa última conversa. Miguel era um mistério.

Cristal parou de limpar o esmalte ao redor de seu dedo indicador e olhou para o namorado. Virei o meu rosto na hora, antes que ela percebesse a nossa troca significativa de olhares. Eu não fazia ideia do que ele queria com aquilo, mas sabia que alguma coisa estava acontecendo. Alguma coisa precisava estar acontecendo.

Algumas horas mais tarde, o sol estava se pondo no horizonte e o clima seco e quente dava lugar a uma brisa suave. O bairro era muito calmo e, por isso, a sensação de tranquilidade era acolhedora. Se não tivéssemos em uma situação tão comprometedora, gostaria de passar mais uns dias por ali, olhando a cidade seguir seu curso lentamente através da varanda. Seriam dias tranquilos.

Eu estava exatamente na varanda — escutando a melodia característica de um sabiá empoleirado em um galho muito próximo e escrevendo em meu diário — quando Miguel se juntou a mim. Ele entrou no recinto como quem não queria nada, porém sabendo que eu estava ali.

— Você está bem? — perguntou, parecendo despreocupado. Olhou para o horizonte e apoiou seus braços na barra de proteção.

— Sim, e você? — Tentei parecer mais despreocupada ainda, nem sequer tirando os olhos do diário. Tentei usar a minha visão periférica para conferir suas expressões.

— Muito preocupado contigo.

— Não precisa.

— Eu me sinto responsável por você. — Sentou-se ao meu lado em uma das cadeiras de plástico branca. A mesma em que Cristal sentara no dia anterior.

— Não sou nenhuma criança.

Meu novo papel de indiferença era executado com uma rapidez impressionante. Miguel permaneceu calado por alguns minutos, olhando ora para o horizonte ora para mim.

— Eu sei. Isso em que tanto escreve é um diário?

— É. — Senti uma vergonha súbita. Acabei de dizer que não era uma criança e, no entanto, estava escrevendo em um diário idiota.

— Por que está me ignorando?

Miguel sabia que eu não era assim. O esforço para me manter distante era visível, quase mecânico e muito doloroso. Devia ter adivinhado que simplesmente ignorá-lo não daria certo. A desistência veio mais rápido do que imaginei. Elegi um bocado de motivos para desistir daquele joguinho. O principal era simples: odeio e não sou de fazer isso.

— Por que acha que estou? — Fechei meu diário e o coloquei em uma pequena mesa à minha frente. Não queria me deparar com os olhos de Miguel de novo, por isso apenas encostei a minha cabeça na parede e olhei para os últimos resquícios de raios solares.

— Posso te fazer uma pergunta?

— Claro. — Queria mesmo responder: "Claro que não. Eu tenho medo de perguntas, principalmente das suas", mas nada conseguiu ser maior do que a minha curiosidade. Aliás, nada conseguiria ser maior do que ela.

— Você e o Chris... estão juntos? — Pareceu desconcertado. Aquela pergunta foi capaz de tirar o meu fôlego por completo. Minhas pernas começaram a tremer, e eu não sabia o que responder. Miguel percebeu a minha inquietude. — Cristal me disse isso ontem. E também que foi você quem contou, pessoalmente. É verdade?

— E se fosse?

— Foi só uma pergunta. Deixa para lá.

Ele se levantou da cadeira e passou as mãos nos cabelos escuros, que sempre adoravam cair em seus olhos. Tudo o que eu sentia por ele veio à tona naquele instante. Um desejo ardente queimava o meu corpo e todo o meu juízo. Uma vontade louca de me atirar em seus braços ali mesmo. Como eu podia ser capaz de mentir para ele? O mínimo que eu podia fazer era ser sincera.

— Que tipo de mulher acha que sou, Miguel? É claro que não estamos juntos, eu não poderia, não depois do que fizemos. Tive que inventar algo para que ela parasse de encher o meu saco com relação a você. Não diga nada a ela, por favor.

Ele se virou na minha direção rápido demais, meio que sem acreditar na minha sinceridade repentina. Mesmo assim, acenou com a cabeça, concordando comigo. Estendeu uma mão para mim. Assim que a toquei com as pontas dos dedos, ele me puxou para perto de si.

Fiquei surpresa com a sua atitude tão clara, objetiva, repentina e impensada. Meu coração quase saiu pela boca quando me vi enlaçada em seus braços fortes. Seu rosto muito próximo mostrava uma boca convidativa, e fui tocada pela sensação gostosa do seu hálito tocando a minha pele. Arrepiei-me imediatamente, sentindo meu corpo queimar de desejo com aquele toque. Nem sequer pensei em resistir. Deixei-me levar completamente.

Quando nossos lábios se encostaram, senti algo ainda maior e mais forte, como se tudo o que eu guardava dentro de mim — para sentir apenas por ele — estivesse passando através da minha boca e o atingindo numa mistura emocionante de paixão, ternura e amor.

Foi um beijo longo, com momentos mais doces e outros mais urgentes. Sentir Miguel em toda sua plenitude sempre era uma experiência fantástica, única. É como se comigo ele fosse apenas ele, como se ali, em meus braços, fosse o lugar certo para estar. Nossos corpos se encaixaram, fazendo-me lembrar da nossa entrega. Eu estava pronta para ele. Por mim, faria amor na varanda mesmo.

Quando infelizmente senti sua boca se afastar, já não tinha noção de onde estava nem de quem eu era. Encontrei-me tonta, ardente de desejo. Só ele me importava.

— Miguel... Isso é loucura.

— Eu sei. Christian me fez prometer que jamais chegaria perto de você de novo. Pensei que vocês estivessem... Não consigo, Christine. Sou um fraco.

Ele estava ofegante, assim como eu, e seus braços ainda envolviam a minha cintura quando senti alguma coisa estremecer. Tomei um susto e soltei um pequeno gritinho altamente feminino. Demorei alguns segundos para entender que o meu celular estava tocando, e vibrando, no bolso da minha calça. Miguel me soltou no impulso e eu peguei o celular.

Era um número desconhecido.

— Alô? — Atendi com uma voz meio decepcionada. Quem quer que fosse havia atrapalhado o meu momento com Miguel. Talvez naquele instante ele me explicasse o que estava acontecendo entre a gente, ou talvez decidisse finalmente deixar Cristal para ficar comigo.

— A dona do bilhete — uma voz masculina falou do outro lado da linha. — A linda dona de um bilhete, gostaria de falar com ela.

— Sou eu mesma. — Forcei um risinho meio bobo. Miguel ganhou um monte de rugas depois que seu rosto se franziu em desconfiança. — A desconhecida dona de um bilhete.

— Mas a desconhecida será conhecida em breve — Patrick falava com o que achei que fosse sua voz mais sexy. A que ele usava para seduzir suas acompanhantes. Não era tão mal assim, na verdade. — Qual é o nome dela?

— Tatiana. — Pensei rápido, muito rápido por sinal, usando uma voz mais atraente também. Só depois descobri que eu havia me lembrado do nome que estava na minha identidade falsa. Miguel pareceu ainda mais confuso. Gesticulei com os lábios a palavra "Patrick". Ele fez uma careta meio azeda. — E o nome do charmoso desconhecido?

— Patrick, ao seu dispor, querida dama. Queria muito saber se a dona do bilhete gostaria de pegá-lo de volta esta noite, em um jantar.

— Adoraria muito, mas o bilhete agora pertence a Patrick. No entanto, a dama adoraria um jantar. — Achei o máximo observar de perto a expressão de Miguel. Decidi que eu adorava ser atriz. Atuar era comigo mesmo, apesar de ter consciência de que nunca havia pensado que pudesse ser capaz de encenar alguma coisa.

— Poderia ser às oito, no restaurante do mesmo hotel em que a dama perdeu seu bilhete?

— Ela estará mais elegante do que nunca.

— Mesmo em trapos, ela jamais seria deselegante. Até lá.

— Até lá.

Desliguei o celular e o guardei em meu bolso. Devo confessar, o cara sabia como agradar uma mulher. Ele era educado, charmoso e fazia questão de seduzir com seu tom de voz e irreverência.

Pena que ele teria que morrer em breve. Tentei não pensar nisso.

— Hoje, às oito, no hotel — avisei a Miguel, sem esconder um sorriso de contentamento. — Deu certo!

— Tão rápido assim? — Ele ainda estava contrariado. — Você não acha que...

— Miguel. — Segurei seus lábios com um indicador. — Confie em mim, vai ficar tudo bem. Só preciso de um vestido, não posso ir a um encontro com as roupas que trouxe na minha humilde bolsa.

Ele olhou para mim e tornou a me puxar pela cintura. Seu cheiro delicioso invadiu os meus sentidos de novo. Tudo nele era apaixonante e me deixava entorpecida.

Só depois de observar o seu rosto foi que me lembrei do que prometi ao Chris. Meu plano de evitar Miguel foi por água abaixo com apenas um toque.

— Isso não pode ficar assim. — Recuei, mesmo contra a minha vontade. — O que pretende, Miguel? Eu não entendo. Por que está me usando?

— Não estou te usando, Chris. — Ele não conseguiu completar seu pensamento, pois Christian entrou na varanda de súbito. Ele olhou para nós dois e parou seus olhos nos meus, com uma expressão esquisita.

Antes que ele pudesse ter artifícios para me encher de sermões mais tarde, falei sobre a ligação de Patrick.

Quarta | Wednesday | Miércoles

15
Um estranho no jantar

Janeiro | January | Enero

(mais tarde)

Descobri, mais tarde, que Cristal havia saído para fazer compras, e certamente foi por causa disso que Miguel se sentiu à vontade para vir falar comigo, ou melhor, para me beijar na maior cara de pau. Fiquei chateada, pois ele me procurou apenas em um momento conveniente. A coisa boa era que não teria tempo de ficar ruminando essa atitude de Miguel, pois precisava me concentrar na missão. Nada poderia dar errado.

Cristal adorou a ideia de poder ajudar a me arrumar para o jantar. Eu avisei que não tinha o que vestir, e ela até que foi legal comigo, fazendo-me experimentar um monte de roupas suas até achar uma que não me deixasse vulgar demais e fosse elegante na medida certa. Conhecendo as roupas que Cristal usava, eu sabia que seria um pouco difícil.

Ela me ajudou a lavar os meus cabelos oxigenados com seus shampoos caríssimos, depois os secou com muita paciência, modelando-os. Eles ganharam uma forma mais definida e, no final, desciam graciosamente por meus ombros até se perderem na metade das minhas costas. Se dependesse de mim, usaria apenas rímel e um gloss simples, mas Cristal praticamente me obrigou a usar o seu kit completo de maquiagem. Às 19h30 terminei de me arrumar e finalmente tive uma visão geral do que tinha me transformado.

O vestido preto com detalhes brilhantes parecia que tinha sido feito sob medida pra mim, apesar do decote um pouco acentuado e de as minhas pernas ficarem expostas mais do que eu gostaria. Para finalizar, sapatos pretos de salto, exageradamente altos. Eu era a mulher fatal perfeita. Apesar de nossos corpos serem totalmente diferentes, Cristal e eu usávamos o mesmo número de calçado. Meus cabelos ganharam ainda mais cor e brilho por causa do contraste do preto do vestido. E os meus olhos verdes pareciam dois holofotes emoldurados pelo delineador preto que Cristal fez questão que eu usasse. O batom vermelho foi o toque final e definitivo para me fazer entender que aquela era eu quando estava "trabalhando". E, ainda por cima, esse meu alter ego supersexy tinha um nome: Tatiana.

Não me reconheci. Tatiana nada tinha a ver comigo. Isso era bom e ruim. Era bom porque eu não precisava concordar com o que ela fazia, assim podia manter a minha consciência mais tranquila, e ruim porque... Bem, ela usava o meu corpo para colocar as suas garras de fora e, querendo ou não, as consequências do que fazia eram minhas.

— Você ficou magnífica! — Cristal berrou com uma voz estridente quando saí, já pronta, do banheiro.

Ela estava tão contente, e havia me ajudado com tanto afinco, que senti muita culpa por ter beijado o seu namorado há algumas horas. Mesmo sabendo que ela era um tipo de mulher vulgar, fútil e perigosa, não era da minha natureza orquestrar esse tipo de sacanagem com ninguém. Mas o que eu podia fazer se estava completamente apaixonada por ele? E se foi ele quem me tomou nos braços e me deixou sem reação alguma?

— Nossa! — admirou Plínio assim que desci as escadas.

Eu sei, estava bem diferente, mas a cara que Plínio fez me deixou muito envergonhada. Ian me observou por alguns instantes e sorriu de leve, para logo em seguida voltar a mexer no seu computador. De certo modo, fiquei feliz por ele não me ignorar como fazia antes.

Chris pareceu nem acreditar no que estava vendo. Assim que seus olhos escuros cruzaram com os meus, ficou de queixo caído e não esboçou reação por muito tempo, o que me deixou ainda mais envergonhada. Tanto que pensei sinceramente em subir para o meu quarto e desistir daquela loucura.

Miguel chegou à sala logo em seguida, só para completar a minha falta de raciocínio. Eu não conseguiria encenar aquele papel, não com todo mundo me olhando com aquela cara.

— Perfeita — disse Chris, finalmente, depois que seu queixo voltou ao normal. — Você está perfeita, Christine, muito perfeita.

Miguel ainda me encarava e não falou nada até que Plínio pegou as chaves e informou que seria o meu motorista naquela noite. Eu não pestanejei, pois o que mais queria era sair dali imediatamente. Ian se levantou de sua cadeira e me deu alguns itens importantes para a missão.

— Coloque isto na sua roupa. — Entregou-me um pequeno microfone, similar ao que eu tinha posto na cadeira de Patrick pela manhã. Era superdiscreto, apenas um adesivo transparente. — Ouviremos tudo o que for conversado. Tente ser discreta e calma. Descubra o máximo de informações possíveis sobre ele, assim como combinamos mais cedo.

— Tudo bem. — Eu estava nervosa e ainda envergonhada com os olhares masculinos voltados para mim.

— Leve isso também. — Ian me passou um frasco com spray de pimenta e outro que não consegui identificar. — Cuidado com este, é veneno. Só com uma gota a pessoa que ingerir tem uma parada cardíaca.

— Eu não vou matar o cara. — Senti as minhas mãos começarem a tremer. Eu sairia com ele, mas não podia matá-lo. Era demais para mim.

— Você provavelmente vai ter que fazer isso, Christine, mas não hoje. O veneno é só para garantir. — Ian estava sério e nem um pouco abalado com o meu nervosismo e inexperiência. Ele não se importava de verdade com o que eu achava ou sentia. Para ele, eu era apenas uma garota chata que tinha aparecido do nada e resolvido ajudar. Só isso.

— Coloque isto no ouvido. — Entregou-me um objeto transparente e também muito discreto, igual ao que eu usei pela manhã. Fiz o que ordenou, já sabendo que era uma escuta. — Manteremos contato com você através disso. Vamos te ajudar a fazer as perguntas certas.

— Então, podemos ir agora? — Plínio perguntou, parecendo muito ansioso.

De fato, parecia que ele queria falar alguma coisa muito importante para mim quando entrei no carro. Entretanto, o percurso inteiro foi tomado por um silêncio mais do que absoluto. Plínio olhava para mim de vez em quando, mas eu não tirava os meus olhos dos outdoors que iam e vinham pelas ruas. Mal sabia o que pensar naquele momento. Minha barriga estava doendo de tanta tensão, e eu imaginei que não fosse capaz de fazer aquela doidice.

— Estaremos no outro quarteirão, ouvindo tudo, esperando você sair. — Plínio apontou para a esquina oposta, assim que chegamos. — Qualquer coisa, corra para lá e te levaremos de volta para casa. Boa sorte, Chris.

— Obrigada — murmurei, abrindo a porta.

— A propósito... Você está muito gostosa.

Assim que desci do carro, mais ou menos quando me vi de frente ao luxuoso hotel, mudei de ideia a respeito da minha capacidade de fazer aquilo. A loira oxigenada tomou conta das minhas atitudes, e fui andando decidida até a entrada do lugar, parecendo absolutamente despreocupada. Mantive um sorriso leve e meio bobo em meus lábios. Parecia de verdade que havia me empenhado em ficar bonita para um encontro importante com alguém em que eu tinha muito interesse.

O porteiro me desejou um boa-noite efusivo. Algumas pessoas me observaram quando passei por elas. Capturei olhares masculinos de variadas idades até chegar ao restaurante. Nunca me senti tão bonita e desejada na minha vida.

Patrick já estava sentado em uma das mesas do sofisticado restaurante. A hora do jantar era mais especial do que a do café da manhã. O interior do salão reluzia como joia. As pessoas estavam muito mais elegantes, e um pianista tocava uma canção romântica. Tudo muito fino.

Uma vela estava acesa na mesa de Patrick, e ele bebia alguma coisa em uma taça. Assim que me viu, abriu um sorriso que ia de orelha a orelha. Mesmo levemente envergonhada, prossegui firme e sem deixar de sorrir, até encontrá-lo. Estava começando a me divertir com tudo aquilo.

Ele se levantou e me cumprimentou, beijando minhas mãos como um verdadeiro cavalheiro. Estava muito bem-vestido naquela noite, exalando charme, imponência. Percebi que, apesar de ser bem mais velho do que eu — ele podia muito bem ser o meu pai —, era um homem belo e bem cuidado.

— Quando a vi hoje pela manhã, achei que fosse impossível alguém ficar mais linda — murmurou, sorrindo elegantemente. — Eu estava enganado, você mesma se superou.

— Muito obrigada. — Sorri, sentindo-me mesmo lisonjeada. Qual mulher não gosta de ouvir elogios? Não sou de ferro.

— Sente-se, vamos jantar. — Puxou uma cadeira para mim e, por um momento, achei que era protagonista de um filme antigo em que os homens ainda faziam questão de serem completos cavalheiros só para impressionar suas damas.

Aquele cenário inspirou alguma coisa dentro de mim, e eu senti que era capaz de tudo para realizar o meu trabalho com eficácia.

— Confesso que me surpreendi quando percebi o bilhete em minhas mãos — comentou Patrick depois que fizemos o nosso pedido. O garçom nos trouxe uma garrafa de champanhe que devia custar dois meses do meu salário de professora. — Afinal, eu estava acompanhado.

— Tomei a liberdade porque, me desculpe dizer, sua acompanhante não era condizente com sua elegância — falei sorrindo, e tomei um gole do champanhe na bela taça que estava à mesa.

— É verdade, tem razão. Não sabia que estava tão perceptível.

— Eu sou ótima em perceber isso. Senti que precisava de algo melhor.

"Ah, claro!", ouvi alguém dizer na escuta em meu ouvido.

"Cala a boca", outra pessoa respondeu, e depois não ouvi mais nada.

Morri de vergonha naquele instante, pois eu tinha me esquecido de que estava sendo vigiada, desde o princípio, pelo bando.

Patrick sorriu e começou a beliscar o camarão banhado em um molho que me pareceu um tanto esquisito. Era apenas o aperitivo. Estava extremamente gostoso, na verdade. E parecia bem caro.

— Não parece ser daqui — comentou ele. — Esta cidade é pequena demais para alguém como você.

Nem me dei ao trabalho de perguntar o que ele queria dizer com aquilo, pois era como se eu já soubesse. Tatiana era espaçosa, bonita, elegante, cheia de planos e desejos, pensava alto e se achava a última Coca-Cola do deserto. A cidade era mesmo pequena para alguém como Tatiana. Para Christine seria ideal.

— Estou aqui a negócios. — Dessa vez não precisei mentir. — E você?

— Também, mas creio que ficarei por mais tempo do que gostaria.

— Quanto tempo? — Tentei parecer despreocupada, mantendo meu olhar atento em cortar um pedacinho de tomate-cereja.

— Um mês. Talvez mais, tudo vai depender. E você?

— Uma semana mais ou menos.

Eu realmente esperava que fosse menos. Queria acabar logo com aquela conversa de fazer parte de uma quadrilha organizada. E também queria deixar claro que ia embora em breve, portanto ele não devia se dar ao trabalho de achar que podíamos ter alguma coisa a mais. Mesmo assim, acho que não adiantou muito. Patrick provavelmente pensou que deveria ir mais rápido comigo.

— Temos uma chance para nos conhecermos melhor. — Olhou para mim com uma expressão bem significativa.

Os nossos pedidos chegaram naquele instante.

— Sem dúvida alguma. — Sorri. — Fale mais sobre você, em que trabalha? — Mostrei um interesse forçado.

— Tenho algumas empresas de informática espalhadas pelo país — mentiu. Mas ele estava tão acostumado a mentir sobre aquilo que foi bastante convincente. Seu olhar firme não vacilou nem por um segundo.

— Deve ser um homem bem ocupado.

— Um pouco. Estou empenhado em deixar as pessoas trabalhando por mim e ir curtir mais o que conquistei.

— Sábia decisão.

— Sim. E você, querida? — Tomou outro gole do champanhe.

— Sou advogada — decidi na hora. Embora não tenha nada a ver com essa profissão, ela simplesmente saiu pela minha boca. — Estou com um caso para resolver nesta cidade, mas nada muito problemático. É uma ajuda que estou prestando a uma prima. Coisas de família.

"Advogada?", alguém perguntou.

"Não a desconcentre", tive certeza de que foi Miguel quem falou aquilo. O meu estômago revirou quando me dei conta de que ele estava assistindo de camarote a todas as minhas mentiras.

— Bom, mas não vamos falar sobre coisas chatas — continuei, ainda sorrindo e arrumando os meus cabelos de outra forma. Percebi que Patrick gostava muito quando eu me movia. Ele me observava com um desejo que brilhava em seus olhos. Eu gostava disso também, devo confessar. Não é todo dia que me acho irresistível. — Conte-me, ficará hospedado aqui durante todo o mês? Este hotel é incrível... Quando passei por ele, hoje de manhã, não resisti e algo me disse para vir tomar um café.

— Pensei que estivesse hospedada aqui.

— Não, não. — Como se eu tivesse dinheiro pra ficar em um lugar tão caro! — Foi puro acaso.

— Acho que foi o destino. Se não fosse por sua escolha, não estaríamos aqui. — Patrick riu de leve, e eu também. O que falou foi tão verdadeiro que me deixou incomodada. — Tenho uma casa por perto, mas gosto demais deste hotel. Agora tenho mais motivos para gostar dele.

Ficamos em silêncio por alguns instantes. Patrick me encarava com curiosidade e interesse, enquanto eu tentava corresponder ao seu olhar. Meu coração batia forte, uma parte de nervosismo e a outra de pura vergonha, mas me mantive firme e decidida, como se tudo estivesse acontecendo naturalmente.

Começamos a falar sobre hotéis, e ele resolveu me dar um belo perfil daquele em que estávamos, ressaltando as benesses que oferecia aos seus hóspedes. Permaneci atenta ao que dizia. Patrick era um homem viajado, e não demorou muito para fazer inúmeros resumos de várias viagens que tinha feito. Aproveitei a deixa e perguntei sobre as curiosidades de cada local que ele conhecera, feliz por termos encontrado um assunto de interesse em comum.

— Você é mesmo encantadora, Tatiana — ele murmurou em algum momento da noite. Senti o meu rosto esquentar. Agradeci com o olhar, e não soube mais o que dizer, por isso continuei comendo, fingindo despreocupação. — Onde está hospedada, afinal?

— Na minha prima... A mesma que estou ajudando no processo — menti, admirada com a minha capacidade de inventar histórias mirabolantes tão rapidamente. — Estou hospedada na casa dela, por enquanto.

— Pode se juntar a mim neste hotel, se quiser. — Olhou-me maliciosamente. Prendi a respiração, sem nem sequer imaginar ter alguma relação com aquele desconhecido.

"Que...", alguém começou a falar, mas parou. Foi Miguel.

"Fala sério!", a segunda voz era de Chris, certeza.

— Imagina. De modo algum — foi a resposta que consegui dar ao homem.

Soltei o ar dos meus pulmões mais rápido do que quis. Ele interpretou como pura chateação. Não que não tivesse ficado indignada com a proposta que me fez, mas eu estava encenando, então não podia deixar transparecer esse tipo de coisa. Eu acho.

— Desculpe-me, eu a ofendi. — Tocou de leve em minhas mãos, que estavam apoiadas ao lado da mesa. — Você é uma mulher valorosa, qualquer um pode notar apenas te olhando. Eu nunca deveria ter proposto algo assim, mil perdões.

Fiquei no mais completo silêncio, apenas sorrindo e morrendo de vergonha. Desisti de fazer qualquer comentário. Pela primeira vez naquela noite, não tinha o que dizer.

— Então, o que você gosta de fazer? — Patrick perguntou, visto que eu nada falei e o silêncio entre a gente ficou meio constrangedor.

Afinal, éramos dois estranhos jantando juntos e tentando se dar bem a qualquer custo. Ele com seus próprios objetivos, e eu com os meus. Ao imaginar os objetivos dele, senti a minha espinha enrijecer. Christine quis dar sinal de vida dentro de Tatiana, mas esta conseguiu se manter firme. Em vez de sair correndo e gritando, como eu desejava amargamente, apenas sorri. Lembrei-me dos pinguins do desenho animado *Madagascar*, que às vezes as crianças da creche gostavam de assistir. "Sorria e acene", eles diziam.

— Ouvir música, cinema, passear... Jantar com pessoas especiais... — Tomei as rédeas da situação novamente. — E você?

— Também adoro jantar com pessoas especiais. Principalmente quando é a mulher mais linda que já vi.

— Ah, não exagere! — Ri, gostando de ouvir o elogio, mas, ao mesmo tempo, morrendo de medo do tipo de envolvimento que era criado na mente dele.

— Não estou mentindo. — Patrick já havia terminado o seu jantar, e um garçom encheu nossas taças com mais champanhe. Olhei para o meu prato, constatando que nem estava na metade da refeição. — Toda vez que olho para você sinto algo especial, diferente. Você tem uma beleza única... Meiga... Doce.

Ele pegou as minhas mãos e as alisou com cuidado. Tentei ignorar o desconforto, sorrindo e rezando para acabar logo. Eu estava doida para ir embora, e muito grata por estarmos sentados longe o bastante para que ele não tentasse algo mais físico do que tocar as minhas mãos. Do contrário, não sei o que faria.

Suspirei de alívio quando um garçom apareceu e nos perguntou se queríamos mais alguma coisa. Pedimos uma sobremesa deliciosa, que não demorou nada a chegar, e concentrei todos os meus pensamentos no sabor doce e energizante daquela bomba calórica. Com um novo assunto para conversar, falamos de sobremesas, calorias e, claro, Patrick não mediu esforços para dizer o quanto eu não precisava de dietas.

— Tem planos para amanhã? — ele perguntou em algum momento, enquanto eu saboreava uma colherada generosa.

— Depende. — Eu sabia que não me livraria dele tão cedo e que não havia descoberto tanta coisa assim naquele jantar, afinal.

O grupo esperava por muito mais informações do que eu tinha conseguido recolher, só que simplesmente não fazia sentido se eu perguntasse tudo sobre ele em algumas horas. Com certeza Patrick desconfiaria, ele não é nenhum idiota.

— Depende do quê?

— De você. — Sorri, seduzindo-o e deixando claro que gostaria que existisse um reencontro.

— Se depender de mim, haverá planos.

Quando terminamos o nosso jantar, ele ficou disposto a me levar em casa e insistiu, mas recusei a carona, informando que seria melhor pegar um táxi. Ele foi compreensivo, mas percebi que ficou chateado. Senti que Patrick esperava um pouco mais daquela noite, mas acho que entendeu que eu não era uma mulher igual as suas acompanhantes. Eu não seria tão fácil.

Supus que estava aceitando o desafio de me conquistar e, mesmo sabendo que jamais seria possível algum dia, senti-me importante.

— Que tal um almoço amanhã? — perguntou antes de sairmos pela entrada luxuosa e brilhante do hotel. — Posso te levar a um lugar especial que frequento e adoro.

— Gostaria muito — falei, e depois me lembrei de que eu devia disfarçar melhor. — Tenho umas coisas para resolver pela manhã e à tarde, mas creio que dará tempo se sairmos ao meio-dia.

— Sem problemas. — Encostou sua mão nas minhas costas, guiando-me junto a si. — Onde posso te buscar?

— Podemos nos encontrar aqui. Não fica longe do lugar que terei que ir pela manhã.

Ele concordou.

Assim que saímos do hotel, visualizamos um ponto de taxistas terceirizados um pouco à esquerda da entrada.

— Adorei te conhecer melhor. — Patrick se aproximou perigosamente.

Eu não podia recuar, isso o deixaria meio desconfiado e arriscaria todo o restante da ação. Foi por esse motivo que ofereci um abraço caloroso antes que ele pudesse ter a ideia de tentar me beijar. Foi um abraço intenso, que estava longe de significar amizade, mas foi a única coisa que pude oferecer. Patrick entrelaçou seus braços na minha cintura e beijou de leve o meu pescoço. Senti meu corpo arrepiar de pavor e angústia.

Quando aquele pesadelo finalmente acabou, me vi voltando para casa dentro de um táxi, chorando baixinho para os meninos não escutarem. Fiquei arrasada de verdade, mesmo sem saber muito o porquê de aquele encontro ter me abalado tanto. Não sabia se era por estar assustada comigo mesma, por ter sido tão "bipolar", agindo como se tivesse dupla personalidade. Ou se era por ter que estar com alguém que não me interessava, por ter que fingir alguma coisa que não existia. Podia ser por saber que em breve o homem com quem acabei de jantar seria morto. E muito provavelmente por mim!

Não sei. Só sei que me senti vazia. Oca. E por isso chorei.

Assim que cheguei em casa, os meninos já estavam lá para me receber, pois já tinham entendido através da escuta que eu voltaria de táxi, e não com eles. Fiz o taxista parar um quarteirão antes, para garantir discrição total, e caminhei pela rua vazia, sem parar de chorar nem um segundo sequer.

Ao ver meu semblante, Chris me abraçou com força, e seu apoio só me fez derramar ainda mais lágrimas.

— Você está bem? — Miguel me observou nos braços do nosso amigo, parecendo muito preocupado. Chris nada precisou falar, apenas compactuava com o que eu estava sentindo, como se já soubesse todas as incertezas que se desenrolavam em meu coração e em minha cabeça.

— Não muito, mas vou ficar.

Desejei profundamente poder abraçar Miguel também, mas me contive e me dei por satisfeita por nunca ter que fingir o quanto Chris era especial para mim. Pelo menos os meus sentimentos por ele jamais teriam que ser um segredo. Já o amava como a um irmão que nunca tive.

Miguel deve ter percebido o meu desejo, pois, assim que Chris me largou, ele mesmo se aproximou e me abraçou. Eu nem me dei ao trabalho de olhar ao redor para ver se Cristal estava observando. Deixei-me levar pelos seus braços e por seu cheiro sempre maravilhoso. Chorei ainda mais, desabafando toda a angústia que eu sentia, além de todo o amor, que era só dele, acumulado em meu peito.

— Não fique assim — murmurou no meu ouvido. — Tudo vai ficar bem.

— Ora, não foi tão mal assim — disse Cristal, perto o suficiente para me fazer afastar Miguel dos meus braços, mesmo contra a minha vontade. Ela o encarava com uma expressão de desconfiança feminina. — Você foi até bem, e o cara caiu como um patinho. Não vejo motivo para tanto chororô.

Sabendo que tinha feito uma besteira enorme em permitir aquele abraço, aproximei-me de Cristal e a abracei, tentando fingir que abraçaria qualquer um que me aparecesse na frente. Cristal ficou rígida com a minha aproximação, mas depois alisou os meus cabelos e disse para que eu não ficasse tão triste por uma coisa tão boba quanto aquela.

Olhei para Chris, e ele pareceu entender tudo o que eu estava, com muito esforço, tentando fazer. Subi para o meu quarto sem falar mais nada. Tomei um banho e peguei o meu diário. Depois de escrever e chorar, chorar e escrever, finalmente estava com sono.

Quinta | Thursday | Jueves

16
Uma vez mais

Janeiro | January | Enero

(bem cedinho)

Querido diário,

Pensei que não fosse conseguir dormir, mas simplesmente apaguei. Me entreguei a um sono pesado e profundo, não me lembro de ter acordado sequer uma vez durante a madrugada. Acordei me sentindo bastante descansada e de bem com a vida, porém logo me lembrei de todos os acontecimentos, e então desejei dormir eternamente. Ou até pelo menos aquele pesadelo ter fim.

Chris não estava no quarto, mas sabia, pela bagunça dos lençóis, que tinha dormido ali. A casa estava particularmente silenciosa. Pude escutar o cantar de alguns pássaros que certamente decidiram fazer seus ninhos nas árvores do quintal. Tentei sorrir com a simplicidade da vida. Precisava me manter tranquila, do contrário enlouqueceria.

Fui ao banheiro fazer a minha higiene, e no caminho descobri que ainda eram cinco horas da manhã. Cedo demais. Onde estava Chris? Fiquei imediatamente preocupada. Meio que me desesperei, para ser bem sincera. Quase não pude aguentar a espera que foi fazer xixi e escovar os dentes; não conseguia viver um segundo sem ter notícias de meu novo amigo.

Eu sei que devo estar parecendo uma neurótica, mas tenho os meus motivos. Entenda, diário, que toda paz foi retirada de mim, de modo que quase não respiro sem estar absolutamente preocupada com alguma coisa. Devo acrescentar que dói demais viver assim? Chega a ser insuportável.

Abri a porta do quarto e bati com o meu nariz em algum ponto do peitoral de Miguel. Ele se assustou, segurando-me com mãos firmes. Antes que pudesse gritar ou comentar qualquer coisa, Miguel me empurrou de volta para o quarto. Fechou a porta atrás de si e girou as chaves.

— O que pensa que está fazendo? — resfoleguei. O mundo pareceu girar ao meu redor, já não conseguia entender mais nada.

— O que você pensa que está fazendo? — Seu olhar exprimia uma seriedade impressionante. Não pude deixar de me sentir atraída por cada detalhe que pertencia a ele.

Balancei a cabeça sem entender.

— Do que está falando?

Miguel me puxou pela raiz dos meus cabelos. Juro, foi assim mesmo, com força e desejo. Meu rosto atravessou a distância entre nós em segundos, e logo a sua boca já estava na minha. Senti o meu corpo amolecer de imediato, mas tentei me afastar mesmo assim.

— Me solta... — murmurei entre os seus lábios. — Me solta, Miguel. Pare com isso. Onde está Chris?

Ele se afastou só para me olhar estranho.

— Por que se importa tanto com ele? — perguntou com o mesmo timbre sério demais para o meu gosto.

— Chris é o meu melhor amigo. Onde ele está? O que faz aqui, afinal?

Tentei parecer chateada, mas a verdade é que estava quase implorando para que ele me arrastasse até a cama e concluísse a sua visita inesperada com chave de ouro.

— Foi com Cristal vigiar a casa de Vitón. Acabaram de sair.

Fiz uma careta.

— E é por isso que está aqui? Fica à espera de qualquer oportunidade só para vir me usar? Quem pensa que sou, Miguel? Acha que estou à sua disposição? Sou sua escrava sexual?

Ele finalmente me soltou. Repreendi-me por ter sido tão grossa, mas não podia deixar barato o seu comportamento. Ainda me sobra um pouco de dignidade. Posso estar louca por ele — e quase implorando para tê-lo novamente —, mas não vou bancar a amante. Não faz o meu estilo.

Miguel permaneceu calado. Ficou apenas me olhando daquele jeito predatório que me fazia perder o fôlego.

— Não tem vergonha na cara? — continuei com minhas reclamações. — A sua namorada sai e você vem aqui... Buscar pelo quê? O que mais quer de mim, Miguel? Não crie ilusões na minha cabeça, pelo amor de Deus. Será que não mereço mais do que isso? Estou cansada!

Sua expressão se amenizou drasticamente. Ele ficou absolutamente desconcertado, sem reação.

— É claro que merece. E eu estou louco por você.

Parei até de respirar só para encará-lo sem ao menos piscar os olhos. O mundo pareceu congelar, e eu já não tinha mais noção da realidade.

— Louco? Louco como? — perguntei aos sussurros.

— Muito louco. De verdade.

— Não minta para mim... Não tente me enrolar, o que quer dizer?

Miguel fitou o chão por alguns segundos. Quando voltou a me olhar, oferecendo-me o brilho intenso de seus olhos azuis, pensei que fosse morrer de tanto desejo e amor.

— Queria muito que fosse mentira, Chris. Espero que possa me perdoar pelo meu comportamento cafajeste. A culpa é toda minha.

Virou-se para abrir a porta, e mais uma vez não deixou nada claro.

— Espere! — Segurei o seu ombro. Ele se virou para me encarar. — Fique. Por favor, fique e me explique o que está havendo.

— Você tem razão, não está certo. As coisas ainda são complicadas. Estou te colocando em risco... Estou fazendo tudo o que jurei não fazer. É só que não aguento... — Seu olhar escureceu do nada, e a boca franziu completamente. Miguel fez uma expressão dolorida, até que finalmente soltou: — Não aguento esses caras te olhando o tempo todo. Não dá para suportar você me seduzindo só com o olhar. Estou enfeitiçado, Christine. Não paro de pensar em estar dentro de você, não paro de me lembrar do seu corpo, dos seus beijos... Vou enlouquecer! E a culpa é toda minha, porque eu devia ter me livrado de você na primeira oportunidade.

Soltei um soluço estrondoso, e só então percebi que estava chorando. Corri até a cama, pois senti que podia desabar no chão a qualquer momento. Praticamente me joguei no colchão, enterrando o meu rosto no travesseiro como uma adolescente rebelde que acabou de aprontar.

Não demorou muito e senti as mãos dele alisando as minhas pernas. Dei-me conta de que vestia apenas a minha camisola curta de algodão. Chorei ainda mais forte. Não sabia direito o que pensar. Sou muito infantil, muito imatura. Acima de tudo, sou um erro na vida da pessoa que mais prezo. A sua sinceridade me atingiu em cheio. Eu nem devia estar ali.

Um corpo grande e másculo se deitou ao meu lado. Dedos carinhosos alisaram os meus cabelos, enquanto a mão, que eu sabia que era a boba, continuava a massagear as minhas pernas. Senti a minha pele arrepiar gradativamente, até que as lágrimas finalmente secaram.

Quando aconteceu, enxuguei o meu rosto no lençol e me virei para encará-lo. Nossos rostos quase se chocaram de tão perto que estavam.

— Você é tão linda que quase não suporto a ideia de só poder fazer uma rapidinha — Miguel sussurrou com suavidade, olhando-me de um jeito lindo. — Queria poder te ter sem pressa. Foi por isso que vim aqui... Vim para me redimir. Para dar o que você merece.

Soltei um suspiro repleto de desejo e paixão. A minha ficha ainda não tinha caído. Era surreal tê-lo naquele quarto. Não havia parado para pensar que talvez estivesse sendo difícil para ele também. Não me ative aos seus sentimentos, apenas aos meus, que agora gritavam nos meus ouvidos. Imploravam para tê-lo por completo.

— Faça isso, Miguel — o pedido soou como ordem.

Sem pensar duas vezes, nossas bocas se uniram em um beijo avassalador. Miguel depositou o seu corpo em cima do meu, fazendo-me ter a verdadeira noção da falta que havia sentido dele: foi muita. Suas mãos sempre firmes abriram as minhas pernas, que o enlaçaram imediatamente, e um gemido baixo escapou pela minha garganta.

Ele desceu sua boca até o meu ouvido e sussurrou:

— Hoje eu vou te deixar gemer. — Beijou o lóbulo da minha orelha, depois passou a língua pela região. Parece estranho, mas juro que me arrepiei da cabeça aos pés. Ele continuou beijando, mordendo e lambendo sem pausas, e a sua respiração forte sendo ouvida de tão perto me levou às alturas.

Soltei outro gemido instintivamente.

— Delícia... — murmurou e se inclinou para me observar. Curvou o pescoço para um lado como se tivesse captando cada detalhe do que via. Quase não consegui suportar a atração fatal do seu olhar sobre mim.

Decidida a fazer alguma coisa, puxei a barra da sua camiseta azul. Miguel ajoelhou na cama e terminou de retirá-la, voltando a se debruçar sobre mim. Vislumbrei o seu corpo perfeito, e dessa vez toquei cada partícula pertencente a ele como se fosse minha.

Miguel tinha uma faixa circundando o tórax, mas nada de curativo. O ferimento devia estar bem melhor, e suspirei aliviada por comprovar que ele ficaria bem. Nem sabia que estava tão preocupada com aquilo até ter a certeza de que não precisava me preocupar.

Suas mãos navegaram a lateral do meu corpo por dentro da camisola e pararam nos meus seios. Ele mordeu os lábios quando começou a atiçá-los, remexê-los em uma dança louca que só me trouxe mais excitação. Com um movimento rápido, puxou a camisola, obrigando-me a sair dela.

Terminei só de calcinha. Miguel parou para me analisar por alguns segundos. Senti meu rosto esquentar de vergonha, confesso. Ele parecia um médico me examinando com aqueles olhos atentos e enigmáticos.

— Faz ideia do quanto é gostosa? — murmurou com uma voz rouca impressionante. — Quero você nua. Agora.

Ele puxou as laterais da minha calcinha com bastante força. Minhas pernas se ergueram e cederam ao movimento. Em segundos, vi-me completamente despida diante dele.

Miguel continuou analisando-me, enquanto uma de suas mãos deslizava por alguns pontos críticos do meu corpo. Começou pelo meu queixo e foi descendo, descendo... Formando um rastro de excitação que mais parecia um caminho de pólvora que se consumia com o fogo.

Parou entre as minhas pernas. Gemi.

— Perfeita. Como alguém pode ser tão perfeita?

— Você é perfeito — sussurrei.

Ele balançou a cabeça.

— Eu não presto, Christine. Também não te mereço. Mas por não prestar é que vou te ter sem merecer.

Sua frase foi dita com uma seriedade tão grande que nem sei dizer o que senti. Para mim, ele sempre seria perfeito. Não me importava o que fazia. Não me importava quem era. Pensei que o tinha salvado, mas foi ele quem me salvou de uma vida sem emoção, sem sentimentos, sem adrenalina, sem nada. Eu estava morta e não sabia.

Naquele instante, meu coração batia tão rápido quanto jamais conseguiu algum dia. Estar com ele me trazia aquele tipo de adrenalina incomum, boa e intensa. Era verdadeira. Era tudo de que eu precisava.

Miguel me tomou em seus braços e me ergueu. Foi se sentando na cama e me levando consigo. Eu me sentei em cima dele, amparada pelos seus braços fortes. Toquei-os com força, alisando-os, buscando-os para mim. Sua pele é uma delícia, uma combinação perfeita de firmeza e maciez.

Beijou-me com muita intensidade. Suas mãos seguraram os meus cabelos e os puxaram, proporcionando mais prazer do que dor. Minha cabeça foi projetada para trás. Gemi com os olhos fechados. As mesmas mãos desceram e apertaram as minhas costas, dominando-me de um jeito incrível. Meu corpo se inclinou para a frente novamente, e ele voltou a me beijar a boca.

Sentia a sua ereção bem no meio das minhas pernas. Ele vestia uma calça de moletom escura — provavelmente era a que usava para dormir —, e desejei naquele instante que ela não estivesse entre nós. Rebolei o meu quadril em cima dele, atiçando-o, tentando sentir a sua extensão deliciosa como podia.

— Quer me matar, gostosa? — gemeu entre os meus lábios. Uma mão desceu mais até me segurar uma nádega. Apertou-a com tanta força que tive certeza de que ficaria com uma marca.

Gemi alto, apertando o seu pescoço com os braços, e lhe puxei os cabelos. Miguel deve ter percebido o meu desespero, por isso se inclinou e, devagar, deitou-me novamente na cama. Retirou a própria calça com tranquilidade, pegando um preservativo dentro dela antes de jogá-la em algum ponto da cama.

— Deixe-me fazer isso. — Tomei o preservativo da mão dele. Miguel não pestanejou, mas ficou me observando de um jeito safado. Eu retirei a camisinha da embalagem e a vesti em sua ereção.

Empurrei os seus ombros, e ele entendeu que eu queria que se deitasse. Miguel obedeceu, mas se deitou do lado oposto ao que estávamos antes. Subi em seu corpo sem ao menos esperar que se deitasse completamente. Nossos sexos se encostaram, e senti toda a extensão dele abaixo de mim.

Encontrei a sua boca e a beijei como nunca. Miguel ergueu as mãos, apertando as minhas coxas com força. Tê-lo vulnerável foi magnífico. Estar no comando me fez sentir um poder diferente. Acho que me fez entender que também podia participar do nosso jogo de sedução como uma oponente à altura, e não como uma peça submissa à mercê dos desejos só dele.

Desviei a minha boca e lhe beijei o rosto inteiro. Foram beijos suaves, bem singelos, porém precisos. Parei no seu ouvido e soltei um gemidinho baixo de propósito. Senti sua pele se arrepiando entre os meus dedos.

— Vou dizer uma coisa que você não sabe sobre mim — murmurei. — Eu também não presto.

Miguel riu de um jeito bem sacana. Desci bem devagarzinho pelo seu pescoço, utilizando os meus lábios e a minha língua para atiçá-lo. Ele me observou com o rosto tomado pelo mais puro desejo. Sei disso porque às vezes parava só para admirar seus olhos concentrados nos meus movimentos.

Mordi-lhe a barriga quando a alcancei, e Miguel soltou um rosnado baixo que foi capaz de me fazer ter pressa. Esperar para quê? Precisava tê-lo em mim. Desci mais, com bem menos paciência. Assim que atingi a sua ereção, mudei de ideia. Precisava tomá-la, pois da outra vez nem isso pude fazer.

Miguel gemeu relativamente alto quando a minha boca o envolveu. O poder ainda circulava pelas minhas veias junto com a adrenalina, e me senti uma mulher sensual, atraente e sedutora, capaz de proporcionar mais prazer do que imaginei que poderia. Sentir Miguel se contorcendo, resfolegando e quase pirando foi uma experiência e tanto. Ele é tão gostoso, tão delicioso... Poderia passar horas ali, e o faria se, depois de alguns minutos, ele não tivesse segurado os meus cabelos e me afastado.

— Só quero gozar quando você gozar. — Apertou os dedos no meu couro cabeludo. — Quero você tremendo e gritando nos meus braços.

Sorri um pouco. Eu estava muito ansiosa. Não via a hora... Era quase insuportável esperar. O jeito como ele falava era como se ordenasse, mas também como se implorasse. Não dava para definir, era uma mistura cruel entre desejo e dominação.

Miguel se sentou na cama de novo e me puxou para si. Encaixamo-nos com um pouco mais de cuidado dessa vez. Foi devagar, lentamente. Ele contornou o meu corpo inteiro com as suas mãos antes de realmente estar inteiro dentro de mim.

De repente, a lentidão deu lugar à urgência. Ele segurou as minhas nádegas e começou um vaivém acelerado, desejoso, afoito. Aquela dança sexual estava me deixando louca, ainda mais quando ele puxava meus cabelos para baixo. Comecei uma série de gemidos loucos, que só não foram mais altos que o barulho dos nossos sexos se chocando com fervor. Sua boca parecia procurar algo, porque passava pelo meu pescoço, percorria meu colo até meus seios e os sugava avidamente, depois subia pelos meus ombros e se perdia no meu ouvido.

Ele era tão perfeito no que fazia que simplesmente não me cansei com a posição. Suas mãos me apoiavam de um modo perfeito, nunca me deixando desconfortável. Sentia-me totalmente possuída por ele — e vice-versa —; sentia a nossa entrega acontecendo em um fluxo harmonioso.

Atingi um orgasmo louco e gemi como uma maluca em cima dele. Muito suor havia brotado das nossas peles, e foi assim que descobri que o clima dentro do quarto ficava cada vez mais quente.

— Tem ideia do que é te ver gozando? — ele murmurou, sua respiração completamente ofegante. — Quero mais, Christine.

Ele me inclinou para trás, deitando-me na cama. Ergueu e dobrou minhas pernas até que meus joelhos se encostaram na minha barriga. Fiquei exposta e vulnerável, mas Miguel não se importou. Inclinou-se até afundar a boca sensacional em mim.

Gemi muito alto.

Sua língua trabalhou daquele modo perfeito que eu já conhecia. Só que, dessa vez, fez questão de ser mais lenta. Chupou-me, beijou-me e me mordiscou até quase tirar a minha sanidade, antes de me provocar outro orgasmo, que não demorou a chegar. Me contorci inteira sob a sua boca hábil.

— Gostosa... — ele falou ainda me mantendo naquela posição. — Quero mais. Sempre vou querer mais.

Miguel se ajoelhou na cama e me penetrou com força. Manteve as mãos firmes na minha perna e depois se inclinou sobre elas, impedindo-as de se fecharem. Estocou-me com uma velocidade incrível e parecia atingir o ponto exato para me fazer entrar no êxtase. Gritei alto e quase não acreditei que estava gozando de novo.

Acho que ele também não, pois parou assim que parei de gritar. Deixou minhas pernas moles se arrefecerem no colchão e ficou me observando. De repente, puxou-me pelo quadril lateralmente, obrigando o meu corpo a se virar. As mesmas mãos firmes me obrigaram a ficar de quatro diante dele e, quando tornou a me invadir, achei que não fosse aguentar mais o nosso sexo.

Eu estava exausta, por isso apoiei o meu rosto no travesseiro e tentei relaxar. Miguel continuou me penetrando com muita velocidade, e o meu corpo o recebia com tanta naturalidade que não consegui ser impedida pela exaustão. Não foi preciso tanto tempo assim para estar pronta de novo.

Ele me puxou pelos cabelos. A minha coluna se curvou até que a cabeça ficou toda para trás. O seu ritmo acelerado se intensificou drasticamente. Senti muito suor escorrer pelo meu rosto; estava realmente quente e insano ali dentro. Não sei por que, mas comecei a exigir que ele fosse ainda mais rápido. Miguel me atendeu.

O ruído do choque entre os nossos sexos estava muito alto. Em certo momento, tive certeza de que dava para ouvi-lo do lado de fora. Talvez tenha sido por isso que Miguel desacelerou até parar completamente. Ele tornou a me virar de frente. Eu estava toda descabelada, suada e pronta para mais uma. Miguel enxugou o suor do rosto com as mãos e se inclinou sobre mim, abrindo as minhas pernas ao seu redor. Voltou a me penetrar, porém, agora, mais lentamente. Beijou-me suavemente enquanto me invadia.

Sua ereção entrando e saindo de dentro de mim foi me deixando entorpecida mais uma vez. Concentrei-me no movimento o máximo que pude. Aproveitei a chance para tocar o seu corpo inteiro, mais uma vez. Aos poucos, senti que um êxtase sôfrego estava se formando.

Miguel começou a respirar ainda mais alto. Soltou um grunhido e fez muita força para manter a velocidade constante. Senti que ele queria acelerar, mas não o fez. Largou os meus lábios apenas para prender os dele e me observar de perto. Do nada, abriu a boca em formato de "o", e no mesmo instante seus braços começaram a tremer.

Nem sequer resisti. Meu êxtase encontrou o momento certo para dar as caras, e gozamos juntos. Foi mágico. Mais mágico ainda foi quando ele, exausto como eu, afundou o seu rosto quente entre os meus seios.

— Vou ficar muito mal-acostumado — Sua voz estava fraca, resfolegante. — Já me sinto dependente.

— Do quê?

— A pergunta é: de quem?

Sorri.

— De quem? — sussurrei.

— De você. — Seus lábios me beijaram um seio.

Sorri ainda mais amplamente. Ouvi o seu suspiro. O quarto ficou muito quieto de repente.

— Tentando se arrepender? — perguntei, temerosa.

— Já desisti.

Miguel se levantou da cama muito depressa. Mesmo com todo o calor, senti um frio horroroso quando o seu corpo deixou o meu. Tive até vontade de chorar. Pensei que aquele momento jamais acabaria.

— Vai me abandonar de novo? — Eu me sentei na cama. Fiquei só observando ele se vestir.

— Eu disse que não presto, não foi?

Morri de raiva com a sua resposta. O Miguel que queria sair daquele quarto não parecia o mesmo que havia entrado.

— Qual é o seu problema? — gritei, ajoelhando-me na cama.

Ele deu de ombros.

— Você é o meu problema, Christine. Ou a minha solução. Antes que essa merda acabe, juro que vou descobrir.

Quase o matei com um olhar fulminante.

— Pode ser tarde demais quando descobrir. Não vou esperar para sempre. Aliás, não vou esperar nem por mais um segundo. — Levantei da cama, morta de ódio, e caminhei até a porta.

Miguel terminou de vestir a camisa. A calça já estava no lugar.

— Saia da minha frente. — Girei a chave e abri a porta de modo que ninguém me veria pelada.

— Chris, eu...

— Saia!

— Não sei estar apaixonado por alguém — ele sussurrou, expressando uma dor incrível através de seus olhos. — Não nasci para isso.

Fiquei paralisada com a sua frase.

Miguel atravessou a porta, saindo sem dizer mais nada.

Quinta | Thursday | Jueves

16

Mistério revelado

Janeiro | January | Enero

(antes do almoço)

Querido diário,

Não me lembro de ter dormido. Chorei tanto que perdi a noção de qualquer realidade. Só percebi quando acordei gritando alto, tomada por um pesadelo angustiante. Uma sensação ruim invadiu o meu peito, deixando-me assustada e em alerta.

Não me lembrei de muita coisa quando acordei, e me lembro bem menos agora que estou escrevendo, mas a cena mais aterrorizante se repete o tempo todo em minha mente. Ela mostra Cristal apontando uma arma na minha direção, pronta para atirar a qualquer instante.

Recordo-me de sentir um medo avassalador. Seu olhar era feroz, inspirava muito ódio. Alguma coisa me impedia de gritar, embora eu tentasse com todas as minhas forças. Quando ela puxou o gatilho, um barulho ensurdecedor fez com que tudo ficasse em câmera lenta. Ouvi gritos horríveis e senti uma tristeza tão grande que acordei chorando sem parar.

Os problemas da realidade começaram a me atingir assim que abri os olhos desesperadamente. Pensei no almoço que teria que enfrentar mais tarde com Patrick. Pensei em Miguel, no nosso mais recente momento e nas suas palavras. Lembrei-me do olhar acusador de Cristal ao nos ver abraçados e voltei a pensar no sonho novamente. Tudo parecia ir e vir, rodopiando em meus pensamentos, tirando todo o meu juízo.

— Chris? Você está bem? — Christian entrou no quarto bem depressa. Fiquei muito feliz em vê-lo, quase não pude suportar a falta que ele me fez.

— Foi um pesadelo — murmurei. Minha voz não saiu muito boa, e ele logo percebeu que eu realmente não estava bem. — Eu não sabia que você já tinha chegado. Que horas são?

— Dez da manhã. Não fique assim, Chris. — Aproximou-se e sentou na beirada da minha cama. — Não fique assim, por favor.

— É impossível — choraminguei.

Comecei a chorar de novo, pela milésima vez naquela manhã. Senti meus olhos arderem como se tivesse vários grãos de areia incomodando-os. Chris se deitou ao meu lado e me abraçou, envolvendo o meu corpo contra si. Achei estranho ter estado com Miguel naquela mesma cama.

— Sei que tudo está difícil, mas aguente um pouco mais. Prometo que em breve tudo ficará bem.

— Não vai ficar bem. Não quero mais ser quem não sou — desabafei o meu grave problema de identidade pela primeira vez. — Também não quero que... Argh!

— O que houve?

— Nada.

Chris pensou que eu estava triste por causa da minha missão com o Patrick. Não que eu não estivesse confusa com relação ao meu novo emprego, mas resolvi não me preocupar com muita coisa ao mesmo tempo. Isso me deixaria louca de vez.

— Eu sei que te machuca fazer essas coisas, você é verdadeira. — Depois de algum tempo, Chris passou a alisar os meus cabelos devagarzinho. — É autêntica. Mas isso vai passar, não fique pensando que você é quem interpreta. Christine é Christine e pronto.

De certa forma, suas palavras me deixaram muito mais calma, e eu senti que ele entendia a minha angústia. Pelo menos parte dela. Realmente não queria ser uma pessoa falsa, uma atriz que mente e cria um personagem que é o oposto da sua personalidade. Talvez esse tipo de coisa seja para mulheres como Cristal.

— Você já passou por isso? — perguntei a Chris, entregando-me de corpo e alma ao carinho que ele me fazia nos cabelos, descendo pelos braços e rosto. Senti minha pele se arrepiar várias vezes seguidas.

Novamente, achei esquisito demais estar com ele na mesma cama em que estive com Miguel. Se bem que o meu relacionamento com Chris permitia qualquer coisa sem que nós dois precisássemos explicar com palavras. Eu tinha certeza absoluta de que ele sentia exatamente o mesmo.

— Várias vezes — respondeu. — Inúmeras... Incontáveis vezes. Fazemos isso quase o tempo todo. Só venho notando o quanto é insuportável de uns tempos para cá.

— Como assim?

— Nem sempre fui como sou agora, Chris — falou muito sério, mas seu rosto estava iluminado por um sorriso que amenizava consideravelmente a seriedade. — Sempre fui ignorante, grosseirão, mal sabia o que era sorrir. A vida nunca me mostrou o lado bom de nada.

— Não parece. É difícil demais te imaginar sem o seu sorriso de sempre. Chego a sentir muito medo quando você não está alegre; é como se não houvesse mais esperança.

Chris me abraçou ainda mais forte, beijando a minha testa. Senti que a vida havia me tirado tudo, mas pelo menos me ofereceu em troca um amigo que ia além de todas as expectativas. Sério, eu não sabia o que era isso até conhecer Chris e sentir todos os bons sentimentos que só ele sabe me causar.

— Acho que você ainda não tem uma noção muito exata do que eu sou. Estou longe de ser um santo. Você sabe muito bem qual é o meu trabalho, sabe quais são as coisas que tenho que fazer, e sempre fiz sem pensar se é certo ou não.

— Não importa. — E não importava, de verdade. Por mais que Chris tenha matado pessoas, apenas o fato de se importar tanto com a minha vida já era o suficiente para saber que ele não podia ser tão mal assim. Sei que isso é egoísmo, que a vida de cada ser humano é importante, mas, bem... Este é o meu diário, e escrevo o que sinto. Eu confio em Chris.

— Claro que importa. Cometo crimes o tempo todo. — Seu sorriso se apagou.

— Sente-se culpado por eles? — Eu quis saber mais sobre o que Chris sentia com relação ao que fazia.

— Às vezes, sim. Antes não, mas, como disse, mudei um pouco. Aliás, mudei muito.

— Mudou como? Por quê?

— Miguel. — Chris me libertou de seus braços e me olhou bem nos olhos. Franzi o cenho, sem entender o que Miguel teria a ver com a nossa conversa. Ele percebeu a minha confusão e começou a explicar: — Quando conheci o Miguel, tinha acabado de entrar no grupo e ele também, e isso nos fez muito próximos. Até porque ele começou como meu parceiro, e nós fazíamos pequenos trabalhos sempre juntos.

Prestei ainda mais atenção ao que Chris dizia. Sentei-me na cama e me endireitei, pois não queria perder nem um pouco da história dos dois, já que Miguel não me daria detalhes.

— No começo, eu era o que sempre fui: um cara nascido em família pobre que passou necessidades e entrou no mundo das drogas e da violência muito cedo. Eu não ficava sóbrio a maior parte do tempo e, muitas vezes, Miguel nos salvava das enrascadas. — Chris riu sozinho. — Quando tiramos nossa primeira licença, Miguel poderia ter ido para qualquer lugar. Nós estávamos com uma grana preta na mão e éramos muito jovens, por isso não demorei a gastar cada centavo do que tinha em drogas e festas.

Chris não parecia realmente culpado por tudo o que dizia, nem vi sinais de arrependimento ou tristeza. Ele apenas narrava tudo com um olhar sereno e até divertido, como se essa parte ruim da vida dele estivesse tão longe que já não o assustasse.

— Miguel me alertava o tempo todo dos meus exageros, mas eu não queria ouvir nada. Não confiava nele, para ser sincero. Não confiava em ninguém. Até que organizei uma festa tão exagerada que tive de ser hospitalizado no fim da noite. O único número que havia na minha carteira era o dele, e mais nenhuma identificação. Miguel pegou o primeiro avião e chegou ao hospital logo pela manhã. Ficou comigo o tempo todo, conseguiu arrumar documentos novos para mim... Depois que tive alta, ainda estava muito debilitado.

Tentei imaginar Miguel fazendo tudo aquilo pelo Chris e, no fim, foi muito fácil. Comecei a entender o porquê de eu sentir o tempo inteiro que ele era uma pessoa especial. Comecei a compreender o sentimento forte que invadiu o meu peito desde que o vi, desde que o salvei. Agora eu sabia que estava certa o tempo todo, que a minha loucura não fora em vão.

— Miguel permaneceu ao meu lado até o fim. Tirou do próprio bolso os melhores tratamentos para a minha reabilitação. Depois de um mês inteiro, tive uma recaída e fiquei pior do que da última vez. Quase morri. — Estremeci, impossibilitada de sequer imaginar um mundo sem o carisma de Chris. Se aquilo tivesse ocorrido, nunca teria a felicidade de conhecê-lo. — Miguel não desistiu. Ele me convenceu a entrar em uma clínica. Foram quatro meses, mais ou menos, de reabilitação. Depois fui obrigado a voltar para a nova temporada no grupo.

— Mas você conseguiu se curar em apenas quatro meses? — perguntei, cada vez mais curiosa com a história impressionante dele.

— Melhorei bastante, e foi o suficiente para que eu não tivesse mais recaídas. Ganhei alguns vícios que aos poucos foram deixados de lado. — Riu. — No começo eu roía as unhas, depois não conseguia viver sem chicletes. Depois comecei a sorrir e me senti tão bem que faço isso até hoje.

— Está querendo dizer que seu sorriso é um vício que ameniza a sua ansiedade? — Mal pude acreditar.

— Agora faço por prazer, mas antes não. Eu não sabia o que era rir, Chris, por isso, quando descobri, não consegui mais viver sem. Está sendo o suficiente até este momento.

Eu não soube o que dizer. Por um longo tempo apenas encarei seus olhos escuros, encontrando neles tudo de bom que alguém podia encontrar em uma pessoa: sinceridade, humildade, alegria, carinho, amizade. Chris encontrou na alegria uma salvação, um conforto para si mesmo. Isso explica sua espontaneidade.

Sorri ao constatar que fora Miguel quem nos brindou com o melhor sorriso do mundo. Não esperaria nada diferente disso vindo dele, embora estivesse amargamente chateada com a sua atitude com relação a mim.

— Devo a minha vida a Miguel — Chris continuou com suas confissões. — Durante esse tempo inteiro sempre fomos parceiros. Ele me conhece mais do que ninguém, e acredito que eu também o conheço bastante.

— Continue... — sussurrei, sabendo que Chris queria me dizer mais coisas. Seu olhar não negava e, apesar do sorriso, sabia que ele estava um pouco nervoso. Seus olhos diziam o que seu sorriso omitia.

— Só se me disser o que realmente aconteceu, Chris. Chego aqui e te vejo com os olhos vermelhos, gritando por causa de pesadelos... Isso sem contar a cara de enterro de Miguel. Nunca o vi tão introspectivo. Vocês não podem me enganar, sei que aconteceu alguma coisa.

Suspirei alto.

Tentei não pensar muito enquanto explicava para ele o que ocorreu mais cedo. Chris ficou vermelho de raiva logo no início, quando contei que havíamos transado de novo.

— Puta que pariu! Vocês não têm jeito mesmo! Que merda! — Ele se levantou e ficou sentado na cama, como eu. — Miguel me prometeu que não faria isso de novo. Vou matar aquele imbecil. — Encarou-me severamente. — E você, Chris? Merda, eu te disse pra ficar longe dele!

Àquela altura do campeonato eu já tinha voltado a chorar.

— Precisa me dizer o que está acontecendo, Chris. Preciso entender os motivos de eu não poder sentir o que sinto por ele. Não dá mais para conviver com essas dúvidas.

Chris coçou a cabeça.

— O filho da mãe me fez prometer que não te contaria — falou com chateação evidente.

— Ele te prometeu que não tocaria em mim, então... Me conta, Chris. Por favor. Eu te imploro!

— Não quero te assustar. A coisa é muito séria.

— Eu te imploro!

Chris soltou um suspiro de insatisfação.

— Conhecemos Cristal desde o princípio, mas ela só começou a fazer parte deste grupo há quatro anos. — Apertei a minha boca com força, sentindo o meu coração bater forte, tomada pela angústia que aquele nome me causava. — Miguel teve a infelicidade de dar em cima dela. Pior ainda, teve o azar de ser correspondido. Sabe por que a chamamos de Cristal?

— Pensei que fosse o nome dela.

— Não, ela se chama Maria alguma coisa. Eu realmente esqueci. — Fiquei muito surpresa com aquela nova informação. — Quando ela entrou no grupo, nossa primeira missão foi roubar uns cristais que o Orlando queria de um xeique árabe. Ela o seduziu a tal ponto que o cara simplesmente lhe deu os cristais, sem que precisássemos roubar.

— Impressionante — murmurei, imaginando Cristal oferecendo o seu olhar ameaçadoramente bonito.

Nenhuma pessoa que usasse cuecas resistiria àqueles olhos. Nem um xeique árabe nem mesmo Miguel.

— Depois disso o apelido pegou e, aos poucos, descobrimos que Cristal sempre consegue exatamente o que quer. Ela já demonstrou tanta coragem e ousadia que nossos planos ficaram cada vez mais sofisticados. — Chris se deitou na cama novamente depois de verificar o relógio. — Desde que começaram a namorar, Miguel ficou esquisito. A princípio achei que fosse coisa da minha cabeça, pois éramos acostumados a fazer tudo juntos. Era normal que eu estranhasse o fato de ter que dividi-lo com ela. Mas depois... Notei o seu ar cada vez mais carrancudo. Ele já não sorria mais, não se divertia. Nem conversava comigo como antes. Ficava cada dia mais infeliz, estressado o tempo todo e focado no trabalho como nunca.

— O que aconteceu com ele?

— O relacionamento dos dois é muito conturbado — murmurou Chris, falando muito baixo para que ninguém nos ouvisse por trás da porta. — Cristal é perigosa e diferente do que imaginávamos. Ela parece doce, mas na verdade é venenosa.

— Por que ele simplesmente não termina com ela? Por que tem de suportar isso? — fiz as perguntas que não queriam calar.

— Não é tão fácil quanto você pensa, Chris. Se livrar de Cristal é o mesmo que fazer o grupo inteiro ficar contra você.

— Mas por quê? O que ela tem de tão importante assim?

— Cristal é filha de Orlando — ele respondeu num sussurro. — É por isso que você deve manter distância. Não é seguro para você nem para Miguel.

Eu não soube o que responder, mas a expressão de Chris se fechou numa seriedade óbvia. Fiquei feliz por ele ter me contado a verdade, por finalmente abrir o jogo comigo e me explicar por que eu tinha que ignorar os meus sentimentos. Por outro lado, fiquei muito mais nervosa do que antes. E ainda mais indignada.

Não conheço quase nada sobre o Orlando, exceto o que os rapazes comentam e já me disseram, mas de uma coisa tenho certeza: ele é inteligente, esperto e calculista. Ele quer tudo exatamente do jeito que pede, e ai de quem não o fizer. É ele quem comanda toda a quadrilha, portanto deve meter medo em muita gente. E talvez toda essa gente tenha razão em temê-lo.

Gostaria de nunca ter que conhecê-lo pessoalmente, mesmo sabendo que seria impossível, já que entrarei no grupo oficialmente assim que a temporada acabar. Só Deus sabe os planos que terá para mim, ele pode inclusive não querer a minha presença no grupo e tirar a minha vida sem pensar duas vezes. Orlando é perigoso, e sua filha é só um reflexo do tipo de criação que recebeu.

— Não é só isso, Chris...

Encarei meu amigo sem acreditar que pudesse haver mais.

— Miguel não é um covarde. Nunca vi cara mais ousado que ele. Se fosse qualquer outro teria enlouquecido ou se ferrado de vez.

— O que está tentando dizer? — murmurei.

— Ele já tentou se livrar dela duas vezes. Todas elas foram por causa de outra mulher. Tentei ajudá-lo... Fiz o possível para o meu amigo ser feliz, mas... Foi foda.

— O que aconteceu, Chris? Me conte tudo, por favor...

Chris soltou mais um longo suspiro.

— Ambas morreram, Chris. E Miguel quase foi junto. Só não foi ainda porque, aparentemente, Cristal o ama demais para matá-lo.

Tapei a minha boca com as mãos, quase sem acreditar.

— Cristal matou essas mulheres? Como?

— Não diretamente. Para ela é muito simples... É só chamar o papai que ele resolve. Chris, é por isso que te peço tanto para se manter afastada. Você não tem a menor chance. Não podemos com eles. Miguel é um cara experiente, e mesmo assim ainda não conseguiu uma solução.

Soltei um soluço alto, seguido de diversos outros. Comecei a chorar como uma criança. Chris se ergueu para me abraçar, e me deixei ser levada. As coisas eram mais difíceis do que eu imaginava.

E o que mais me dói é o fato de ter julgado Miguel de um jeito tão péssimo.

Ele só precisava ser salvo. Mais uma vez.

***

Eu estava com inúmeras perguntas circulando minha mente. Não me concentrei nem um pouquinho no trabalho que logo mais teria que fazer, no horário do almoço. Chris trouxe alguns itens de café da manhã para tentar me acalmar, já que nada estava funcionando, mas não consegui engolir nada.

Ian, Cristal e Miguel voltaram para verificar o que estava errado na casa do Vitón. Eles estão montando estratégias possíveis para um ataque, preparando equipamentos e conhecendo melhor o terreno inimigo.

Chris e Plínio vão acompanhar o meu almoço e me oferecer todo o suporte de que eu venha precisar. Inexplicavelmente, não estou mais com medo nem preocupada com a minha encenação de hoje. Patrick virou fichinha diante do problemão que tenho diante de mim.

Chris me perguntou se eu estava bem diversas vezes, e em todas elas eu menti. Não queria assustá-lo com os meus pensamentos distorcidos. Não sei direito o que achar, só sei que algo dentro de mim quer lutar pelo amor de Miguel, quer salvá-lo mais uma vez. Sei que isso é loucura, que é arriscado... Mas não posso ignorar o que está acontecendo entre nós.

Quinta | Thursday | Jueves

16

Um dia para esquecer

Janeiro | January | Enero

Diário ridículo,

Já estou de saco cheio de escrever nesta porcaria, mesmo sabendo que fico cada vez mais dependente e que talvez escrever o que penso não seja lá tão ruim e infantil assim. Não suporto ter que escrever certas coisas. Envergonho-me das minhas atitudes impensadas, do meu comportamento descontrolado e dos pensamentos sem sentido. Estou envergonhada, principalmente, dos meus sentimentos. Eles são os piores. São os culpados por tudo. Nunca vou conseguir me perdoar por tantos erros que ando cometendo, tudo por causa deles.

Eu não sabia que podia ser capaz de fazer certas coisas. Tá, isso já não é mais novidade, mas cheguei realmente a pensar que tudo daria certo. Sinceramente, acreditei que nada pior poderia me acontecer, que eu já estava mesmo no fundo do poço e nada mais me surpreenderia. Sério, a vida está de palhaçada comigo. Só pode ser brincadeira...

***

A preparação que fiz para almoçar com Patrick não foi tão grande quanto a do jantar da noite anterior. Estava perdida quanto às roupas, pois Cristal havia saído e eu com certeza não mexeria nas coisas dela sem permissão. Foi por isso que vesti meu simples, porém bonito, vestido florido. No fundo, achei que combinou muito bem com o clima quente daquele fim de manhã.

Deixei meus cabelos soltos naturalmente e não usei toda aquela maquiagem que Cristal deixara disponível para mim. Calcei as minhas próprias sandálias de tiras e fui ao encontro. Mais parecida com a Christine impossível. Não havia sinal algum de Tatiana na minha aparência, mas sabia que teria de encenar mais cedo ou mais tarde. A conversa com Chris aliviou bastante a minha crise existencial, e agora começava a entender que não precisava me envolver emocionalmente com nada que tivesse a ver com o trabalho.

Só que me enganei, vou deixar isso bem claro. Existem momentos em que não dá para deixar de se envolver. O nosso coração acaba falando mais alto, a nossa moral é abalada e ficamos sem saída, divididas entre o dever e o que é justo. Olha, posso ter cometido muitos erros nos últimos dias, mas continuo sendo uma pessoa justa. Principalmente, sou uma pessoa sensível. Não tem como mudar de uma hora para outra. Está em mim.

Peguei um táxi para não levantar suspeitas, enquanto Chris e Plínio estacionavam o Palio perto do hotel. Eles me acompanhariam por todo o trajeto de modo imperceptível, como só eles conseguem fazer. O hotel era menos brilhante pela manhã, causando bem menos impacto quando observado. Mesmo assim, continuava imponente.

Não demorei muito a encontrar Patrick sentado em um dos elegantes sofás de espera, lendo o jornal do dia com um charme peculiar. Assim como eu, ele também estava vestido de um jeito mais descontraído do que na noite anterior, trajando apenas um jeans que parecia caro, mas bem esportivo, e uma camisa polo azul-escura.

Ele não me viu logo de cara, tão absorto que estava na leitura. Seus olhos claros direcionados para baixo de forma pensativa me fizeram parar por alguns segundos. Ele não parecia ser um bandido, apenas um homem comum, um empresário bem-sucedido que mantinha relações absolutamente normais com a sociedade que o rodeia. Contudo, não me iludi, pois Miguel também não parece ser um criminoso. As aparências enganam as pessoas desde que o mundo se tornou mundo, e estas ainda não aprenderam muito com isso.

— Um belo dia para um almoço especial — falei com alegria, aproximando-me de Patrick e lhe oferecendo o meu melhor sorriso. Um sorriso que não foi encenado, pois aquele dia estava mesmo bonito, apesar das controvérsias da minha vida e da conversa aterrorizante com Chris.

Respirei fundo e recebi de volta o belo sorriso de dentes brancos e perfeitos de Patrick.

— Um belo dia para um almoço mais do que especial com uma mulher mais bela do que o próprio dia — ele disse, todo cavalheiresco, levantando-se e beijando uma de minhas bochechas. — Tudo bem, querida?

— Estou ótima! — Desta vez eu menti um pouco. — E você, dormiu bem?

— Sim, perfeitamente. E você, meu anjo?

— Muito bem — menti de novo.

— Podemos ir?

— Claro. — Sorri.

Patrick segurou a minha mão como se fosse meu namorado e, por um instante, não me senti nada diferente de sua acompanhante no dia anterior. Ele era um homem charmoso, isso eu não podia negar, e seu charme lhe dava uma beleza que eu estava aprendendo a admirar. Só que ele era bem mais velho, e isso ainda me incomodava, mesmo tudo sendo uma grande farsa.

As pessoas não pareciam nos notar ao passarem por nós, como se fosse normal um homem rico estar ao lado de uma mulher muito mais jovem do que ele. Patrick solicitou ao serviço de manobrista que trouxesse o seu carro do estacionamento. Esperamos por alguns minutos perto da porta eletrônica que nos separava da calçada. Chris e Plínio permaneciam estacionados do outro lado da rua, mantendo as aparências. Não os encarei para não despertar o interesse de Patrick, mas eu sabia que eles estavam lá.

— Vou te levar a um lugar muito especial nesta cidade. Considero o lugar mais agradável daqui. — Patrick me olhou nos olhos com significância. — Nunca levei ninguém lá antes.

— Sei... — murmurei meio que por força do hábito.

Claro que eu não acreditava naquele papinho. Um homem como ele era conquistador de mulheres, acostumado a fazê-las se sentir importante.

— É sério — disse, rindo. — Falo a verdade, costumo ir lá sozinho para pensar um pouco. Mas tenho certeza de que a companhia vai valer a pena.

Eu não falei nada, apenas sorri e dei graças a Deus quando o manobrista do hotel trouxe o carro dele. O veículo era todo prateado e com rodas cromadas. Nem soube dizer a marca, pois entendo de carros do mesmo modo que entendo de química. Percebi que o veículo tinha o requinte do dono, mas não chamava uma atenção muito exagerada. Logo, seguimos pela avenida principal da cidade. Observei as árvores e postes passando rapidamente, um pouco envergonhada com o silêncio que pairou dentro do carro.

Comecei a prestar atenção nas casas e habitantes. Era uma cidade silenciosa, tranquila. As pessoas eram simples e amistosas. Um bom lugar para se morar, sem dúvida.

— Resolveu suas coisas pela manhã? — Patrick estava em outra frequência que a minha; visivelmente animado, relaxado e pronto para se divertir.

— Resolvi, sim. — Ô, se resolvi. — Quero dizer, o caso não é complicado, é bem simples, na verdade. Qualquer advogado da cidade poderia resolver, mas sabe como é, né? Família é família.

— É verdade, sei como é. Mas fico contente por você ter vindo para cá. Só assim eu a conheci.

— Tudo acontece do jeito que tem que acontecer. A vida é engraçada.

— Nunca sabemos o que nos espera.

— Verdade.

Paramos em um sinal qualquer, e Patrick olhou para mim.

— Você está linda, sabia? — Pegou de leve em uma mecha dos meus cabelos oxigenados, que pendiam nos meus ombros. Encarei-o, aflita. — Aliás, você é linda. Não canso de admirar. Seus olhos são marcantes, parecem duas esmeraldas.

O sinal abriu de súbito, e Patrick voltou a dirigir normalmente, como se eu não tivesse ficado estarrecida com as suas palavras. Nada consegui falar no momento. Nunca soube direito como reagir a um elogio. Não me acho essas coisas todas, nunca me achei. Ele estava claramente exagerando.

Tenho certeza de que Patrick mudaria de ideia sobre a minha beleza quando desse uma boa olhada em Cristal. E tenho certeza de que ele mudaria de ideia sobre qualquer coisa quando descobrisse que estava sendo enganado, que tudo o que ele sabia sobre mim era mentira, começando pelo meu nome.

Mas, tirando todos esses pensamentos da cabeça, as esmeraldas que Patrick via em meus olhos me deram uma ideia.

— Esmeraldas. — Eu me lembrei do meu trabalho e das coisas que eu tinha que fazer. Talvez funcionasse. — Gosto de pedras, joias. Acho-as magníficas.

— Toda mulher gosta, afinal. — Riu com sarcasmo.

— Não, não estou te pedindo joias. — Odiei-me por ele pensar que eu queria ser comprada. Isso devia ser natural para ele, provavelmente presenteava suas acompanhantes com coisas caras. — Só falei que gosto delas. Meu pai tinha alguns pequenos exemplares. Era um hobby do meu bisavô, passado de geração em geração. Eles não tinham muito dinheiro, mas o meu avô era dono de uma pequena fábrica de calçados herdada de seu pai. Eles vendiam como água.

Eu estava impressionada com a minha capacidade de inventar histórias. As palavras saíam da minha boca com tanta naturalidade que era capaz de criar uma vida inteira, fantasiando coisas que estavam longe de ser reais. Comecei a me divertir um pouco com isso, deixando de lado o terror que a minha cara de pau causava na minha moral.

— Meu pai sempre me mostrava as peças e me dava informações sobre elas. Eu nunca decorei nada, mas gostava de observá-las. Cada uma tinha um brilho diferente. Eram fantásticas!

— Você fala do seu pai com saudade.

— Ele morreu. — Esta parte da minha vida eu não era capaz de esconder nem de fingir. — Minha mãe e meu pai. No mesmo dia. — Suspirei.

— Sinto muito. — Patrick ficou arrependido de ter tocado no assunto.

Eu já estava acostumada com aquilo. As pessoas não gostam de ouvir nem de pensar em algo tão chocante quanto a perda dos pais de um modo tão cruel. Quero dizer, existe a TV nos mostrando inúmeras tragédias, mas todos acham que esse tipo de coisa está longe de acontecer com eles. Eu achava isso antes de perdê-los, e até hoje ainda nem acredito. As pessoas se sentiam envergonhadas perante a minha tristeza.

Eu sinto tanta saudade... Meus pais me fizeram e fazem uma falta tão grande que tive que me segurar para não chorar ali mesmo. As coisas não foram fáceis, e ainda não são. Nunca mais seriam.

— Não se preocupe, foi há algum tempo. — Suspirei de novo, acalmando os meus ânimos aos pouquinhos.

— Deve ter sido difícil, você é muito jovem.

Apenas afirmei com a cabeça, e Patrick tratou logo de mudar de assunto. Começamos a falar daquela cidade em específico, que era rodeada por belas montanhas. Era uma cidade bem interessante para se viver, extremamente limpa e organizada. As pessoas eram receptivas, a maioria das casas possuía jardins maravilhosos na frente.

Estranhei um bocado quando o carro subiu uma das montanhas por um caminho semiasfaltado. Não éramos os únicos por perto, mas não havia nenhum estabelecimento comercial, apenas umas poucas propriedades, que me pareciam sítios. O resto eram árvores e uma mata, composta por uma vegetação de extremo verde.

Senti o meu coração congelar, sem saber para onde Patrick estava me levando. Sabia que Plínio e Chris estavam por perto, em uma distância segura para que não levantassem suspeitas, mas saber disso não me deixou menos preocupada.

— É um caminho um tanto tortuoso — comentei, sentindo o carro trepidar, balançando pelo asfalto que se misturava ao barro, fazendo buracos e elevações distorcidas na estrada.

Estávamos subindo cada vez mais alto na montanha. Eu não gosto muito de altura, por isso fiquei contente por estarmos em um carro grande e preparado para adversidades.

— Vai valer a pena no final, prometo — disse sorrindo, percebendo a minha cara de pavor.

E, no final, valeu mesmo. Quando chegamos ao topo, tivemos o melhor vislumbre da cidade e dos outros montes que existiam ao redor. Estava um pouco frio pelo vento que soprava forte e implacável ali em cima, mas o clima era agradável e estava longe de nos incomodar.

Em cima daquela montanha havia uma área meio pedregosa, grande e plana. Nessa área havia um único estabelecimento: era um restaurante muito elegante e requintado, dava para perceber por suas instalações luxuosas. Havia também um pequeno estacionamento, com poucos carros parados. Percebi que era um local exclusivo, apenas algumas pessoas conheciam, e todas elas deviam ter bastante dinheiro.

Patrick pegou as minhas mãos e me levou até o extremo do estacionamento, na beira da montanha, que amplificava mais a bela visão. Dava para ver resquícios do mar ao longe, manchando o horizonte de um azul poucos tons mais escuros do que o azul do céu. Os morros se erguiam imponentes, abrigando árvores e uma vegetação ora verde, ora em tons de marrom.

Patrick posicionou seus braços em meus ombros, e eu não soube bem como reagir. Apenas o deixei ali, enquanto observava atentamente a mancha de prédios e casas que se reduziam sob a perspectiva dali do alto. Um rio cruzava a cidade e se perdia entre as montanhas, iluminado pela luz do sol. Era um belo cenário. Desejei estar com uma câmera fotográfica ou algo assim, porém sabia que não precisava, pois tudo aquilo não sairia da minha mente por algum tempo.

— É muito bonito... Realmente é lindo demais! — Fiquei admirada com cada detalhe, descobrindo e redescobrindo cada pedaço daquela bela paisagem. Meus cabelos ricocheteavam ao vento, bem como o meu vestido, mas eu não me incomodei. Sentia-me livre diante de tanta beleza.

— Eu disse que valeria a pena. Vamos, me deixe te mostrar uma coisa.

Entramos no sofisticado restaurante, e me impressionei ao constatar que não se tratava de um ambiente fechado, como supus. Ele era todo aberto, e as mesas ficavam ao ar livre. Era um local que assegurava mais proteção contra o vento forte e o frio, mas nos deixava livres para respirar o ar puro e ouvir alguns pássaros cantarem por entre as árvores mais próximas. Patrick havia reservado uma mesa estrategicamente posicionada, de modo que tínhamos a melhor vista para as montanhas.

— O que acha de um bom vinho? — Notei que ele havia escolhido a cadeira mais próxima de mim dessa vez. Preocupei-me com sua aproximação, sem saber aonde aquilo nos levaria. — Você ainda vai trabalhar, não?

— Uma taça não fará muita diferença. — Eu estava mesmo precisando beber algo com álcool.

— Tem razão.

Fizemos o nosso pedido ao garçom, e a conversa rolou naturalmente. Falamos sobre a cidade, as montanhas, a vista perfeita. Depois, sobre a ótima qualidade do vinho e do restaurante como um todo. Enfim, conversas corriqueiras, distantes do meu objetivo central.

Chris e Plínio já deviam estar de saco cheio com tanto papo nada a ver. O problema era que eu não sabia direito como conseguir mais informações do Patrick, nem sequer sabia por onde começar. Já havia falado sobre joias na esperança de que ele comentasse, nem que fosse por alto, algo sobre as que ele tinha roubado de Orlando, mas não funcionou em nada. Fui uma boba em pensar que ele faria algum tipo de ligação.

— Gostaria de ter uma casa por aqui — comentei, lembrando-me de que Patrick tinha uma casa na cidade, mas inexplicavelmente não a usava. — Para visitar este lugar nas férias. Estou apaixonada por esta cidade.

— Eu tenho uma casa na cidade. — Bingo, tinha conseguido entrar num assunto mais interessante para o nosso grupo.

— Você comentou por alto... Acha o hotel tão magnífico assim?

— Na verdade a minha casa está alugada para fins de negócios.

— Ah... — Parecia bem interessante. Sabia muito bem o que os negócios de Patrick significavam. Tinha alguma coisa suja no meio dessa história. — É para lá que vai depois do almoço? — perguntei, despreocupada. Ele não podia desconfiar, mas eu não largaria a oportunidade de fazer perguntas sobre aquilo.

— Não. Vou conferir uns relatórios com alguns sócios.

— Parece bem chato.

— E é. Daria tudo para passar este dia inteiro contigo. — Tocou de leve na minha mão. — Mas hoje, infelizmente, não vou poder.

— Não se preocupe. Teremos mais oportunidades.

— Espero que sim.

Nosso pedido chegou, e o garçom nos serviu com graça e requinte, tal qual no restaurante do hotel. Fiquei admirada com o tipo de vida que Patrick levava: almoços, jantares, roupas novas, carros luxuosos, hotéis. Eu não estou acostumada a ser tão bem tratada, mas estava gostando muito.

Depois que comecei a mordiscar a minha salada de manga, descobrindo tardiamente que estava morrendo de fome, ele pareceu se lembrar de um detalhe.

— A propósito, gostaria de me acompanhar a uma festa na sexta?

Pensei um pouco, sem saber o que responder. Não sabia se ele ainda estaria vivo na sexta. Só depois percebi que a minha resposta não importaria tanto. Não faria a menor diferença.

— Adoraria!

— É uma festa grande na casa de um dos empresários mais bem conceituados do país. Vitón de La Merce, já ouviu falar nele?

Congelei imediatamente, deixando a minha mão, que segurava o garfo, estacionada no ar. Parei até de mastigar. Quase não acreditei no que ele acabara de falar. Peguei a taça de vinho e tomei um gole, antes que a salada me fizesse engasgar. Dei um sorriso sem graça e acenei um "não" meio idiota com a cabeça.

— Irá conhecê-lo, é um grande amigo meu e um dos meus sócios.

Tomei outro gole do vinho, ainda sem palavras. Olhei ao nosso redor e reparei, pela primeira vez, Chris e Plínio sentados em uma das mesas, um pouco distantes de nós. Eles fingiam almoçar como velhos amigos, sorrindo e gesticulando vez ou outra, mas eu sabia que estavam concentrados em tudo o que era dito. Senti-me vigiada e um pouco desconfortável, mas depois respirei aliviada. Eu estava segura, afinal.

— Vai encontrá-lo depois daqui? — Eu sabia que aquela informação era importante demais, portanto morria de medo que ele desconfiasse de alguma coisa.

Ele franziu um pouco a testa, acentuando rugas que lhe escapavam dos olhos. Patrick pareceu pensar um pouco mais na resposta. Tive pavor de ser desmascarada naquele momento, mas, quando ele sorriu e respondeu, voltei a respirar normalmente, sem ter percebido que eu tinha prendido a minha respiração.

— Exatamente.

— Bom, eu comprarei um vestido novo — mudei de assunto depressa, dando a entender que eu estava preocupada mesmo com o que vestir na festa e não com o seu sócio desconhecido. — Não irei decepcioná-lo.

— Nem poderia, muito pelo contrário. Os homens sentirão inveja de mim.

— Está sendo muito gentil. Aliás, você é muito educado, sabe agradar uma mulher. — Não conseguia ignorar o olhar furtivo que Chris me oferecia de vez em quando.

— Bom... — Senti que Patrick estava se aproximando. — Eu poderia fazer muito mais, se você permitisse.

Por um longo tempo seus olhos se cravaram nos meus, ardendo em desejo. Sua imaginação foi longe, e eu quase podia visualizá-la pela janela de seus olhos claros. Sorri com cuidado e correspondi ao seu olhar como pude. Ele se aproximou mais, e eu sabia que tentaria um beijo. Portanto, esquivei-me de leve, imperceptivelmente, e comi um pedaço de filé.

Patrick desistiu por ora e continuou a comer também.

— Desculpe, Patrick — murmurei, sentindo necessidade de fazer isso.

— Não se preocupe.

— Não, é que... há tempos não faço isso. Tenho me dedicado tanto ao meu trabalho, ainda nem acredito que te mandei aquele bilhete. — Tentei mostrar sinceridade e explicar o fato de ainda não termos sequer nos beijado. Ele era um homem rico o bastante para não perder tempo com charminhos. Eu estava impressionada por ele ainda não ter nem insistido nem desistido. — Não sou muito dessas coisas. Saio pouco.

— Você é uma joia rara, Tatiana. — Meu nome errado em sua boca soou esquisito. — Vamos deixar as coisas acontecerem, assim será melhor.

Confirmei, levantando e abaixando a minha cabeça de leve, sem nada mais a declarar. Quando terminamos de almoçar, seguimos mais uma vez para o extremo do estacionamento, a fim de olhar um pouco mais a vista esplendorosa do local.

Foi então que recebi o meu primeiro contato na escuta.

"Chris, você precisa pôr o microfone nele", a voz de Chris surgiu clara em meu ouvido direito. "Pegue o microfone do seu vestido com cuidado e coloque na camisa dele em algum lugar escondido, você consegue."

Não deu tempo de pensar muito. Virei-me de costas, fingindo admirar a vista com mais entusiasmo. Peguei rapidamente o pequeno adesivo transparente, pregado por dentro do decote do meu vestido florido. Percebi que ele ainda colava bem, e rezei por uma oportunidade que veio logo. Patrick me abraçou mais uma vez, e correspondi ao abraço com afinco, tratando de colocar a escuta na dobra por dentro da gola de sua camisa polo. Foi rápido, prático e mais simples do que eu imaginei. Só não foi simples o que aconteceu logo em seguida, após o abraço.

Patrick segurou o meu rosto cuidadosamente com uma de suas mãos, enquanto a outra ainda envolvia a minha cintura. Ele nada falou, apenas me olhou por um longo tempo, decifrando-me e estudando a minha reação. Não demorou muito para que seus lábios se encostassem aos meus, e eu nada pude fazer. Fiquei absolutamente sem reação. Deixei tudo acontecer, tentando não pensar no quanto havia ido longe demais, tentando manter a minha mente distante e os meus sentimentos seguros em algum lugar dentro de mim.

No fim, achei que podia ter sido muito pior. Seu beijo não foi tão ruim. Patrick era experiente, sabia exatamente o que fazer e como fazer. O modo como ele me enlaçou, a maneira que sua boca invadiu a minha foi quase impossível resistir. Eu nem me senti mal ou tão desesperada para me desvencilhar dele.

— Queria muito ficar contigo — sussurrou em meu ouvido, deixando a minha pele subitamente arrepiada.

Ele sabia mesmo como fazer as coisas, era impressionante o seu poder de sedução. Fechei os olhos e deixei os meus pensamentos voarem para longe. Loucura. Depois daquilo, tive certeza de que ficaria louca. Minha consciência me esmagaria quando eu deitasse a minha cabeça no travesseiro.

— Eu também — menti depois de um tempo em silêncio. Só queria ir embora. Sério mesmo. — Mas eu tenho que ir. Vamos? — Sorri. Não pude deixar que ele notasse a pressa em minhas palavras.

Para a minha sorte, ele obedeceu aos meus apelos e me vi seguindo de volta para o hotel. Não falamos quase nada no retorno. Pela primeira vez, não quis entrar em nenhum assunto. Simplesmente não saberia o que dizer. Patrick também se sentiu confortável o suficiente para não dizer nada. Nem sei direito o porquê de seu silêncio. Ele tinha ficado tão pensativo quanto eu, e, por alguns instantes, pensei que estivesse desconfiando. Contudo, o modo como me olhava quando parávamos em alguns sinais fechados tirava essa ideia da minha cabeça quase que instantaneamente. Ele não desconfiava de nada.

Quando chegamos ao hotel, despedimo-nos com um beijo bem mais rápido, pois Patrick informou que já estava atrasado para a sua "reunião" de negócios. Entrou no carro novamente, deixando-me de frente ao hotel sem questionar quando eu disse que pegaria um táxi, e que não havia problema nenhum nisso. Ele disse que me ligaria mais tarde. Fingi animação.

Antes que eu pudesse sinalizar para algum taxista de frente ao hotel e finalmente ir para casa, tomar um banho e chorar o restante do dia, ouvi a voz de Chris, que estava séria e profissional, soando nos meus ouvidos.

"Vire a esquina, estamos estacionados aqui."

Esperei um momento até que o carro de Patrick virasse em direção à avenida principal e comecei a andar despreocupada. Assim que avistei o Palio, estacionado de frente a um supermercado, entrei pela porta de trás e suspirei fundo.

— Como você está? — perguntou Chris com preocupação. Plínio deu a partida no carro com um pouco de pressa.

— Estou bem. Eu acho.

— Você descobriu uma coisa muito importante, mas foi arriscado demais, Chris. Ele pode ter desconfiado. — Chris virou o seu rosto a fim de me analisar, afundada no banco de trás. — Nem acredito que ele respondeu assim, sem mais nem menos. Foi por isso que mudamos de plano, e espero que dê certo.

— Acho que ele não desconfiou. Aliás, tenho certeza absoluta.

— Patrick é esperto — comentou Plínio, seguindo agora pela mesma avenida que vi o carro de Patrick seguir. — Ele trabalhou para Orlando por muitos anos, não devemos subestimá-lo. O plano pode conter erros, temos que nos preparar para tudo.

— Que plano é esse, afinal? — perguntei.

— Vamos segui-lo — disse Chris. — Se ele te falou a verdade, provavelmente está indo para a casa de Vitón. Vamos nos encontrar com o restante do grupo que já está lá e rezar para descobrirmos alguma coisa através do microfone que você colocou nele.

— Tudo bem — murmurei sem fingir desanimação.

Eu só queria ir para casa, mas entendia que aquele era um bom plano e tinha grandes chances de dar certo. Eu cheguei tão longe para fornecer essas informações ao grupo! O meu esforço tinha que valer a pena.

— Quando Patrick sair de lá, você deve ligar para ele. — Chris se virou novamente e me encarou. Seus olhos escuros estavam os mesmos, porém ganharam uma seriedade que eu nunca aprenderia a gostar.

— Por quê?

— Patrick vai descobrir aquela escuta na camisa — quem respondeu foi Plínio. — Ele não é idiota, vai saber que alguém a colocou lá e pode desconfiar de você muito fácil.

— Eu não tinha pensado nisso.

— Mesmo sem desconfiar de você, ele vai entender que tem alguém vigiando e vai ficar muito mais atento. Pode ser um problemão pra gente.

— E o que posso fazer? — Eu não estava gostando nada daquilo. Pensei que já tinha feito o meu serviço por hoje, mas pelo visto não tinha acabado. Quando aquele martírio teria fim?

— Ele não pode tirar a camisa sem que tiremos o microfone antes — explicou Plínio.

— Você vai ter que dar um jeito de tirar a escuta de lá, antes que ele mesmo a tire — completou Chris.

Soltei um suspiro imenso, balançando a cabeça em afirmação e fixando o meu olhar nos postes que passavam rapidamente pela janela do carro. Não fui capaz de falar nem de pensar em mais nada até chegarmos perto da casa de Vitón. Os rapazes também fizeram silêncio, comunicando-se vez ou outra com o grupo de Miguel, que também estava estacionado próximo a casa e possuía algumas informações que eu não consegui entender direito. Eles falavam através de códigos esquisitos que não faziam o menor sentido.

Suspirei profundamente, rezando para aquilo tudo dar certo.

Mas acho que era pedir demais.

***

Cerca de cinco minutos depois, visualizamos o carro de Patrick passar por nós e parar em frente ao portão da casa de Vitón. Ele buzinou apenas uma vez. O porteiro, um senhor barbudo com idade avançada, apareceu de dentro de uma cabine, provavelmente reconhecendo o carro, porém aguardando a obtenção de alguma informação a mais.

— Pimenta-do-reino — disse Patrick, obviamente chateado com a necessidade de ter que dizer aquele código nada a ver.

Plínio e Chris riram baixo, e acabei acompanhando-os.

O porteiro sorriu aliviado e abriu o portão de corrediça imediatamente. O carro de Patrick se perdeu dentro de uma garagem ampla, enquanto observamos o portão eletrônico se fechar e trancar novamente.

Não deu para ver muita coisa da parte interior daquela casa, apenas alguns carros estacionados em um tipo de pátio espaçoso. O velho porteiro sumiu de novo, escondendo-se dentro da cabine assim que o portão estalou, indicando que havia fechado totalmente.

O pequeno e potente alto-falante, que estava em cima do porta-luvas do nosso carro, começou a chiar e, por uns instantes, não soubemos o que estava acontecendo lá dentro. Chris soltou um grunhido e bateu no objeto, insatisfeito com a capacidade que o microfone tinha de falhar nas horas mais precisas. Por sorte, o chiado não demorou muito a passar.

Ouvimos com clareza a voz de Patrick cumprimentando desconhecidos com animação. Notamos que ele adentrava a casa, caminhando por entre as pessoas que ali estavam, falando futilidades com elas como se já fosse parte daquele grupo havia muito tempo. Ouvimos mais alguns ruídos difíceis de compreender e aguçamos ainda mais nossos sentidos, rezando para o microfone continuar funcionando com perfeição.

— Ele estava te esperando — disse uma mulher. — Venha comigo.

Não demorou muito até que ouvimos uma porta abrindo-se. Alguns segundos de silêncio se passaram.

— Patrick! — saudou um homem com uma voz forte e exageradamente alta. — Finalmente!

— Desculpe o atraso, Vitón, eu estava resolvendo umas coisas.

Patrick estava falando com Vitón! Pessoalmente!

Tá, tudo bem que ele tinha me dito que se encontraria com ele. Mas uma parte de mim meio que torcia para que não estivesse tão envolvido assim com outra quadrilha. Sei lá, acho que era porque eu não estava nem um pouco a fim de ter que matá-lo. Depois daquela comprovação, provavelmente era isso mesmo que o grupo me mandaria fazer.

— Ah, não importa, sente-se aqui. — Vitón parecia animado e confortável, mas algo em sua voz me causou arrepios. — Café?

— Não, obrigado.

— Soraya, traga dois cafés — Vitón praticamente gritou. Ele realmente falava muito alto. Sério, parecia que queria se comunicar com alguém que estava na outra esquina.

Passaram-se mais alguns segundos de silêncio, até que o homem continuou:

— Então, Patrick, esperei o suficiente para obter a sua resposta. Já se decidiu?

— Não queria me envolver nisso, mas não tenho muita escolha, tenho?

— Claro que não — respondeu o homem com sarcasmo. — Você não tem escolha.

— Foi o que pensei. — Patrick não se perturbou com a negativa do chefão. Era um homem experiente, vivido, sabia lidar com homens do tipo de Vitón. — Por isso cortei relações com o grupo de Orlando. Ele deve estar uma fera, não vai demorar muito a perceber o sumiço das joias.

— Onde elas estão?

— Escondidas. Muito bem escondidas.

— Livre-se delas — ordenou Vitón.

— Pensei que o senhor as queria de volta.

— Que se danem essas joias! Orlando tem que aprender a não mexer no que é meu. Livre-se dessas malditas e tente não deixar rastros por aí.

— Será difícil. — Patrick suspirou. — Orlando conhece cada passo meu. Vai descobrir que estou nesta cidade mais rápido do que imaginamos.

— Meu grupo está pronto para encarar o grupo medíocre dele. Vamos acabar com seu reinado em breve. Este país será meu.

— Desculpe, senhor, mas não devemos subestimar o grupo de Orlando. Ele domina o país há muitos anos, se espalha mais do que fumaça. — Patrick clareou a garganta antes de prosseguir: — Orlando sabe os podres de todos os importantes, inclusive do nosso presidente. Ele tem o país na palma da mão, criou o maior sistema de corrupção do mundo.

Congelei com as palavras de Patrick. Sabia muito bem que o grupo de Orlando era forte e grande o suficiente para encobrir o país, porém aquilo era mais do que imaginei. Que tipo de bandido era Orlando, que tamanho poder ele exercia? Segundo Patrick, aquela quadrilha ia além das nossas expectativas. Nosso país está dominado por bandidos e as pessoas comuns nem desconfiam. Como aquelas informações nunca foram divulgadas? Como a mídia nunca descobriu esse esquema?

Só tinha uma resposta: Orlando era mesmo um cara esperto, astucioso, convincente, inteligente, controlador... e mau. Muito mau.

Senti-me completamente desprotegida, vítima de algo superior que eu não entendia nem sabia se queria entender. Ficar no escuro quanto a isso talvez fosse uma ótima opção. Talvez as pessoas não merecessem saber tudo aquilo. Ou talvez todos os dispostos a abrir o bico não estivessem mais entre nós. Isso era o mais provável.

— Patrick, Patrick... Acha que conto apenas contigo? — Vitón riu com desdém. — Meu pessoal também é grande e cresce a cada segundo. Acha que não existe gente dentro do grupo de Orlando disposto a traí-lo? As pessoas são gananciosas, meu velho Patrick. Ninguém nunca está satisfeito.

— Sei o que vivi durante os longos anos ao lado de Orlando. Os traidores sempre vão existir, mas são logo eliminados. É por isso que até hoje ninguém nem sequer desconfia da existência do sistema — ele explicou com paciência. — A maioria dos funcionários de Orlando não faz ideia do tamanho do próprio grupo. É como numa grande fábrica. O cara que aperta as porcas e os parafusos muitas vezes não sabe que aquele material construirá algo maior. Um carro... Talvez um navio. Ele apenas aperta as porcas sem perguntar por que está fazendo isso. Ganha o seu dinheiro e acha que está tudo certo.

— Não pense que sou idiota a ponto de ignorar o que me diz — respondeu Vitón, com sua voz ficando ainda mais alta. — Sei da força do meu inimigo, e é por saber que vou encará-lo de frente. Tenho muitas cartas na manga. Você é apenas uma delas.

— Compreendo. — Senti que Patrick não estava lá tão confiante assim. De fato, até para mim, Vitón pareceu um otário ganancioso e com sede de poder a qualquer custo. Isso o destruirá, é só uma questão de tempo.

— Sua lealdade será fundamental. Quando resolvermos tudo, terá a sua liberdade. A aposentadoria. É o que quer, não é? Você quer parar, e sabe que no grupo de Orlando é impossível. Vamos lá, não vai demorar tanto. Sei que tem motivos para querer o fim do reinado dele. Junte o útil ao agradável, meu amigo.

— Você tem razão.

— Exatamente. O que me diz? — pressionou Vitón.

Alguns segundos se passaram até que Patrick respondeu:

— Vamos começar logo com isso.

Soltei o ar que prendia em meus pulmões. Aquela conversa estava sendo demais para a minha cabecinha.

— Fez uma ótima escolha! — O chefe soltou uma risada maléfica e irritante. Parecia que eu estava vendo um filme de gângster.

— Os documentos estão na minha casa — alertou Patrick, ignorando a risada de Vitón e com uma voz estranhamente séria. — As máquinas, papéis... Tudo o que você precisa está lá. Recolhi o que eu tinha, o que juntei durante quinze anos.

— Olha só! Que eficiência! Já ia pedir para que fizesse isso.

— Eu me adiantei. Por que você acha que eu era um dos favoritos de Orlando?

— Vejo que agora será meu favorito. Quando pegaremos?

— Amanhã cedo. Contrate um caminhão ou algum carro grande.

— Tanta coisa assim?

— Muita.

Ouvimos uma porta se abrir de repente, interrompendo aquela conversa esquisita até demais para o meu gosto.

— Que demora, Soraya. Foi plantar o café? — Vitón rosnou com grosseria.

— Desculpe, senhor — murmurou a mulher.

Ouvimos um ruído característico de talheres e xícaras. A porta bateu novamente. Provavelmente a secretária saiu da sala de novo.

— Amanhã, então, Patrick — disse Vitón com animação. Sua voz forte me dava arrepios. — E a festa?

— Eu venho, com certeza.

— Vai ser uma noite especial. Novos sócios, novos parceiros. Uma comemoração demarcando o começo do meu reinado — vangloriou-se. — Sabe que Soraya olha para você de uma forma diferente? — Riu.

— Vai continuar só olhando, eu trarei uma mulher.

— Oh, Soraya vai ficar magoada. — Vitón tentou demonstrar pena em suas palavras, mas soou só como ironia. Tive raiva dele. — Quem é a misteriosa?

— Uma mulher muito especial. — Patrick suspirou. Parei de respirar de novo, encarando a caixa de som fixamente. — Talvez a minha aposentadoria não seja tão solitária assim.

— Puta merda... — murmurei.

— Nem se você quisesse. Dinheiro compra tudo, principalmente mulher. Isso não é problema para nós, é? — O nojento gargalhou.

— Não sei. Acho que não compra tudo. Se comprasse, eu já estaria satisfeito há anos.

— Pois então, diga-me, o que ele não compra?

— Amor, talvez. Verdade, sentimento...

— Olha só! Está apaixonado, Patrick? Pensando em sentimento... Nunca imaginei um cara bruto como você falando sobre isso.

— É... Acho que estou apenas ficando velho. — Desta vez fui eu quem suspirou alto. Eu não sabia que Patrick estava pensando sobre mim daquela forma. Foi uma surpresa.

— Deixe dessas coisas, homem. Esse coração aí não nasceu para ser mole — Vitón continuou rindo. Uma risada irritante, por sinal. Minha vontade foi de entrar na casa e dar um tiro no meio da testa dele.

— Talvez. Bom, estamos resolvidos?

— Sim, sim. Amanhã às oito horas?

— Às oito — confirmou e, depois de algumas despedidas, ouvimos novamente um som de porta se abrindo. Patrick estava indo embora.

Ficamos em silêncio por apenas alguns segundos. Plínio olhava para Chris, que olhava de volta, parecendo nervoso. As coisas eram mais sérias do que pensávamos. Vitón não era somente um inimigo; ele estava tramando algo grandioso. Queria eliminar o nosso grupo inteiro, tirar o reinado de Orlando. Era uma ação arriscada e audaciosa, mas Vitón pretendia mesmo se associar e juntar os inimigos de Orlando para a empreitada. O tamanho do problema parecia pairar sobre as nossas cabeças e nos deixar imóveis dentro daquele carro.

"Christine tem que ligar para ele agora. Vamos manter o combinado!", a voz de Miguel soou no walkie-talkie. Um pouco diferente pela estática da caixa de som, mas, mesmo assim, uma bela voz. A voz que sempre me tirava do sério.

Plínio e Chris permaneceram imóveis e nada comentaram, por isso não esperei por segunda ordem e retirei o celular da minha bolsa, discando de prontidão o número de Patrick. Ele atendeu na segunda chamada. Ouvi sua voz tanto no alto-falante do carro quanto no celular. Mas foi só por um segundo, pois Chris acordou de seu transe e tratou de abaixar o som da caixa.

— Tatiana? — Sua voz foi de pura surpresa. Ele não esperava aquela ligação tão cedo.

— Oi, Patrick! Desculpa te atrapalhar, posso ligar outra hora e...

— Não, não, já terminei a reunião. Estava indo de volta para o hotel.

— Ah... — Eu estava meio sem jeito. Ainda não sabia o que iria propor a ele. Onde nos encontraríamos? O que faríamos? Não eram nem quatro horas da tarde, mal tinha completado uma hora desde a última vez que havíamos nos visto.

— Pode falar, minha linda. Aconteceu alguma coisa?

Prendi a respiração por alguns segundos. Patrick estava me tratando com tanto carinho que notei que aquilo não era algo comum. Percebi verdade em suas palavras. As coisas que ele tinha dito a Vitón sobre mim, a questão da aposentaria dele ao meu lado... Não sei. Talvez ele estivesse começando a gostar de mim de verdade. O que não fazia sentido, já que tínhamos nos conhecido ontem.

— Ah... É que eu terminei o que tinha de fazer e senti a sua falta. Só queria te dar um oi. Bobagem, não? — Eu me senti envergonhada por parecer uma adolescente apaixonada.

— Claro que não é bobagem. Onde você está? Vou te buscar.

— Hum... Na verdade, estou próxima ao hotel. Podemos nos encontrar lá, acho que chego antes de você.

Nesse momento, Plínio saiu do transe, sabendo que eu tinha que estar no hotel antes de Patrick chegar. Ele engatou a primeira marcha e saiu da vaga que ocupávamos entre os carros estacionados naquela rua. Passamos em frente à casa de Vitón e visualizamos o portão eletrônico começando a se abrir. Patrick ainda estava lá dentro.

Plínio acelerou o carro, seguindo rapidamente por ruas e avenidas que eu estava começando a reconhecer. Tínhamos que chegar o mais depressa possível, antes que Patrick me visse por perto. Antes que ele me flagrasse saindo daquele carro, acompanhada por dois homens desconhecidos e suspeitos.

— Tudo bem, então. A gente se vê. — Patrick estava visivelmente animado com a minha ligação e a nova proposta de encontro.

— Ok. Até lá. — Desliguei rapidamente.

Christian percebeu o meu humor modificado. Eu estava extremamente séria, tentando esconder o nervosismo que sentia.

— Chris, não precisa demorar muito. Você pode inventar alguma desculpa depois que conseguir retirar o microfone. — Ele realmente estava preocupado comigo. Olhei-me através do retrovisor e descobri a minha testa franzida, meu semblante traduzindo o terror que brotava dentro de mim.

— Dou um jeito — murmurei.

— Tome este outro microfone, precisamos continuar mantendo contato.

— Sim. — Peguei o dispositivo e grudei em meu vestido, no mesmo ponto em que o microfone que coloquei em Patrick estava antes.

Eu não sabia direito o que pensar. Tentei manter minha mente focada na missão de retirar a escuta e deixar tudo limpo. Olhei fixamente para a janela do carro e me concentrei. O grupo estava contando comigo. Dessa vez, com muito mais urgência, pois o plano entre Patrick e Vitón envolvia não somente o nosso trabalho, mas o grupo de Orlando como um todo. Era uma responsabilidade muito, mas muito grande. De repente, tudo ficou dependendo da minha atuação, e eu sabia que, na hora certa, atuaria com destreza.

Agradeci aos céus por eles saberem que podiam contar comigo, assim como eu sabia que podia dar um jeito naquela situação. Sabia que todos estavam nervosos, e alguns até esperando o momento em que eu falhasse, mas estava convencida de que era uma ótima profissional. Aquela criatura que invadia a minha mente e me forçava a atuar nunca falhava. Ou será que sim?

Meu maior erro foi ter confiado demais em mim mesma. De uma maneira cega. Não soube respeitar os meus limites. Não acreditei quando as coisas saíram do meu controle.

Foi um pesadelo.

***

Tudo bem, não quero criar suspense. Vou escrever o que aconteceu de uma vez. Quando cheguei ao hotel, obviamente, Patrick ainda não estava lá. Saí do carro depressa, caminhando até seu grande e luxuoso hall de entrada pela quarta vez em apenas dois dias. O porteiro me cumprimentou com alegria, reconhecendo a minha feição. Foi aí que percebi que estava frequentando demais aquele lugar. Poderia ser um problema para mim se algo acontecesse com Patrick — como eu sabia que aconteceria, pois mais cedo ou mais tarde ele teria que sumir do mapa. Contudo, o grupo com certeza daria um jeito de deixar tudo limpo.

Fiquei de pé por uns cinco minutos, circulando pelo hall e observando algumas vitrines das pequenas lojas de roupas e produtos caros, feitos sob medida para as pessoas que frequentavam aquele lugar. Apenas gente muito rica pagaria quase 2 mil reais em um estúpido peso de papel. Uma extravagância egoísta. Enquanto algumas pessoas passam fome, outras alimentam seu próprio desejo de mostrar para os outros quanto de dinheiro têm, como se fizesse alguma diferença.

— Espero que não tenha feito a dama esperar muito — disse Patrick às minhas costas, beijando-me o pescoço subitamente. Levei um susto, mas não o suficiente para fazê-lo se afastar. Ele segurou os meus ombros e depois os meus braços, numa carícia que me deixou desconcertada.

— Acabei de chegar. Não se preocupe. — Desvencilhei-me, recuando um pouco e me virando de frente. Encarei seus olhos claros e tive vergonha do que estava fazendo. Ele estava visivelmente animado com o nosso novo encontro.

— Então, o que iremos fazer? — Patrick perguntou.

— Não sei direito. Acho que te liguei cedo demais. Nem troquei de roupa desde a última vez que nos vimos. — Apontei para o meu vestido florido e bem simples.

— Como pode ver, eu também não. — Segurou-me pela cintura e me puxou para si.

Apesar de assustada, era aquele o momento de que eu precisava. Não me dei o direito de ser travada pelo medo, pois quanto mais rápido resolvesse aquilo, mais cedo estaria em casa. Levantei as mãos com delicadeza e direcionei a sua cabeça de encontro ao meu pescoço, como que pedindo uma carícia bem ali. Patrick encostou seus lábios nos meus ombros, fazendo a minha pele arrepiar subitamente. Aproximei as minhas mãos na dobra da gola de sua camisa, local onde escondi a escuta mais cedo. Ela ainda estava lá, intacta, do mesmo modo como a deixei.

Consegui sentir o adesivo da minúscula escuta entre os meus dedos, mas Patrick saiu de meu abraço antes que eu pudesse pegá-la.

— Tive uma ideia, que tal um banho de piscina? — perguntou, animado. Seus olhos brilhavam, e seu sorriso estampava em um rosto maduro e experiente.

— Piscina? — Eu nem sabia o que responder direito. Se fôssemos para a piscina, ele retiraria a sua camisa em algum momento.

— Sim, a área de lazer do hotel é enorme. Tem uma piscina térmica que a essa hora deve estar desocupada.

Nem sequer consegui me imaginar em uma piscina térmica sozinha com Patrick. Era bizarro demais para a minha mente acompanhar. Tinha que pensar rápido.

— Mas, Patrick, eu não trouxe trajes de banho. Só estou com esse vestido, lembra? — Gesticulei, esticando a barra do meu vestidinho, sentindo-o balançar depois que o larguei.

— Isso é o de menos, vamos lá. Eu compro um para você. — Apontou com o dedo indicador para uma vitrine atrás de nós.

Virei-me imediatamente e fiquei surpresa ao dar de cara com uma pequena butique de trajes de banho. Maiôs e biquínis de vários modelos e cores, todos caros demais, estavam expostos. Meu bolso de educadora de creche berrou em alto desespero ao ver o preço grudado em um único modelo de biquíni. Era um absurdo!

— Não, Patrick, olhe só o preço disso. De modo algum, não vou deixar que você...

— Bobagem, considere como um presente de... Natal.

— Mas o Natal já passou — falei, rindo.

— Mas eu não te conhecia no Natal, conhecia? Então, vou presentear agora. Além do mais, Tatiana, eu sou um homem rico. — Olhou para mim com uma sinceridade modesta. Pareceu não se vangloriar ou querer se mostrar. — Você tem que conviver com isso enquanto estiver ao meu lado.

— Mas não acho certo... — comecei a falar, porém ele me ignorou e puxou as minhas mãos a fim de me guiar até a loja.

Ao entrarmos, fomos imediatamente atendidos por uma vendedora muito despojada, pronta para vender a peça ideal com seu blá-blá-blá. A mulher falou como uma matraca. Elogiou tanto cada um dos produtos que foi difícil escolher um. Claro que eu sempre segurava os mais baratos, se é que se podia dizer a palavra barato dentro daquela loja, mas Patrick logo notou o meu comportamento e disse que ele mesmo escolheria um modelo.

Cheguei a imaginar que selecionaria uma peça pequena ou vulgar demais, algo longe do que a Christine usaria. Contudo, eu estava enganada. Ele optou por um biquíni clássico com fivelas, em tons de preto e branco. Quando fui praticamente obrigada a vesti-lo no provador chiquérrimo, cheguei à conclusão de que Patrick ou estava querendo algo muito sério comigo ou estava fingindo perfeitamente bem.

O biquíni havia coberto todas as partes que não deveriam mesmo aparecer, modelando-se ao meu corpo de uma forma um tanto especial. Fiquei alguns minutos olhando-me no espelho, sem ter coragem de fitar o meu rosto por mais de um segundo. Vergonha na cara: esse é o nome correto para traduzir o que senti dentro daquele provador.

"Já conseguiu pegar a escuta, Chris?", a voz de Miguel soou nos meus ouvidos enquanto eu estava colocando o meu vestido novamente.

"Ainda não. Tive uma oportunidade, mas ele se afastou", sussurrei.

"Tente novamente. Seja cautelosa."

"É mais fácil você tirar a camisa dele logo de uma vez, Christine", disse Cristal, de repente. Meu estômago revirou ao ouvir sua voz sensual de sempre, dessa vez diretamente no meu ouvido. Imaginei-a encostada em Miguel de um modo que me causava ânsia de vômito. Porém, acredito que fiquei mais enjoada com o que ela disse do que com a sua voz.

"Está louca?", murmurei, com medo de ser ouvida do lado de fora do provador. Patrick estava por perto, bem como a animada vendedora da loja.

"É muito mais fácil, meu amor. Tire a camisa dele você mesma, tenho certeza de que ele vai adorar", ela riu feito idiota. Onde Cristal encontrava tanta graça eu não tinha ideia. Nem queria saber.

"Deve haver outro jeito, Chris, não se preocupe. Você vai conseguir, não faça coisas sem pensar", Miguel respondeu com cautela.

"Ora, já fiz isso várias vezes e você não sentiu ciúmes, Miguel. Tenho certeza de que Christian não sentiria. Não é, Chris?"

"Ela vai fazer o que achar que for melhor", respondeu Chris com uma voz séria que eu detestava. Lembrei-me de que Cristal ainda pensava que eu tinha algo com ele. Chris inexplicavelmente continuou com a mentira. "Concordo com Miguel... Tente novamente, Chris."

A proposta de Cristal estava me dando nos nervos. A reação de Miguel, apesar de simples e fria, estava ao meu favor, bem como a de Chris. Sabia que eles não queriam de verdade que eu fizesse o que Cristal propunha, mas também sabiam que eu tinha que sair dali com a escuta.

— Tati, está com problemas? — Patrick bateu de leve à porta. Terminei de fechar o vestido e saí, rindo de leve e me detestando por dentro. Eu só queria resolver aquilo logo.

Quando saímos da loja, antes que Patrick pudesse fazer qualquer coisa, tive a ideia de abraçá-lo novamente, agradecendo-lhe pelo biquíni. Minhas mãos deslizaram pelo adesivo da escuta, tentando puxá-lo de leve, mas a cola estava muito fixa no tecido da camisa polo dele. Eu não podia arrancar de vez, pois Patrick com certeza sentiria e estranharia de cara. O agradecimento durou mais tempo do que planejei, por isso falei coisas que nem sequer me lembraria depois.

— Obrigada mesmo, Patrick. De verdade. Você está sendo muito gentil comigo, embora eu ache que não mereça tantos mimos. Não estou aqui pelo seu dinheiro, não ligo para isso, e quando te dei aquele bilhete não sabia ao menos quem você era. Não pense que estou aqui pelo que tem, e sim pelo que vejo em seus olhos. Você é um homem bom, tranquilo, charmoso, sabe agradar, sabe conversar. Estou muito feliz por ter te conhecido! — falei e falei, abraçando-o cada vez mais forte e tentando de tudo para retirar aquele adesivo de uma vez.

Mas o bicho não saía de jeito nenhum!

— Ora, Tatiana... — Patrick sussurrou, sem me desvencilhar de seus braços. Eu mexia e remexia o adesivo, começando a usar um pouco a outra mão para dar mais apoio, porém o máximo que consegui foi deixá-lo solto quase pela metade.

O adesivo se encostou ao pescoço de Patrick, e morri de medo que ele sentisse e resolvesse conferir o que estava incomodando a sua nuca. Não pensei duas vezes, nem sequer esperei o pior acontecer. Abracei-o com ainda mais força e o beijei fervorosamente. Enquanto o beijava, tentei novamente puxar o adesivo. De novo, só fiz piorar a situação. Mais da metade do objeto pendia para a frente, e, se eu o soltasse naquele instante, Patrick com certeza notaria algo em seu pescoço. E seria o meu fim.

Sentindo-me derrotada, devolvi a parte que pendia para a frente e colei de novo todo o adesivo em sua gola.

O beijo tinha que ter fim em algum momento. Mal percebi os lábios de Patrick nos meus, tão envolvida que estava em retirar o maldito adesivo daquela camisa idiota. Ele sorriu para mim assim que nos soltamos, e eu cheguei ao meu limite quando sorri de volta. A única coisa que consegui pensar naquele momento foi: ferrou.

— Precisamos trocar as nossas roupas. Vamos comigo lá em cima?

— Vamos... — Eu me senti completamente vencida por um traste de um adesivo de escuta. Estava com tanta raiva que senti o meu rosto esquentar por inteiro. Que falta de sorte!

Subimos pelo elevador social, que era tão elegante quanto o restante do hotel. Evitei ao máximo olhar para os espelhos que o circundava. Patrick não percebeu o meu silêncio súbito, ainda bem, pois não sei se seria capaz de continuar com aquela palhaçada se ele fizesse algum comentário sobre isso.

Assim que chegamos ao andar onde ele estava hospedado, percorremos um corredor coberto por uma tapeçaria cara. As portas dos quartos eram de uma pesada madeira escura, toda trabalhada, e cada uma delas possuía uma placa dourada contendo um número. Aquele ambiente era empolado e intimidador para professorinhas de creche. Os móveis, tapetes, quadros, portas... Tudo era refinado e luxuoso e, mesmo nervosa, não conseguia parar de observar cada detalhe daquele lugar. Não demoramos muito até que Patrick parou em frente a uma das portas.

— Quarto 623 — falei mais para a escuta do que para Patrick. Queria que os meninos soubessem exatamente onde eu estava para o caso de ter que sair dali correndo. O que foi muito inteligente da minha parte, devo admitir.

Patrick retirou do bolso um cartão eletrônico, usando-o como chave para abrir a porta do quarto. Ele foi completamente educado ao se afastar e me fazer entrar primeiro, apontando para dentro e gesticulando com cortesia. O quarto era divino. Coisa de outro mundo. Nunca imaginei estar em um lugar tão luxuoso daquele jeito, pois só tinha visto algo assim em revistas de decoração.

— Uau! — Não contive minha admiração. — Isto aqui é... incrível!

— Por isso que gosto tanto daqui. Não abro mão deste lugar quando visito a cidade.

Ele colocou as chaves em cima de uma mesinha e depois me encarou demoradamente. Fiquei tão nervosa com o seu olhar provocante que senti meu coração quase saindo pela boca. Não fazia ideia de como tiraria aquela porcaria de adesivo. E depois que eu retirasse como sairia dali? Senti-me um mosquito pequeno, pousado em uma teia de aranha enorme.

Eu era a isca o tempo todo.

— Posso? — murmurou, segurando a barra da sua própria camisa, pedindo permissão para retirá-la ali mesmo.

Bom, pelo menos ele pediu.

Minhas mãos tremiam muito, suavam descontroladamente. Foi no impulso que me aproximei dele, cheguei perigosamente perto. Eu não podia deixar que retirasse a camisa daquele jeito.

— Permita-me — sussurrei, puxando o traje com leveza, tomando cuidado para que ele não percebesse a minha pressa quase sufocante de tirar logo aquilo e ir embora dali.

O tecido da vestimenta levantou facilmente, mostrando aos poucos o abdômen muito bem malhado de Patrick. Para um homem da sua idade, ele não perdia para muitos rapazinhos, devo confessar. Lembrei-me de que seu trabalho com certeza não permitia que se descuidasse; ele tinha que estar constantemente preparado para as ações e para as longas temporadas do grupo. Isso exigia muita malhação.

Assim que tirei a camisa dele, percebi que me olhava e analisava o tempo todo, observando as minhas reações. Segurei sua camisa com a mão esquerda e, com a direita, desenhei círculos em seu abdômen e peitoral, sorrindo de leve. Como eu sairia dali? Era só nisso que estava pensando. Somente.

— Vou pôr o biquíni. — Arrumei uma boa desculpa para não continuar com aquela palhaçada.

Virei de costas para ele e desdobrei a sua camisa em minhas mãos, tentando disfarçar. Puxei o adesivo da gola, e o maldito grudou totalmente no meu dedo indicador. Logo em seguida, colei-o com cuidado próximo a outra escuta no meu vestido. Caminhei devagar em direção ao sanitário.

Pronto. Trabalho cumprido, finalmente.

Suspirei, aliviada, e até cheguei a me sentir feliz. Depositei a camisa dobrada em cima da cama e peguei a sacola com o biquíni. Os meninos me diriam o que fazer no banheiro. Dei uma última olhada em Patrick antes de entrar. Quase caí dura ao constatar que ele estava retirando o cinto e desabotoando a sua calça. Seria bem complicado me livrar dele.

"Não sei como vou sair daqui", sussurrei para a escuta, assim que tranquei a porta. "Estou no banheiro do quarto... Ele está praticamente pelado lá fora. O que eu faço?"

"Invente uma desculpa e saia", disse Miguel no meu ouvido, parecendo nervoso. Tipo, nervoso mesmo. Parecia ter um caroço de azeitona preso em sua garganta.

"Que desculpa? Não vai colar uma desculpa qualquer", pestanejei.

"Não seja burra, Chris, seduza-o mais... Ele está praticamente apaixonado", disse Cristal, rindo com maldade. Ela e suas propostas ridículas. Tive vontade de mandá-la calar a boca e ir para o inferno, mas resisti no último segundo.

"Com que propósito, Cristal? Não sou prostituta de ninguém!"

"Eu não disse isso, só que faz parte do plano. Meu pai corre perigo por causa desse otário. Eu voto em matá-lo agora mesmo. Chris pode matá-lo agora!", Cristal endureceu sua voz de modo que senti um medo súbito.

"Este não é o momento, Cristal", respondeu Miguel.

"Seria melhor se Chris realmente o matasse", ouvi a voz de Plínio intensificando-se. "Recolheríamos tudo de relevante que ele guarda no quarto do hotel, pegaríamos ainda hoje as coisas que estão em sua casa... As mesmas que ele quer dar ao Vitón. Será muito mais simples sem ele, agora que sabemos o seu plano."

"Podem existir mais detalhes do que o que conseguimos recolher. Além do mais, não é uma ideia tão boa deixar que Chris o mate. Ela não tem experiência", Miguel estava mais nervoso que nunca.

"Mas como vou sair daqui?", eu já estava ficando desesperada. Fui tomada por uma vontade absurda de chorar. Não queria matar Patrick, não mesmo. Não sei se conseguiria, não sou uma assassina. Não podia tirar uma vida assim tão friamente.

"Plínio e Cristal têm razão, Miguel", disse Ian logo em seguida. "Eu voto em matá-lo agora."

Miguel suspirou. Seu suspiro me deu dois choques: um de desejo e outro de puro terror. "O que me diz, Chris?"

"Eu não sei!", respondi.

"Não você, Christine. Falei com o Christian."

"Matá-lo seria mais fácil para Christine... Mais fácil para ela sair de lá. Com ele vivo vai ser complicado. Além do mais, a ideia de Plínio vem a calhar. Vitón não desconfiaria de nós, vai pensar que Patrick armou contra ele. Podemos inclusive montar uma emboscada para amanhã", respondeu o meu amigo.

"Christine, você ainda está com aquele frasco na bolsa?", perguntou Miguel, visivelmente insatisfeito. Pela primeira vez no dia, reparei que estava com a minha pequena bolsinha de alça. Abri-a e dei de cara com o frasco de veneno.

"Estou. Ele está aqui."

"Então proponha um brinde. Disfarce e coloque o conteúdo no copo dele. Depois recolha o que você achar no quarto sem parecer que foi revirado: chaves, papéis, documentos. Coloque-o em cima da cama como se estivesse dormindo. Saia sem chamar atenção e nos encontre na esquina", Miguel explicou rapidamente. "Chris... Só vou deixar que faça isso se estiver sentindo-se pronta."

"Certo...", respondi com nervosismo. Eu ia mesmo matar alguém? Ia matar o Patrick?

"Está ou não está?"

"Não acredito que essa louca vai dar pra trás...", ouvi Cristal murmurando baixinho. Ela certamente não queria que eu escutasse. Ou queria, não sei. Só sei que o meu corpo se encheu de raiva.

"Estou mais do que pronta", falei sem pensar.

— Tatiana, você está bem? — perguntou Patrick do lado de fora, batendo à porta com um pouco de insistência.

— Estou. Quase pronta!

Para propor o bendito brinde eu teria que disfarçar até o fim. Foi por isso que vesti o biquíni e coloquei as escutas grudadas por dentro da parte de baixo, já que na parte de cima não tinha tanto espaço assim para elas. Dobrei o meu vestido e o coloquei embaixo da minha bolsa. Saí segurando os dois.

Respirei fundo. Abri a porta. Patrick estava deitado na cama, usando apenas uma cueca boxer. Senti meu coração acelerar em descompasso e jurei que teria um infarto. Não podia fazer aquilo, eu não conseguiria.

Patrick se levantou da cama e caminhou na minha direção, olhando-me nos olhos com uma intensidade que me envergonhava e me enchia de verdadeiro pavor.

— Você está perfeita — sussurrou, e me lembrei de Miguel imediatamente. Acho até que ouvi um grunhido partindo dele, mas deve ter sido impressão. Patrick me encostou à parede e beijou o meu pescoço, orelha e ombros. Senti a minha pele arrepiar, mas o medo era implacável. A que ponto nós chegaríamos?

Afastei-me de seus beijos, mas mantive o abraço.

— Por que você não toma uma ducha enquanto arranjo algo para bebermos? — Sorri e alisei o seu abdômen definido. Fingi excitação com a sua presença tão próxima. Cara, eu sou boa nisso. Sério, vou ser a nova Angelina Jolie. Hollywood que me aguarde.

— É uma ótima ideia, mas eu tenho uma melhor — murmurou em meu ouvido. — Que tal se viesse tomar a ducha comigo?

"Ah, que filho de uma...", ouvi alguém resfolegar do outro lado da escuta. "Chris, você não pode fazer isso, não deixe que aconteça", era Miguel. Sua voz me causou uma dor imensa, um aperto no coração. Tive vontade de chorar, de sumir daquele mundo, de me teletransportar para outro lugar. O que viesse primeiro.

— Está indo depressa demais, Patrick... — Tentei manter uma firmeza que claramente eu não tinha. — Vamos com calma, ok?

— Tudo bem — concordou, sorrindo, apesar de parecer bem contrariado. É claro que ele não gostou nada da minha resposta, mas fiquei feliz por ter respeitado. Um sinal de esperança brilhou dentro de mim.

Seus braços me soltaram e ele entrou no banheiro.

Permaneci alguns segundos encostada à parede fria do quarto, recuperando-me do susto. Localizei um frigobar embutido em um dos móveis luxuosos do ambiente. Havia uma garrafa de vinho já aberta dentro dele.

Duas taças descansavam na prateleira da pequena porta. Despejei o conteúdo escarlate nas duas taças e, rapidamente, retirei o veneno da bolsa.

Fiquei em silêncio por alguns segundos, constatando se o chuveiro ainda estava ligado. Estava. A última coisa de que eu precisava era ser pega com a boca na botija.

Coloquei metade do veneno em uma das taças. Como elas eram diferentes — uma era mais redonda do que a outra — ia ser fácil diferenciá-las. Antes que alguém pergunte, não, eu tentei não pensar que estava prestes a matar uma pessoa. Tentei não pensar em nada, só em sair dali e fazer o que tinha de ser feito. Guardei o frasco de veneno novamente na minha bolsa e a coloquei em cima de uma das cadeiras do quarto, junto com o meu vestido.

Quando menos esperei, Patrick saiu do banheiro enrolado apenas com uma toalha. Seus cabelos estavam molhados e pingavam gotas fartas no restante do seu corpo. Olhou para mim com desejo. Prendi a respiração. Ele se aproximou de mim por trás, segurando-me pela cintura. Senti uma coisa dura massagear as minhas costas. Sério, o homem estava mesmo muito excitado.

— Um brinde! — falei quase resfolegando, levantando as duas taças. — A nós dois! — Dei a ele a envenenada. Patrick a segurou e ergueu, imitando o mesmo gesto que eu havia feito.

— Ao destino. — Sorriu.

Não consegui sorrir daquela vez. Nem parecer despreocupada. Na verdade, a cada centímetro que a taça percorria na direção de sua boca era como se facas fossem enfiadas em meu peito. Eu não conseguiria conviver com a morte do Patrick me atormentando. Jamais teria paz de novo. Patrick tinha confiado em mim, tinha sido legal e gentil comigo. Ele não desconfiou nem por um momento. Aquilo não era justo.

Em que tipo de pessoa eu me transformei? Eu tenho sentimentos, sempre tive e sempre vou ter. Não sou desalmada, não tenho sangue de barata. Nem Christine nem Tatiana. Nem qualquer outra mulher que eu chegue a encenar. Não faz parte de mim.

— Não! — gritei sem pensar. — Não tome isso! — Arranquei a taça de suas mãos e a joguei ao longe, escutando o vidro estilhaçar com força contra a parede do quarto.

Patrick franziu o cenho, achando o meu gesto muito esquisito. Eu não tinha desculpas para a minha atitude agonizante. Não havia preparado nenhum discurso. Tatiana fora embora, dando lugar à insegura Christine. Encarei-o, tentando dizer alguma coisa plausível, mas nada saiu da minha boca. Minhas mãos tremiam e, pela primeira vez, Patrick notou. Ele percebeu o meu nervosismo, minha agitação, e tudo o que eu estava sentindo.

Meu interior foi externado tal qual uma máscara que revela um rosto completamente distinto. Demorou menos do que eu queria para que Patrick entendesse. Demorou muito menos para ele desconfiar e, depois da desconfiança, veio a certeza de que eu não passava de uma farsa. Seus olhos brilharam por um instante, e no outro Patrick já estava sério e rígido, parado no tempo.

"O que está acontecendo, Chris?", Miguel perguntou na escuta.

Silêncio.

Patrick olhou para mim de um jeito transtornado. Seus olhos começaram a se apertar, e sua boca se contorceu. O rosto ficou vermelho, e seu punho foi se fechando. Virei as costas e caminhei na direção da minha bolsa. Meu único pensamento foi sair dali correndo, sem olhar para trás. Mas não consegui. Patrick segurou a minha mão com uma força esmagadora antes que eu me distanciasse. Ele me puxou com tudo.

— Difícil de acreditar... — sussurrou, prendendo-me na parede de novo, só que dessa vez sem nenhum cuidado. — Não acredito que fui tão idiota!

— Patrick, eu... — tentei falar, mas não consegui. Não sabia o que dizer. Sua fúria era sufocante e direcionada completamente para cima de mim.

— Onde está? — ele urrou, procurando por algo em meu corpo, tocando em mim brutalmente como se eu fosse um pedaço de nada. Puxou meus cabelos para trás, obrigando-me a olhar para cima. Analisou os meus ouvidos e localizou a minha escuta transparente. Retirou-a sem nenhum aviso e praticamente a enfiou na minha cara. — Uma espiã! Uma armação, um... Foi tudo mentira! — Jogou a escuta para longe.

— Você não devia estar tão surpreso — murmurei, sem pensar que talvez isso alimentasse ainda mais a sua fúria.

Foi o que aconteceu.

— Claro que não! — gritou a plenos pulmões. — Eu devia ter imaginado. Nem acredito que caí nessa. Depois de tantos anos... Como fui cego! Orlando me paga!

Não sabia como ele tinha tanta certeza de que eu trabalhava para Orlando, mas decidi ficar de bico fechado, concentrada apenas em tentar sair dali antes que as coisas ficassem piores do que já estavam. Ele prendia seu corpo contra o meu na parede, tirando quase todo o meu fôlego. Suas mãos me seguravam com tanta força que senti meus ossos arderem e latejarem com a pressão. Ele estava me machucando feio. Tentei desvencilhar-me de seu abraço fatal, mas não consegui. Patrick era muito mais forte do que eu.

— Onde está o microfone? — berrou, pegando em meu corpo enquanto eu me contraía e retesava, tentando me libertar. Suas mãos passaram por meus seios, procurando por algo dentro do meu biquíni. Como não havia nada ali, ele praticamente arrancou a parte de cima, rasgando-a com força e selvageria. Minha primeira reação foi dar um grito de total desespero.

— Não! Não toque em mim! — Senti as lágrimas rolarem por minha face. Não sabia o que aquele homem seria capaz de fazer com aquela raiva.

Mas não me dei por vencida e continuei tentando fugir.

— Onde está? Tem que estar em algum lugar! — Puxou-me com força e me jogou na cama.

Tentei proteger os meus seios à mostra e me levantar, mas não demorou muito até que ele montou em cima de mim, segurando-me com grosseria, prendendo-me com o seu corpo contra o colchão macio daquela cama de casal enorme. Uma de suas mãos puxava o meu cabelo, causando uma dor absoluta. Gritei de horror.

— Pare, por favor! — gritei, desesperada. Eu via tudo embaçado devido às lágrimas que caíam sem cessar. Senti-me desprotegida, vulnerável. — Eu te salvei! Você podia estar morto! Não faça isso comigo!

— Devo admitir, eles estão melhorando as ações — Patrick falou com ódio instalado em sua voz. Seus modos sempre educados davam lugar a um homem grosseiro e intimidador. Era o Patrick bandido. — Não mandam mais qualquer vagabunda, mandam uma quase angelical... Quase convincente. — Ele aproximou seu rosto do meu. — Mas continuam não passando de vagabundas! — Puxou ainda mais o meu cabelo.

Do nada, desferiu-me um tapa dolorido na face.

Nunca me senti tão humilhada em toda a minha vida. Meu desespero era tanto que eu já estava quase desistindo de sair dali, perdendo as minhas forças quase que completamente. A única coisa que ainda me movia era o fato de não conseguir digerir o que aquele homem podia fazer comigo em cima daquela cama.

Eu estava desprotegida, praticamente nua. Não tive tempo de escutar se os meninos viriam me salvar, mas sabia que os dois microfones ainda estavam na parte de baixo do biquíni, portanto eles ainda estavam ouvindo tudo. Senti um medo definitivo ao imaginar Patrick descobrindo os microfones.

Por que eles demoravam tanto para me salvar?

— Saia, Patrick! Largue-me! — A minha língua se enrolou toda enquanto tentava me explicar: — Em nome dos momentos que passamos juntos, eu salvei você, Patrick! Não tenho culpa, é o meu trabalho, eu sou obrigada!

— Pois então, Tatiana... Aliás, você não se chama Tatiana. Diga-me o seu nome!

— Amélia — choraminguei.

— Seu nome de verdade, sua vadia! — Apertou ainda mais as suas mãos contra os meus braços, depois me deu mais um tapa na cara. Senti uma dor imensa.

— C-Christine — gaguejei, apavorada. Não me lembro de ter sentido tanto medo em toda a minha vida.

— Seu verdadeiro nome, vagabunda! — Desferiu-me outro golpe na cara.

— É Christine! — gritei aos prantos.

— Pois então, Christine... Se você foi obrigada o tempo todo, posso te obrigar também. Posso te obrigar a fazer o que eu quiser — murmurou, beijando o meu pescoço e subindo pelo meu queixo e boca. Balancei a cabeça com pressa, desesperada, e vi as minhas forças se esgotarem. O pesadelo foi se tornando realidade diante dos meus olhos. — Sabe que, desta vez, mandaram uma vagabunda muito deliciosa. De bandeja para mim.

— Eles estão vindo! — gritei, tentando fazê-lo se afastar. A cada vez que tentava sair dali, mais força ele usava para me manter presa e mais dor eu sentia pelo meu corpo. — Vão te pegar!

— Até que passem pela segurança e arrombem uma porta com tranca eletrônica sem chamar atenção, já será fato consumado — respondeu, ainda beijando o meu corpo com avidez. — Vou te matar, Christine, não se preocupe. Mas vai ser devagar, prometo.

— Não! — Eu ainda não acreditava no que tinha me metido. Não podia crer no pesadelo, na humilhação, na angústia e no medo que vivenciava. Senti o meu corpo amolecer e a minha cabeça girar, deixando-me tonta. A minha visão, já embaçada pelas lágrimas, escureceu de vez, e senti que desmaiaria a qualquer momento.

As mãos de Patrick caminhavam pelo meu corpo agressivamente, e não demorou muito para ele achar as outras escutas. Colocou-as ao lado do meu rosto, junto com a parte de baixo do biquíni. Tentei não pensar na minha nudez completa.

— Não desmaie agora, Christine. — Puxou meu queixo em sua direção, forçando-me a encará-lo. Seus olhos ferozes machucaram a minha alma do mesmo modo como as suas mãos estavam ferindo a minha pele. — Eles precisam ouvir tudo. Acho que vão até se divertir ouvindo. Vão rir de você. Aposto que amariam estar no meu lugar.

— Não... — murmurei. — Não! — gritei, reunindo todas as forças que eu ainda possuía. Tentei mais uma vez me desvencilhar do seu corpo sobre o meu. Tentei mover os meus braços. Nada. Patrick me prendia com uma força impressionante. Ele estava acostumado com aquilo, preparado para esse tipo de coisa. Sabia como render e imobilizar alguém. Eu só era uma leiga, uma idiota que estava ali por acaso.

— Pode gritar, meu amor. Ninguém vai te ouvir, só eu. E eu vou adorar.

— Por favor — murmurei em pleno desespero. — Por favor, Patrick. Por favor. Por favor — repeti sem parar, sentindo-me amolecer novamente. Eu estava perdendo os meus sentidos.

— Sabe, Tatiana... Ou melhor, Christine. Eu gostei mesmo de você. Estava planejando coisas para nós dois. Acha justo o que fez? — ele murmurou docemente em meus ouvidos. — Sou um homem calmo, tranquilo...

— Por favor, por favor, por favor...

— Mas quando o meu ódio vem à tona, é difícil segurar. Quando estou com ódio, quando alguém me decepciona desta forma, eu só fico saciado quando consigo me vingar.

— Eu te salvei — murmurei mais uma vez, sentindo a minha voz cada vez mais distante. Ela não passava de um sussurro rouco e fraco. — Eu salvei você, por favor.

Patrick retirou a própria toalha ao redor de si.

— Entenda que eu preciso me vingar. — Ele tornou a beijar o meu corpo e a me tocar sem nenhum pudor, mordendo minha pele. Foram minutos intermináveis. Uma angústia sem fim.

Quando eu havia perdido todas as minhas esperanças e estava pronta para me render, ouvi uma voz.

— Tire as suas mãos imundas dela, seu filho de uma puta! — alguém rosnou ao longe. Eu conhecia aquela voz. Miguel. — Largue-a!

Ouvi ruídos, um barulho alto, um tombo. De repente, não sentia mais o peso de Patrick contra mim. Não me movi, sentia o meu corpo inteiro formigar. Fechei os meus olhos e os abri novamente, tentando recobrar um pouco da consciência. Meu socorro havia chegado.

— Chris... — alguém sussurrou no meu ouvido. Alguma coisa cobriu o meu corpo. — Chris, fale comigo!

Abri a boca de leve, mas não consegui emitir nenhum som. Minha visão começava a clarear um pouco. Olhei em direção à voz que falava comigo. Era Chris. Tentei me levantar com a sua ajuda. Sentei-me na cama e enxuguei os meus olhos, atônita. Miguel esmurrava Patrick com força, ambos atracados no chão da sala.

— Vai pagar caro! Vai pagar muito caro por isso! Vou te matar, infeliz! — berrava Miguel, com ódio em sua voz. Na verdade, ele gritava uma série de palavrões que não vou expor aqui. Aquele ódio não combinava muito com ele. Era um ódio que eu detestava, mas não pude ter muita opinião sobre aquilo naquele momento. Eu me sentia estranha.

Aos poucos, fui recobrando a visão e a audição. O barulho de socos continuou.

— Miguel — Chris o alertou. Ele parou e olhou na minha direção. Levantou-se do chão devagar, parecendo desnorteado. Patrick permaneceu no piso, inerte. Sangue escorria do seu nariz, boca e testa. — Temos que sair daqui, rápido.

Chris saiu de perto de mim e começou a ajudar Miguel a pegar documentos e demais objetos que poderiam ser úteis. Eles colocaram tudo dentro de uma pasta preta. Patrick jazia no chão, muito ferido. Completamente nu. Tentei me levantar, mas não consegui. Meu corpo inteiro doía. Segurei o tecido que cobria o meu corpo e só depois percebi que Chris estava sem camisa, usando apenas um jeans escuro. Sorri de leve.

Christian, sempre gentil comigo. Sempre amável.

Olhei para Miguel. Ele colocou um papel dentro da bolsa com pressa e olhou para mim, preocupado. Assim que percebeu que eu tinha saído do estado de choque, veio correndo. Sentou-se ao meu lado e cobriu os meus ombros com seus braços acolhedores. Encostou minha cabeça de leve em seu peito.

— Chris, como você está? — Olhei para ele. Sorri. Nada mais. — Fale comigo, Chris, por favor.

— Por favor... — murmurei. Nada fazia sentido. Minha mente não estava funcionando bem.

— Você precisa se vestir depressa. — Ele localizou as minhas coisas sobre a cadeira. Desdobrou o vestido e abriu o zíper. — Acha que consegue sozinha?

Eu ainda estava me sentindo estranha. Deixei a camisa de Chris cair, sem perceber a maldade que havia naquilo, como uma criança inocente que se troca na frente de um irmão ou algo assim. Miguel não desviou os olhos. Coloquei o vestido sem dificuldade e depois sentei novamente na beirada da cama.

— Escute, Chris, você precisa sair pela porta e fingir que nada aconteceu. As câmeras precisam gravar a sua saída normalmente. — Miguel alisava o meu cabelo, e só depois percebi que, na verdade, ele o estava arrumando. Eu devia estar muito descabelada.

— Estamos prontos, Miguel — Chris alertou. — Onde vamos deixá-lo?

— Vou ligar para o serviço de quarto e cancelar a limpeza automática — Miguel pensou rápido. — Vai demorar alguns dias para perceberem o corpo. Vamos deixá-lo em cima da cama. Coberto.

— Certo.

— Vamos, Chris, você tem que ser forte. É só sair do hotel, Ian está na entrada esperando por você.

— Ok. — Eu me levantei e ganhei novas forças para ir até o enorme espelho do banheiro. Terminei de organizar o meu cabelo, mas não antes de dar uma olhada geral. Meu rosto estava abatido; meus braços estavam com marcas vermelhas e roxas. Respirei fundo. Só precisava sair dali. O pior já tinha passado.

Miguel abriu a porta do quarto e me deixou passar.

— Todos precisam ver você saindo do hotel. Vou ligar para o serviço de quarto logo em seguida, fingindo que sou o Patrick. Assim iremos despistar. Certo?

— Certo. — Caminhei pelo corredor, tentando cobrir meus braços machucados com os meus cabelos e olhando fixamente para o chão. Tomei o elevador depressa, sem encarar ninguém que passava por mim. Atravessei o hall de entrada mais rápido do que imaginei e retribuí o boa-noite do porteiro com um sorriso.

Ian estava me esperando e me guiou até o carro.

Depois disso, só me lembro de ter chorado. Chorei o caminho inteiro de volta para casa e, assim que cheguei, subi para o meu quarto. Demorei quase uma hora no banho. Meus braços estavam manchados de um roxo que se destacava na minha pele branca. Meu pescoço também tinha a mesma coloração feia, bem como a pele entre os meus seios. Minhas pernas também tinham marcas. Chorei o banho inteiro, tentando esquecer o que Patrick havia me feito passar. Mal dava para acreditar que quase fui violentada. Foi por muito pouco. Eu me sentia imunda e desejava jamais ser tocada de novo.

Troquei de roupa e deitei na cama com cuidado, tentando achar alguma posição onde o meu corpo não doesse. Depois, peguei o meu diário.

O que dizer deste dia? Horrível. Aterrorizante. Não sei direito o que pensar agora. O restante do grupo foi para a casa de Patrick pegar os documentos e materiais que ele oferecera para Vitón. No dia seguinte montariam um tipo de tocaia, não sei direito o que eles fariam.

Meu diário é o único que me faz companhia neste momento. De certa forma, desabafar cada detalhe do que ocorreu está aliviando um pouco o meu coração. Agradeço à Lessy por isso... Agradeço à minha querida amiga que talvez eu nunca mais veja.

A única coisa que eu quero agora é chorar até conseguir dormir.

Sexta | Friday | Viernes

17
Intocável

Janeiro | January | Enero

Querido diário,

A vida é assim. Coisas inexplicáveis acontecem. Não dá para culpar apenas o acaso ou crer que o destino já tinha escrito aquelas páginas. Nossas escolhas muitas vezes nos levam a caminhos que não queremos, mas em outros casos elas nos levam exatamente na direção dos nossos desejos. A vida sempre tem o dom de nos impressionar e, de repente, o que achávamos ser certo não nos faz feliz como gostaríamos. Então chega um momento em que o errado nos chama atenção, atraindo-nos e nos derrubando em um abismo. Nossa vida vira pelo avesso. Ela muda tanto, e tão de repente, que demora um pouco para descobrirmos que o avesso é o nosso lado certo.

O mais impressionante da vida é que, por mais que ela nos traga desventuras, desamores e decepções, ela sempre vai nos trazer alegrias e emoções que nos fazem continuar acreditando. Sempre acreditei que a minha vida seria diferente. Claro que eu não sabia que seria tão diferente assim, mas estou aprendendo a encarar.

O que me aconteceu ontem foi horrível. Tudo ainda dói demais, em todos os sentidos. Mas, voltando aos devaneios sobre a vida... Ela nos surpreende. E quando começamos a achar que devemos desistir, ela nos dá um motivo para continuar. Um motivo muito forte.

Pelo menos foi o que aconteceu comigo nesse dia, que ficará guardado eternamente na minha memória e no meu coração. Sei que o dia anterior foi o pior dia da minha vida, mas nunca sequer imaginei que o melhor dia seria exatamente o seguinte. E que tudo mudaria tão depressa.

***

Começou com um sonho ruim. Foi um pesadelo infernal, na verdade. Cenas impressionantes giravam na minha mente; o olhar de Patrick com ódio, suas mãos pesadas machucando o meu corpo, o sangue saindo dos seus lábios depois que morreu, o ódio de Miguel ao matá-lo brutalmente. Por último, os olhos de Cristal enquanto empunhava uma arma na minha direção. A mesma cena do sonho de ontem.

Tiros, socos, chutes... Violência. Horror. Flashes impressionantes passavam rapidamente pelo meu inconsciente. Não foi à toa que acordei com outro grito no meio da noite, suando frio e tremendo da cabeça aos pés. Eu me sentei, assustada, buscando ar para os meus pulmões. O quarto estava escuro.

— Você está bem? — Chris se levantou do colchão depressa, assustado com o meu grito repentino. Ele me segurou um pouco nos braços, que doeram muito. Choraminguei, desvencilhando-me de suas mãos.

— Não me toque, não me toque.

— Desculpe... Você está bem?

— Não muito. — Comecei a chorar, sentindo meu coração espremer. A angústia, a dor física e a psicológica me corroíam por dentro. Nem nos sonhos fui capaz de me livrar delas.

— Foi só um pesadelo. — Tentou encostar-se a mim de novo, mas desistiu no meio do caminho. Eu não queria ser tocada. Nem pelo Chris nem por ninguém. Achei que jamais poderia receber um abraço novamente.

— Um pesadelo que vivi... Que nunca vou esquecer. Vai me atormentar para sempre.

— Isso vai passar, você vai ver. Vai levar um tempo, é normal, mas vai passar. Tente se acalmar.

Deitei-me de novo na cama — cobrindo todo o meu corpo com o lençol, exceto a cabeça — e me virei, ficando de cara para a parede do quarto. Não estava a fim de conversar. Só queria ficar na minha. Queria ir embora, queria a minha casa. Essa história de bandidagem não servia para mim. Essa vida de crimes não combinava comigo.

Decidi, naquele momento, que partiria assim que amanhecesse. Preferia mofar na cadeia a ter que encarar situações parecidas com a que vivenciei na noite anterior. Miguel e Chris ficariam do meu lado, eles me encobririam, e tudo estaria resolvido. Afinal, não estava ingressa oficialmente na quadrilha de Orlando. Eu não queria ter nada a ver com ela. Voltaria para casa, mesmo que significasse nunca mais ver Miguel ou Chris. Era notório que as nossas vidas não poderiam se cruzar. Vivíamos em mundos diferentes.

— Se acalme. — Chris alisou um pouco os meus cabelos outrora puxados com força por Patrick. Minha cabeça ainda doía por causa disso. Seu toque feriu até a minha alma e, em vez de soar como uma carícia, funcionou mais como um insulto.

— Não me toque, Chris. Não me toque nunca mais, simplesmente fique longe. — Puxei meus cabelos e os prendi com eles mesmos, escondendo-os por debaixo do meu pescoço.

— Eu nunca te machucaria. Sabe disso. — Sua voz soou baixa e tranquila. — Mas respeito seus sentimentos. Amanhã conversaremos melhor sobre isso. Tente dormir. Precisa de alguma coisa?

— Não.

Ele ignorou a minha frieza e saiu de perto, deitando-se novamente no colchão. Não demorou muito para que pegasse no sono de novo. Comigo foi um tanto diferente. Revirei por muito tempo na minha cama e, quando já não aguentava mais o fato de não conseguir dormir, conferi o relógio e me assustei. Ainda eram três horas da manhã.

A minha garganta estava seca. As lágrimas tinham acabado, e o gosto na minha boca era de um amargo muito ruim, difícil de engolir. O copo de água que eu havia deixado em cima do criado-mudo já estava vazio. Tentei ignorar a sede por alguns minutos, mas chegou a um ponto que não consegui mais suportar. Precisava de um pouco de água, urgente. Talvez depois de me hidratar eu conseguisse dormir. Com muita sorte não teria mais pesadelos.

Saí do quarto de fininho, tentando não fazer ruídos que pudessem acordar Chris. Ele dormia tranquilamente, em sua posição favorita de dormir: virado de lado, com pernas e braços arqueados. Suas mãos descansavam embaixo da bochecha. Uma posição bem infantil, eu diria, mas que o deixava com um ar sereno que eu adorava.

Percorri o corredor e desci as escadas com certo medo, pois tudo estava escuro e as coisas ganhavam formas diferentes com a ausência de luz. Definitivamente, tudo me assustava. Quase entrei em desespero ao tentar achar o interruptor da sala de jantar. Quando finalmente o encontrei, ficou mais fácil. Respirei aliviada.

A cozinha e a sala de estar também clarearam um pouco. Peguei um copo de água na geladeira e tomei todo o conteúdo sem parar nem uma vez para respirar. Enchi de novo o copo, e estava me preparando para subir as escadas novamente quando ouvi uma voz no meio da escuridão.

— Você está bem?

Levei um susto muito grande, por pouco não derrubei o copo no chão. Também não gritei, apenas dei um pulo. Ao olhar para trás, vi Miguel, de pé em frente à mesa da sala de jantar, vestindo um short cinza folgado e uma camiseta branca de algodão.

— Tirando o fato de você quase ter me matado de susto... Estou bem — falei, depois mudei de ideia. Não tinha como mentir para ele. Não com seus olhos muito azuis me encarando do mesmo jeito de sempre. — Não, não estou bem. Acho que nunca vou estar.

— O que é isso? — Aproximou-se de mim e apontou para a mancha que percorria o meu pescoço e se perdia dentro da minha camisola.

— O que acha que é? — Tratei-o com a mesma ignorância que havia tratado Chris. Eu estava impaciente e estressada.

Miguel se aproximou ainda mais, o suficiente para que eu sentisse o seu cheiro delicioso. Ele apontou para o meu pescoço de novo e, quando seu dedo quase encostou a minha pele, afastei-me com pressa, nervosa com a sua aproximação. Não queria ser tocada por ninguém. Ponto final. Aquela verdade comprimiu o meu coração, um nó cresceu em minha garganta e lágrimas desceram pelo meu rosto contra a minha vontade. Apesar de desejar profundamente o toque doce de Miguel, a ideia de ser tocada seja por quem fosse era angustiante. Causava-me horror.

— O que faz aqui? — Eu me desviei dele e enxuguei algumas lágrimas antes que as notasse. — Não consegue dormir também?

— Eu te ouvi descendo as escadas. Estou dormindo na sala. — Apontou para o sofá grande e largo. Ele estava coberto por um lençol azul, e um travesseiro branco jazia em uma de suas extremidades.

— Mas por quê? Pensei que estivesse dormindo com... — Parei. Suspirei e prossegui: — Cristal.

— Ela me expulsou de lá esta noite — admitiu, encaminhando-se para a cozinha. — Quer leite quente?

— Pode ser... — Voltei para a cozinha e me sentei em uma das cadeiras de perna alta que ficava em frente ao balcão de mármore escuro que separava a sala de jantar da cozinha. Repousei o meu copo de água ali. — Por que ela te expulsou de lá? Andou aprontando? — Sorri mesmo sem a mínima vontade. Tudo o que eu menos queria era falar sobre Cristal e o seu destempero com Miguel. Mas agradeci por existir outro assunto a ser comentado além da minha falha terrível na ação da noite passada.

— Com certeza eu andei aprontando, Christine... — murmurou e me olhou com malícia. Senti o meu rosto esquentar, porém permaneci com a cabeça erguida. — Ela ficou com ciúmes de você. — Despejou leite em uma panelinha e acendeu o fogão como se nada no mundo o aborrecesse.

— De mim? O que eu fiz? — Voltou a me olhar com malícia. — O que eu fiz que ela saiba?

Miguel riu.

— Você não fez nada de que ela tenha conhecimento. Mas não importa. Cristal é inconstante.

— Descobriu isso agora?

— Não. Definitivamente, não.

Eu me lembrei do que Chris me disse e me chateei por agir com insensibilidade. Miguel passava por muita merda por causa daquela mulher. Permaneci calada por algum tempo e olhei para a pequena chama do fogão. Não dava para suportar os olhares de Miguel àquela hora da noite. Sentia-me exausta e dolorida.

Assim que o leite esquentou, ele encheu dois copos e se sentou ao meu lado. Dei um pequeno gole e suspirei. Foi boa a ideia do leite. Revigorante. Miguel me analisou por um tempo. Ele olhava para os meus braços marcados, para o meu pescoço e colo. Eu sabia que tinha uma marca grotesca na minha bochecha também. Puxei os meus cabelos para a frente a fim de escondê-la. Seu olhar era indecifrável.

Quando cerrou os punhos, que estavam em cima da mesa, vi seu olhar transformando-se naquele que eu tanto odiava. O olhar assassino de raiva, ódio e vingança. Miguel tentou disfarçar, olhando para algum ponto da cozinha e passando as mãos pelos cabelos. Estava confuso. Brigando internamente.

— A culpa foi toda minha — ele sussurrou com raiva, tentando se controlar. — Nunca deveria ter permitido que se expusesse tanto assim. Meu principal dever é prezar pelo bem do grupo. E logo de você não consegui cuidar! Devia ter chegado mais cedo naquele quarto, devia tê-lo matado ainda mais lentamente...

— Não, Miguel. Não consegui fazer o meu trabalho. Eu falhei. Estava tudo sob controle, a culpa foi minha. Devia tê-lo matado como combinamos. É só que... não pude.

— Claro que não pôde! — Encarou-me com dor evidente em sua expressão. — Não foi feita para isso. Você é doce, meiga... É diferente. Devia ter te levado para casa ou para qualquer outro lugar longe de tudo isso.

— Vou embora ao amanhecer. — Miguel ficou espantado com a minha afirmação decidida. — Tomarei um ônibus para casa. Responderei a todas as acusações, eu não ligo. Vou ficar bem.

— Mas... — Miguel começou a dizer, só que parou. Olhou para baixo e tomou o restante do leite. Observei cada uma de suas reações. Ele não me impediria de ir embora. Ao entender isso, eu não sabia se ficava triste ou feliz. Fiquei contente por saber que podia contar com ele e que compreenderia as minhas decisões, mas, por outro lado, fiquei triste por não ter me pedido para ficar.

Como da última vez.

— Será melhor assim — falei baixo, definindo por ele.

— Sim. Será.

Magoada com a sua resposta, desci da cadeira e andei de volta para as escadas. Não tínhamos mais nada para conversar. Pelo menos era o que eu achava. Senti o meu coração partido, e tão manchado quanto a minha pele, doer com bastante força. Aquelas feridas físicas curariam, mas será que as mais internas também?

— Boa noite — sussurrei.

Entretanto, antes de subir as escadas, Miguel já me puxava com leveza na sua direção. Suas mãos, que envolveram a minha cintura logo em seguida, fizeram o meu corpo queimar e doer, provocando o pavor que eu havia criado depois da situação traumática de quase ter sido violentada por Patrick.

— Não me toque... — Tive pavor e senti o meu coração disparar. — Não toque em mim, Miguel. Não consigo. — Desvencilhei-me rapidamente.

Ele me encarou de um jeito confuso.

— Ele não tinha o direito de fazer isso contigo. Chris, eu nunca te machucaria, jamais. Jamais. Permita-me te tocar. Eu... — Resfolegou com angústia.

Seus olhos preocupados perderam o brilho. Não suportei aquela tristeza, por isso respirei fundo e me aproximei. Peguei uma de suas mãos e fechei os meus olhos. Aquele era Miguel. Eram as mãos macias do homem que eu amava.

— Devagar... — Guiei a sua mão boba pelo meu rosto, descendo pelo queixo, pescoço, colo e barriga. — Com cuidado. Não vou suportar se não for assim. — Abri os meus olhos, que se encontraram com os dele.

— Chris... — Ele se aproximou e pegou de novo na minha cintura, só que com uma leveza multiplicada por mil. A outra mão ainda percorria o meu corpo, até parar na minha face esquerda. Sua boca ficou perigosamente perto, tão perto que confesso que não consegui me controlar. Envolvi os meus braços doloridos em volta da sua nuca e encostei os meus lábios nos dele, de leve, procurando por sua resposta.

Miguel me beijou docemente. Foi tão suave que me surpreendi com a sua delicadeza. Seus lábios começaram tímidos pelo medo de me insultar de alguma forma, mas eram constantes e descobriam aos poucos novos caminhos a percorrer junto com os meus. Curti cada segundo daquele beijo, que considerei o último. Aquele que eu me lembraria para sempre. Aquele que me traria conforto quando as lembranças me sufocassem.

Seu toque arrepiou a minha pele diversas vezes, em pontos diferentes e iguais. Senti-me quente, desejando ainda mais Miguel. A chama do que eu sentia por ele estava mais acesa do que nunca, esquentando o meu corpo, mesmo depois do que eu tinha passado. Mais beijos, mais toque. Mais pele. Queria o Miguel completo, só meu. Só para mim.

Aquele era o momento. Eu estava pronta, apesar de a minha pele estar marcada pelo ódio e pelo terror. Senti que só Miguel curaria de verdade aquelas marcas. Seria mais eficaz do que o tempo. Decidida, peguei as suas mãos e as direcionei até a barra da minha camisola. Depois, puxei-as para cima, desnudando-me. Miguel entendeu o que eu queria e não hesitou até o vestido sair do meu corpo e ser atirado em algum lugar da sala. Eu sabia que a primeira reação dele seria de choque. Choque pela minha ousadia repentina, claro, mas choque ao me olhar completamente. As marcas estavam feias ao redor dos meus seios e barriga, eu as tinha visto ainda no banho.

Ele resfolegou, indignado, ao reparar nelas.

— Não... — Contornou as marcas, de leve, com as mãos. Senti uma dorzinha aguda quando ele fez isso, mas em vez de pavor a dor me trouxe prazer.

— Sei que estou feia — falei baixinho, quase arrependida. Quase.

— Nunca. Você é linda. Sempre será linda aos meus olhos — ele disse, com um brilho intenso em seu olhar. Miguel já ardia em desejo. Apesar das minhas marcas, ainda me desejava.

Quando me beijou de novo, foi diferente. Seu desejo estava muito mais perceptível; a leveza do seu toque manteve uma constância quase impossível de atingir. Retirei a sua camiseta e a atirei longe, desejando sentir a sua pele na minha com urgência. Ele estava quente, provocando a minha pele, mexendo com todos os meus sentidos. A sensação foi a mais esplendorosa que experimentei na minha vida. Minhas mãos percorreram o seu corpo, redescobrindo cada detalhe e os amando como nunca.

Não demorou tanto assim para que Miguel me deitasse em sua cama provisória; o sofá confortabilíssimo daquela casa que não era nossa, mas que, naquele instante, seria o lar do nosso desejo. Ele retirou a minha calcinha com suavidade, bem como a sua bermuda. Nem sequer pensamos na loucura que estávamos cometendo. Não cheguei a refletir sobre a exposição que significava transar com ele no meio da sala.

Só depois que os nossos corpos nus estavam grudados de um modo quase inseparável que me lembrei de Cristal. Lembrei-me do sonho, de seu olhar enquanto me apontava uma arma. Por mais meu que Miguel fosse naquele instante, seria apenas uma ilusão criada momentaneamente, pois, apesar de amá-lo tanto e a cada dia mais, não significava que ele me amava também. Com certeza daria menos valor àquele ato do que eu e se esqueceria mais depressa do que eu me lembraria. Ele não seria meu depois daquilo.

Tornou-se difícil separá-lo um pouco de mim, complicado resistir ao seu fogo. Foi doloroso suportar o frio que senti assim que saí de seus braços e me afastei. O medo tomou conta de novo, o nervosismo em ter chegado até ali sem raciocinar com calma. A certeza de que não teria mais jeito latejava, mas eu precisava dizer. Precisava fazê-lo entender, antes de qualquer coisa.

— Miguel... — sussurrei, mas ele não ligou para o meu distanciamento. Fez questão de se aproximar de novo, contudo parou, encarando-me e esperando que eu falasse. — Não pode ser assim.

— Sei que é um erro...

— Não é um erro. Só não pode ser assim.

Ele aquiesceu.

— De que adianta estar contigo agora se ao amanhecer você não mais me pertencerá? Não quero criar ilusões. Você não é meu. Quando acabar, será dela de novo. E eu não sei se vou suportar o seu abandono.

Miguel se afastou de mim imediatamente. Pensei que fosse ir embora, mas se deitou no sofá e me puxou para si. Encostei a minha cabeça um pouco acima do seu peito. Senti as nossas peles tão próximas, tão quentes... Ficamos assim por muito tempo.

— Eu disse que jamais te machucaria. Vou cumprir com o que prometi, embora tenha me comportado como um traste. — Suspirou alto. — Mas não vou conseguir fazer isso agora, portanto é melhor você subir.

— Não... — choraminguei, sentindo novas lágrimas se formarem em meus olhos. — Não fale assim, por favor.

— Sinto muito, Chris. Não posso oferecer o que você quer. Não sem colocar nós dois em risco.

— Eu sei de tudo, está bem? Chris me contou. Sei das consequências, mas aceito o risco. Ninguém é obrigado a conviver com quem não ama, Miguel. Sei que é complicado... Sei que pode dar errado...

— Chris... — Miguel escondeu os olhos com as mãos. Parecia muito perturbado. — Você não faz a menor ideia. É muito difícil.

— Você a ama?

— Claro que não! Odeio aquela mulher com todas as minhas forças.

— É um martírio. — Encarei-o bem de perto. — Miguel, eu estou aqui por você, e não por sua causa. Entende a diferença? Não posso mais fingir, muito menos esconder. Eu te amei desde o momento em que te vi, e te amo muito mais agora. Sei que amanhã será ainda mais forte. Não significa que sinta o mesmo, mas eu queria ter direito a uma luta justa. Queria poder te conquistar, tentar te fazer feliz.

— Não pense que é fácil ouvir essas palavras saírem da sua boca e não poder fazer muita coisa para mudar — respondeu seriamente. — Se fosse apenas por mim eu arriscaria, mas isso te envolve. Quando ela souber de tudo, o primeiro alvo será você, Chris. Ela vai te tirar de mim de uma forma ou de outra. Cristal não descansará até nos separar.

— É uma questão de sentimento, Miguel. O que sinto por você é o suficiente para que eu queira lutar até o fim, passar por cima de todas as adversidades.

Miguel se levantou um pouco, aproximando o seu rosto do meu lateralmente.

— É isso? Acha que eu não te amo?

— Não faz muito sentido, afinal, faz menos de uma semana desde que nos vimos pela primeira vez. Não sei de mais nada.

— Então, saiba. Eu também lutaria até o fim, mas, se a própria luta te põe em risco, simplesmente quero que vá embora. Porque o que eu sinto é o suficiente para não suportar te perder.

Prendi os lábios. Quase não acreditei.

— Se não lutar, me perderá de qualquer jeito.

— Mas você estará viva... Permanecerá intacta. Vai viver do modo que quiser, sem ser obrigada a passar por isso. — Apontou para as minhas marcas. — Ontem eu quase enlouqueci, quase perdi o meu juízo. Por que acha que estou dormindo no sofá? Não vou suportar que aconteça de novo. Ver você bem é a única coisa que me interessa.

— Está sendo egoísta, pensando apenas no que é conveniente para você — reclamei, sem pensar que talvez a egoísta fosse eu. — Já imaginou que não quero estar viva apenas por estar? Não quero viver sabendo que você corre perigo em algum lugar do mundo; não quero viver sem sentir sua pele todos os dias, seus beijos... Sua presença, sua voz. Que tipo de vida será a minha sem você? Vou apenas existir. Serei um pedaço de nada sem sentido.

Miguel me encarou em silêncio. Senti as suas mãos tocarem a minha pele, ensaiando movimentos que provocaram ardência onde encostava. Ele trouxe os seus lábios até os meus sem pressa, entregando-se ao beijo da mesma forma que eu. Só que dessa vez foi diferente. Eu sabia o que sempre soube. Sabia o que os olhos dele sempre me disseram, mas me recusava a aceitar e a entender.

Ele também me amava.

Uma única lágrima de felicidade escorreu sorrateiramente enquanto ele me beijava mais uma vez.

— Quando a temporada acabar... — murmurou entre meus lábios. — Acabo tudo com Cristal e vamos para longe. Paris, quem sabe. Vou pensar em tudo. — Abracei-o com força, mal podendo me conter de tanta alegria. — Peço apenas que espere, que tenha paciência... Confie em mim. Vamos continuar fingindo que nada está acontecendo. Quando se sentir sozinha, lembre-se disso. Lembre-se desta noite, do que estou te dizendo. Vou lutar por você, Christine, eu prometo. Nem que seja a última coisa que eu faça.

— Obrigada. — Eu o abracei e beijei a sua boca, queixo, orelha e pescoço. — Obrigada...

— Não fique com ciúmes. Não quero que nada estrague os nossos planos. Eu só quero você.

— Vou tentar. Não importa mais. — Balancei a cabeça com emoção. — Nada tem importância se amanhã você continuar sendo meu.

Depois de todos os pingos estarem nos "is", não foi difícil beijá-lo mais uma vez e reacender toda a nossa chama novamente. Fizemos amor de um jeito incrível. Sentia em cada fibra do meu ser que Miguel era meu. Em cada movimento daquela noite, cada segundo que se passava com nossos corpos insaciáveis procurando sentir mais do que já sentíamos, eu tinha a certeza de que o sentimento que me movia era o mesmo que o movia. Estávamos unidos.

O mesmo sentimento que faz o executivo voltar para casa, a dona de casa cuidar dos seus filhos, a namorada observar o luar, o médico cuidar de um paciente, a menina escrever em seu diário, a criança brincar com seu cãozinho, o idoso se pôr a rezar. É o sentimento que mexe com todas as emoções do mundo, que molda nossas atitudes de acordo com os nossos desejos. É o motivo de uma lágrima e a razão de um sorriso. Aquele que queima a pele, congela os sentidos, arde a alma, esfria os medos. A culpa e a cura. O veneno e o remédio. Muito doce, por vezes amargo e um pouco azedo, com uma pitada de sal e um tiquinho de pimenta. É o tempero da vida. É o amor.

— Nunca vou me esquecer desta noite — falei em algum momento, quando estávamos cansados o bastante para apenas permanecermos abraçados, lembrando de tudo o que foi feito.

— Eu também não. Jamais senti algo assim... — Miguel respondeu. — Não sei o que Christian te falou, mas é diferente agora. Eu te amo tanto, Chris.

— Desde quando? — Sorri.

— Acho que desde sempre, mas só descobri quando achei que você fosse embora pela primeira vez. Quando demos o nosso primeiro beijo eu tive certeza.

Beijei sua boca de novo, pela milésima vez naquela noite. Meus lábios estavam exaustos e meio doloridos até, mas eu não cansava de sentir os dele enlaçarem os meus. Era delicioso, único. Senti uma alegria impressionante.

— Eu não vou embora. Vou ficar.

— Você tem que ir, Chris. Aqui não é o seu lugar, essa vida não é para você.

— Já estou muito envolvida na situação. Além do mais, quero ficar por perto. Quero poder te ver, saber o que está fazendo, saber se está bem. — Alisei os cabelos que caíam em seus olhos. Eles estavam grudados na testa de tanto suor. Suor de prazer.

— Não posso deixar que continue se arriscando.

— Vai dar tudo certo. Confie em mim, prometo não ser tão boba de novo.

Ele pareceu pensar um pouco mais.

— Deixo você ficar se prometer que não vai mais se envolver nas ações. Vai apenas observar e deixar conosco.

— Tudo bem. Prometo, se prefere assim.

— Eu prefiro.

— Bom... Vou subir, está amanhecendo. — Eu me levantei e tentei localizar as minhas roupas. Saí de seu abraço aconchegante e me arrependi até demais de ter começado a fazer aquilo.

— Não, por favor. Fique um pouco mais, quero sentir a sua pele — murmurou Miguel, puxando-me de volta para si.

Depois disso não me lembro de muita coisa. A inconsciência finalmente havia me atingido. Foi então que deixamos que uma besteira acontecesse.

Uma besteira do estilo adolescentes apaixonados vivendo grandes emoções. Mas tivemos sorte, afinal.

Graças a Deus o pior não aconteceu, e nada no mundo foi capaz de estragar a mágica desta noite.

***

— Chris! Miguel! — Senti mãos ligeiras chacoalhando-me. No começo não entendi nada. Passei longos segundos de confusão. — Vocês enlouqueceram... Acordem!

Levantei, assustada. Eu ainda estava deitada no sofá. Chris olhava para mim com ar de desespero. Logo, percebi que eu estava completamente nua, apesar de haver um lençol cobrindo o meu corpo. Segurei-o, puxando-o comigo. Ao meu lado, Miguel se remexia aos poucos, acordando.

Demorou um tanto, mas finalmente me lembrei de tudo o que tinha acontecido; não foi um sonho bom. Foi realidade. Aconteceu mesmo. A sala de estar já estava iluminada, e o sol brilhava forte por trás das cortinas.

— Vocês enlouqueceram de vez! Perderam o juízo! — Chris falava baixo não sei por quê. — Coloque as suas roupas, Christine, antes que alguém os veja! — Entregou-me a minha camisola.

A ficha começou a cair: Miguel e eu havíamos pegado no sono. Levei um susto ao entender a situação urgente. Peguei a camisola das mãos de Chris e me levantei. Ele se virou de costas, esperando que eu me vestisse.

— Que inconsequentes! Levante-se, Miguel. — Chris o chacoalhou com mais força, e ele acordou, sobressaltado. — Cara, você ficou doido! O que deu na sua cabeça?

Miguel soltou um palavrão e se levantou também, vestindo depressa a sua bermuda. Começou a maldizer a si mesmo, procurando pela camiseta no chão e se desviando do olhar decepcionado de Chris. Assim que achei a minha calcinha largada pelo chão da sala de estar, senti a necessidade de me desculpar, mas Chris apenas me ignorou. Ele estava mesmo muito chateado.

— Como foram capazes de fazer isso aqui? Parecem dois adolescentes! Não sabem as consequências? Como pôde colocar a vida da Chris em risco desse jeito, Miguel? — Ele nada respondeu, apenas olhou para mim com ar de preocupação. — Vocês têm muita sorte por eu ter sido o primeiro a acordar. Chris não estava na cama, por isso vim conferir se ela estava bem.

— Obrigada, Chris. — Eu me sentia envergonhada, mas só um pouco. — Já vou subir. Desculpe.

— Christine — chamou Miguel. Olhei-o novamente. — Lembre-se do que combinamos.

— Certo. — Não consegui evitar um sorriso. Miguel me amava. Ele me amava! Senti que não poderia ser mais feliz do que aquilo. As coisas se resolveriam entre nós. Finalmente!

— Puta que pariu... — Chris se sentou numa poltrona individual e passou as mãos na cabeça. — Vá logo, Christine, depois conversamos. E você, sente-se aí, quero falar contigo. — Apontou para Miguel.

Virei de costas e comecei a subir as escadas. Parei no meio do caminho. A curiosidade foi maior e, dali, dava para ouvir tudo sem ser vista. Decidi bisbilhotar só um pouquinho.

"Cara, como pôde? Se Cristal visse uma coisa dessas, ela mataria os dois, tenho certeza absoluta!"

"Pegamos no sono. Foi um erro."

"Um erro que podia ser fatal. Você está mudando, Miguel, não era assim tão inconsequente. Já basta a loucura de ontem... Matou o homem a pancadas! Era para parecer morte natural! Orlando vai odiar isso."

"Eu sei, mas não consegui. Ele tinha que sofrer pelo que fez com ela."

"Mano, você tem que pensar no grupo. Daqui a pouco temos uma emboscada complicada para fazer, e você tem que estar com a cabeça no lugar."

"Eu sei", Miguel suspirou. "Está tudo sob controle agora."

"Não parece. Ainda não acredito como foi capaz de arriscar a vida de vocês assim. Não faça isso de novo."

"Não vai se repetir, Chris. Não se preocupe."

"Vocês são a minha única família, são os meus melhores amigos. Não façam besteiras, pelo amor de Deus! Senão terei de me envolver também, e aí a coisa vai ficar feia."

"Não precisa se envolver, cara. Fique longe dessa."

Silêncio.

"O que pretendem fazer?", perguntou Chris.

Miguel demorou um pouco para responder.

"Assim que a temporada acabar, vou fugir com ela."

"Sério?" Acho que Chris não acreditou muito. "Vai fazer de novo?"

"É diferente, mano. Nem se compara. Antes eu tentava buscar um motivo para me livrar de Cristal, mas agora tenho um de verdade. Estou louco por Christine. Eu a amo. Não posso deixar de lutar por nós."

Ainda escondida no meio da escada, sorri.

"Cara... Nunca pensei que ouviria isso de você."

"Tudo mudou muito depressa..."

Mais silêncio.

"Você sabe, Miguel, que se der errado..."

"Não vai dar errado. Não quero pensar nisso."

"Não vou ficar na minha. É a Chris. Se fosse qualquer outra eu não estaria me importando, mas é ela. Não pode fazer por fazer."

"Vou planejar tudo, você me conhece. Farei uma coisa que estava planejando há algum tempo, mas não tinha um motivo que valesse o risco. Vai ser complicado, mas vou tentar."

"O quê?"

"Vou parar de vez. Sairei do grupo."

Um silêncio sepulcral se instalou na sala de estar por alguns segundos, e eu prendi a respiração. Miguel não havia me contado aquele detalhe.

"Cara, você enlouqueceu! Como pretende fazer isso, Miguel? Não tem como simplesmente parar. É um caminho sem volta."

"Estou disposto a tudo. Chris não pode fazer parte disso. Ela é diferente... Não pode nos acompanhar. Vou sair e me dedicar apenas a ela. Arranjarei um lugar seguro para nós dois."

Chris demorou um pouco a responder:

"Se é isso o que quer, pode contar comigo. Sabe que não será mole, Orlando não vai abrir mão de você tão facilmente. Temos que ter um plano concreto."

"Não se envolva, Chris. É sério, você vai ficar na sua. Não quero complicar a sua vida nem te pôr em risco."

"Não dá mais, já estou envolvido. Acha que deixarei vocês na mão? Nem morto. Já está mais do que na hora de você se livrar da louca."

"Você é um irmão, Chris", Miguel murmurou.

"Sempre juntos, lembra?", Chris soltou um suspiro e falou mais alto: "Vamos acordar a cambada, temos que começar a agir. Depois falamos sobre isso em um lugar mais seguro."

Ouvi-os se levantando e terminei de subir a escada rapidamente. Antes de tomar um banho, pulei na minha cama e abri o meu diário.

Dá para acreditar?

De longe, sou a mulher mais feliz do mundo.

Sexta | 17 | Janeiro
Friday | | January
Viernes | | Enero

Conhecendo o inimigo

(mais tarde)

Depois de tomar um banho demorado e muito divertido, pois não contive a minha vontade de cantar o tempo todo debaixo do chuveiro, encontrei um objeto em cima do meu criado-mudo. Era uma pomada cicatrizante e anestésica. Havia um pequeno bilhete embaixo, um pedaço de papel branco com apenas um "M" escrito nele. Sorri ao encarar aquela pomada e continuei a sorrir sem parar enquanto aplicava o conteúdo nas marcas arroxeadas do meu corpo.

Finalmente as coisas começavam a fazer sentido, e eu tinha um objetivo de vida, uma direção, uma esperança vibrante. Eu só precisava ter paciência. Só isso. Sei que nem tudo vão ser flores, mas estou confiante de que será mais fácil do que pensamos.

— Como está? — quis saber Chris ao entrar no quarto. — Nem vou perder a minha saliva reclamando contigo; seu sorriso não me permite te dar sermão.

— Nunca estive tão feliz na minha vida, Chris! — Ele abriu o seu conhecido sorriso, que só me fez ter ainda mais alegria naquela manhã. — Foi tudo tão... mágico!

— Vocês são loucos, os dois. — Ele não estava reclamando, pois ainda ria. — Mas tudo bem, eu já me apaixonei uma vez. Sei como são essas loucuras. Só espero que acabe bem e que ninguém saia machucado.

— O que aconteceu? — Fiquei curiosa com aquela nova informação sobre a vida dele.

— Ela era do grupo. Uma mulher muito bonita, gata como você. Sempre alegre, de bem com a vida... — Suspirou. — Um dia a nossa ação deu errado. *Muito* errado. — Ele olhou na direção da janela, pensativo. Seu sorriso foi embora. — Ela levou um tiro e não resistiu.

— Sinto muito. — Fiquei realmente triste com aquilo. Chris merecia ser feliz em todos os sentidos, e eu queria muito poder ajudá-lo. Gostaria que ele se sentisse tão bem quanto eu estava me sentindo. — Deve ter sido horrível.

— E foi. Mas passou, o tempo nos faz esquecer o que nos deixa triste em excesso. Ser alegre é mais fácil do que viver se lamentando, né não? — Logo em seguida, abriu de novo seu largo sorriso. — Ele te ama.

— Não é magnífico? — Sorri também. — A vida é mesmo muito doida, quem diria que algo assim pudesse acontecer?

Contei a Chris tudo o que aconteceu na noite anterior; cada detalhe do que eu senti, como se ele fosse uma amiga muito íntima, daquelas de quem não podemos deixar passar nada em branco. Pensando melhor, ele era mesmo esse tipo de amigo. Chris se interessa sempre nas coisas que falo, participa da narrativa, se empolga nas partes legais, fica triste nas ruins...

Depois de um tempo, ouvimos batidas insistentes à porta. Era Plínio avisando para descermos, pois teríamos uma reunião urgente com Orlando. Pensei em simplesmente não ir, mas, segundo Plínio, fui requisitada pelo próprio Orlando a participar daquela sessão. Tremi nas bases ao receber aquela notícia impactante.

Assim que chegamos à sala, vimos o notebook de Ian ligado no canto direito da mesa de jantar. Miguel, Cristal e Ian estavam sentados em volta da mesa. Sentamos também. Minhas mãos ainda tremiam quando as repousei sobre o tampo. Não sabia o que Orlando queria comigo, já que nós nem nos conhecíamos. Tive receio do que ele pudesse querer. Morri de medo de ser repreendida por meu erro grave na noite anterior.

Evitei ao máximo o olhar de Miguel, pois não queria dar bandeira na frente de Cristal. Sabia que se olhasse em seus olhos de novo não conseguiria manter o controle. Além do mais, estava com uma placa escrita "culpada" estampada na minha cara.

Ian abriu um programa no computador e, depois de um tempo, percebi que seria uma reunião feita por videoconferência. Alguns minutos depois, um homem apareceu na tela. Ele estava sentado atrás de uma mesa de escritório enorme e moderna. Aparentava uns 50 anos. Era negro e muito grande, quase tão grande quanto Plínio. Tinha os cabelos um pouco grisalhos e a barba por fazer. Seu olhar era sereno e calmo, como se nada lhe atingisse de verdade. Orlando. Minha primeira reação foi olhar para Cristal. Eles eram tão diferentes! A pele dela era bronzeada e tinha uma coloração meio achocolatada, mas estava longe de ser negra. De início, não encontrei nada em comum entre os dois, até que enxerguei melhor os olhos do homem. Eram esverdeados e intensos como os de Cristal. Além de felinos e exóticos. Idênticos!

— Estamos conectados, senhor. — Ian ajustou o microfone e aumentou as caixinhas de som no volume máximo.

— Vamos começar. — A voz de Orlando era bem natural, totalmente diferente da de Vitón.

Fiquei pasma ao perceber que o chefe era como o restante de seu grupo. Passaria imperceptível para as pessoas de bem, vestido de maneira impecável e mantendo uma serenidade tranquila em sua voz.

— Papai, temos que fazer alguma coisa — adiantou-se Cristal, aproximando-se mais da tela. — Estamos em pouco número para uma ação desse porte; nosso grupo está correndo perigo.

— Quero saber exatamente quais foram as providências tomadas. — Orlando não se abateu com o comentário de Cristal. Nada parecia abatê-lo, pensando bem. — Miguel.

— Patrick foi morto ontem no fim da tarde, mas ainda não há nada nos noticiários da cidade. Tudo indica que ainda não encontraram o corpo, e isso pode levar alguns dias, o que nos dá certa vantagem. Pegamos todo o material que ele mantinha no hotel e em sua casa. Existem documentos com informações gerais do nosso grupo: identidades verdadeiras de alguns dos integrantes, chaves de casas em cidades distintas, relatórios completos de algumas ações, descritos com informações verídicas. — Miguel revirou alguns papéis como um profissional sério. — Objetos pessoais, armamento pesado, munições, uma grande quantia em dinheiro... E algumas joias, menos as que ele deveria ter entregado ao senhor.

Orlando ouvia cada detalhe das palavras de Miguel sem esboçar qualquer reação. Manteve um silêncio absoluto, mostrando-se atento e pensativo. Todos na sala estavam nervosos, preocupados com o futuro da missão, mas Orlando não parecia contaminado pela tensão que nos rodeava.

— Não sei o que poderia acontecer se todo esse material vazasse — concluiu Miguel. — É muita coisa. Com tudo isso em mãos erradas, o nosso grupo sofreria consequências irremediáveis.

— Sempre tenho muitas cartas na manga, Miguel — respondeu Orlando. — Mesmo assim, são preocupantes as informações sobre os planos de Vitón e a traição de Patrick. Existem mais traidores entre nós, laranjas podres que devem ser localizados e esmagados. O que mais me preocupa é a infidelidade dos meus.

— Podemos acabar de uma vez com Vitón — propôs Cristal. — O plano da emboscada é perfeito, nos livraríamos dele facilmente.

— Isso é o que qualquer um faria, minha filha — Orlando falava com ela com doçura indisfarçada. — Qualquer um mataria Vitón, é bastante simples e prático. Mas você bem me conhece, não é? Nunca fui de fazer coisas simples e práticas. Não posso acabar com esse grupo deprimente do Vitón sem antes descobrir quem são as laranjas podres da nossa organização. Quero todos eles listados e aniquilados, um a um. Vitón deve continuar achando que é alguma coisa perante mim; ele pode armar o que tiver pretendendo à vontade. Jamais vai me atingir. Sua tentativa é claramente patética.

— Quer dizer que temos que abortar toda a missão da emboscada, senhor? — perguntou Ian, confuso.

— Sem dúvida alguma. — Orlando já estava decidido. — Vou deixar um grupo mais descansado cuidando disso. Saiam desta cidade e partam para a próxima missão. É a última de vocês, certo?

— Sim. Uma encomenda. — Miguel parecia aliviado.

— Ah. A encomenda. — Orlando riu. — Adoro encomendas. Por falar nelas, enviei um caminhão para o endereço de vocês. Irá recolher todo o material de Patrick. Preciso dar uma olhada nele o quanto antes. Acredito que chegue à noite. Aproveitem e mandem tudo o que precisarem descarregar, pois a próxima encomenda será grande.

— Senha e responsável. — Miguel pegou uma caneta.

— Christine0932. O recolhedor se chama Alibabá. É um apelido. — Todos riram, menos Miguel e eu. Em vez disso, acabei fazendo uma careta. Eu queria mesmo era saber por que a senha tinha o meu nome.

— Ora, não estranhe, Christine — continuou Orlando, e imaginei que ele estivesse olhando para mim através da imagem em sua tela. — A senha foi de propósito. Finalmente estamos nos conhecendo. É um prazer.

— O prazer é meu, senhor. — Não sabia direito como falar ou me portar diante do líder da maior quadrilha do país, da qual, por acaso, eu fazia parte.

— É engraçado uma mulher tão bonita cair de paraquedas em meu grupo. Temos muitas mulheres, com certeza, mas nenhuma delas chegou a nós com tanta boa vontade. — Riu exageradamente.

— Coisas da vida. — Olhei para Chris em vez de Miguel. Ele me olhou de volta e sorriu, sacando o meu disfarce. — Destino.

— É. Destino ou não, já tenho belas recomendações. Uma semana se passou e você já salvou dois de meus melhores homens. Além de ter concluído uma missão e ajudado o grupo a descobrir o plano de Vitón. Um belo trabalho. — Olhei para Ian. Com certeza foi ele quem contou tudo para Orlando, tim-tim por tim-tim. Ele era um puxa-saco dos grandes.

— No momento não me pareceu tão simples assim... nem tão belo.

— Nunca é simples, todos nós sabemos. Mas você conseguiu e será bem-vinda em nosso grupo. A partir de hoje, fará parte dele. Estou providenciando a papelada e já terá direito ao seu pagamento. — Dei uma olhada geral no grupo. Cristal estava claramente insatisfeita, contorcendo sua boca com força. Plínio e Ian sorriam, indiferentes. Chris olhava para mim e ria, mas eu o conheço o bastante para saber que estava rindo mesmo era da minha falta de sorte. Miguel olhava para o chão.

— Obrigada, senhor. — Senti minhas mãos tremerem ainda mais e começarem a suar frio. Meu estômago se comprimiu de medo e pavor.

Eu acabara de entrar oficialmente para o grupo e, consequentemente, seria muito mais difícil sair dele. Também teria a obrigação de participar das ações e estar disponível para quando o grupo precisasse.

Ou seja, estava ferrada.

Lembrei-me dos momentos horríveis com Patrick e quase comecei a chorar na frente de todo mundo, inclusive de Orlando. Por pouco não armei o maior barraco. Apenas me controlei e fingi estar feliz com aquela notícia deprimente.

— Como você é nova no grupo e já fez amizades, vou permitir que continue com esse e que termine a temporada. Use seu tempo livre para treinar, aprender técnicas e aperfeiçoar o seu trabalho. Conto com o restante para ajudá-la a se preparar melhor. Na próxima temporada quero você cem por cento.

— Ok. Obrigada.

— Miguel, conto com você para deixar Christine pronta para o grupo.

— Certo. — Ele fingiu animação tão bem quanto eu.

Percebi, naquele instante, que éramos todos artistas. Talvez atuar seja um dom fundamental para ser um bandido eficiente, um tipo de obrigatoriedade para o cargo a ser ocupado. A sobrevivência naquele mundo dependia diretamente do tamanho da falsidade.

— É isso, crianças. Assim que despacharem a entrega, sigam viagem e concluam a temporada. Não se esqueçam de vir me dar um abraço no final. Até breve! — Orlando concluiu a reunião bruscamente. A tela do notebook ficou preta logo em seguida.

Todos pareceram bem animados com a ideia de estarem mais próximos da conclusão de suas tarefas, sem a necessidade de uma emboscada de alto risco para todos os integrantes do grupo. Eu também fiquei satisfeita com isso, devo admitir. O fim da temporada demarcará o começo da minha felicidade com Miguel. Quanto mais rápido fosse, melhor seria.

— Vamos descansar, galera! — Chris estava animado. — A viagem vai ser longa pra caralho, já estou sentindo o meu traseiro formigar.

— Pelo menos estamos perto do final da temporada. — Plínio sorria amplamente. — Não vejo a hora de curtir a vida adoidado.

— Cuidado, Pli, se ficar mais doido que isso vai passar as férias no hospício — comentou Chris. Todos riram, descontraídos, inclusive ele.

— Para onde vocês vão? — perguntou Plínio.

— Miguel e eu vamos a Lisboa. — Cristal estava convicta e sorridente. Olhei para ela e tive vontade de dizer: "não mesmo, gata, desculpa aí". Mas a sentença acabou ficando só no pensamento mesmo. — Ei, "Chrises", vocês dois deveriam vir com a gente. Temos que treiná-la, não é? — propôs, apontando em minha direção.

Seu olhar dizia claramente que eu não era bem-vinda na viagem dos pombinhos a Portugal. O problema era que ela sabia que não tinha escolha; Miguel era o meu responsável e teria que me acompanhar.

— É verdade — Chris confirmou por mim, pois fui incapaz de fazer qualquer comentário. Ele já tinha sacado que Cristal pensava que tínhamos uma relação além da amizade. — A gente passa por lá. E você, Ian?

— Acampamento de férias com a turma de computação — respondeu Plínio, zoando. Todos gargalharam, inclusive eu. Isso era algo que eu esperaria dele, sem dúvidas. Ian não parecia um cara que se divertia como as pessoas normais. Com certeza ele passava mais tempo em frente ao computador do que em qualquer outro lugar. Acho que seu passatempo favorito talvez fosse jogar videogames violentos com amigos esquisitões parecidos com ele.

— Não sou tão nerd assim — defendeu-se Ian. — Se querem saber, vou trabalhar em um projeto.

— Bem a sua cara. Relaxe, homem, vá curtir. Pegue mulheres gostosas, cara, tome umas geladas. — Eu sabia que Plínio faria exatamente o que estava propondo a Ian.

— Farei isso, mas não *apenas* isso. Como certas pessoas...

Conversamos descontraidamente na sala de jantar. Esquentamos comida congelada e almoçamos todos juntos. Algo que não costumávamos fazer, pois cada um mantinha o seu horário e se preparava de formas diferentes antes de ir a uma missão.

Chris e Plínio começaram a contar algumas histórias malucas de missões passadas, como da vez em que tentaram invadir uma casa e um cachorro "maior do que um elefante" correu atrás dos dois e quase colocou tudo a perder. Também contaram de uma festa de arromba que tiveram de ir para eliminar um alvo, mas beberam tanto que voltaram para casa sem saber nem quem eram. Graças a Cristal, que fez o serviço todo sozinha, eles conseguiram sucesso na missão.

Conhecer um pouco mais do que aquele grupo já viveu, do tipo de amizade que mantinham e do companheirismo sempre presente ajudou-me a vê-los com olhos diferentes. Aquele era um grupo de amigos, acima de tudo, dispostos a realizar os trabalhos, mas também a proteger um ao outro. Eram irmãos de temporadas, juntos e enclausurados por seis meses de altos e baixos, porém sobreviveram até aquele momento e colecionavam boas histórias. Eram pessoas com vontade de viver e de vencer, isso ninguém pode negar.

Depois do almoço divertido, todos se recolheram em seus quartos para descansar antes da viagem, que seria muito longa. Ninguém estava animado em ter que passar horas e horas dentro de um carro, mas a empolgação em terminar a temporada era geral.

Cristal foi a primeira a se recolher. Ela foi a mais calada do grupo e, pela primeira vez, não nos deu a graça de seus comentários invariavelmente esdrúxulos. Percebi que não se encostou a Miguel nem uma vez, provavelmente ainda chateada com o motivo que o fez dormir no sofá naquela noite. Eu não entendia por que ela estava com tanto ciúme; não que não tivesse motivos... Cristal tem motivos para dar e vender, principalmente depois daquela noite, só que ela não sabia disso e eu tinha esperanças de que nunca soubesse.

— Andei reparando numa coisa — disse Chris quando já estávamos no quarto, começando a nos acalmar para descansar. — Você lava suas roupas a todo o momento. Só agora que notei que deve ter saído de casa na maior pressa e não trouxe quase nada.

— Um dia alguém repararia que uso sempre as mesmas roupas. — Ri, achando divertido só pelo fato de ser Chris falando aquilo. Se fosse qualquer outra pessoa, eu estaria desconcertada. — Minha viagem devia ser bem menor do que esta. Apenas um fim de semana ou algo assim.

— Foi muito deselegante da nossa parte te deixar sem roupas. — Chris se levantou do colchão e retirou algo da sua carteira, que estava em cima do criado-mudo de madeira. — Tome. 64201. — Entregou-me um cartão de crédito prateado e bem brilhante.

— 64201? — repeti, olhando para o cartão sem entender nada.

— É a senha. Pode ficar com ele, é ilimitado.

Arregalei os olhos.

— Está doido? — Fiz uma careta, mal acreditando no que estava sugerindo. — Não quero o seu dinheiro. — Atirei o cartão de volta.

— Que besteira, Chris, pode ficar com este. Pegue um táxi e faça umas compras antes de irmos. Vamos demorar mais alguns dias para terminar de verdade a temporada. Ainda temos que passar na casa do Orlando, teremos uma festa de despedida, enfim. Você merece e precisa de roupas novas.

— Claro que não, não aceito. — A ideia de aceitar dinheiro de Chris era horrível para mim. Ele não tinha obrigação de me bancar. Mesmo sabendo que o dinheiro na minha conta bancária estava acabando, ainda tinha o suficiente para comprar algumas peças. Só não havia tido tempo para pensar em compras. Mal sabia que podia sair daquela casa sozinha, pensei que estava em uma espécie de cativeiro o tempo todo. — Não quero te incomodar, muito menos gastar o seu dinheiro. Está fora de cogitação.

— Deixe de ser boba, Christine. Eu tenho muito dinheiro. Nem sei mais como gastá-lo.

— Doe para creches e instituições de caridade. Ajude alguém.

Eu estava brincando, mas me surpreendi ao ouvir sua resposta séria:

— Já faço isso. Sou padrinho de mais de trinta instituições, mas o dinheiro não quer acabar. Então pare de conversa e aceite.

— É sério?

— Claro que é. Ajudo muitas instituições e clínicas de reabilitação para dependentes químicos. Mas isso não vem ao caso, não quero me orgulhar por doar um dinheiro sujo. Tento limpá-lo assim, mas depois que ele limpa não é mais meu.

— Entendi. — Suspirei fundo, sem saber o que dizer. Ele atirou o cartão em minha direção, forçando-me a pegá-lo. — 64201?

— 64201 — confirmou, satisfeito. — Quer que eu vá contigo?

— Não precisa. Descanse. Volto logo! Qualquer coisa, estarei no meu novo número. — Balancei o meu celular antes de colocá-lo na bolsinha.

— Não demore e tome cuidado, você precisa descansar também. — Chris se cobriu com o seu lençol e ficou na posição de dormir. Sorri. Tive uma vontade absurda de pular em cima dele e abraçá-lo, enchê-lo de mimos e sei lá. Só fiquei com vontade, mas me contive. Deixei que ele descansasse em vez de aborrecê-lo com minhas doidices.

O mais complicado aconteceu quando saí do quarto e fechei a porta, pronta para ir embora. Eu estava animada com as compras, feliz em saber que Chris era um cara ainda melhor do que eu imaginava e empolgada em segurar, pela primeira vez na vida, um cartão de crédito ilimitado. O sonho de consumo de toda mulher, sem exceções. Algumas até matariam e morreriam para ter um daqueles em mãos. Eu estava mesmo muito alegre enquanto percorria o corredor até a escadaria. Foi então que comecei a ouvir o que não devia. A porta do quarto de Cristal estava entreaberta, e escutei vozes alteradas saindo de dentro. Parei. Pensei em voltar e esperar um pouco mais, a fim de que eles fechassem a porta em algum momento ou parassem de discutir, mas não pude. Minha velha curiosidade e eu, juntas e fortes como nunca. Somos inseparáveis.

— Então, vá embora! — gritou Cristal, com uma voz esganiçada que eu desconhecia saindo de sua boca sensual. Ela estava fora de controle. — Simplesmente vá.

— Você está confundindo tudo. — Miguel tinha a voz mais séria do que nunca. — Está vendo coisas onde não tem.

— Como não tem? Eu te conheço, Miguel. De uns tempos para cá, você tem mudado comigo. Sabe desde quando?

— Não, não sei. — Ele estava sem paciência.

— Desde que ela apareceu! — Meu coração congelou. Não fui capaz nem de respirar, criei raiz ali mesmo, plantada no corredor. Não queria voltar para o quarto, mas, se eu prosseguisse, eles me veriam passar em frente à porta. Seria pior. — Maldita missão aquela! Maldita hora em que ela cruzou nossos caminhos!

— Não tem nada a ver, Cristal. Ela está com Christian, não vê? Ele é o meu melhor amigo, acha que estou de olho em sua namorada?

— Não sei, Miguel. Há algo errado. Não sou nenhuma idiota. Nem ele reagiu com tanta compulsão quanto você reagiu ontem. Nunca o vi assim antes, por ninguém. Nem por mim.

— Christine é inocente demais. Não conhece o mal como nós conhecemos, e me sinto responsável por ela. Fui eu quem a coloquei no grupo, meu dever é protegê-la, não acha?

— Seu dever é proteger todo mundo deste grupo. Nesses anos todos você nunca protegeu ninguém como a protegeu, arriscando toda a missão. Quando descobrirem o corpo de Patrick, farão muitos questionamentos e podem chegar até nós se forem espertos. Você não manteve a cabeça no lugar, e me pergunto: por quê? — Achei que Cristal estivesse chorando, já que a voz esganiçada estava bem estranha. — Eu mesma já passei por situações assim inúmeras vezes, só nesta temporada foram duas. E, mesmo assim, você não ligou tanto. Nem sequer se importou.

— Claro que me importei. Sempre me importei. Por que está insistindo tanto nisso?

— Porque digo e repito: não sou idiota. Ouça-me, Miguel, não pense que pode me enganar. Não vai conseguir. Você sabe muito bem do que sou capaz, não me provoque!

— Deixe disso... — disse Miguel com uma voz subitamente doce. A mesma voz que usara o tempo todo comigo nesta madrugada. — Sabe que só tenho olhos para você. Não precisa ter ciúmes dela, é só uma amiga. Você é a minha mulher, sempre foi. É com você que estou, não é?

— Sim... — Cristal ficou toda manhosa de imediato. — Mas ela não...

— Shhh... Já chega. Vamos fazer as pazes, de que adianta brigarmos? Estou com saudades de você.

— Eu também, meu amor. Tenho muita saudade. Quero você, agora.

Eles fizeram silêncio, e tive certeza de que estavam se beijando. Um gosto ruim subiu em minha boca, deixando-me enjoada. Meu estômago começou a revirar e meu rosto ficou quente, muito quente. Não demorou até que senti lágrimas escorrendo pelo meu rosto.

Pensei mais uma vez em voltar, mas não consegui. Pensei em passar por aquela porta e seguir rumo às compras, mas algo forte me prendia no chão. Fiquei sem reação, sem rumo. Sabia que Miguel estava mentindo para Cristal, mas ele era tão convincente! E por que usava o mesmo tom de voz suave que usou comigo? Por quê? Por que fazia questão de tratá-la daquele jeito, fazer as pazes de uma forma tão... romântica?

— Diga que me ama, Miguel. Diga que não se importa com ela, diga que é só meu — sussurrou Cristal, mas ouvi nitidamente. Suas palavras cortaram a minha alma, picotando-me em pedacinhos minúsculos. Esperei pela resposta que me mataria, que acabaria comigo.

Ela veio mais rápido do que consegui me preparar.

— Claro que amo você. Sempre fui apenas seu.

Não consegui evitar um soluço baixo de dor e agonia. Como ele podia fazer aquilo, como tinha a cara de pau de dizer aquelas coisas para ela? Por mais que estivesse mentindo, por mais que estivesse encenando... Não era justo! Não era certo.

— Feche a porta — murmurou Cristal, com a voz desejosa.

Ouvi Miguel se aproximar, mas, antes de fechar a porta, ele conferiu se havia alguém do lado de fora, como que pressentindo alguma coisa ou sei lá o quê. Só sei que ele saiu do quarto e virou de costas para mim primeiro, conferindo se tinha alguém na direção das escadas. Só depois se virou. E nossos olhos se encontraram.

Ele se assustou por ter me visto encostada à parede, com lágrimas sofridas nos olhos. Ficou estático por alguns segundos, olhando diretamente para mim com seus lindos olhos azuis. Lágrimas ainda rolavam pelo meu rosto, mas eu as enxuguei rapidamente. Queria sair de perto, adoraria conseguir me mexer de novo, mas não conseguia.

E se Miguel estivesse me enganando o tempo todo? E se me disse aquilo tudo apenas para conseguir o que queria? Ele podia muito bem estar brincando comigo. Uma diversão. Mas não era possível, ele tinha dito a Chris que me amava, havia jurado que lutaria por mim! Não fazia sentido.

— Lembre-se... — ele sussurrou sofregamente, muito baixo, de modo que Cristal não escutou. Seus olhos, normalmente claros, se escureceram. — Lembre-se, por favor.

Balancei a cabeça, fazendo um sinal negativo. Eu me lembrava de tudo o que ele tinha feito e dito; suas mãos alisando todo o meu corpo, sua boca buscando a minha o tempo inteiro. Lembrava-me de tudo. Inclusive de que tinha pedido para que eu não tivesse ciúmes de Cristal. Mas como ele esperava que eu não tivesse ciúmes? Como não ficar magoada, se ele repetia para ela tudo o que tinha dito para mim? Não tenho sangue de barata. Não sou de ferro. Aquilo era demais para que eu suportasse.

Cristal o chamou para dentro do quarto. Ele me olhou um pouco mais e depois entrou, fechando a porta. A força que me mantinha de pé foi embora e eu saí correndo, descendo as escadas como uma louca. Saí de casa às pressas e percorri alguns quarteirões sem saber para onde ir, desnorteada. O timbre da voz de Miguel ecoava em meus ouvidos, atormentando-me. Minha mente repetia tudo o que havia me falado, do princípio ao fim.

Ele não estava mentindo. Isso não, nunca. Miguel não mentiu para mim. No entanto, o modo como falou com Cristal foi... Sei lá. Não sabia de mais nada.

***

Depois de quase meia hora de caminhada pelas ruas movimentadas daquela cidade, decidi que deveria comprar logo as roupas e tentar me distrair de alguma forma. Não adiantaria muita coisa se eu andasse por aí chorando e lamentando pelos cantos, pensando incessantemente em algo que, no fundo, sentia que não devia me preocupar.

Ele estava sendo ator, como eu mesma fui quando estava com Patrick. Minha personalidade mudou tanto enquanto encenava Tatiana que fiquei impressionada comigo. Miguel estava nisso havia muitos anos, com certeza também tinha dotes artísticos. Como eu já disse antes, éramos todos artistas. Encenamos e fingimos ser quem não somos para sobrevivermos naquela selva de vida. Não podia julgá-lo por ser assim.

Entrei em uma grande galeria, onde havia lojas de vários tipos. Fiquei feliz por não ter precisado pegar um táxi. Aquela caminhada tinha me feito bem. Pensei melhor nas coisas, digerindo o que tinha presenciado bem devagar. Comprei, de cara, três pares de sapatos na primeira loja de calçados que entrei. Cada um mais lindo que o outro. Nem olhei o preço. Se Chris queria mesmo que alguém gastasse a grana dele, bom, nada melhor do que uma mulher para fazer isso.

Olhei algumas vitrines, mas uma em específico chamou a minha atenção. Na verdade, levei mesmo foi um baita susto. Estava observando alguns jeans quando andei para ver a próxima loja e fiquei bem surpresa. Surpresa porque aquela loja possuía um espelho enorme que ia do chão ao teto, seguindo até a entrada do estabelecimento. De início me perguntei quem era aquela mulher loira e, segundos depois, mal acreditei que estava olhando para mim mesma. Não estava acostumada com aquela cor moldurando o meu rosto, e ainda menos com cabelos tão feios e ressecados. De repente, percebi por que as pessoas, ultimamente, estavam reparando tanto assim na minha presença.

O loiro meio alaranjado iluminava a minha pele branca e acendia os meus olhos verdes, tornando-os grandes e redondos. O rosto, outrora muito infantil, ganhara uma maturidade impressionante, como se soubesse o tempo todo que eu me tornaria uma mulher no sentido mais amplo da palavra. Meu visual parecia combinar com aquela fase da minha vida; a fase da garota órfã que morava sozinha e havia se apaixonado por um bandido, se entregado de corpo e alma para ele. E, claro, que tinha matado um homem a tiros — por que fui me lembrar disso agora? — e quase que mata outro envenenado. Aquele era o estilo ideal para Tatiana, uma mulher atraente e desinibida, com forte personalidade e grande poder de persuasão.

Mas não havia muito da Christine. Eu não queria ser um retrato, uma fotocópia frustrada de alguém que não existisse. Meu desejo profundo foi de comprar uma tinta e voltar a ser como era antes, com longos cabelos vermelhos-vivos, querendo chamar atenção com urgência das pessoas ao meu redor, gritando: "ei, eu existo e estou aqui!". O problema é que as pessoas nunca haviam me escutado, nunca tinham me visto, e sentia que seria assim para sempre, mesmo que meus cabelos pegassem fogo de verdade ou começassem a sangrar como propunha a cor escarlate.

Definitivamente, não me sentia mais como aquela Christine. É óbvio que queria muito voltar a ter a vida que ela tinha, mas agora sabia que, se as coisas não tivessem acontecido desse modo, eu estaria, àquela hora, voltando do meu trabalho singelo e desejando profundamente ser salva daquela rotina medíocre e tediosa.

Isso tudo ressalta uma grande verdade: as pessoas nunca estão satisfeitas com o que têm e muito menos com o que acontece com elas. Sempre achamos que tudo deveria ser diferente, que deveríamos estar em outro lugar, com outras pessoas, fazendo coisas distintas. Achamos, constantemente, que estamos no caminho errado. No meu caso, desejei muito que algo legal acontecesse comigo e, de fato, ocorreu mesmo. Só que não foi tão legal assim. Com a mesma certeza de que nem tudo é perfeito, temos que tomar cuidado com o que desejamos. Podemos ser atendidos. O desejo é muito poderoso.

O grande fato inquestionável é que a Christine em frente ao espelho daquela loja não era eu. Estava longe de ser. Sim, eu havia crescido, tinha aprendido várias lições e me tornado uma mulher. Conheci o amor, desvendei a amizade e criei medos que nem sabia que podiam existir. Tudo em apenas uma semana. Exatamente, Christine, você não queria uma vida intensa? Ela está lhe fornecendo toda a intensidade do mundo, você vai encarar? Está pronta para ela?

Com essas perguntas em mente, notei que aquela loja não era uma vitrine comum; funcionava como parede para um salão de beleza pequeno, pois havia uma placa minúscula no canto onde se lia em letras de forma: "Stephanie Cabeleireira". Dei uma olhada dentro do pequeno espaço e vi que estava vazio. Havia apenas uma mulher parada de frente ao espelho, provavelmente pensando na vida. Estranhei por aquele lugar estar vazio em plena sexta-feira. Aquela era uma galeria grande, seria comum que houvesse mulheres fazendo fila por uma chapinha.

— Opa! — Surpreendeu-se a mulher quando notou que eu havia entrado, levantando-se da cadeira. — Em que posso ajudá-la? — A mulher aparentava uns 30 anos. Tinha olhos grandes cor de mel, e seus cabelos escuros reluziam, provavelmente por causa de sua última hidratação.

— Eu não sei direito. — Entrei e sentei em uma das cadeiras de espera. — Só sei que não quero mais ficar assim.

— Nossa, mas você é muito bonita — disse a mulher, parecendo bem empolgada. — Posso fazer uma hidratação, cortar as pontas e depois uma escova. Seu astral vai ficar lá em cima. — Ela pegou nos meus cabelos sem ao menos pedir licença e começou a investigar. — Com que produto você pintou?

— Não me mate. Água oxigenada pura com um descolorante ruim. — Ela riu, balançando a cabeça. Senti meu rosto esquentar de vergonha.

— Precisa mesmo de uma forte hidratação, senão vai ficar quebradiço. O que acha?

— Não sei. Uma hidratação vai modificar por dentro, e não por fora. Não quero mais ser loira, não combina comigo. — Suspirei e me olhei em um dos espelhos do local. — Não tem nada a ver.

— Qual é a cor original do seu cabelo?

— Castanho-escuro, sei lá. Não vejo a minha cor há muitos anos. Por debaixo desse loiro ainda tem um vermelho vibrante.

— Podemos pintar de castanho médio ou preto. — A mulher se sentou ao meu lado. — Daí eu faço uma hidratação bem forte e corto as pontas. Está precisando.

— Taí, gostei. Pode ser preto. Bem preto mesmo, como a noite.

Pouco mais de uma hora depois, saí do salão me estranhando mais do que antes. Não que não tenha valido a pena pintar os meus cabelos de preto; o loiro estava um tanto pior, porém me senti um bocado estranha. Apesar de meus cabelos estarem mais "apagados" agora, meus olhos se acenderam.

Passei em algumas lojas e, como estava perto de anoitecer, comprei rapidamente algumas peças sem provar. Só depois que percebi que não teria como levar aquelas roupas na viagem, pois minha bolsa era pequena, não cabia muita coisa. Comprei uma mala de viagens grande e, quando finalmente acabei as compras, não tinha como levar tantos pacotes. Tive a ideia de colocar as sacolas dentro da mala e decidi voltar para casa caminhando.

Ao sair da galeria, já havia anoitecido. Conferi o relógio do alto de uma igreja que tinha por perto. Eram seis e meia. Apertei o passo, andando bem depressa, cruzando ruas e avenidas. Aquela cidade era calma e tranquila; dava para perceber por que muitas crianças brincavam nas ruas e alguns idosos colocavam cadeiras na calçada e batiam papo. O trânsito era sempre livre. Muitas casas emanavam um cheiroso aroma de comida sendo preparada para a refeição de logo mais, o jantar. Meu estômago roncou alto. Que fome!

Eu estava quase chegando a nossa casa, atravessava a última rua, quando escutei alguém dizer os nomes "Miguel e Christian" em uma mesma frase. Foi rápido e distante, mas mesmo assim consegui ouvir. Parei. Olhei ao redor disfarçadamente. Havia um telefone público na calçada, bem perto de onde eu estava, por isso o alcancei e fingi digitar alguns números, pronta para iniciar uma ligação que não existia. Depois me virei em direção à rua e observei.

Alguns carros estavam estacionados, mas apenas um me chamou atenção. Era um veículo grande, preto, uma picape. Dois homens conversavam no banco da frente, fumando cigarros e jogando, vez ou outra, as cinzas no chão. Fingi falar com alguém no telefone e, ao mesmo tempo, agucei os meus ouvidos. Eu tinha que ouvir. O que aqueles homens faziam ali? De repente, um caminhão-baú passou por nós devagar e virou a esquina da rua da nossa casa. O recolhedor enviado por Orlando. Só podia ser. O tal de Alibabá.

— É aquele. Com certeza — disse um dos homens, dando um último trago e jogando a bituca no chão. — Vamos chegar mais perto.

Virei de lado a fim de não chamar a atenção daqueles homens suspeitos. Conferi a minha velha bolsinha. Eu não estava armada, só com um spray de pimenta e o restante do frasco de veneno. Continuei disfarçando, gesticulando os meus lábios e reparando atentamente no carro daqueles homens. Seguiram o mesmo percurso do caminhão. Assim que sumiram completamente da minha vista, fui atrás deles com pressa. Diminuí o passo ao chegar à esquina, continuando com o meu disfarce.

Alibabá já tinha estacionado mais ou menos em frente à casa. Os homens suspeitos estacionaram muito antes do caminhão e desligaram o carro, observando. Passei por eles bem devagar, a fim de ouvir alguma coisa interessante, mas não consegui. Eles estavam calados. Respirei fundo e disfarcei o máximo que pude, passando por eles e chegando cada vez mais perto do caminhão. Minhas mãos começaram a tremer de medo. De novo. Não dava para me acostumar com situações como aquelas.

Assim que me aproximei, observei o Alibabá saindo de dentro do veículo e se aproximando da campainha de nossa casa. Quando cheguei o mais perto que pude para que ele me escutasse, decidi falar bem baixinho:

— Estamos sendo observados. — O homem se espantou, mas permaneceu imóvel, ainda virado na direção da casa. — Eles estão estacionados ali atrás, em um carro preto e grande — continuei falando, ainda caminhando devagar.

— Senha — o homem falou, parecendo bem preocupado. Ele havia desistido de tocar a campainha.

— Christine0932. Vou passar direto, dê um jeito nisso. — Passei por ele e segui adiante, levando a minha mala nova comigo. Não me pergunte como consegui me lembrar da droga da senha. Digo, da parte numérica.

As rodinhas da mala faziam um barulho meio estridente de encontro à calçada da rua. Depois de alguns minutos, virei a outra esquina e esperei sentada na pequena escada de entrada de uma residência. Não sabia o que fazer, por isso decidi ligar para o celular de Chris. Ele atendeu depressa.

Contei-lhe toda a situação.

— Eles estão querendo a carga, sem dúvida — disse Chris para mim, e depois falou para alguém no outro lado da linha: — Alibabá está aí na frente, estamos sendo vigiados. Querem a carga.

— O que eu faço, Chris? — perguntei, começando a me desesperar.

— Se você voltar, vão desconfiar que já sabemos que estão nos espreitando. Está armada?

— Não, não estou.

— Droga. Vamos fazer o seguinte. Miguel, Plínio e Ian vão começar a carregar o caminhão. Vou me separar deles e, escondido, seguirei pela rua. Os espiões não vão perceber, pois estarão atentos à carga e não tentarão algum ataque até que todos os itens estejam dentro do caminhão. Vou chegar até você e daremos a volta no quarteirão. Vamos pegá-los pela retaguarda.
— O plano me pareceu tão maluco quanto impossível de dar certo. — São duas pessoas mesmo?

— São dois homens. Pelo menos só consegui ver dois. — Eu estava desesperada. Que história era aquela de "pegá-los pela retaguarda"?

— Vamos rendê-los, vai ser perfeito! No caminho combinamos como vai ser feito. Até já, me espere aí! — Chris desligou sem me dar tempo de reclamar.

Falei um palavrão baixinho. Na verdade, soltei vários. Lamentei por não ter pegado um táxi. Lamentei pela minha existência e, claro, pela minha falta de sorte.

Demorou cerca de dez minutos para Chris aparecer. Ele estava se escondendo por entre os carros estacionados, de modo a não ser visto pelos caras suspeitos. Levantei-me da pequena escadaria e o vi passar por mim sem notar a minha presença.

— Para onde vai sem mim? — resmunguei. Chris pareceu acordar de um transe, olhando para trás depressa. Quando me viu, ficou surpreso. Seus olhos se demoraram um bocado nos meus, e senti meu rosto esquentar.

— Cara! Irreconhecível. É sério!

— Ficou tão ruim assim? — Fiz uma careta, aproximando-me dele.

— Ficou foda.

— E isso é bom? — Sorri, esquecendo-me, por alguns instantes, que estávamos em uma situação de emergência.

— Você está linda! — Pegou nos meus cabelos e me encarou seriamente. Morri de vergonha. — Adoro uma morena.

— Tá, agora me diga como vou render dois caras em um carro enquanto seguro esta mala enorme. — Peguei a sua mão e o puxei para uma caminhada apressada rumo à nossa volta ao quarteirão.

— Tome isto. — Ele me deu uma arma, mas não antes de verificar se havia alguém passando. Olhou para os dois lados da rua. Estava deserta. — Coloque atrás, na sua calça. Eles estão atentos na carga que os caras estão colocando no caminhão. Vamos rezar para que não olhem para trás, ou pior, que não desconfiem de nada. Pelo que conseguir ver, o carro não está estacionado muito longe da esquina, por isso, assim que virarmos, nós abordaremos o veículo rapidamente.

— Eles estacionaram logo que viraram, estão próximos demais. Não vai dar tempo de reagir se nos virem pelo retrovisor. Já vamos tê-los rendido. — Sério que eu estava dando ideias para participar daquela doideira?

— Deixe a mala na esquina, depois buscaremos. — Caminhávamos bem depressa enquanto eu tentava repassar mentalmente tudo o que ele dizia. — Vou correr para o lado do motorista, e você fica com o carona. É simples, apenas aponte a arma e a segure com firmeza. Faça cara de má e deixe o resto comigo.

— O que você vai fazer?

— Temos três coisas para descobrir: quem são, o que querem e para quem trabalham. Depois disso, acabamos com eles.

— E se alguém nos vir? Se tiver algum transeunte passando na rua?

— Quando eu saí da casa, não tinha ninguém. Para nossa sorte, esse bairro é deserto demais. Só que você tem razão. Vamos dar uma verificada geral antes de sacarmos a arma.

— Chris, eu não quero matar ninguém. — Tentei manter a minha voz firme, mas a adrenalina que corria velozmente pelo meu corpo não permitia.

— Deixe comigo. Não precisa matá-los, apenas os faça achar que você não pensaria duas vezes em fazê-lo.

— Tudo bem — concordei a contragosto. Logo em seguida, respirei profundamente e pensei em Tatiana. Uma mulher decidida, fatal, séria. Ela não demonstra nenhum sentimento. É fria como gelo.

Eu estava prestes a me apresentar, as cortinas se abririam e a plateia aplaudiria. Seria um show, um espetáculo. Assim que deixei a mala encostada na parede de uma casa de esquina, senti meu rosto se contorcer e meus olhos endurecerem. Concentração total.

Chris pareceu não perceber a mudança no meu semblante, mas eu sabia que havia mudado. Ele fez um sinal com as mãos e dobramos a esquina, verificando, antes de qualquer coisa, se alguém passava. Ninguém.

De onde estávamos dava para ver o carro preto dos suspeitos. Chris fez outro sinal e se separou de mim, seguindo na direção ao lado do motorista. Continuei andando a passos firmes, decidida a agir. Fiquei responsável por render o homem que estava no carona e, com muita sorte, resolveríamos logo aquilo.

Verifiquei mais uma vez se alguém passava, mas estava tudo muito calmo. Ian, Miguel, Plínio e Alibabá carregavam caixas e mais caixas para o caminhão-baú, fingindo desinteresse. Eu sabia que eles estavam atentos, que agiriam se fosse necessário. Mas naquele momento éramos apenas Chris e eu. Vi quando o meu amigo puxou a arma de sua cintura e fiz o mesmo.

Quando chegamos perto, Chris olhou para mim significativamente e eu entendi como um "deixa comigo". Apontamos nossas armas ao mesmo tempo. O elemento surpresa estava a nosso favor.

— Muito espertos! — Chris engatilhou sua arma. Repeti o gesto e encarei ferozmente o homem que estava no carona. Ele era negro e tinha longas tranças. Seus olhos escuros me encararam com medo. — Mais espertos do que um mosquito. Vocês são amadores e vão morrer por causa disso.

Os homens congelaram assim que nos viram. Eles mal podiam acreditar que sabíamos o tempo todo que estavam nos vigiando. Aproveitei a chance para conferir se havia mais alguém no carro, mas não vi ninguém. O homem negro se mexeu um pouco, e percebi que tentava pegar a própria arma.

— Nem pense nisso — falei rispidamente, com uma voz que julguei irreconhecível. Ele parou de imediato. — Não se mexa ou terei que explodir seus miolos mais rápido do que planejei.

— Espere, espere! — gritou o motorista, entrando em desespero. Acredito que estava prestes a se borrar nas calças. — Vamos fazer um acordo! Explicaremos tudo e vocês nos deixam ir embora.

— Certo — concordou Chris com muita calma. — Desembucha. Que espécie de lixo vocês são e para qual amador trabalham? E que merda vieram fazer aqui?

Os caras se entreolharam. O outro homem era branco, tinha cabelos escuros e usava uns óculos quadrados. Os dois eram bem jovens, não aparentavam possuir mais do que 20 anos. Como última tentativa frustrada, eles se mexeram com rapidez, sacando suas armas e as apontando para nós. Chris não pensou duas vezes e atirou na cabeça do motorista. O tiro ecoou pela rua. Aquilo com certeza chamaria a atenção dos vizinhos. Tínhamos que ser rápidos.

O homem negro ficou paralisado e depois abaixou a própria arma. Estava desesperado em ver o amigo morto, vertendo sangue através de um buraco na testa. Chris olhou para os dois lados e abriu a porta do carro, empurrando o defunto para o espaço atrás dos bancos e se sentando no lugar dele. Tentava se esconder da vizinhança. Abri a porta também e, num ato de violência, dei alguns chutes no homem negro, fazendo com que se afastasse. Sentei em um espaço curto, mas consegui fechar a porta. Chris ligou o carro e fechou completamente a janela, que era elétrica. Ninguém nos veria ali dentro, pois o vidro era fumê. Além do mais, estava ficando bem escuro lá fora.

— Você tem um por cento de chance de sair vivo daqui, cara — ameaçou Chris, puxando a arma das mãos trêmulas do homem negro. Ele estava tão desesperado e com tanto medo que tive pena dele. Mas foi só por uns instantes. Tatiana não sente pena. — E cai para zero se não falar o que queremos saber. Desembucha!

O homem vacilou, mostrando resistência. Sem ao menos parar para refletir, agarrei o pescoço dele com força e puxei seu corpo de modo que sua cabeça ficou presa entre o banco e as minhas mãos firmes. A coronha da minha arma machucou o seu rosto.

— É melhor dizer logo. — Deixei nossas faces bem perto uma da outra. — Não banque o engraçadinho, você já está fodido. — Nem me pergunte como fui capaz de falar palavrão assim na cara de pau. Eu nunca fui muito disso.

— Meu nome é Francisco — disse o cara, mais gaguejando do que falando. — Aquele era o Carlos. — Apontou para o homem morto e depois parou. Apertei ainda mais as minhas mãos contra o seu pescoço. De onde vinha aquela força? Nunca vou saber.

— Nós viemos atrás da carga, mas não sabemos do que se trata. — Ele tinha dificuldade para respirar. — Juro que não sabemos. A ordem era fazer uma emboscada e pegar tudo. Por favor, deixe-me ir!

— E quem ordenou?

— Orlando! — respondeu o homem.

Encarei Chris, sentindo meu estômago apertar. Aquilo não era possível!

— Você está mentindo! — berrou o meu amigo. — Fale a verdade ou morrerá agora mesmo! — Encostou o cano da arma na cabeça do homem, pressionando-o.

— Estou falando a verdade! — gritou Francisco. — Nós trabalhamos para ele. Recebemos a ligação de uns parceiros e nos repassaram essa operação. Eu juro, pegue o meu celular e ligue para eles! Não me mate, por favor!

— Quem são esses parceiros?

— Miguel e Christian. Nunca os vi, mas eles trabalham para Orlando! — Fiz uma careta e olhei para Chris mais uma vez. Ele também não gostava nada daquilo. Não fazia sentido algum.

— Onde está o seu telefone?

O homem retirou o aparelho de dentro do bolso da sua calça. Começava a ficar quente ali dentro do carro. Incrivelmente eu não estava nervosa, mas preocupada com a situação. Miguel e Chris com certeza não haviam ligado para aquele homem, muito menos mandado realizar uma emboscada contra eles mesmos. Mas, se não fizeram isso, quem fez? E por que queria incriminá-los?

— Encontre o número e me dê o telefone — comandou Chris.

Francisco fez o que pediu nem sei como, pois suas mãos tremiam mais do que tudo. Entregou o celular a Chris, que o colocou sobre o ouvido. Chris esperou um pouco a ligação ser atendida. Depois de um tempo, desligou o aparelho sem nada comentar e suspirou.

— Caiu na caixa postal — Cutucou mais um pouco aquele celular, depois pegou o seu próprio no bolso. — Esse número é desconhecido para mim. Você está blefando, cara!

— Mas é verdade! Juro pelo que é mais sagrado. Ligue para Orlando! Ligue para ele!

Francisco parecia sincero. Fiquei na dúvida, mas não tirei minhas mãos de seu pescoço ossudo. Continuei empurrando a coronha da arma em sua cara. Ele podia estar blefando. Sei mais do que ninguém que o mundo do crime é composto por bons artistas.

Chris ligou rapidamente, através de seu próprio celular, para alguém. Não demorou muito até que atenderam.

— Orlando! Estou com dois caras aqui, Francisco e Carlos. Estão dizendo que trabalham para você, mas estavam preparando uma emboscada contra a encomenda. O cara está me dizendo que foi a mando de Miguel e Christian, dá para acreditar? — Chris ficou em silêncio por alguns segundos. — Só pode ser coisa do Vitón. Uma fruta podre deve ter armado essa para cima de nós. Estamos correndo perigo, senhor. Não sabemos quem está envolvido. — Calou-se novamente, esperando as ordens do nosso chefe. — Sim, senhor. Retornarei. — E desligou.

— Então? — perguntei, sentindo-me aflita.

— Eles trabalham mesmo para Orlando. Não dá para confiar depois disso — disse Chris e, rapidamente, apertou o gatilho.

Fiquei parada por alguns segundos, chocada em ver a morte de tão perto. Christian atirou sem dó nem piedade na cabeça do homem negro. Começou a revirar os objetos do carro, guardando tudo dentro dos bolsos. Comecei a ajudá-lo também, recolhendo papéis e tentando ignorar a presença de dois defuntos. Achei uma sacola no compartimento lateral da porta e coloquei ali as armas que eles carregavam, além de outros objetos maiores que eu não sabia o que eram.

— Temos que conferir o bagageiro. Fique aqui, volto logo — alertou Chris, saindo depressa. Deixou-me sozinha com dois mortos dentro de um carro escuro. Continuei juntando as coisas na sacola, começando a suar pelo calor absurdo que fazia.

— Não tem nada lá, provavelmente abriram espaço para levar a nossa carga — informou Chris depois de entrar no carro novamente. Pegou a sacola que eu segurava e me encarou antes de deixar o veículo. — Vamos sair daqui. Com muita sorte, nenhum vizinho ouviu nada.

Assim que me virei para a porta do carona, vi uma coisa esquisita pelo retrovisor. Observei mais atentamente. Aquele pequeno espelho refletia toda a calçada e uma parte do muro da casa de esquina. Mas o que me deixou assustada foi um rosto que observava tudo a distância, segurando um equipamento similar a um *walkie-talkie* ou um celular grande.

O sujeito tentava se esconder por detrás do muro, porém mostrava sua face vez ou outra, observando com cautela. No início desconfiei que fosse um vizinho. Alguém que tinha visto o ocorrido e estava ligando para a polícia. A essa altura Chris já tinha saído do carro e estava caminhando sem pressa em direção à nossa casa. Não percebeu que eu não o estava seguindo.

Foi então que vi a arma. A pessoa que estava na esquina fez seu corpo aparecer por inteiro. Era uma mulher de cabelos escuros e longos. Ela apontava a arma para a frente, segurando-a com as duas mãos. Demorou um segundo para eu notar que estava apontando para Chris. Ia matá-lo.

Desesperada, saí do carro rapidamente, empunhando a minha própria arma. Estava pronta para agir. Não tive muito tempo de mirar, mas atirei o mais rápido que pude em direção à esquina, gritando feito uma louca. A mulher se jogou no chão de imediato, portanto a bala não conseguiu atingi-la.

Sem saber direito o que fazer, corri em sua direção. Estava disposta a fazê-la pagar caro por aquilo. Ninguém apontava uma arma para o meu melhor amigo e permanecia impune. Não mesmo.

— Sua desgraçada! — Aumentei a velocidade dos meus passos.

A vadia se levantou sofregamente e, sem pensar duas vezes, começou a correr pela rua transversal. Corri junto. Eu tinha que pegá-la, ou mudaria meu nome de Tatiana para outra coisa. Além do mais, aquela mulher estava mancomunada com os homens mortos no carro. Teríamos mais informações se a pegássemos. Talvez tenha sido ela quem havia armado aquele circo.

— Christine! — gritou Chris. Notei que ele também havia começado a correr. Não olhei para trás de novo. — Vamos, gente, vamos! — ouvi mais berros vindos dele.

A desgraçada ainda corria, cruzando várias ruas. Percebi que elas não estavam tão desertas assim. Havia algumas pessoas que passavam distraídas, por isso guardei a minha arma com cuidado dentro da calça, mas sem parar de correr. Senti minhas coxas começarem a arder pelo esforço, até porque eu estava usando os meus mais novos saltos e não era nada fácil me equilibrar neles.

A mulher devia estar de tênis, pois corria muito mais rápido. Ela dobrou em outra esquina e demorei um pouco para acompanhá-la. Vi apenas o seu vulto. Porcaria de cidade cheia de esquinas! Aquele bairro era um verdadeiro labirinto. As pessoas olhavam espantadas para mim e saíam de perto apressadamente. Algumas mulheres gritaram de susto, mas ninguém entendia por que eu estava correndo tanto.

— Não a perca de vista! — ouvi Chris atrás de mim, parecendo ainda mais distante.

Eu estava ficando cansada. Meu pulmão ardia, queimando-me por dentro, tirando completamente o meu fôlego. Mesmo assim, não desisti. Continuei correndo ainda mais depressa. A mulher também estava se cansando daquela corrida. Isso me beneficiou e eu consegui acompanhar seus passos.

O que mais me deixou empenhada em alcançá-la, naquele momento, foi o fato de não conseguir sequer imaginar a minha vida sem Chris. Por pouco não o havia perdido. Por muito pouco. Nem eu sabia que o amava tanto assim. Meu coração começou a doer e senti vontade de chorar. Aquela miserável veria só uma coisa!

Depois de muitas esquinas, consegui alcançá-la. Pensei que havia se cansado, mas estava apenas perdida, olhando para todos os lados sem saber por onde seguir. Percebi que ela também havia guardado sua arma para não levantar suspeitas. A minha primeira reação foi puxar seus cabelos com força, empurrando-a até as grades de entrada de uma pequena casa. Sua cabeça contra o gradeado fez um barulho muito alto.

— Quem é você? — gritei, olhando-a nos olhos. Era uma mulher muito bonita, mas assustadora. Seus cabelos grandes e grossos eram cheios, a boca era sensual e os olhos escuros inspiravam crueldade. Lembrava um pouco Cristal, mas era bem mais velha. — Quem pensa que é?

— Sai de cima de mim, vadia! — ela gritou também, criando forças para me empurrar. Caí no chão, desengonçada, perdendo o meu equilíbrio. A mulher me deu um soco na cara com muita força. Aquilo doeu. Está doendo até agora, na verdade. Tenho ódio só de me lembrar.

Prendeu-me contra o chão, usando seu corpo esbelto, e puxou os meus cabelos para o lado. Não deixei por menos e comecei a me debater, retribuindo socos em seus braços e barriga. Quando um dos golpes acertou em cheio seus seios, caiu ao meu lado, contorcendo-se de dor.

— Sua vaca! — berrou. Ela estava, obviamente, com muita raiva.

Algumas pessoas que estavam por perto pararam para ver a cena: duas mulheres brigando como loucas, atracadas na calçada. Ninguém interferiu. Alguns até começaram a rir e a incentivar o combate. Briga entre mulheres sempre chama a atenção. Mas aquela plateia idiota me impedia de sacar a arma e matá-la ali mesmo.

A criminosa se refez do soco nos seios e veio para cima de mim novamente. Agarrei seus braços no último segundo, depositando ali a maior força que consegui reunir.

— Solte-me, sua otária! — Desvencilhou-se das minhas mãos com uma rapidez impressionante. Ela era muito mais forte do que eu, sem dúvida.

— Chris, segure-a! — ouvi alguém gritar ao longe.

A mulher ouviu. Desesperada, levantou-se e continuou a correr. Fiquei impressionada com a sua agilidade. Era mesmo treinada para aquele tipo de coisa. Eu estava cansada de ter que correr de novo, e meio dolorida por causa dos socos, mas me levantei e continuei atrás dela. As pessoas que tinham parado para nos assistir estavam curiosas, alguns até correram também, mas desistiram de nos alcançar depois que chegamos a um cruzamento movimentado.

Vi a desconhecida olhar para trás e apertar o passo. Um carro escuro a esperava do outro lado da rua. Ela abriu a porta do automóvel e entrou às pressas, quase tropeçando. O veículo partiu, deixando-me para trás.

— Droga... — murmurei para mim mesma.

Algumas pessoas olharam para mim por muito tempo. Fiquei com um ódio tão grande por ter perdido a chance de acabar com aquela desgraçada!

Na sequência, vi outro carro parar no mesmo lugar onde a mulher tinha embarcado. Era um modelo bem mais luxuoso. Alguns homens vestidos de preto saíram de dentro dele. Um dos caras apontou seu dedo indicador para mim e, logo em seguida, mais rápido do que imaginei, começaram a correr na minha direção. Não pensei duas vezes e voltei pelo mesmo caminho pelo qual tinha vindo. Eu sabia que Chris estava logo atrás, por isso gritei a plenos pulmões assim que me virei.

— Volte, Chris! Corra, depressa! — avisei ao vento, rezando para que o meu amigo tivesse escutado.

Muita gente estava se amontoando pelas ruas. Compreendi que as coisas tinham passado dos limites. Estávamos chamando muita atenção. As pessoas começariam a ligar para a polícia e eu tinha que sair dali depressa. Ou então sobraria para mim, pois eu era a única maluca que estava correndo pelas calçadas, que tinha entrado numa briga e estava gritando como uma condenada.

Corri o máximo que pude, sem olhar para trás. Minhas pernas ficaram dormentes, achei que nunca mais as sentiria de novo. Cruzei algumas ruas e finalmente consegui... Consegui me perder.

A boa notícia era que os homens de preto não estavam mais me seguindo. A má notícia era que eu não fazia ideia de onde estava. Tirei meus sapatos, sentindo todos os meus dedos latejarem. Dois calos doloridos e avermelhados surgiram na lateral de cada dedo mindinho dos meus pés. Eu estava suada. Minha roupa toda amassada. As marcas em meu corpo, resultado das agressões de Patrick, voltaram a doer e se somavam aos socos dolorosos que aquela mocreia tinha me desferido.

Foi quando calculava os estragos dos meus pés que ouvi passos bem atrás de mim. Virei-me depressa e visualizei um único homem correndo em minha direção. Não perdi tempo e corri desesperada, sem saber para onde ir. Meus pés doíam tanto que me desequilibrei do nada, quase caindo de cara no chão. Levantei-me com dificuldade, sentindo minhas pernas tremerem. Quando finalmente consegui ficar de pé, o homem agarrou os meus cabelos com força e mirou uma arma no meu rosto.

— Não! — gritei, apavorada, debatendo-me. Os braços dele eram fortes demais para mim. — Não, por favor!

O homem parou, subitamente, e olhou para mim. Sua arma caiu no chão perigosamente. Por um segundo que me pareceu eterno, não entendi nada. Minha mente só conseguiu processar o silêncio daquela rua desconhecida e as batidas aceleradas do meu coração.

Então, eu o vi. Aqueles olhos azuis, dos quais me lembraria para sempre. Miguel.

— Quase atirei em você — ele murmurou desesperado, puxando-me para si. — Foi questão de segundos. Se você não tivesse gritado talvez fosse tarde demais.

— Eu te perdoaria. — Foi a única coisa que consegui responder.

Meu coração queria muito se acalmar, mas continuava batendo em um ritmo acelerado. A diferença era que eu não sentia mais medo. Nem angústia nem desespero.

— Eu jamais me perdoaria. — Ele me abraçou sofregamente. — Foi por muito pouco, quase apertei. Não estou conseguindo acreditar que quase te perdi de novo.

— Está tudo bem. Não aconteceu nada, está tudo bem.

— Não conseguiria ficar sem você. — Beijou-me de leve. Sua voz estava suave, uma verdadeira música para os meus ouvidos. Pena que aquele timbre não era usado só comigo. Quando me lembrei disso, foi como se tivessem jogado um balde de água fria em cima de mim.

— Miguel... — Escapei de seus braços e peguei a arma no chão. — Temos que sair daqui. Não estamos mais seguros nesta cidade, temos que ir embora agora.

— Não me ignore. Sei que está chateada comigo, mas não me ignore assim. — Segurou a minha mão.

— Não temos tempo para isso agora.

— O que aconteceu contigo? — Fez uma careta.

— Pintei o cabelo. — Puxei sua mão para fazê-lo vir comigo. Precisávamos mesmo sair daquele lugar, pegar nossas coisas e ir embora urgentemente.

— Eu já notei. Mas não é só isso, você está diferente. Seu olhar... — Miguel me segurou pelo queixo, obrigando-me a olhar diretamente em seus olhos. Seu rosto estava apavorado. — Alguém te machucou?

— Conto no caminho. Agora, vamos.

Falei tudo o que havia acontecido enquanto encontrávamos o caminho de volta para casa. A morte dos caras no carro, o telefonema para Orlando, a mulher misteriosa, a briga que tivemos na frente das pessoas, os homens de preto que saíram de dentro do carro. Tudo tinha sido tão esquisito! Mal dava para acreditar que me envolvi em toda aquela confusão.

Miguel contou que viu a mulher de cabelos escuros correndo em uma viela. Foi atrás dela com pressa, mas acabou perdendo-a de vista. Ela era muito rápida, tinha uma agilidade incrível. Ele continuou correndo pelas ruas, até que me encontrou e pensou que se tratava da criminosa por causa do cabelo.

Miguel entrelaçou seus dedos nos meus. Vi a minha mala ainda encostada na parede, do mesmo jeito que havia deixado. Intacta. Aquela cidade realmente seria ótima para morar, sem dúvida. Pena que eu tinha acabado de me queimar com a vizinhança e precisava ir embora depressa.

Quando chegamos quase em frente a casa, Miguel me puxou para si, abraçando-me com ternura. Deixei meu corpo derreter em seus braços. Eu estava mesmo muito cansada dos dias intensos da minha nova vida. Meus pés continuavam maltratados e cheios de calos. Os cabelos novos haviam embaraçado. Uma desgraça só.

Miguel me deu um longo beijo, que correspondi prontamente, sabendo que aquele momento traria certo alívio para os instantes de angústia que tinha acabado de presenciar. Contudo, não podia me enganar nem fingir que estava tudo bem. Ainda me lembrava de tudo o que tinha ouvido antes de sair de casa.

As coisas no grupo ficaram ainda mais complicadas. Nossas atividades estavam obviamente sendo monitoradas por alguém. Não estávamos seguros em nenhum lugar, pois existiam pessoas dentro do próprio grupo que nos perseguiam. Pensei bem e cheguei à conclusão de que, se a organização estava atrás de nós, colocando-nos em perigo iminente, qual a diferença se Cristal também se revoltasse? Seria igualmente perigoso. Poderíamos nos proteger melhor, sumir dali e fugir para outro lugar.

Se Miguel queria mesmo parar, essa seria uma ótima oportunidade. Para que esperar mais? Eu poderia perdê-lo como quase perdi Chris. Ele poderia me perder como quase aconteceu há alguns minutos. Se estivermos separados, seremos mais frágeis. Estaremos vulneráveis demais.

— Vamos acabar com isso, Miguel — propus assim que o nosso beijo terminou. — Vamos fugir daqui, o grupo não está mais seguro. Eu não aguento mais fingir que está tudo bem. Fique comigo, por favor. Estou me sentindo sozinha nesta história.

— Você não está sozinha. Temos que dar o fora daqui depressa, e o meu dever é levar o grupo são e salvo para algum lugar seguro.

— Que seja, mas não aguento fingir. Quero que me assuma. Essa coisa de ficar comigo e com Cristal é uma palhaçada! Acha que depois disso tudo que aconteceu hoje Orlando vai querer que a nossa temporada termine? Ele está com problemas sérios demais. O ego dele pode ser grande, mas não vai perdoar esse óbvio atentado contra nós.

— Mas combinamos de...

— Que se dane o que combinamos! — gritei com firmeza. — Vamos embora! Estão atrás de nós. Mais um ou menos um não vai fazer diferença.

— É claro que vai — disse Miguel, muito sério.

— Tudo bem. — Senti o meu semblante mudar de novo. Apertei meus punhos e cerrei a boca. Tatiana, a mulher decidida e corajosa, se sobressaiu. — Mas não pense que sou um objeto para você usar quando quiser. Não vou ficar em suas mãos como uma de suas armas.

Miguel franziu a testa, pois não reconheceu o meu tom de voz. Era estranho até para mim, mas era preciso. Eu estava farta de tanta sacanagem comigo. Meu corpo inteiro doía, sentia-me usada e meio tonta.

Ele abriu a boca, mas não conseguiu descobrir o que ia falar.

— Se não me quer agora, então acho bom não me querer nunca mais. — Sabia que aquilo era da boca para fora. Eu só estava com raiva.

Miguel ficou assustado com a proposta e com a minha atitude demasiadamente agressiva.

— Do que está falando? — Puxou-me novamente e analisou o meu rosto com cuidado. — O que aconteceu contigo? Você não é assim.

— Tem razão. Sou uma idiota, mas aos poucos estou deixando de ser. Não se acostume com a Christine bobinha, ela está morrendo. Já que se decidiu, vamos levar o grupo para longe daqui.

— Não decidi nada. Sabe muito bem que eu só quero você.

— Não parece. — Caminhei até a casa, deixando-o para trás.

Ouvi sirenes. A polícia.

Corri o mais depressa que pude para dentro da casa, e Miguel veio junto. Estávamos muito fodidos.

***

Plínio e Ian colocavam o que tínhamos nos porta-malas dos carros. Tinham muita pressa, certamente porque haviam escutado as sirenes. Ali dentro elas pareciam mais distantes, porém nada foi capaz de retirar a urgência que sentíamos. Ambos gritavam coisas ininteligíveis um para o outro, mas pararam quando me viram entrar.

— Ainda bem que está viva, Chris. Vamos sair daqui agora! Não estamos seguros — disse Plínio rapidamente, sem parar de trabalhar com os materiais. Ian só olhou para mim de soslaio e continuou com o serviço. — Viu Miguel?

Apontei para trás de mim, e Miguel surgiu com a mesma urgência que nos rodeava. Plínio pareceu aliviado.

— Vamos, galera! — o líder gritou. — Rápido!

— Onde está Chris? — perguntei, sentindo-me incapaz de ajudá-los com as coisas. Precisava saber onde estava o meu amigo.

— Lá em cima, pegando o que restou. Dê-me isso aqui! — Plínio pegou a minha mala nova e socou dentro do carro com muita dificuldade. Era uma mala grande e estava lotada até a boca.

Corri depressa para dentro da casa. Todos os equipamentos já haviam sido empacotados e retirados. Cristal descia as escadas segurando uma mochila e um monte de sacolas. Parou quando me viu.

— Onde está Miguel? — perguntou quase aos berros. Também estava prestes a ter um ataque, bem como eu.

Apontei para trás, sem perder tempo, e comecei a subir as escadas. Ela correu apressada em direção à garagem, carregando consigo a bagagem que eu sabia que não estava leve.

Encontrei Chris dentro do nosso quarto, juntando as coisas rapidamente e parecendo aflito. Observei-o através da porta aberta. Não tive coragem de entrar de vez. O alívio ao vê-lo foi tão grande que precisei parar para respirar e observá-lo melhor só para ter a certeza de que realmente estava a salvo. Quase havia perdido o meu novo melhor amigo, a pessoa que estava sempre ao meu lado, o tempo inteiro, incondicionalmente.

Observei-o juntar as minhas coisas, que não eram muitas. Pegou o meu diário, que estava em cima da cama, e analisou a capa dura. Por um momento pensei que o abriria, mas ele só suspirou bem alto e o guardou dentro da minha antiga bolsa.

Quando menos esperei, notei que eu tinha começado a chorar. A ideia de perdê-lo era tão assustadora e cruel... Sufocante. Nem acredito que consegui reagir tão depressa. Ainda não tinha entendido direito quem era aquela louca que crescia dentro de mim quando era preciso, mas a destreza dela havia salvado a vida dele mais uma vez.

Naquele momento, olhando para Chris, tive certeza de que, se algo acontecesse com ele, perderia toda a minha alegria. Senti que não conseguiria vê-lo correr nenhum perigo. Ele era importante demais para mim. Meu alicerce.

A amizade é um sentimento despretensioso e leve. É muito fácil de sentir e de entender, bem diferente do amor. O amor é complicado. A amizade descomplica tudo, é um desembaraço que desfaz todos os nós da vida. Ela é muito clara e protetora. É o maior tesouro que uma criatura pode ter. Vale mais do que todo o dinheiro do mundo.

Senti-me a mulher mais rica do Universo.

— Chris! — ele berrou assim que me viu plantada na porta, chorando como uma criança. Correu em minha direção e me abraçou com força. — Graças a Deus, pensei que estivesse em apuros. Perdi você de vista, não consegui mais te achar... Fiquei tão preocupado!

— Quase te perdi! — choraminguei, tornando a minha voz praticamente inaudível. Comecei uma série de soluços desesperados. — Ela ia te matar... Eu não pude deixar.

Chris sorriu largamente, tocando-me as laterais do rosto. O seu ficou bem perto.

— Salvou a minha vida mais uma vez — sussurrou, enxugando as minhas lágrimas, sem desfazer o nosso abraço. — Algum dia eu te recompensarei por tudo isso.

— Você recompensa todos os dias. — Olhei bem em seus olhos escuros. — Pode ter certeza de que me salva mais do que imagina. Você corre muitos bairros e dá soco em muitas vadias sem ao menos se dar conta, só para me manter bem.

Ele riu. Aquele riso que eu adorava, que me fazia acreditar que existia mesmo um motivo forte para rir.

— Bateu na vadia?

Aquiesci. Ele riu ainda mais, só que parou logo. Continuou me olhando, e vi as suas expressões transformando-se em alguma coisa que significava proteção e alívio por me ver viva.

— Eu te amo, Chris. — Juntei todas as emoções que estavam reunidas em meu peito só para me declarar.

Ele prendeu os lábios e fez uma careta linda, que foi traduzida em seus olhos. Depois, simplesmente sorriu. Toquei em seus lábios, contornando sua boca carnuda com os meus dedos, amando o modo como ela ficava quando ele sorria.

Chris nada respondeu, mas o seu rosto exprimia todo o impacto que a minha frase tinha lhe causado. Pensei em dizer muito mais do que já havia dito; falar da importância que tinha na minha vida, pedir que ficasse sempre por perto... Mas não precisei. Nossos olhares já diziam tudo, e nós dois entendíamos perfeitamente.

— *Chrises*! — Cristal entrou no quarto depressa e, claro, sem pedir licença. Chris e eu estávamos com os nossos rostos muito próximos, por isso nos assustamos com a sua presença repentina. O que ela viu ou pensou daquela cena pouco me interessou. O corpo dele se desgrudou do meu tão depressa que só então percebi que Chris me imprensava contra uma parede. — Vamos depressa, isso não é hora de namorar! Temos que sair daqui A-GO-RA! — Pegou uma das sacolas que estavam em cima da cama e depois saiu tão rápido quanto tinha entrado.

— Vamos, Chris, depressa! — repetiu o meu amigo, afastando-se de vez e pegando o restante das coisas.

***

Estou sentada no banco do passageiro do Palio, escrevendo tudo o que aconteceu hoje. Mais um dia cheio, cansativo, emocionante, triste, feliz... Não sei explicar. Meus sentimentos estão confusos. As coisas acontecem cada vez mais rapidamente e não dá para acompanhar. Sinto que eu podia enlouquecer se não fosse este diário. Ele me deixa distraída durante horas, além de diminuir uns 300 quilos do peso que teima em se instalar na minha consciência.

A polícia não nos encontrou a tempo, embora estivessem fazendo vistorias em alguns carros e juntando informações com os moradores. Tentamos agir com a maior naturalidade possível — saímos com os carros na maior discrição, sem fazer alarde algum —, mas eu estava muito nervosa. Descobri que não é tão difícil assim despistar a polícia, ainda mais quando ninguém entendeu direito o que aconteceu, nem mesmo nós.

Não vi Miguel. Quando entrei no carro, percebi que viajaria durante horas com Ian e Plínio, o que me fez passar a maior parte do tempo escrevendo. No fundo, eles não são tão desagradáveis, principalmente Plínio, que até é bem engraçado e adora falar das suas aventuras. Ian é mais quieto, calado. Não sei se o odeio ou se sou indiferente a ele.

Estamos viajando há três horas, mas ainda não chegamos nem perto do próximo objetivo. Na verdade, soube que os planos mudaram. Não iríamos mais pegar a maldita encomenda. Em vez disso, nos reuniríamos com o Orlando pessoalmente. O grupo como um todo corria perigo.

Não podemos nos dar o luxo de sermos seguidos até a próxima missão, pois a tal encomenda correria o risco de parar em mãos erradas. Eu não sabia do que se tratava nem estava a fim de perguntar. Também não queria ver Orlando ou fazer parte de qualquer coisa que tivesse a ver com ele.

Só quero ir para casa. No entanto, onde era o meu lar? O que deixei para trás fazia parte de uma Christine que não me agradava. O que estava à minha frente era um futuro que não me trazia esperança. Recuar me traria tanta dor quanto avançar está me causando. Não tenho como pesar as vantagens, até mesmo porque não tenho escolha.

Não faço ideia do que Miguel está pensando da nossa conversa mais cedo e não paro de pensar na maneira como fui grossa. Estou com medo. Ele ficou muito assustado com a minha reação e palavras ríspidas. O pior de tudo é que não sei quando terei a oportunidade de me desculpar, de dizer a ele que o amo, que sou capaz de esperar o tempo que for para tê-lo comigo.

Depois de refletir bastante, morri de ódio de mim mesma por ter sido tão estúpida. Miguel odeia Cristal, no entanto há anos finge estar com ela, e isso obviamente inclui relações sexuais. Fico imaginando como funciona a cabeça dele nesses momentos. Imagina se fosse o contrário, se fosse eu que estivesse envolvida com um cara perigoso e bonito, que me faz ameaças e me deixa presa em uma situação totalmente constrangedora?

A que tipo de coisas ele já tinha se sujeitado?

Foi difícil não me sentir a pior das pessoas quando compreendi que Miguel era uma espécie de escravo. E que talvez eu pudesse ser a sua alforria. Ele estava contando com o meu apoio, e o que fiz? Abandonei-o na primeira dificuldade.

Odeio chorar na frente de alguém. Plínio já me perguntou o que tenho três vezes. Ian aumentou o volume do rádio para não ter que me ouvir fungando. Acho que preciso parar de escrever. E de me lembrar.

Sábado | **18** | Janeiro
Saturday | | January
Sábado | | Enero

Desprotegidos

Querido diário,

Dizer que tive um dia cheio parece até uma piada, mas sei que já se acostumou com isso. Não é mais novidade. Só que escrever é muito fácil, difícil mesmo é viver. Pelo menos o fato de eu estar escrevendo agora significa que estou viva. Depois do que aconteceu, é uma tremenda vantagem.

A viagem foi longa e cansativa. Dormi e acordei centenas de vezes, até ajudei os rapazes a descansar um pouco, revezando-me com eles na direção. Foram as horas mais longas da minha vida, confesso. Estava tão nervosa que segui em uma velocidade reduzida demais para uma rodovia intermunicipal.

Eram mais ou menos quatro da manhã quando Miguel decidiu que já estávamos em uma distância segura o suficiente para ficarmos em algum lugar, concordando com a sugestão de Ian de fazer uma pausa revigorante em uma de suas casas. Por sorte, Ian nos informou previamente que tinha uma casa própria naquela região. Segundo ele, era um ambiente seguro que possuía alguns empregados. Tratou logo de movimentar os seus pauzinhos, fazendo ligações e mais ligações para que tudo estivesse pronto quando chegássemos.

Devo confessar que esperava que o lar fosse bem simples. Certo, Ian era rico como todos os outros — muito rico, por sinal —, mas nunca imaginei que tinha tanto bom gosto. A casa era enorme, localizada em um bairro que era notoriamente o melhor daquela cidade. Entramos por uma garagem espaçosa e desembarcamos todas as nossas coisas em uma sala de estar dupla, com grandes sofás de couro preto, que combinavam perfeitamente com os demais móveis. Tudo era decorado com artigos modernos em tons de branco e preto.

A governanta da casa se chamava Gabriele — era uma prima distante de Ian, que morava naquela cidade havia alguns anos e cuidava de tudo para ele. Era uma senhora muito divertida. Sabia que o nosso trabalho era bem complicado, mas não fazia ideia de que era tão sujo. Ela pensava que fazíamos parte de algum tipo de polícia secreta. Coitada. Era exatamente o contrário.

A mansão tinha vários cômodos, um mais bonito e confortável do que o outro, mas preferi permanecer na cola de Chris. Ele disse que não se importava, e acredito que foi sincero. Eu ainda tinha medo de ser morta enquanto dormia, mas a pura verdade é que gostava de sua companhia e me sentia segura perto dele.

Cristal mudava constantemente o seu humor em relação a mim. Tinha momentos em que ela conversava comigo normalmente, e às vezes até fazia comentários animados, mas quando eu menos esperava, já estava com aquele seu olhar cruel e ameaçador apontado na minha direção. Sua inconstância me dava arrepios. Entendi perfeitamente o que Miguel queria dizer quando afirmou que não seria a mesma coisa se tivéssemos uma Cristal revoltada conosco. Seria, de longe, muito pior.

— Vamos todos descansar, mais tarde teremos uma reunião urgente com Orlando por videoconferência — disse Miguel depois que terminamos de desocupar as coisas que estavam no carro e sentamos em volta da mesa enorme da sala de jantar.

A ideia era nos desfazermos daqueles carros e arranjarmos outros para tentarmos despistar qualquer um que por acaso estivesse nos perseguindo. O grupo teria que passar por alguns lugares que não estavam descritos nem mesmo nos arquivos de Orlando, além de trocar novamente toda a documentação falsa.

A situação era bem estranha. Ninguém conseguiu entender nada quando Chris e eu contamos o que se passou dentro do carro com Carlos e Francisco. Que descansem em paz. Seus corpos devem ter sido encontrados, mas ainda não tínhamos recolhido essa informação. Segundo Chris, o próprio Orlando ordenou a morte deles. O que me fez ficar ainda mais aflita, pois o maldito tinha o poder de mandar matar qualquer um que pertencesse ao seu grupo.

Contei toda a agonia que foi correr atrás da mulher misteriosa e depois ser perseguida por uns homens esquisitos, vestidos de preto. Não descobrimos nada sobre eles. Chris disse que não teve tempo de ver o que estava acontecendo, ouviu os meus gritos para correr de volta e conseguiu encontrar um lugar para se esconder. Ficou me esperando passar por ele, seguindo a via, mas não apareci.

Todos concordaram que havia sido uma grande emboscada, mas não fazíamos ideia de quem era o mandante. Provavelmente uma ação do grupo do Vitón com a ajuda de alguma fruta podre do nosso grupo, que tinha os detalhes da operação. Ninguém sabe como foi possível. Nossas operações eram sigilosas, não existiam registros nem nada do tipo. Um pequeno grupo não tem acesso às informações sobre o que outro grupo está fazendo. As coisas que Chris e eu recolhemos no carro dos falecidos não comprovavam absolutamente nada. Só tinha lixo, porcarias inúteis para nós.

— E se o Alibabá comentou alguma coisa com alguém? — Eu me lembrei de que ele também sabia da operação. Os rapazes avisaram que o Alibabá havia ido embora levando consigo a encomenda, como Orlando recomendara, mesmo sob forte risco de emboscada. — Ele pode ter algum colega no grupo, sei lá. Pode ter deixado vazar alguma informação.

— É verdade. — Miguel olhou para mim pela primeira vez desde que eu o imprensei na parede. — Orlando confia no Alibabá, mas ele pode ter comentado com alguém. É a única explicação plausível.

— Mas quem? — Cristal fazia caretas. — Além do mais, ele não sabia qual era a encomenda. Meu pai nunca fornece essas informações às pessoas responsáveis pelas cargas. Poderia ser qualquer coisa sem importância.

— Exatamente — completou Chris. — Ele não sabia a importância da encomenda, logo, não faz sentido que tenha comentado com alguém. E se tivesse comentado por alto, ninguém se interessaria.

— Bom... Vamos pensar melhor, e mais tarde nos reuniremos de novo com o Orlando. Ele vai nos dar algum direcionamento — definiu Miguel.

Recolhemo-nos em nossos aposentos ainda com muitas perguntas rodopiando em nossas mentes. Nenhuma resposta era satisfatória.

Demorei um tempão para conseguir dormir. Fiquei pensando em tudo o que aconteceu, e nervosa com a nova condição do grupo. Sentia que estávamos correndo um perigo muito grande. Alguém estava disposto a nos prejudicar. Não conseguia tirar da minha mente a imagem daquela mulher mirando, sem pestanejar, sua arma na direção de Chris. Também me sentia assustada por quase ter sido morta por Miguel. Seria uma tragédia digna de novela mexicana. Não sei por que, mas naquele momento eu realmente não me senti incomodada. Porém, agora que estou pensando melhor, tudo parece um absurdo. Se tivesse acontecido o contrário, eu estaria ensandecida.

Dei alguns cochilos curtos e desisti de tentar me acalmar. A angústia não queria ir embora. Olhei para Chris, deitado em uma cama ao lado da minha, e me perguntei como conseguia dormir tão tranquilamente. Será que ele não sentia peso na consciência? Nenhum medo para compactuar com o travesseiro? Impossível. Ontem mesmo havia matado dois caras. Só naquela semana foram cinco!

Saí da cama às pressas. Caminhei até a pequena varanda que tinha no nosso quarto. Fiquei apaixonada, logo de cara, pela vista. Dava para ver metade das casas e prédios da cidade, pintando o cenário com cores maravilhosas que contrastavam com o céu muito azul e sem nuvens daquela manhã. Abaixo dos meus pés, vi a área de lazer da casa de Ian. Uma piscina enorme, de um azul profundo, brilhava cintilante por causa da luz do sol se encostando à superfície.

Não pensei duas vezes, mesmo sabendo que ainda estava cedo e que provavelmente ficaria morrendo de sono o restante do dia. Coloquei o maldito biquíni que Patrick tinha comprado para mim — sei lá como os meninos o haviam recuperado — e desci as escadas, rumo à piscina. Aqueles trajes não me traziam boas lembranças, mas os vesti mesmo assim, tentando ignorar os meus piores pensamentos.

Tentei não fazer barulho enquanto descia as escadas de mármore. Não havia ninguém por perto, e agradeci bastante pelo fato de poder ficar sozinha. Queria um momento de calma, sem ter de me explicar a ninguém, e alguns minutos relaxantes em que pudesse ter um pouco de paz.

Não demorei muito pensando se a água estava fria. Precisava de um mergulho, precisava me exercitar. Meu corpo doía e as marcas feias do ataque de Patrick ainda estavam lá, mas não me importei com nada disso. Não tenho por que me envergonhar dessas marcas. Tenho mais é que me orgulhar por ainda estar viva, apesar delas.

Mergulhei com vontade e adorei sentir a água envolvendo o meu corpo, revitalizando os meus pensamentos e me dando uma sensação de alívio. Nadei despreocupadamente alguns metros, até que bati em alguma coisa. Foi uma trombada e tanto em algo que, de início, não soube o que era, pois não parecia ser uma das paredes da piscina. Tirei a cabeça da água depressa, buscando o ar que havia perdido com a topada. Dei de cara com Miguel, que também emergiu. Ele fazia caretas e lutava para colocar os cabelos molhados para trás. Também tinha se assustado bastante.

— Não vi você! — Resfoleguei sem saber se devia rir ou ficar chateada. Não queria ver Miguel tão cedo, mas ao mesmo tempo queria muito. Dá para entender? Eu sei que não.

— Quando vi a piscina, não consegui resistir... — Sorriu.

— É o que você mais gosta de fazer. — Lembrei-me da nossa brincadeira do "quem é você?", a que jogamos no dia em que roubamos um carro juntos. Ele havia dito que adorava nadar, mas que não o fazia havia algum tempo.

— Não sabia que você também gostava.

— Nem eu, mas fui atraída pelo brilho dela. — Mexi as minhas mãos dentro da água, fazendo pequenas ondas se moverem, brilhantes. — Não consegui dormir.

— Eu também não. — Bateu um pouco os braços contra a água.

Estávamos bem no centro da piscina, e nossos pés mal conseguiam chegar até o chão. Quero dizer, pelo menos os meus. Nadei de volta até a área mais rasa, e ele veio junto, entendendo que não dava para se concentrar em uma conversa ali no meio. Ou eu falava ou me afogava.

Havia uma escadaria de azulejos brancos que ficava submersa em certo ponto. Sentei-me em um dos degraus, mantendo o meu corpo metade fora e metade dentro da água. Miguel se sentou ao meu lado.

Fiquei algum tempo admirando a sua beleza, meio sem saber o que falar e meio que achando suficiente a simples chance de vê-lo tão perto de novo. Ele estava vestido apenas com uma bermuda escura, por isso não resisti em observar o seu abdômen, peitoral e braços, mal acreditando que tudo aquilo estava ao meu alcance cerca de 24 horas antes, que eu havia guiado as minhas mãos por cada detalhe daquele corpo sem nenhum pudor. Seu rosto bem desenhado parecia esculpido à mão, finalizando a obra de arte com um toque de mestre. Ele era perfeito.

Claro que ele tinha algumas — muitas — cicatrizes espalhadas pelo corpo, por conta do trabalho, mas eu estava começando a identificá-las. Elas só me deixam ainda mais louca por ele. Seu abdômen ainda exibia uma mancha roxa na lateral, sequela do tiro de raspão que levou.

Mesmo com tanta perfeição diante dos meus olhos, não era só a sua beleza que me encantava. O que também me deixava apaixonada por ele era seu jeito de sorrir. E quando ficava pensativo e mexia as mãos de nervoso. Também quando a sua boca se movia para falar qualquer coisa. Ficava evidente no instante exato em que seus olhos brilhavam quando olhava para mim. São pequenas coisas que o fazem ser tão especial.

— Precisamos conversar — disse depois de algum tempo em silêncio. Eu não precisava dizer mais nada; só observá-lo já estava me fazendo um bem enorme. Mesmo assim, sabia que o certo era deixar as coisas mais claras entre nós dois. Não tinha como fugir de uma boa conversa, por isso comecei logo de uma vez.

— Queria que me desculpasse pelo que eu disse ontem — murmurei, olhando em seus olhos. — Estava nervosa e...

— Não. Você tinha razão. Não dá mais para continuar como está... Só vamos nos magoar e nos distanciar aos poucos. Posso fingir ser quem não sou o tempo todo, mas não consigo mais fingir sentir o que eu não sinto.

— Isso vai acabar. Temos que ser pacientes, não é? Não foi o que combinamos? Vou tentar não ficar com ciúmes.

— Não, Chris. — Colocou os seus braços molhados em volta dos meus ombros. — Já chega. Se fosse comigo eu não suportaria. Se você tivesse que estar com alguém à força eu jamais permitiria. Isso é ridículo.

Sua frase me trouxe desconforto e tristeza. Era mesmo horrível para mim vê-lo submetido à Cristal.

— Não estou dizendo que acho bom, muito menos que permito. — Um nó enorme crescia em minha garganta. — Só que não posso fazer nada além de tentar compreender e esperar.

— Você está sendo muito corajosa. É uma das qualidades que admiro em você. — Segurou o meu queixo delicadamente, aproximando o seu rosto do meu.

— Corajosa? Você que é muito corajoso, Miguel. Por mais que eu sofra, não faço ideia do tamanho do seu sofrimento. No fim, quem sofre *de verdade* é você. Eu só sofro porque você sofre.

— E então eu sofro mais ainda — murmurou. — Toda vez que vejo seu rosto entristecer, tenho vontade de morrer. Não quero que nada estrague o que estamos construindo, não vou permitir que nada nos separe. Olha, nunca senti isso antes, eu juro. Não vou arriscar te perder e não quero continuar com essa palhaçada. Por isso fiz o que fiz e já está feito.

— O que você fez? — Franzi a testa.

— Terminei com Cristal. Falei toda a verdade para ela.

— Você o quê? — quase gritei, afastando-me dele sem acreditar no que tinha acabado de ouvir. Ele tinha praticamente escrito a nossa sentença de morte, entregado-nos à forca, de bandeja.

— Isso mesmo que ouviu. — Ele não parecia muito satisfeito com aquilo. Seu rosto estava extremamente sério. — Ela já sabe. E é melhor que saiba por mim do que por outros meios. Já não está dando mais para fingir, Chris... Cristal é muito esperta. Tem crises o tempo todo... Hoje, mais cedo, teve outra. Decidi contar a verdade antes que piorasse a situação e ela ficasse com ainda mais ódio depois que soubesse de tudo.

— E como reagiu? — Balancei a cabeça em negativa, sentindo a minha testa franzir completamente.

Eu ainda não estava acreditando. Ainda não acredito até agora. Ele foi corajoso no mesmo nível que foi inconsequente. Não dava para saber se era bom ou ruim.

— Da forma que imaginamos. — Suspirou. — Muito mal. Ela gritou e ameaçou, ficou descontrolada. Tentei explicar, e ela ouviu tudo. Depois de um tempo veio o que eu mais temia: o silêncio. Quando ela silencia é porque está mesmo com ódio mortal.

— E agora?

Ela vai tentar me matar. Com certeza. Ela vai me matar. Soube disso naquele momento. Lembrei-me do sonho que tive por duas vezes nos últimos dias. O seu olhar cruel, suas mãos mirando uma arma na minha direção. Ela vai me matar, mais cedo ou mais tarde.

— Cristal tentará, mas não vai conseguir. Não desta vez. Estou preparado. Fique sempre por perto de mim ou de Chris, jamais fique sozinha. Seja cautelosa, ande sempre com a sua arma por perto. Eu vou te proteger, Chris — disse com firmeza, puxando-me para mais perto. — Cristal não vai poder fazer nada, não por enquanto. Estamos em perigo, e o pai dela não tem tempo para os draminhas que ela faz.

— Ela vai me matar, Miguel. — Saí de perto dele e entrei na água. — Ou ao menos tentar, e não vai ser só uma vez. Cristal não vai deixar como está. Além do mais, pode tentar matar você também. Uma mulher magoada e com ódio é a arma mais mortal que existe.

— Vamos embora daqui. Agora — ele propôs.

— Está louco? E o grupo?

— Christian sabe se virar, assim como o restante. Já estamos seguros aqui. Eu vou parar, Chris, não aguento mais. É um bom momento para inventar uma desculpa e cair fora.

— É um péssimo momento, Miguel. Um momento conturbado! Se você cair fora vão pensar que está contra o grupo. Podem até pensar que está do lado de Vitón, e se isso acontecer eles não nos deixarão em paz. Nunca ficaremos em paz.

— Tem de haver um jeito.

— Não tem jeito.

— Acha que será melhor continuar fingindo? É melhor que eu continue a te ver sofrer, ignorando o que está acontecendo? Acha que é melhor que eu permaneça obrigado a dormir com Cristal, pensando em você o tempo todo? — endureceu a voz, impaciente. Meu coração disparou com as suas palavras. Lágrimas se formaram em meus olhos. — Fiz isso por você! — rosnou, provocando-me um susto. — Por nós dois. Não dá pra te entender.

Ele se levantou e subiu alguns degraus da escadaria, deixando a piscina. Pegou uma toalha, que estava em uma das cadeiras de plástico.

— Você... — comecei, mas parei. Estava chocada.

— O que acha disso? — Ele continuou explosivo. — Posso voltar lá e dizer que a quero de volta. É o que você quer, Christine?

Não respondi absolutamente nada. Só tinha certeza de uma coisa: Miguel tinha perdido todo o juízo. Ele não pensou direito nas consequências. Foi tudo culpa minha. Jamais deveria tê-lo pressionado como fiz no dia anterior. Acabou agindo por impulso. Talvez aquela tivesse sido a primeira vez que agiu usando o coração em vez da razão. Miguel disse que tinha feito por mim, mas eu sabia que tinha feito também por ele. E sabia que não era acostumado a fazer as coisas para si.

Aquele era o Miguel de verdade, o que estava por trás de toda a frieza e racionalidade. O Miguel que existia por dentro dele me amava e me queria, era bom e gentil, era um Miguel que queria mudar. Sei que foi por aquele Miguel que eu havia me apaixonado. Como podia impedir que ele aflorasse? Tinha mais era que incentivá-lo, estar ao lado dele.

— Miguel... — Tentei chamar a sua atenção. Ele não olhou para mim, apenas terminou de enxugar seu corpo e, com a cara amarrada, andou na direção da casa. — Miguel!

Saí da piscina correndo, quase tropeçando nas escadas. Alcancei-o rapidamente e me pus na sua frente, empurrando os seus ombros para o lado. Seu rosto ao me olhar estava diferente. Vazio. Triste. Meu coração se partiu em pedaços ao vê-lo daquele jeito.

Por outro lado, fiquei feliz por ele. Estava demonstrando o que sentia. Não tentou fingir que estava bem. A máscara que usava o tempo todo tinha ido embora. E eu amava mais do que tudo o que estava por trás dela.

— Desculpa. Não quis dizer que as coisas deviam ficar como estavam. Você tem razão, eu odeio essa situação e sofro com ela o tempo inteiro, em cada segundo da minha vida. Só estou com medo.

— Eu também estou com medo — confessou aos sussurros. — Você nem imagina o quanto. Por favor, entenda que eu nunca tive tantos motivos para lutar. Não posso ser a mesma pessoa agora que você entrou na minha vida, Chris. Eu preciso... — Suspirou, sem saber o que dizer.

— Precisa se libertar. — Eu me aproximei dele e envolvi os meus braços no seu pescoço. — O que você fez não foi uma loucura, foi o certo. Usou isto aqui. — Coloquei a minha mão em seu peito. — Precisa usá-lo um pouco, do contrário não viverá de verdade. Vai só existir.

— Antes de você, eu só existia. Agora, eu quero viver. Quero lutar para ser feliz contigo.

— As suas decisões são as minhas. — Sorri, sentindo-me a mulher mais amada do mundo. Ainda é difícil acreditar que Miguel sente o mesmo que eu sinto por ele. É mágico demais para mim. Uma felicidade que pensei que nunca teria. — Vou arcar com todas as consequências. Confio em você.

Miguel segurou a minha cintura e me puxou, afundando os seus lábios nos meus. Senti que, enfim, as coisas estavam certas, em seus devidos lugares. Miguel era meu e só meu. Não era errado estar com ele nem lhe oferecer todo o meu amor.

Em meus braços pude sentir um Miguel despreocupado, sem fingimentos. Seu beijo foi ainda mais doce do que todos os outros; seus lábios se derreteram completamente sobre os meus. Nossos corpos molhados entraram em choque ao ficar tão perto, como sempre acontecia.

— Vai dar tudo certo — sussurrou em meu ouvido. — Tem que dar. Quero muito ficar contigo.

— Claro que vai. Vai dar tudo certo.

E como pode dar errado? No meu mundo o bem sempre vence. A mocinha e o mocinho sempre terminam a história derrotando todo o mal e vivendo felizes para sempre. A vida real é complicada, mas eu sempre tive fé. As coisas boas existem, e acredito em finais felizes. Sempre vou acreditar. Miguel era só meu. O que mais importava?

Naquele instante, achei mesmo que só aquilo importava. E ele também. Me pegou no colo e me jogou na piscina, mergulhando logo em seguida. Encontrou-me rápido, antes mesmo que eu pudesse emergir.

Beijou-me longamente. Não parou por nada e me arrastou para uma das laterais da piscina. Suas mãos começaram a escorregar pelo meu corpo. Entendi o que ele queria e eu me ofereci a ele.

Miguel segurou os meus seios por dentro da parte de cima do biquíni. Fiquei louca por causa do modo possessivo como me tocava. Somadas aos seus lábios sempre nos meus, suas mãos me fizeram entrar em um estado de torpor irreversível.

A água da piscina nos foi parceira, pois camuflava nossos movimentos sensuais, já que nossos corpos estavam submersos. Ninguém saberia o que exatamente estava acontecendo ali caso entrasse na área de lazer.

— Loucura... — murmurei.

— Se eu não tiver você agora, vou explodir... — Miguel sussurrou em resposta, e suas mãos já exploravam a parte de baixo do meu biquíni. A mão boba encontrou o meu ponto mais sensível. Soltei um gemido baixo, mas fui silenciada pelos seus lábios.

A minha resposta foi simplesmente enlaçar a sua cintura com minhas pernas. Miguel continuou me estimulando de um jeito incrível enquanto não largava a minha boca. Nunca havia feito nada daquilo dentro de uma piscina, e não sabia até que ponto podíamos chegar, mas Miguel parecia entender bem do assunto, pois não pestanejou quando tirou as mãos de mim e deixou o seu sexo exposto.

Tremi de excitação e de medo.

— Onde ela está? — Olhei ao nosso redor, mas não havia sinal de que alguém estivesse acordado. Era muito cedo.

— Não quero saber. — Ele segurou o próprio membro e o forçou contra a minha entrada depois de afastar o meu biquíni. Prendi as pernas com mais força ao redor dele. — Tenho raiva de quem sabe.

— Miguel... — Tentei me afastar, mas ele me impediu.

— Shhh... Relaxa, Chris.

Ele encontrou o caminho exato e me penetrou profundamente. Soltamos um gemido em uníssono. Senti-me um pouco estranha por causa da água, mas a sensação de preenchimento foi intensa. Achei que fosse enlouquecer.

— Estava com saudade... — murmurei enquanto fechava os olhos e puxava os seus cabelos molhados. Miguel continuou os movimentos com seu membro, entrando e saindo de mim. Senti-lo era excepcional. Já conseguia reconhecê-lo, era a mesma sensação de plenitude, uma intensidade que envolvia todo o meu corpo e a minha alma em um único ato. A preocupação com o que nos rodeava foi embora, e só consegui me concentrar no que estávamos fazendo. Pouco me importava se fôssemos vistos. A ideia de exposição e perigo só me trouxe ainda mais prazer.

Miguel acelerou o movimento consideravelmente.

— Você é uma delícia... — Seu gesto mais brusco fez a água se agitar bastante entre nós, e o meu corpo subindo e descendo com mais velocidade começava a deixar óbvio, para quem nos visse de fora, o que estávamos aprontando. — E é minha... E eu te amo...

Depois de sussurrar aquelas palavras, Miguel começou a beijar e lamber o meu ouvido. Arrepiei-me por inteira. Devo ter me arrepiado umas dez vezes seguidas; até o meu couro cabeludo foi atingido.

A água ajudou a intensificar a sensação de que estava planando. Movimentei o meu quadril. Miguel parou e ficou apenas me observando, tinha os lábios presos e os olhos hipnóticos. A sua mão mais ousada começou a me estimular novamente. Arqueei as minhas costas, projetando a cabeça para trás. Soltei um gemido mais alto do que planejei.

— Shhh... Geme só pra mim. — Miguel lambeu o meu queixo e desceu pelo meu pescoço.

Sua outra mão me segurou por trás. Agarrou-se de um jeito firme ao meu traseiro. Fiquei totalmente presa em sua armadilha, sem poder movimentar o meu quadril. Senti o estímulo mexer com os meus sentidos. Seu sexo invadindo o meu, combinado com a mão que trabalhava com insistência, fez-me ingressar em uma dimensão paralela onde só existiam ele, a piscina e eu. Busquei tranquilidade para não me afobar antes da hora.

Depois de alguns minutos de pura concentração, achei que fosse o momento certo. Abri os olhos e o encarei, na mesma hora sentindo um orgasmo profundo derrubar as barreiras do meu corpo. Contorci-me por inteira, envolvida por suas mãos e o seu sexo firme, que não parou por nada.

Miguel me observou gozando com uma expressão sofrida estampada em seu rosto. Entendi o motivo um segundo depois, quando começou a tremer e a gemer o meu nome em murmúrios quase ininteligíveis. Ele demorou muito tempo me preenchendo, tanto que estranhei.

— Quero mais... — alertou. — Vem comigo.

Separar-me dele me causou um frio horroroso. O meu corpo, logo após o orgasmo, sentiu bastante a frieza da água. Foi um choque térmico que me deixou meio zonza.

Miguel aprumou o meu biquíni e arrumou a sua bermuda. Ajudou-me a sair da água através das escadas e foi logo me puxando na direção do jardim. No início não entendi o que ele queria fazer, muito menos para onde iríamos. Só depois que notei escadas que levavam à sauna.

Miguel ligou um interruptor e ouvimos um ronco de máquina funcionando, similar a uma bomba de água. Cruzamos alguns chuveiros ao ar livre, até que ele abriu uma porta aparentemente normal, mas que era mais pesada do que imaginei. Entramos de mansinho. Ele ainda conferiu se alguém havia nos seguido antes de entrarmos. Uma sala pequena, toda revestida por cerâmica branca, surgiu diante de nós. Um vapor cheiroso invadia o lugar.

Miguel não quis perder tempo. Puxou-me para si e segurou a minha mão, obrigando-a a tocar a sua ereção firme. Sorri. Que safado!

— Quero você toda nua. — Tocou o meu corpo de leve, mas logo começou a arrancar o meu biquíni. Sua pressa evidente me deixou perturbada. Não sabia se conseguiria ter gás para continuar, pois tinha voltado a me preocupar com o que nos afligia.

Mudei de ideia rapidamente. Bastou que suas mãos firmes vasculhassem o meu corpo depois de despido. Somente. A sua bermuda foi parar no chão junto com o meu biquíni, e quando menos esperei já estava pendurada nele de novo. Dessa vez, sem a ajuda da água, seus braços rígidos precisaram segurar as minhas pernas com força.

Aquele homem louco parecia não sentir o meu peso. Usei uma mão para nos encaixar e logo comecei a pular como uma louca, chocando os nossos sexos com vigor. Ele deu alguns passos para trás, um pouco desnorteado, mas logo retomou o controle de seu corpo. Começou a me beijar de um jeito animalesco.

O vapor se intensificou cerca de cinco minutos depois. Na verdade, quase não conseguia mais ver Miguel, embora ele estivesse, obviamente, bem na minha frente. Nossa respiração sôfrega piorou ainda mais, porém o cheiro continuava bom, e o calor estrondoso só aumentou a nossa vontade de se entregar.

Miguel me colocou no chão de repente. Apanhou a sua bermuda e a depositou em cima de um dos bancos compridos, também coberto por cerâmica. Sentou-se sobre ela e voltou a me puxar para si. Abri as minhas pernas ao seu redor, preparando-me para cavalgá-lo como nunca.

Foi o que fiz. Não sei se fui ajudada pelo vapor, pelo cheiro ou pelos nossos corpos cada vez mais suados — estávamos pingando de suor —, ou se foram os cabelos dele molhados grudando em seu rosto, ou as suas mãos que me apertavam como se quisessem me possuir.

Só sei que eu não parei de tomar o que era meu até irromper em um êxtase louco, com direito a gritos tão altos que depois temi ter sido ouvida do lado de fora. Miguel segurou os meus cabelos com força e, vendo que as minhas pernas não aguentariam mais nada, começou a movimentar o seu quadril com uma agilidade impressionante.

Puxou-me com força e se deixou deitar lateralmente no banco, prosseguindo com o movimento de seus quadris. O choque se tornou tão intenso e constante que me senti flutuar novamente. O preenchimento do seu sexo dentro do meu era perfeito, atingia o meu corpo com precisão, como uma dose necessária para me fazer enlouquecer sem dificuldade.

Miguel urrou o meu nome, e senti que estava tendo a própria liberação. Caí em cima do seu corpo assim que ele parou o movimento. Ficamos daquele jeito, encaixados e ensopados, por alguns minutos.

— Estou com falta de ar — reclamei depois que percebi que os meus batimentos jamais voltariam ao normal ali dentro da sauna.

— Vamos sair daqui, minha linda. — Miguel nos levantou devagar. Deu-me um selinho antes de começar a vestir o meu biquíni. Sério, não fiz absolutamente nada, ele que fez questão de me vestir.

Sei que o que fizemos foi loucura, mas cada segundo valeu a pena. Não me arrependo. Faria de novo, exatamente igual. Qualquer instante com Miguel significava a minha felicidade, portanto jamais nos impediria de viver todos eles com a maior intensidade que nos fosse permitida.

E que intensidade!

A boa notícia é que a união repentina entre Miguel e eu nos favoreceu a tal ponto que, se não tivesse acontecido, tudo teria sido muito pior. Talvez eu nem estivesse aqui agora, contando toda a história. Para ser bem sincera, eu realmente teria morrido. Seria impossível sobreviver àquilo se nós não tivéssemos descoberto tudo antes. Juntos.

***

Depois de uma chuveirada do lado de fora da sauna, puxei Miguel de volta para a piscina, pois a água ainda brilhava de uma forma muito convidativa. Se a sensação de senti-la refrescando o meu corpo era boa, pode ter certeza de que foi melhor ainda sentir o corpo dele junto ao meu, misturando-se com a água. Entre mergulhos e beijos roubados, seus olhos brilhavam em um tom de azul perfeito, completando a magia da paisagem.

Foi quando estávamos apostando quem chegava mais rápido até o outro lado da piscina que avistamos Gabriele, a governanta, segurando uma bandeja farta de café da manhã. Ela nos serviu com a maior boa vontade, organizando uma das mesas cobertas por guarda-sóis, que ficavam ao redor da piscina. Ela parecia uma pessoa legal, sempre preocupada com a nossa satisfação, pronta para nos oferecer uma boa estadia naquela casa.

Ainda era bastante cedo quando sentamos nas cadeiras acolchoadas ao redor da mesa bem-posta. Eu não sabia que estava com tanta fome até dar uma olhada nos pãezinhos frescos e sentir o cheiro de café gostoso no ar. Meu estômago roncou alto, e comemos com vontade entre conversas corriqueiras e divertidas. Nós até parecíamos duas pessoas normais, um simples casal apaixonado. Miguel estava com muita fome e, no final, constatei que comemos quase tudo que fora servido.

Nem sequer mencionamos o fato de estarmos evidentemente em uma fria.

— Quase que não sobram os pratos. Cuidado com esta xícara, ela pode te fazer mal. — Ri, pegando a xícara das mãos de Miguel e a devolvendo ao pires. Ele riu da brincadeira, ainda terminando de mastigar.

— Isso não vale, olha o meu tamanho! Tenho que ser bem alimentado. — Miguel também entrou na brincadeira.

— Sei... Você ainda está na fase de crescimento.

— Exatamente!

Um silêncio pairou sobre nós enquanto ele me olhava, mostrando-me seu sorriso encantador. Eu me sentia extremamente feliz com a sua presença, com o fato de poder tomar um café da manhã despreocupado ao lado dele. Seus olhos brilhantes também não negavam a felicidade. Aquele foi um momento bom que será lembrado para sempre.

Do nada, comecei a pensar. Não me pergunte como, mas, olhando para Miguel, lembrei-me dos problemas que ainda tínhamos que resolver; da reunião com Orlando mais tarde e de tudo o que podia ter dado errado na nossa missão. Tentei encontrar respostas. Minha mente trabalhou tão rápido que nem sei direito como pude encontrar aquela nova teoria.

A teoria que salvaria as nossas vidas.

— Miguel... — Ele olhou para mim já nervoso, reconhecendo o meu timbre de voz tenso. — Se os únicos que sabiam de toda a missão éramos nós e o Orlando... E com certeza Orlando não armaria para cima dele mesmo... — falei devagar, como se estivesse fazendo um cálculo e não explicitando uma ideia teórica.

— Continue.

— Não acha que pode ter sido armação do próprio grupo?

— Claro que foi, alguém do grupo de Orlan...

— Não — interrompi. — Não falo do grupo de Orlando como um todo. Falo do nosso grupo. Alguém do nosso próprio grupo.

Miguel olhou para mim como se eu tivesse ficado doida. Permanecemos em silêncio enquanto ele pensava seriamente no que eu tinha acabado de dizer. Era prova completa de que ele tinha levado a minha teoria a sério, apesar de ser meio... chocante demais. Uma traição daquele nível era quase inimaginável, mas, a meu ver, muito possível.

— Cristal não ficaria contra o próprio pai — afirmou Miguel com convicção. — Eu a conheço... Ela morre de amores por ele.

Dei de ombros. Para mim, Cristal seria capaz de qualquer coisa. Mas se Miguel estava dizendo...

— Chris também não pode ser. Ele não faria algo assim conosco, e também não faz muito sentido, já que quase morreu.

— Não, Chris jamais faria isso — Miguel concordou com veemência.

— Nos resta...

— Ian e Plínio.

— Confia neles? — Comecei a sentir as minhas pernas tremelicarem de medo.

— Ambos estão no grupo há algum tempo. Já passamos por muitas coisas juntos... Não tenho motivos para duvidar deles.

— E se... — comecei, mas ele me interrompeu.

— Chris. Isso é muito perigoso.

Sabia que era perigoso. Mas no momento me pareceu ser possível. E se Plínio ou Ian, ou os dois, quem sabe, estivessem envolvidos nessa história? E se na verdade eles estiverem contra nós? Querendo nos prejudicar ou, longe disso, querendo apenas pegar a nossa encomenda sem nos machucar? Eu tinha as minhas dúvidas.

Aquela casa era de Ian. Ele tinha feito o grupo inteiro vir parar ali. Havia soltado a sugestão desde o início, nós passaríamos por aquela cidade e continuaríamos com a nossa rota se não fosse ele. Parecia bem possível que talvez tudo fosse um plano, algo para nos deixar vulneráveis. Olhando Miguel daquele jeito, constatei com convicção que estávamos muito, extremamente vulneráveis naquela casa.

Olhei para baixo, tentando pensar um pouco mais na situação. A toalha branca e macia cobria os meus ombros, protegendo-me de alguns raios de sol e mantendo a minha pele seca dos pingos de água que escorriam dos meus cabelos recém-pintados de preto. Se Ian tivesse alguma coisa a ver com aquilo, provavelmente estaria esperando o momento certo para agir. Ou talvez tudo fosse coisa da minha cabeça. Eu só estava neurótica demais. Ian podia ser chato e irritante às vezes, mas parecia ao menos ser leal.

Eu estava começando a descartar a minha ideia sem sentido quando Miguel parou de pensar no assunto e levantou as coisas que estavam em cima da mesa. Ele começou com a xícara, depois o pires e o bule de café. Alisou a parte de baixo de cada material como que procurando alguma coisa embaixo.

No começo eu não entendi bulhufas de seu comportamento, até mesmo fiz uma careta e permaneci calada, sem nada comentar. Só depois percebi que Miguel estava procurando por uma escuta ou algo da espécie. Era óbvio! Se Ian tinha alguma coisa a ver com isso, era bem plausível que espalhasse escutas pela casa, a fim de ficar por dentro dos nossos movimentos e conversas. Se aquilo fosse parte de um plano, como eu tinha sugerido, poderíamos ser monitorados desde o princípio.

Miguel olhou para mim significativamente, sem falar nada. Continuou revirando os pratos de uma forma bem discreta, como se ainda tivesse disposto a comer mais alguma coisa. Não esperei que terminasse de revirar as coisas, comecei a fazer o mesmo também. No fundo, sabia que encontraria o que procurávamos. Por isso estava ficando cada vez mais nervosa a cada pedacinho de prato ou bandeja que analisava minuciosamente.

Como diz o ditado "quem procura, acha", acabei encontrando. Depois de revirarmos todos os objetos dispostos nas bandejas, resolvi procurar embaixo da mesa grande de madeira. Foi rápido e direto. Em um segundo coloquei a minha mão ali, rezando para encontrar algum chiclete mastigado em vez de uma escuta. Mas ela estava lá. Envolto com seu adesivo transparente, o aparelho minúsculo e imperceptível estava ali. Nem a tirei do lugar, apenas senti seu volume. Eu tinha certeza de que era uma escuta, afinal, depois de tentar retirar uma maldita igual àquela da camisa de Patrick, podia reconhecer uma apenas sentindo com os dedos.

Parei e olhei para Miguel, acenando de leve para debaixo da mesa, sentindo as minhas mãos começarem a tremer de medo. Ele tocou no lugar que eu tinha sinalizado com a mesma discrição que revirara os objetos. Estávamos fritos. Sério, quando Miguel percebeu e fez uma careta de puro desgosto, meu coração acelerou com força.

A minha teoria estava certa. Estávamos dentro de uma cilada.

— Você provavelmente tem razão, Miguel. Acho que desconfio de Ian por ele não falar comigo direito. — Senti que a minha voz falharia a qualquer momento, mas tentaria me manter firme. Se alguém estava escutando a nossa conversa, tínhamos que dar um jeito de fazê-los achar que não fazíamos ideia de seus planos. — Mas ele parece ser gente boa. — Engoli em seco, rezando para aquele disfarce colar.

— Sem dúvida, Chris. Ian está no nosso grupo há anos, bem como o Plínio. Os dois estão do nosso lado. — Miguel disfarçava tão bem quanto eu. Acho que ele devia ter um nome para a sua personalidade de bandido calculista, assim como eu tinha para a minha.

— Sim, você tem razão. Mas essa situação toda me deixa bem nervosa. O que eu mais quero é que a temporada acabe, quero estar contigo logo.

— Eu também, meu amor. — Tocou de leve a minha bochecha. Os olhos dele tinham voltado, mas foi só por uns instantes. Depois, eles se transformaram novamente. — Vamos ver como a reunião será, estou torcendo para que nos liberem logo e deixem o serviço com outras pessoas. Com muita sorte, poderemos sair daqui *ainda* hoje. — Olhou-me de um modo diferente, e entendi que ele falou a última frase como um código. "Com muita sorte poderemos sair daqui ainda hoje" estava significando "temos que sair daqui, urgente!".

— Poderemos sair daqui ainda hoje... — repeti, pensativa. Como íamos sair com toda aquela monitoração? — Mas como Orlando pretende resolver a situação? — continuei a falar em códigos.

— Não sei, mas tem que ser logo. Rapidamente. — Aquele rapidamente podia significar "agora". — Bom, eu vou tentar falar com Cristal agora, ver se ela se acalmou. Você devia acordar Chris, a reunião vai começar daqui a pouco.

Eu estava nervosa, mas tinha entendido o que Miguel queria. Nós tínhamos que avisar Chris e Cristal do que estava acontecendo, para que fôssemos embora imediatamente. Plínio teria que ficar para trás. Não sabemos até onde ele poderia estar envolvido na situação. Por mim, só levava Chris e pronto. O restante que se virasse. Mas Miguel queria levar Cristal. O porquê eu não sabia nem queria saber. Também não estava em condições de discutir naquele momento conturbado.

— Aham. Vamos lá. — Levantei-me depressa. — Nos vemos na reunião.

Miguel se levantou também e me beijou de leve. Ele estava nervoso, assim como eu. Nossa recente descoberta era algo que estava longe de se encaixar em nossos planos, mas infelizmente não podíamos ficar parados, deixando as coisas acontecerem. Tínhamos que agir.

— Vai dar tudo certo — murmurou e, mais baixinho ainda, falou no meu ouvido, beijando-o e me deixando arrepiada de prazer e de medo. — Encontro vocês em quinze minutos, na garagem.

Os quinze minutos se passaram rápido. Levei uns quatro para chegar até o quarto sem ser vista, uns dois minutos para vestir alguma coisa por cima do biquíni molhado e mais três tentando explicar o que tinha acontecido para Chris no tom de voz mais baixo que já usei na minha vida. Eu não queria ser pega por alguma escuta que pudesse existir dentro do quarto, por isso só sussurrava o tempo todo, enquanto Chris tentava entender o porquê do meu desespero. Gesticulei feito uma louca.

Quando meu amigo finalmente compreendeu a gravidade do problema, andou para lá e para cá dentro do quarto, sem saber o que fazer. Só depois que começou a encenar seu papel. O cara em quem Chris se transformava quando estava em ação era ainda mais cruel. Vê-lo extremamente sério é algo muito difícil de encarar. Odeio quando ele muda.

— Temos que nos preparar para a reunião — falei mais alto, olhando-o com firmeza. — Miguel disse que talvez saiamos daqui ainda hoje. Mais depressa do que imaginamos.

Chris entendeu na hora o que eu queria dizer. Ele sabia da urgência daquilo tudo, sabia que tínhamos que ir embora dali. Estava muito mais preparado para aquele tipo de coisa do que eu. Era *expert* em situações de aperto, e acredito que até gostava da adrenalina escorrendo pelo sangue.

Chris pegou sua própria arma e me deu a que estava dentro da minha bolsa. Ele me entregou a minha carteira com documentos falsos, pegou a dele e só. Mais nada. Olhou para todos os lados, procurando por alguma coisa que, seja o que for, não apareceu. Depois apontou para a porta e acenou.

— Sim, espero que realmente aconteça — só então me respondeu. — Vamos.

Saímos pelo corredor vazio e descemos as escadas sorrateiramente, porém sem levantar suspeitas. Se houvesse câmeras espalhadas pela casa? Não tinha como saber. Estávamos no escuro, andando em direção a um lugar desconhecido. Tudo podia acontecer, inclusive nada. Tudo podia ser verdade ou mentira.

Quando menos esperamos, ouvimos alguém descer as escadas também. Era Plínio. Ele sorriu ao nos ver e comentou algo sobre estar morrendo de fome. Chris concordou e fez algumas brincadeiras costumeiras, mantendo o seu disfarce com uma naturalidade que espantava. Tudo parecia absolutamente normal, exceto pela minha cabeça, que não parava de latejar e indicar perigo constante. Relutei em rir, mas entrei na onda aos poucos, fingindo despreocupação.

Como sairíamos daquele lugar sem sermos vistos? Era impossível.

Ian desceu as escadas logo em seguida. A minha vontade real foi de atirar bem no meio de sua testa, mas me contive. Eu não sabia quem estava envolvido, e agir por impulso podia piorar tudo; podia custar a vida das duas pessoas que eu mais fazia questão de proteger.

— Então, estão com fome? Gabriele deve ter feito alguma coisa. — Ian sorriu amarelo. Virei o meu rosto para não encará-lo e suspirei. Precisava me controlar.

Chris apertou a minha mão, tentando me fazer ficar calma.

— Eu já comi mais cedo — avisei, implorando para que Tatiana ficasse dentro de mim e permanecesse enquanto Ian estivesse por perto. — Tomei banho de piscina também, a água estava ótima!

— Sim, o dia está ótimo para uma piscina, mas não teremos muito tempo. A reunião é daqui a pouco — comentou Plínio, sorridente como de costume. — Vamos comer, Christian?

— Vamos. — Chris soltou as minhas mãos sem um pingo de vontade de fazer isso.

Sabia o que ele queria: nunca sairíamos dali com aqueles dois por perto. Alguém precisava distraí-los. Quase gritei e me descabelei, desesperada por vê-lo seguindo rumo à cozinha, acompanhado por Ian e por Plínio.

Chris deu uma última olhada em mim. Balancei a cabeça negativamente, sentindo o meu corpo tremer por completo. Ele entendeu. Entendeu que a sua ideia estúpida de entreter os dois enquanto fugíamos não daria certo. Entendeu que eu não sairia dali sem ele.

***

Cheguei à garagem só Deus sabe como. Os carros estavam lá, do mesmo jeito como os deixamos; não tínhamos tempo para trocá-los por novos. Nem sinal de Miguel. Olhei para todos os lados e não soube o que fazer. Estava completamente perdida e sozinha. O desespero invadiu a minha mente. Cochichei um monte de palavrões e xingamentos, coisas que eu nunca seria capaz de falar em voz alta, muito menos de escrever aqui, neste diário.

— Eu poderia te matar aqui mesmo — uma voz odiosa soou, proveniente de algum lugar. Olhei para trás no reflexo e levei um susto. Cristal saía de dentro de um dos carros, encarando-me de forma ameaçadora. — Ainda é uma boa ideia. Estou muito tentada. E, sabe... Odeio passar vontade.

Olhei para a frente, fixando a minha visão em alguma coisa além de tudo o que tinha ali. Permaneci em silêncio, apenas ignorando a sua presença. O que eu consegui ver nela me fez acreditar que estava mesmo arrasada. Seus cabelos desgrenhados e os olhos inchados indicavam seu sofrimento. O seu ódio também. Do jeito exato como eu havia imaginado.

Contudo, inexplicavelmente, não senti medo. Não dela. Eu não ligava se ela queria me matar, desde que Miguel e Chris não se machucassem. Naquele instante, só queria saber onde eles estavam e quando sairíamos dali. Meus medos eram outros, e não tinham tempo a perder com Cristal.

— Não seja burra além de otária. — Virei o meu rosto para encará-la. — Este não é o momento para você mostrar a alguém que vale alguma coisa.

O rosto dela ficou completamente vermelho com o meu comentário maldoso. Seus olhos ferinos se apertaram até quase fechar. Lembrei-me de que não podia atiçar o ódio que ela estava sentindo, mas, por outro lado, não deixaria barato. Se ela queria me matar, ótimo, descobriria que não seria tão simples assim. Eu me sentia uma pessoa totalmente capaz de me defender e revidar quando fosse preciso.

— Quem não vale nada é você — grunhiu, inspirando pura raiva. — Sua fingida! Quando ele descobrir quem você é de verdade não vai olhar para sua cara. Maldita hora em que cruzou nosso caminho!

— Olhe para si mesma! Uma bandidinha mimada de quinta categoria. Quem pensa que é para me chamar de fingida? — Eu estava mesmo disposta a não levar desaforo para casa. — Se ele não te quer, paciência, querida. Não tenho culpa se ele me ama.

— Amor? Foi o que Miguel te disse? — praticamente gritou na minha cara, mas diminuiu a voz para não ser ouvida por mais ninguém, lembrando-se de que estávamos numa situação em que o perigo real ia além da nossa discussão. — Você é carne nova, meu bem. Não passa disso. Quando ele se cansar virá correndo até mim. Acha que nunca aconteceu antes? Você faz parte de uma diversão.

— É o que veremos. — Encarei-a firmemente. Cansei daquela ladainha.

— Olhe só você! Apareceu do nada, toda angelical e metida a virgenzinha... Tão bonitinha! Miguel mal sabe o demônio que você é... Não faz ideia da máscara que usa.

— Não fale comigo sobre máscaras. Você não engana ninguém.

— Claro que não engano. — Aproximou-se de mim perigosamente. — Eu sou o que sou. Falo o que penso, faço o que faço. Não preciso fingir como você. Deve ser difícil fingir ser quem não é o tempo todo, tadinha.

— Quer saber? Eu finjo. — Senti uma vontade imensa de chorar e sair correndo. Só que essa cena seria patética demais para o meu gosto. — Finjo ser alguém como você para sobreviver. Finjo ser tão arrogante quanto você, tão... vulgar e maliciosa. Só uma mulher do seu tipinho aguenta uma vida assim.

Cristal riu, achando que tinha ganhado alguma coisa com a minha confissão. Para ser sincera, odiei de verdade ser chamada de fingida. Eu nunca levara as coisas para aquele lado. Só estava me vendo como uma boa atriz. Fazia parte de um espetáculo. Atuava como tinha que ser, mas, assim que terminava, voltava a ser simplesmente eu.

— Você não passa de uma barata tonta. Não sabe nem o que faz aqui. — Ela se aproximou ainda mais, levantando o dedo em direção ao meu rosto. — Eu vou te matar, Christine. Vou ter esse prazer. Pode não ser agora ou hoje, mas não pense que me escapa. Acabarei com a sua raça.

— Só quero que você tente.

— Não vou tentar. — Balançou a cabeça em negativa. — Vou conseguir. Sempre consigo o que eu quero.

— Se fosse verdade, Miguel não teria te trocado com tanta facilidade.

Eu não sabia que era capaz de ser tão cruel quando queria ser. Cristal estava merecendo cada uma daquelas palavras, e por isso fiquei orgulhosa da minha capacidade de feri-la com elas. Já que eu não podia estourar os seus miolos, falar tudo o que estava preso na minha garganta foi perfeito.

Cristal quase explodiu de tanta raiva. Acho que ela teria tentando alguma coisa contra mim se Miguel não tivesse aparecido, ofegante e apressado. Ele olhou para mim e depois para Cristal. Depois para mim de novo e parou. Estava surpreso e visivelmente contrariado.

— Onde está Chris? — Abriu a porta do Palio e colocou algumas poucas sacolas dentro. Provavelmente era tudo o que tinha conseguido arranjar. — Você ia se esquecer disto. — Entregou-me o meu diário. Não sabia onde ele o tinha encontrado, mas não tive tempo de perguntar. Eu estava preocupada com Chris.

— Foi tomar café com Ian e Plínio. — Miguel parou tudo e olhou para mim. Coçou a cabeça e fez uma careta de desgosto. — Não vou embora sem ele.

Deu de ombros.

— Chris, nós temos que sair daqui urgente! — O coitado estava bem nervoso, meio sem saber o que fazer. — Ele sabe se cuidar muito bem. Com certeza já tem um plano em mente.

— Não vou arriscar. Não vou deixá-lo pra trás. — Mantive-me firme. — Se acontecer alguma coisa com ele, jamais vou me perdoar.

— Deixe-a aí com ele, Miguel — disse Cristal com desdém. — Se ela quer ficar, deixe que fique.

— Não — Miguel respondeu sem nem sequer olhar para Cristal. Ainda bem que não olhou, pois ela não estava fazendo uma cara muito boa. Seu rosto inteiro estava roxo de tanta raiva.

— Vou buscá-lo — avisei e caminhei até a saída da garagem, mas Miguel me impediu.

— Eu vou. Se alguma coisa acontecer... — Olhou para nós duas, sem saber direito se nos deixava ou não sozinhas. No fim, viu que não tinha muita escolha. — Por favor, não façam nenhuma besteira. Saiam daqui depressa. Cristal, destranque o portão e espere. Chris, ligue o carro. Vai ter que ser rápido.

Ele saiu da garagem, seguindo em direção à sala de jantar. Provavelmente inventaria alguma desculpa para tirar Chris da enrascada, mas poderia chamar muita atenção para os dois e para o nosso plano maluco. Eu só estava rezando para que não tivesse nenhuma câmera por perto. O tal plano podia ser inutilizado antes mesmo de começar a tomar forma.

Cristal ignorou a minha presença, o que agradeci muito. Em vez de me atazanar, resolveu ser útil e caminhou até os portões, conferindo a melhor maneira de abri-lo sem provocar muito barulho. Entrei no Palio e liguei o motor, sentindo meus braços tremerem de tanto nervosismo.

Miguel não demorou nada a aparecer e ainda trouxe Chris consigo. Sorri de imediato assim que vi os dois juntos. Suspirei, aliviada, desci do carro às pressas e o abracei quase desesperadamente. Chris sorriu, alisando os meus cabelos. Só depois percebi que ele estava nervoso e tinha pressa, assim como todos os outros.

— Nem olhe para mim, ela não viria sem você — explicou Miguel, entrando no carro. — Vamos logo, temos um segundo para dar o fora daqui.

— Acha que perceberam? — perguntei.

— Não vamos ficar aqui para descobrir. Entre! — Chris abriu a porta de trás para que eu entrasse logo de uma vez.

Cristal terminou de abrir o portão e correu até o carro, sentando-se ao meu lado no banco traseiro, atrás de Miguel. Fiquei atrás de Chris, que estava no banco do passageiro, revirando alguns armamentos dentro de uma sacola. Em dois segundos atravessamos o grande portão de madeira, torcendo para que ninguém tivesse percebido a nossa escapada e, claro, achando isso quase impossível.

— Perceberam! — gritou Cristal com uma voz aguda e emergente, assim que o carro percorreu o primeiro metro além do portão. Prendi a minha respiração. O meu estômago foi esmagado em um segundo.

Cristal pegou a sua arma e a destravou com a habilidade de quem está acostumada a fazer aquilo, olhando atentamente em todas as direções. Chris fez o mesmo. Miguel acelerou o carro no mesmo instante, provocando um ruído típico do atrito entre o pneu e o asfalto. Tive vontade de gritar, mas me contive.

Demorei a perceber que havia pelo menos dois carros em frente à casa de Ian, preparando-se para nos perseguir. Um homem pulou o muro alto da casa, como se estivesse nos vigiando o tempo todo, e entrou em um dos carros. Outro homem suspeito saiu por detrás da primeira esquina um segundo antes de passarmos por ela.

Nossos maiores pesadelos estavam tornando-se realidade diante de nossos olhos.

— Não vão arriscar um ataque aqui! — gritou Miguel, eufórico. — Vai chamar muita atenção da vizinhança. Eles vão nos perseguir!

Miguel dobrou na primeira rua à esquerda, fazendo todos dentro do carro se projetarem para a direita sem nenhuma cautela. Os dois carros continuaram bem atrás de nós.

— Dê voltas na cidade, então! — pensei alto demais. — Até despistá-los!

— Muito arriscado! — berrou Chris. — Não conhecemos nada desta cidade, podemos nos encurralar por essas ruas. É melhor encarar e montar uma estratégia.

Eu não fazia ideia do que ele entendia por "encarar". Só podia ser algo muito ruim, por isso me desesperei ainda mais. Não estava a fim de encarar nada.

— Dois carros. Contei pelo menos três caras em cada um, não sei se tem mais. — Cristal estava ajoelhada no banco, virada para trás e empunhando a sua arma perigosamente. — Ali, pega a autoestrada! — Apontou para uma placa que anunciava o início de uma via.

Miguel fez a curva no último instante, derrapando e entrando em uma estrada intermunicipal a toda velocidade. O movimento na via estava normal, nem muitos nem poucos carros. O nosso veículo continuou seguindo em uma velocidade impressionante. Eu me senti parte do elenco do filme *Velozes e Furiosos*.

— Eles vão começar a atirar! Abaixem-se! — Miguel olhava pelo retrovisor. Todos nós nos abaixamos quase no mesmo instante. Um segundo depois, ouvi tiros em nossa direção. Alguns projéteis atingiram o vidro traseiro, mas ele não quebrou, só criou uma rachadura arredondada e perigosa. — É blindado. O carro é blindado, que sorte!

— Roubamos o carro certo! — Ri com nervosismo, começando a achar que a sorte estava ao nosso favor.

— Hora de revidar! — gritou Cristal. — Vamos, Christian!

Os dois abriram um pouco os vidros laterais do Palio. Posicionaram-se de forma contrária, olhando na direção do carro prateado que vinha logo atrás do nosso. Não consegui identificar a marca ou o modelo, pois estava completamente desesperada e encolhida no banco traseiro. Não fui capaz de participar daquilo.

Alguns tiros ainda ricocheteavam no vidro blindado, mas Miguel, experiente, começou a serpentear na estrada, esquivando-se com muita agilidade. Outros veículos buzinaram e pararam no acostamento, certamente muito assustados com a troca de tiros.

— Agora! — Chris gritou.

Começaram a atirar sem cessar na direção dos perseguidores. O carro deles fez vários desvios para a esquerda e para a direita, mas não conseguiu se livrar completamente das balas. O vidro da frente estilhaçou de um jeito cinematográfico, esfarelando-se em milhares de pequenos pedaços, que caíram na pista sem pudor.

Chris e Cristal não cessaram fogo. Continuaram renovando as munições com habilidade e atirando com destreza. Não demorou muito para o carro prateado perder o controle e seguir sem rumo, desgovernado, para além do acostamento. Por ali havia um barranco arenoso, no qual o carro seguiu a toda velocidade, capotando perigosamente até parar com as rodas para cima. Gritei alto. Não podia acreditar que estava vivenciando uma cena tão intensa. Achei que só acontecesse nos filmes.

Mais carros começaram a buzinar e pararam. Um monte de gente surgiu não sei de onde para prestar atendimento às pessoas que estavam no carro recém-capotado. Nós continuamos pela mesma via, de modo que em poucos minutos já nos encontrávamos longe do local do acidente.

Cristal e Chris baixaram guarda na mesma hora, como se estivessem sincronizados, voltando a fechar os vidros.

Descobrimos o segundo carro que nos perseguia. Era cinza. Uma picape se aproximava de nós. Cristal recarregou a sua munição, pronta para atirar mais caso fosse preciso. Olhei para ela com muita atenção. Estava concentrada no que fazia. Parecia outra pessoa.

Miguel não ousou diminuir a velocidade, entrando nas curvas perigosas, enquanto deslizávamos com força de um lado para o outro. Acho que só eu estava preocupada com o fato de estarmos correndo um risco grande e real de sofrermos um acidente automobilístico. O restante não estava nem aí para isso. Todos se concentravam no carro que vinha logo atrás de nós, acelerando e ficando cada vez mais perto.

— Eles vão nos alcançar daqui a pouco — alertou Miguel, ofegante. — O carro deles é muito mais potente, estou tirando leite de pedra. Atirem logo!

O ataque foi retomado em menos de dois segundos. Dessa vez, nada aconteceu; o vidro deles apenas trincou nos lugares onde as balas encostaram. O segundo carro deles também era blindado!

Muitos tiros vieram na nossa direção em resposta ao nosso ataque. O Palio tremeu e soltou um solavanco esquisito, provocando um ruído estrondoso. Cristal e eu soltamos gritos femininos involuntariamente.

— O que foi isso? — gritei. Nosso veículo ainda seguia aos trancos e barrancos, até que percebi que estávamos perdendo a velocidade. Eu tentava me segurar ao máximo, odiando o fato de ter me esquecido de colocar o cinto de segurança.

— Um pneu foi atingido! — gritou Miguel.

— E agora? — berrei, mais desesperada ainda.

— Continuem atirando! — Cristal e Chris atiraram dezenas de vezes, mas o veículo do oponente chegava ainda mais perto de nós. — Mirem nos pneus!

Mais tiros em nossa direção. O vidro ainda bloqueava perfeitamente os projéteis, embora estivesse todo trincado, dando a impressão de que se quebraria a qualquer instante. Eu estava rezando para que ele aguentasse um pouco mais. Não tinha noção de até que ponto um vidro daquele porte suportaria.

Nosso carro perdeu completamente o rumo assim que ficamos sem outro pneu. Miguel conseguiu estacioná-lo no acostamento com muito custo, berrando como um louco enquanto tiros ainda me espantavam. Do nada, tudo ficou muito silencioso. Foi um segundo de angústia e desespero para o meu coração mal-acostumado com tanta adrenalina.

Todos desceram do carro como que mecanicamente — menos eu —, cada qual empunhando a sua arma, até que percebi que o outro veículo tinha parado bem atrás de nós.

Olhei para trás com atenção, visualizando o que acontecia entre as rachaduras do vidro traseiro. Os caras desceram da picape, segurando as suas armas. Não pude fazer nada além de pegar a minha arma e descer também. Soltei um suspiro alto e chamei pela Tatiana. Precisaria dela.

Aquilo seria complicado para burro, e eu tinha muito a perder. A minha vida era a coisa menos importante.

***

Eram quatro homens mal-encarados. E muito bem trajados, por sinal. Não pareciam bandidos, mas eram. Nós também não parecíamos, mas éramos. Incluindo eu mesma. Não podia mais fugir do que me tornei. Eu estava longe de ser uma simples cúmplice.

Chegamos perto do outro grupo. Como estávamos em mesmo número, cada um mirou em um. Pude notar que até os nossos armamentos eram bem similares. Não havia grupo vantajoso, éramos oito pessoas correndo os mesmos riscos.

O cara que mirou a sua arma na minha direção era grande, gordo e careca. Tinha tatuagens saindo por seus braços e uma barba grande. Parecia um daqueles motoqueiros mal-encarados. Um tipo bem esquisito, devo confessar. Ele ria, olhando para mim de cima a baixo. Imediatamente, senti nojo daquele cara idiota.

— Vocês são burros pra cacete! — comentou um cara que estava mirando no Chris. Ele era o mais baixo entre eles.

— Ligue para Ian — disse outro cara, que era negro e musculoso. Sua pele escura chegava a reluzir sob o sol que nos torrava. — Vamos acabar com essa palhaçada!

Sinto-me na obrigação de deixar claro que eles não falaram de uma forma tão educada como estou descrevendo. Na verdade, falaram mais palavrões do que eu era capaz de assimilar. Tinham um linguajar específico da bandidagem. O meu nojo só fazia aumentar.

O cara baixo pegou um celular de dentro do seu bolso sem deixar de se concentrar na mira em Chris. Um segundo se passou. Miguel estava ao meu lado, parecendo nervoso com o cara gordo que mirava bem na minha cabeça. Ele me olhava de soslaio, conferindo o modo como eu reagia àquilo e também o meu posicionamento. Tive certeza de que não mediria esforços para me proteger. E isso era absolutamente recíproco. De qualquer forma, perceber que Miguel estava comigo fez com que eu me sentisse segura.

O sol estava quente demais. Um mormaço absurdo me fazia suar, e eu não era a única a ficar irritada com o calor. Alguns carros passavam pela estrada em uma velocidade que fazia o asfalto trepidar. Não sei o que se passava na cabeça das pessoas quando nos viam; oito pessoas apontando suas armas entre si. Talvez pensassem que era alguma abordagem da polícia. Talvez não. Só sei que elas aceleravam ainda mais os seus carros, querendo distância do que quer que nós estivéssemos fazendo.

— Estão na nossa frente — disse o homem baixinho para o celular. Pareceu ouvir algumas instruções. Apontou o aparelho para Miguel, como se já soubesse que ele era o líder do grupo. Provavelmente já sabia mesmo. — Ian quer falar contigo.

— Não vou pegar nisso — respondeu Miguel seriamente. — Coloque no viva-voz, ou então esqueça.

O homem atendeu ao pedido, esticando a mão de modo que todos nós conseguimos ouvir o que Ian dizia. Era mesmo a voz dele. Droga, Ian! Estava mesmo por trás de tudo aquilo. Inacreditável. Eu sabia que aquele idiota era esquisito. Sabia!

— Miguel, Chris... Saiam daí agora e voltem para cá. Ninguém vai machucar vocês, não era para ser assim.

— E como era para ser? — Miguel estava visivelmente decepcionado. Se existia um fio de esperança de que nada daquilo era o que estávamos pensando, tinha acabado ali, com a voz insistente de Ian saindo do telefone daquele desconhecido.

Fomos traídos.

— Só queremos saber os próximos passos de Orlando, nada mais. Vocês não são o alvo, nunca foram.

— Que maravilha, não somos o alvo! Decerto a sua equipe não sabe disso — gritou Chris. Senti uma gota de suor brotar em minha testa. Estava muito, muito quente.

— Só estão garantindo que vocês não fujam. Digam-me, Orlando já sabe disso?

— Não interessa, você nos enganou, Ian. — Miguel mirou com mais veemência no homem à sua frente. — Não é mais confiável. Deve ter perdido o juízo se acha que vamos dizer ou fazer o que você quer.

— Sei que você também tem motivos de sobra para acabar com o grupo de Orlando, Miguel.

— Não, não tenho.

Ah, tem, sim!

— Você quer parar. Não se engane. Acha que vai parar e ficar por isso mesmo? — Miguel ficou calado por um tempo, sem saber o que responder. — Exatamente o que pensei — Ian concluiu.

— Quando armou tudo isso, e por quê? — perguntei. Quero dizer, eu não devia me envolver no assunto, mas estava curiosa e morrendo de raiva. Só queria ir embora dali.

— Eu não estou contra vocês, Christine. Quando ouvimos os planos de Vitón, pensei seriamente no assunto. Seria a chance certa para acabar com o grupo de Orlando. Precisamos unir as nossas forças. — Pude imaginar a careta azeda de Ian. — Depois que pegamos a encomenda de Patrick, fui pessoalmente falar com ele. Vamos mudar para o lado certo do jogo!

— Só pode estar de brincadeira! — Cristal perdeu o controle. — Nunca vou permitir isso. Meu pai vai acabar com todos vocês! — Sacudiu o revólver na cara do homem barbado em sua frente. O cara ficou bem nervoso, afastando-se um pouco de sua mira.

— Não era para nenhum de vocês saberem do plano. Todos estariam sãos e salvos se Christine não fosse tão esperta. — Tá, tudo bem, podia parecer um elogio, mas fiquei com ódio de mim mesma. Podíamos estar sãos e salvos àquela hora, afundados em uma ignorância confortável.

— Não seja idiota, Ian. Confiar no Vitón, envolver-se com o grupo dele e com as laranjas podres... Nunca vi tanta burrice. — Miguel riu com desdém.

— Burrice é continuar fiel a Orlando.

— Seja como for, Ian, não vamos voltar e muito menos participar disso. — Miguel permaneceu firme. — Pelo menos eu não vou.

— Nem eu — respondi, acompanhando-o.

— Claro que não — reafirmou Chris.

Cristal nem precisou responder. Estava visivelmente passada.

— Bom, então infelizmente não tenho outra escolha — Ian falou depois de um silêncio que me incomodou muito. Sua voz soou dura pelo telefone. — Não posso deixar vocês soltos por aí. — Os homens pareceram acordar de um transe e fecharam a cara, engatilhando suas armas. Nós fizemos o mesmo, prontos para o combate. — Livrem-se deles — foram as suas últimas palavras antes de encerrar a ligação.

O homem baixinho guardou o celular de volta no bolso. Miguel parecia tenso, aproximando-se de mim até que batemos cotovelo com cotovelo. Ele ainda estava tentando me proteger. Aquilo não daria certo. Ninguém era tolo o bastante para atirar primeiro e, evidentemente, ninguém queria morrer. Tentei pensar em uma solução rápida.

— Sabe, Miguel, acho que devemos ir com eles. — Todos ficaram em silêncio, inclusive o próprio Miguel. — Ian tem razão, nós queremos nos livrar do grupo de Orlando há muito tempo. Para que fingir? Não podemos ter medo agora. Esta é uma boa oportunidade.

Eu estava blefando, é claro, mas não sabia se o meu grupo tinha notado. Os caras olhavam para mim de um jeito frio e comedido, entretidos com as minhas palavras.

— Sua... — Cristal começou, mas não terminou.

— O que você está dizendo? — Miguel finalmente olhou para mim, porém sem deixar de apontar a sua arma para o cara.

Assim que os seus olhos encontraram os meus, ele entendeu que eu estava apenas encenando. Foi como se já me conhecesse há muito tempo e soubesse como o meu rosto ficava quando eu estava fazendo o meu papel.

— Foi o que ouviu, Miguel. Sejamos razoáveis, o que ainda estamos fazendo no grupo de Orlando? Resolveremos todos os nossos problemas rapidamente se ajudarmos Vitón. O que me diz, Chris? — Virei o meu corpo e olhei para Chris, rezando para ele sacar o que eu estava tentando fazer.

Ele entendeu. Não contive um sorriso.

— Tem razão. Você está certa. Não temos motivos para ficar. — Chris abaixou a arma estrategicamente. Miguel e eu fizemos o mesmo. Os caras pareceram relaxar, menos o que apontava para Cristal.

Ela ainda estava nervosa.

— O quê? — a louca gritou. — Vocês estão loucos?

— É, Cristal... Veja bem, seu pai já era. Sei que você não quer de verdade fazer parte do grupo dele. Sei que brigam bastante, como daquela vez que me contou. — Eu me virei completamente na direção dela. Precisava fazer com que entendesse que era tudo um blefe.

Ela não podia estragar tudo.

Cristal fez uma careta e olhou para Miguel. Tinha começado a entender o novo plano. Olhou para o cara em sua frente e abaixou a arma devagar, apontando-a para o chão. Fingiu estar pensando melhor no assunto. Devo admitir, a maldita era uma ótima atriz. Talvez melhor do que eu.

Cristal aquiesceu depois de um tempo, concordando com tudo.

— Está decidido. — Olhei para o cara baixinho. Ele parecia ser o líder daquele pequeno grupo. — Vamos com vocês. Iremos ajudá-los a acabar com todo o grupo de Orlando. — A minha seriedade e frieza eram impressionantes.

O baixinho olhou para os comparsas antes de se decidir. Eles deram de ombros.

— Tudo bem. — Abaixou a arma de vez. Os caras o acompanharam, completamente relaxados. Caíram como patinhos. — Vou ligar para Ian. Precisamos de outro transporte, e resolver a situação do outro carro. Vocês os fizeram capotar, que merda!

Não demorou muito. Foi até rápido, por sinal. Em um instante o cara estava pegando o celular no bolso, reclamando da nossa ousadia, e no outro, já estava esticado no chão. Morto.

Miguel e Chris foram absurdamente rápidos, bem como Cristal. Não deu tempo de eles reagirem nem começarem a entender a nossa pretensão. Os tiros foram certeiros em suas cabeças, e tão sincronizados que pareceram um só.

Cristal atirou no barbado, Chris no cara gordo e Miguel no baixinho. O homem negro ficou por último, mas nada pôde fazer. Ele ficou petrificado, com os olhos esbugalhados de medo, esperando apenas a sua vez de morrer. E ela veio logo.

Não me movi, pois não estava nem um pouco a fim de atirar em alguém, mesmo que mantivesse uma parcela de culpa na morte de todos eles. Uma grande parcela de culpa, devo admitir. Por esse motivo, apenas suspirei e olhei para os lados, sentindo náuseas ao perceber que o sangue deles manchava o asfalto de uma coloração vermelho-vivo.

— Cara, eles são uns meninos! Sério, esse grupo de Vitón não tem a menor chance. — Cristal riu maliciosamente, satisfeita com o sucesso da ação.

— Muito bom, Chris! Mais uma para a sua coleção. Está se saindo melhor do que a encomenda. — Christian sorriu e tocou o meu queixo. Não fui capaz de esboçar reação alguma.

— Vamos sair daqui, agora! — Miguel pegou as chaves no bolso do cara baixinho e correu na direção do carro deles, que ainda estava bem inteiro. Pelo menos nenhum pneu havia sido destruído como aconteceu com o Palio.

Tive a sensação de ter ouvido algumas sirenes ao longe, mas não esperamos para ter certeza. Entramos no veículo depressa e seguimos rumo ao desconhecido, cheios de perguntas sem respostas rodopiando as nossas cabeças.

Tentei não me sentir culpada. Mas era. E quer saber? Dane-se. Sou uma sobrevivente. Enquanto estiver lutando por quem amo, farei o que for preciso. Matarei e morrerei para defender a vida das pessoas que mais prezo neste mundo.

Cristal ligou para Orlando no meio do caminho, contando-lhe todos os detalhes do que tinha acabado de acontecer. A coisa tinha ficado muito, mas muito séria. Pude ouvir os gritos afobados do nosso chefe ao telefone. Ele ficou extremamente indignado, sobretudo com a traição de Ian. Para ele, era inadmissível. Jurou morte a todos os seus inimigos e informou que iria solicitar o serviço de vários outros grupos para um ataque maciço à casa do Vitón.

A guerra havia começado.

Nós ficamos encarregados de, por ora, nos encontrarmos com ele para uma decisão definitiva relativa ao nosso paradeiro. Precisávamos de um carro novo, uma rota segura, outros documentos e muita, muita sorte.

Uma coisa era certa: não entraríamos de férias tão cedo.

Domingo
Sunday
Domingo

19
Sem rumo

Janeiro
January
Enero

...

Segunda | Monday | Lunes

20
À deriva

Janeiro | January | Enero

...

Terça	21	Janeiro
Tuesday		January
Martes		Enero

Acerto de contas

Dois dias sem aparecer por aqui, sem escrever absolutamente nada do que me aconteceu. Eu não estava com saudade, mas agora sinto que estou com necessidade. Preciso falar com alguém e não consigo, mesmo que queira muito conversar com a única pessoa que está ao meu lado agora. Dois dias inteiros se passaram. Dois dias... que pareceram milênios. Dois milênios inteiros e cruéis que mudaram a minha vida completamente.

Nada mais será igual. Nada será como antes.

***

Querido diário,

Tudo deu errado. Mesmo. Muito errado. E a culpa é toda minha. Toda. Minha.

Ainda não sei se quero começar a escrever o que houve. Não quero relembrar. Mas, por mais que tente, por mais que me esforce, a cena não sai da minha cabeça e se repete inúmeras vezes. Nunca vou esquecer ou me perdoar. Isso vai me assombrar eternamente.

Não que eu esteja de verdade me importando com as assombrações. Não estou. Nada mais importa. Para mim, a vida acabou aqui. Simplesmente isso, cansei. Para que continuar? Por quê? Não é justo. Não é justo tentar ser feliz depois de ter cometido tantos erros e ter envolvido as pessoas que menos mereciam. É injusto fazê-las pagar pela minha insensatez. Pela minha falta de noção.

Isso só me faz lembrar de que não vale a pena guardar sentimentos bons. Nem lutar por eles. Nem agir ouvindo o coração. Simplesmente não vale. Devia ter feito tudo diferente. Nem devia estar aqui, só para começar. Este lugar me sufoca, tudo me sufoca. Sinto que estou afundando cada vez mais dentro de um abismo infinito. A queda é um caminho sem fim para a solidão. O silêncio nos meus ouvidos ecoa em meu coração e o esvazia completamente.

Não consigo sentir mais nada. Só tristeza. Mas tudo bem... Tenho que ser forte. Tenho que desabafar, só para começar. E que o desabafo me traga ao menos uma luz para continuar seguindo no meu túnel tortuoso.

***

Pegamos a estrada novamente e resolvemos não trocar mais de carro. Roubar um podia chamar muita atenção, além de que não estávamos com o material para trocar as placas. Não queríamos nos complicar, por isso simplesmente seguimos rumo à casa de Orlando.

Dormimos em um motel de beira de estrada naquela noite. Não conversamos muita coisa. Chris ainda tentou nos animar com piadas, mas todos nós estávamos decepcionados. Tristes. Cabisbaixos. Cada um tinha o seu motivo, com certeza. O meu era bem óbvio: não queria mais ter que me envolver em nada. Queria apenas fugir dali com Miguel e tentar ser feliz. Era só o que eu tinha em mente.

Também odiava ver Chris envolvido no meio do trambique. Por mim, ele nos acompanharia pelo mundo afora. Seríamos três melhores amigos com o mundo inteiro ao nosso dispor. Estava rezando para que a nossa liberdade fosse possível.

Aquela havia sido só mais uma noite que não consegui dormir. Foi bem complicado separar os nossos quartos, e, no final, concordamos que cada um ficaria com um. Eu não queria Cristal com Miguel, Cristal não me queria com ele. Eu não podia ficar com Cristal. Enfim. A maior dor de cabeça. Depois de um dia longo de viagem, não queria nem saber de nada disso. Não tinha ânimo para discutir.

Bom, o fato é que eu não consegui pregar o olho nem por um instante. Nem um segundinho sequer. Não que eu não estivesse cansada e com sono, é só que tudo me incomodava, nenhuma posição na cama me agradava e a iluminação nunca estava boa. Enxurradas de memórias e os pensamentos dos mais variados invadiam a minha mente. Não dava para raciocinar direito. Finalmente, os fantasmas dos meus erros estavam me assombrando de verdade.

Eram cinco horas da manhã, e o sol já pintava o céu com cores alaranjadas, quando resolvi sair do quarto. Precisava respirar um pouco de ar puro. Talvez até dar uma volta por entre a pequena cidade que se estendia depois da rodovia. Qualquer coisa. Aquele quarto estava me deixando ensandecida, sufocada. Sentia fortes dores de cabeça e uma agonia sem fim.

O tempo estava frio. Tínhamos parado para comprar algumas poucas peças de roupa, pois havíamos saído da casa de Ian praticamente com o que estávamos vestindo. Coloquei uma calça jeans azu-clara e uma blusinha branca de alça. Não liguei para o frio. Sempre gostei do ventinho gélido arrepiando a minha pele e esvoaçando os meus cabelos. Era agradável. Ter aquela breve sensação de liberdade era perfeito.

Assim que saí do quarto, caminhei pelo corredor longo e um pouco estreito, rumo ao estacionamento do motel. Era um lugar simples que abrigava, em sua maioria, caminhoneiros cansados de suas longas viagens. Havia alguns carros dentro do estacionamento, porém muitos caminhões do lado de fora, em uma área grande e arenosa. Cruzei os meus braços a fim de me proteger do vento. Estava mais frio do que imaginei. Tinha quase me arrependido de não ter vestido alguma coisa mais quente, porém não estava disposta a voltar. Precisava de um tempo sozinha, um instante curto para me perdoar de todas as maldades que havia cometido, de toda a personalidade fingida que criei para prejudicar muita gente.

Eu só queria nos salvar, mas não conseguia esquecer o rosto das pessoas que morriam por causa disso. Meus passos eram lentos, e a sola dos tênis novos que comprei fazia barulho no terreno pedregoso. Andei por um período de tempo indeterminado, prestando atenção apenas nesses ruídos.

Foi assim até que senti que alguém estava me acompanhando. Vi um vulto de soslaio, e logo fiquei em alerta. Já estava quase chegando à rodovia deserta quando finalmente percebi que era seguida. Tarde demais, notei que estava longe de qualquer socorro.

Fiquei apavorada, com medo de ser perseguida por algum assaltante, ou pior, por um estuprador. Não me culpe, uma pessoa que quase foi estuprada vai pensar em estuprador pelo resto da vida. As marcas em meu corpo estavam sarando aos poucos, mas a que estava fincada no meu coração jamais curaria.

— Não precisa correr — alguém disse atrás de mim.

Era Cristal. Virei-me depressa, sentindo o meu coração bater em disparada. Péssima hora. Péssimo momento para ela tentar me matar. Eu sabia que Cristal estava prestes a fazer aquilo assim que olhei em seus olhos: os mesmos olhos cruéis que estavam nos meus pesadelos. O mesmo ar ameaçador, inspirando ódio e raiva. A mesma arma estava empunhada em suas mãos, apontada na minha direção sem titubear.

Cristal estava decidida, e eu morreria ali, à beira da estrada. Sabia que aquele momento chegaria, só desejava que fosse um pouco mais tarde.

— Está com medo? — Ela se aproximou bem devagar, talvez achando que eu pudesse estar armada. Bom, não estava. Infelizmente, eu havia me esquecido de que não era mais uma pessoa normal.

— Não. Nunca tive um medo real de morrer.

— E por que não? — Riu da minha cara.

— Porque a minha vida nunca valeu muito a pena — respondi, e só depois tive certeza de que estava sendo sincera.

— Para mim, ela não vale nada. — Continuou rindo baixinho. — É completamente descartável.

Aquiesci. Entendi-a perfeitamente.

Ela se aproximou cada vez mais. Estava usando, pasme, um shortinho curto e uma camiseta preta de manga comprida. Sério, para que esconder os braços se a perna está toda de fora? Difícil de compreender. Também não compreendi o porquê de eu estar reparando em suas roupas. Eu ia morrer. Precisava pensar em algo mais útil antes de partir.

Encarei os seus olhos com firmeza e tentei não me borrar de medo.

— Talvez você tenha razão. Pena que não sou idiota a ponto de me deixar ser vencida. — Eu me afastei dela na mesma medida em que se aproximava. Seu olhar não mudou nem por um segundo, indicando que a decisão já estava tomada. Era só atirar e pronto. Mas ela não era uma mulher de atirar e pronto. Cristal gostava de jogos, de tortura. — Sei que tem gente que valoriza a minha existência mais do que eu mesma.

— Posso saber quem? — perguntou, já sabendo a minha resposta. Contudo, ela queria isso. Queria dramatização.

— Chris. Miguel.

— Eles não ligam de verdade. A nossa vida é intensa demais, Christine. Amamos e odiamos em uma velocidade impressionante. O nosso apego é tão fácil quanto o nosso desapego. Não somos como você. Eles não são como você.

— Pode ser que não. Mas eu os amo de tal forma que vale a pena contestar a sua teoria.

— Não banque a boazinha. — Riu. — Aliás, pode bancar. Será sua última vez mesmo. Dê o seu melhor.

— Estou tentando.

— Vai ser bem divertido vê-los te procurando. Depois te encontrando na estrada com a roupa rasgada, o dinheiro roubado... Tiros na cabeça. Um assalto bem trágico. Seus pais nunca disseram para não sair sozinha por um lugar desconhecido?

Rosnei de raiva.

— Não fale dos meus pais! — Ela já sabia não só como me mataria, mas também como se livraria de ser incriminada. Nojenta!

Eu estava completamente vulnerável, à mercê de sua boa vontade.

— Ah! A órfãzinha. Não se preocupe, vocês estarão juntos em breve.

— Acabe logo com isso. Vamos, pare de enrolar! Perdeu a coragem?

— Gosto de ver o desespero em seus olhos — murmurou de um jeito doentio. — Eu me divirto. Sabe, é bem cedo. Não tem ninguém por aqui, tenho muito tempo para me deliciar.

— Acha que o terá de volta? — Tentei me controlar. Estava disposta a não oferecer de bandeja justamente o que ela queria. — Depois que eu morrer... Acha que ele será seu de novo?

— Eu não acho... Tenho certeza, Christine. — Sinceramente, achei que ela podia estar certa. Miguel não saberia da verdadeira história, ficaria sozinho. Cristal estaria ali com o seu corpo estupendo e os mesmos olhos cativantes, pronta para consolá-lo.

Depois de um tempo, eu não faria tanta falta assim.

— Pois bem... — Suspirei. Estava me dando por vencida aos poucos. Acho que, naquele momento, quis mesmo morrer. — Termine logo. Não ligo mais.

Cristal se aproximou de vez e tornou a erguer a arma, mirando bem na minha cabeça. Riu como uma idiota e apertou os próprios olhos, pronta para atirar.

Até que um grito ecoou pelo terreno, assustando a nós duas.

— Não! — Alguém correu em nossa direção com rapidez. Mal pude identificar quem era, pois tinha começado a chorar como um bebê sem ao menos perceber.

Mesmo assim, reconheci aquela voz. Chris se aproximava. Ele ia me salvar. Eu não morreria daquele jeito.

Não pude conter um sorriso.

— Saia daqui, Christian! Vou matá-la, e você não pode fazer nada para impedir! — Cristal morreu de ódio com a interrupção. A sua ideia de ser discreta tinha acabado de ir por água abaixo. Ela seria incriminada, no fim das contas. Chris testemunharia tudo.

— Posso, sim. — Ele pegou sua própria arma e apontou diretamente na cabeça de Cristal. — Largue a arma, agora!

— Não... Não vou largar! Mate-me se tiver coragem, mas eu não vou largar.

Cristal tinha ficado fora de controle. E eu também. Não conseguia parar de sorrir e de chorar.

— Sabe que não tenho como explicar a sua morte — disse Chris com uma voz muito séria.

— Claro que não. Um arranhão e o grupo inteiro estará em seu encalce. Aí você dirá *bye, bye* mais cedo do que imagina. Jamais terá paz novamente, Christian. Sabe muito bem qual foi a condição para meu pai ter permitido que eu me juntasse a vocês: proteção. Serão responsabilizados se alguma coisa me acontecer. — Cristal gargalhou. Ela estava visivelmente ensandecida. A doida tinha ficado biruta de vez! — Falando nisso, querido, acho melhor deixar que eu mate Christine.

— Ficou louca? Jamais permitirei. — Chris empunhava a sua arma com uma segurança impressionante, aproximando-se devagar. Estava determinado a me proteger a qualquer custo.

— Então creio que você mesmo adoraria fazer o trabalho sujo.

— Do que está falando? — Ele ficou tão confuso quanto eu.

— Meu pai ordenou que Christine fosse morta — Cristal sentenciou e tornou a rir como uma louca. Depois, simplesmente parou.

O silêncio foi geral. Fiquei surpresa e estupefata, mas não acreditei. Não dava para acreditar em nada do que aquela idiota dizia. Ela estava fora de si.

— Está mentindo feio, Cristal. — Chris riu um riso sem graça.

— Não estou. Quando falei com o meu pai ao telefone, ele ordenou a morte dela. Não pude falar na hora, claro, mas é a verdade. Não dá para confiar nessa vagabunda, Christian. Ela é uma espiã do grupo de Vitón! Ainda não percebeu? Ela é fingida! Enganou todos vocês o tempo todo com esse jeito de santa. Como alguém que se diz leiga consegue fazer o que ela faz?

Chris olhou para mim, impressionado. Eu balancei a cabeça, negando desesperadamente, entre lágrimas. Não consegui ao menos me defender daquelas acusações cruéis, visto que nenhuma palavra se formou na minha boca.

Chris continuou encarando-me fixamente, tentando decifrar meus pensamentos, tentando com todas as forças encontrar a verdade em meus olhos.

— É por isso que vou matá-la. Estou seguindo ordens do meu pai — continuou Cristal, satisfeita com a desconfiança de Chris. — Alguém terá de fazê-lo, e eu tenho motivos de sobra. Tenho completo prazer em cumprir essa ordem. Se tentar impedir será pior, Christian. Sobrará para você.

Soltei um gemido de desespero.

— Não... — murmurou Chris, tentando ficar calmo. Ele ainda olhava para mim e permaneceu assim por longos e eternos segundos. Eu apenas o encarei de volta. — Solte a sua arma! — ele bradou, por fim, tornando a olhar para Cristal com ferocidade. — Ou irá se arrepender, eu juro.

— Isso não é justo... — sussurrei, chocada. Se Chris atacasse Cristal, estaria perdido. O grupo de Orlando viria inteiramente atrás dele. Orlando não descansaria até encontrar quem machucou sua querida filhinha. Seria o fim para todos nós. Até porque, segundo Cristal, eu estava jurada de morte. De que adiantaria impedi-la? Seria pior, muito pior. — Deixe-a, Chris. Por favor, não faça nada!

— Não... — Meu amigo chegou mais perto de mim, até que nossos ombros se chocaram. — Não permito.

— Isso está demorando demais! — O olhar de Cristal, naquele instante, beirou a loucura. — Você nunca devia ter aparecido em nossas vidas, Christine. Nunca!

Mal deu tempo de respirar, a maldita atirou de uma vez, sem ao menos pestanejar, com vontade e ódio instalados em seus olhos. O som do projétil deixando o armamento produziu um eco terrível, um som alto e fatal. Mortal. Esperei a morte como nunca pensei que esperaria por alguma coisa. Fechei os olhos e simplesmente esperei. Esperei não existir no momento após aquele som. Esperei-o ir embora. Esperei o eco cessar. Esperei demais, até sentir alguma coisa caindo no chão.

Era Chris.

Seus olhos também estavam fechados, mas por um motivo diferente. Em seu peito, sangue jorrava de um ferimento profundo e redondo. Ele tinha me salvado daquele tiro no último instante.

— Não! — gritei o mais alto que pude, desesperada. Foi um grito demorado, um grito de horror.

Olhei para a frente em câmera lenta e vi Cristal ainda segurando a arma, parecendo tão estupefata quanto eu. Ela analisava Chris, que permaneceu estirado no chão, inerte.

Não sei como, mas Miguel apareceu depressa e puxou a mão de Cristal até jogar a arma dela para bem longe.

— O que você fez? — ele gritou, ainda sem entender direito o que tinha acontecido. Encarou-me depressa e depois percebeu Chris. Parou bem ali. — O que você fez? — Dessa vez a pergunta foi feita de uma forma ainda mais desesperada.

Miguel largou Cristal e se ajoelhou perto do amigo; estava nervoso e sem saber o que fazer.

— Ela o matou! — Eu me ajoelhei no chão também, entre lágrimas. Chris estava quieto, não dava para sentir a sua respiração. Sangue e mais sangue sujava a sua camisa azul de uma coloração bem vermelha. — Ela o matou!

A arma de Chris jazia ao lado de seu corpo. Não pensei duas vezes assim que a vi. Peguei-a com rapidez, levantando-me com agilidade. Apontei para Cristal, que ainda estava impressionada com a própria atitude, olhando Chris caído no chão sem se mexer.

Ele não tinha culpa de nada, e ela sabia disso. Não sei se estava arrependida, não me interessei pela sua ressurreição naquele momento. Cristal tinha que pagar. Só isso que fui capaz de pensar.

Ela precisava pagar caro por aquilo.

— Você vai morrer! — Apertei o gatilho uma vez. Atingi o seu braço direito. Cristal gritou e, com o susto, caiu sentada no chão. Segurou o próprio braço, que sangrou como nunca. Seu rosto se contorceu de dor e desespero.

— Não! Não, Chris! — Miguel tentou me impedir, mas não adiantou. Eu não ia parar. Ela tinha que pagar. Tinha que pagar pelo que fez.

Mais um tiro saiu da minha arma, atingindo a barriga dela. Cristal se contorceu e se virou para trás até deitar completamente no chão, urrando de dor, gritando desesperadamente ao ver suas mãos manchadas de sangue. Sua vida estava indo embora.

E eu só consegui desejar que fosse logo.

— Você vai morrer! Vai morrer, sua vadia! Sua desgraçada! — continuei gritando, chegando ainda mais perto dela. Queria ver o seu rosto. Queria ver o momento exato em que ela pagaria por ter me tirado o meu melhor amigo.

Dessa vez o tiro foi em seu peito. Ela gemeu mais uma vez e parou. Outro tiro em sua cabeça, mais propriamente entre seus olhos. Ela já não se mexia, mas não quis arriscar. Ela tinha que estar bem morta.

Dei-lhe mais um tiro na testa. Outro na bochecha. O rosto dela ficou cada vez mais deformado, mas eu não parei. Aquele rostinho bonito nunca mais veria a luz do dia. Nunca mais.

— Pare, Chris! — Miguel gritou, mas não parei. Quero dizer, eu atirei, mas não saiu nada. A munição acabou muito depressa. Com ferocidade, joguei a arma em cima do corpo ensanguentado da maldita.

Soltei um urro de pavor, mal podendo compreender que havia saído de mim. Parecia ser proveniente de um monstro que habitava o fundo das trevas. Miguel tentou me segurar, mas me livrei de seus braços e corri até o corpo de Chris.

— Chris! Acorde, Chris! — berrei desesperadamente, tocando em seu peito ensanguentado e depois conferindo se ele estava com febre, segurando-lhe o pescoço.

Peguei seus braços, cutuquei a barriga. Ele estava duro no chão. Comecei a beijá-lo. Beijei sua bochecha, seus olhos, seu nariz, sua boca. Enfiei minha língua entre seus lábios carnudos. Eu esperava que um milagre acontecesse, pouco me importando com o que Miguel acharia da minha atitude, esperando que os contos de fadas realmente existissem e o príncipe fosse acordado com um beijo.

Seus lábios frios nem se mexeram. Nada aconteceu. Quando menos esperei, notei que Miguel estava ajoelhado do outro lado do corpo. Mantinha o olhar no horizonte, estava distante demais dali. Seus olhos escureceram, e a sua expressão foi a mais dura que eu já tinha visto na vida.

— Por favor... — falei entre lágrimas e soluços. — Por favor, me diga que ele não morreu. Por favor! Vamos levá-lo ao hospital!

Miguel olhou para mim com o mesmo ar de frieza. Encarou-me demoradamente enquanto lágrimas e mais lágrimas molhavam o meu rosto, misturando-se ao sangue que havia sujado a minha boca, escorria pelo meu pescoço e pingava no corpo de Chris. Minhas mãos ensanguentadas tremiam de frio.

Miguel olhou para o amigo demoradamente. Seus olhos estavam vazios, os lábios trincaram e os punhos cerraram. Depois, ele olhou para mim. Nada falou. Apenas se levantou devagar.

— Temos que sair daqui — disse com uma voz comedida. — Não podemos ficar. Vamos, agora.

— Não! Não vou deixá-lo aqui! Eu o amo!

— Terá de deixar! — Miguel gritou. Gritou comigo.

Seus olhos ferozes apontavam em minha direção, atingindo-me no peito. Ele pegou um dos meus braços e me ergueu com força, sem nenhum cuidado. Cambaleei como uma boneca de pano, sem coragem e sem entender. Ele me segurou e me puxou em direção à estrada com certa rapidez.

— Não! Não! — Desvencilhei-me de seus braços com mais força ainda. Meu corpo latejava; minha cabeça doía. A ficha ainda não tinha caído.

Chris. Morto. Morto. Morto. Morto...

— Não pode ficar aí! Venha, Christine, venha, pelo amor de Deus. Venha comigo!

— Não... — murmurei, cansada. — Não!

— Vamos, meu bem. — Ele me abraçou, segurando-me com força. Deixei que me levasse, vencida. — Vamos.

Caminhamos rapidamente até a rodovia. Atravessamos a pista e entramos em uma espécie de mata. Andamos por aquele matagal, à procura do nada, sem destino, sem direcionamento. Não tínhamos nada além de uma vontade aterrorizante de morrer. De sumir. De fazer aquilo acabar ou de encontrar um modo de fazer o tempo voltar.

Quantos erros! Quanto absurdo!

Quando chegamos a um local em que Miguel julgou seguro, ele me sentou em uma pedra longa e comprida, com uma superfície plana. Tirou de seu bolso um celular e fez algumas ligações. Eu não fazia ideia para quem eram. Não conseguia ouvir nada. Nem ver. Nem sentir. Chris estava morto. Chris tinha morrido para me salvar. Ele se pôs entre a bala e eu. Tirou sua própria vida para proteger a minha.

Proteger para quê? Qual o sentido de continuar vivendo sem ele? Sem sua alegria, seus conselhos... Seu sorriso. Como viver sem isso? Era o que eu me perguntava, enquanto tremia e tentava limpar as minhas mãos sujas com o sangue dele naquela rocha. Não parei, nem por um segundo, de pensar em minhas próprias mãos sujas com seu sangue. Foi isso mesmo o que aconteceu. Eu o tinha matado. Minhas mãos ficariam sujas para sempre. Foi tudo culpa minha.

Esperamos por algumas horas em completo e total silêncio, até que alguém telefonou para Miguel e voltamos à rodovia. Ele praticamente me carregava, mas não falava nada.

Um carro escuro nos esperava. Era um veículo bem grande, muito luxuoso. Miguel e eu sentamos no banco de trás, e o motorista deu a partida. Eu não queria saber quem era ele. Nem de quem era aquele carro. Só consegui ver algumas luzes de ambulância e polícia próximas à área dos caminhões.

Após longos minutos dentro daquele carro, percebi a bolsa. Eu estava com a minha bolsa entrelaçando o corpo. Lembrava-me de ter colocado um único objeto ali dentro. O meu diário. Abri a bolsa e conferi.

Depois, apaguei.

Quarta | Wednesday | Miércoles

22
Eterna cúmplice

Janeiro | January | Enero

Acordei em uma cama desconhecida, porém macia e confortável. O lugar estava escuro demais, talvez traduzindo a escuridão em que os meus pensamentos se afundaram. Percebi que estava em um quarto enorme. Os meus olhos se acostumaram aos poucos com a ausência de luz, até que notei que o ambiente era bem decorado, parecia um quarto luxuoso de hotel.

Levantei-me sem entender nada. Estava tudo muito silencioso. Acendi as luzes e vislumbrei o ambiente em sua totalidade. Era mesmo um quarto grande, com armários, televisão, prateleiras... A cama era enorme e tinha lençóis grossos. Não sabia por quanto tempo tinha dormido nem que lugar era aquele. Estava prestes a abrir a porta quando alguém saiu de outra porta: a do banheiro. Era uma suíte.

Miguel estava vestido apenas com uma calça jeans. Uma toalha branca pendia do seu pescoço. Quando se deu conta de que eu havia levantado, olhou para mim demoradamente. Não falou nada. Jogou a toalha em cima de uma das cadeiras de madeira e se deitou na cama, ainda olhando para mim, observando cada expressão do meu rosto.

Minha primeira reação foi... começar a chorar. As lágrimas simplesmente vieram, e nada pude fazer para impedi-las. A dor e as lembranças dos últimos acontecimentos começaram a machucar o meu peito; o olhar de Cristal e depois seu rosto deformado pelas balas, os olhos escuros de Chris, sua coragem ao tentar impedir Cristal, seu último voto de confiança em mim. Depois, seu corpo jogado no chão. Morto. Chris estava morto.

Uma dor lancinante tomou o meu corpo inteiro, espremendo-o, contorcendo-o e me tirando do controle. Miguel assistiu a tudo aquilo com um olhar firme, quase meio cruel. O que me deu raiva, muita raiva.

— Seu melhor amigo morreu e você só consegue me olhar assim? Pelo amor de Deus, chore! Faça alguma coisa, só não finja que não liga.

Miguel desviou o rosto, olhando para o outro lado do quarto. Seu olhar continuou firme. Ele arqueou os braços e colocou as mãos atrás da nuca. O peito balançava, inflando-se e retesando agilmente, indicando uma respiração rápida. Ele estava sofrendo, afinal. Não era indiferente ao que aconteceu.

Miguel tinha uma casca grossa que o protegia daquele tipo de coisa. Já eu era completamente vulnerável.

— A morte de Cristal vai ser vingada — ele disse com muita suavidade. — Orlando já deve saber. Se não, saberá muito em breve. Ele notará o nosso sumiço, e seremos totalmente responsabilizados.

— Pouco me importa.

— Nunca te importou, na verdade. — Olhou-me de novo. — O grupo nunca te importou. Você não liga para o perigo, não liga se alguém vai te matar até que alguém realmente tente.

— É isso o que pensa? Foi você quem disse tudo a ela, não eu!

— Foi você que me torturou até que eu fizesse isso!

Mais lágrimas e soluços. Como ele podia ser tão injusto? Por que estava me culpando?

Suspirei fundo e tentei pensar um pouco mais, até que cheguei a uma conclusão: Miguel estava me culpando porque a culpa era minha. Simples assim.

— Eu não devia nem ter aparecido... Não devia ter te salvado nem ter cruzado o seu caminho! Não devia ter te amado, só para começar.

— Não devia mesmo — afirmou Miguel. E só.

Andei de um lado para o outro, sem acreditar em suas palavras frias. Pensei mesmo que ele estaria ao meu lado. Pensei que me consolaria, que me ajudaria a vencer aquela dor insuportável, que estaríamos juntos em todas as situações. Ainda mais nessa. Pensei que a morte de Chris poderia não ter sido em vão.

Mas eu estava enganada. Miguel sofria pela morte de seu melhor amigo, o cara com quem compartilhou sua vida por tantos anos. Eu cheguei há apenas uma semana e pronto, coloquei tudo a perder.

— Tem razão. — Tomei uma decisão importante. — Mas há um modo de acabar com isso.

Eu tinha visto aquela arma assim que me levantei. Ela estava em cima de um dos móveis de madeira escura daquele quarto, bem perto da porta. Não pensei duas vezes em pegá-la e destravá-la. Miguel não se deu conta do que eu estava fazendo até que o clique de destravamento soou pelo quarto.

Apontei a arma para a minha própria cabeça.

— Perdoe-me, Miguel. Eu estraguei tudo, mas saiba que não foi a minha intenção. De verdade, eu... sempre vou te amar.

Assim que percebeu o que eu estava prestes a fazer, Miguel se levantou rapidamente, correndo em cima da cama e depois pulando na minha direção, com seu rosto afundado no mais completo desespero. Ele puxou a arma mais rápido do que pude pensar e, assim que o fez, desfaleci sem forças, atirada no chão. Ele travou a arma e a colocou dentro de uma gaveta, trancando-a logo em seguida.

— Não faça isso! — Segurou uma de minhas mãos com uma força absurda, fazendo meu corpo se agitar contra o piso. — Nunca mais faça isso!

— Solte-me! — gritei. — Está me machucando!

Ele me soltou sem cuidado, como se eu tivesse começado a pegar fogo. Olhou para mim ferozmente, e percebi que estava diante do homem que ele se transformava quando trabalhava. Eu odeio esse cara.

— Pare de encenar! — rosnei, levantando-me do chão praticamente me arrastando, usando a beira da cama para me apoiar. — Pare de ser frio e calculista, pare de fingir ser quem não é!

— Eu sou assim!

— Não é! — Levantei-me de vez e puxei os seus braços.

Miguel precisava de uma sacolejada, ele tinha que acordar. Estava me machucando e machucando a si próprio com aqueles modos estúpidos. Contudo, assim que comecei a tentar despertá-lo, ele sacudiu suas mãos com força para se desvencilhar e acabou me atingindo o rosto.

Caí no chão de novo, desamparada. Minha respiração ficou tão ofegante que achei que fosse morrer. Aquilo foi ridículo, mesmo sem querer. Decidi que ele não podia me tratar daquela maneira, já era demais. Não consegui mais olhar para a cara dele.

— Você é um monstro... Nenhuma dor justifica sua falta de caráter.

— Chris... — Miguel se ajoelhou perto de mim, tocando os meus braços, puxando os meus ombros. Mas eu não queria vê-lo, não enquanto estivesse encenando. — Chris, por favor, me perdoe. Perdoe-me por isso, eu sou um idiota.

— Sim, você é.

— Olhe pra mim. — Puxou o meu queixo. Deixei-me ser levada, nem sei como nem por que, mas não me arrependi. Vi o exato momento em que a primeira lágrima escorreu de seu rosto. Foi lindo ver o verdadeiro sentimento limpando a sua alma. Ver seus lindos olhos expurgando toda a dor. — Eu te amo... — murmurou suavemente, e mais lágrimas escorreram pelo seu rosto. Não tive coragem de enxugá-las. Elas tinham mesmo que cair. — Você tentou se matar, meu amor. Não faça isso de novo, não me deixe. Não me deixe sozinho, por favor.

— Não vou deixar...

Ele soltou um soluço, que se misturou com o meu.

— A culpa não é sua. Foi uma tragédia, um acidente. Não foi culpa sua, não foi... Não foi... — começou a dizer desesperadamente. — Só não tire de mim a única coisa que eu tenho. O único motivo pelo qual ainda estou respirando. Por favor, Chris, eu não tenho mais ninguém.

— Não vou. Nunca.

— Dói tanto! — Miguel me puxou para si, abraçando-me. — Nunca senti tanta dor... Uma parte de mim foi embora com ele. Acho que nunca vou entender... Nunca vou me recuperar, Chris. Ainda não acredito que o perdi.

— Nem eu, Miguel... Não acredito. E nunca vou me recuperar.

— Ele me entendia... me conhecia como... ninguém. Só consegui sobreviver... até agora por causa... dele. — Miguel mal conseguia falar de tanto que soluçava. — Chris era a minha força... Ele me fazia... acreditar no futuro... me fazia ter... esperança.

Eu já estava chorando tanto que não consegui responder mais nada. Não fazia ideia do tamanho da dor que Miguel estava sentindo. Eu conhecia Chris havia uma semana e já não suportava a ideia de viver sem ele, imagina Miguel? Meu Deus, era muita dor.

Tentei confortá-lo como pude, mas só consegui chorar ainda mais desesperadamente. Estávamos desamparados, perdidos, afundados na mais profunda sensação de perda. Não havíamos perdido apenas um amigo, mas toda a esperança. Afinal, era o que Chris significava em nossas vidas.

Foi Miguel quem enxugou as minhas lágrimas e me carregou nos braços, deitando-me na cama. Seu corpo veio logo em seguida, mexendo com os meus sentidos, sufocando-me com seu cheiro delicioso. Aquele era o homem que eu amava. De volta para mim, para sempre. A única pessoa que ainda era capaz de me fazer sorrir. Usando as suas palavras, o único motivo pelo qual ainda estou respirando.

Seus beijos vieram ardentes e poderosos. Compartilhamos sentimentos em nossos lábios, e suas mãos escreveram poemas doces ao tocarem o meu corpo.

— Vamos nos vingar — murmurei em certo momento. Ele não entendeu direito, pois seus olhos já estavam tomados pelo desejo.

— Vingar? Quem? Precisamos apenas fugir, Chris. Estamos fodidos.

— Vamos vingar Christian. — Meu peito espremeu com o nome dele saindo da minha boca. — Ele precisa ser vingado.

— Ele já foi vingado — definiu Miguel, fazendo-me lembrar de Cristal. Uma cena que eu procurava esquecer.

— Não. É algo muito maior. Orlando tem que pagar por isso.

Miguel ainda não sabia que eu estava jurada de morte pelo Orlando. Expliquei-lhe o que Cristal havia me dito antes de toda a merda ser feita. Miguel me escutou atentamente, mas não tirou seu corpo de cima do meu nem por um segundo.

— Ela não mentiu. Orlando também me falou para te matar. — Arregalei os olhos. A comprovação definitiva me fez entrar em choque. — Eu daria um jeito de te afastar de nós, de te deixar em um lugar seguro...

Dei de ombros.

— Ele tem uma enorme parcela de culpa na morte de Chris — concluí. — Precisamos nos vingar.

Miguel me beijou no pescoço.

— A nossa situação está complicada, Chris. Temos que nos manter vivos, em primeiro lugar.

— Não, Miguel. É o nosso amigo... É Chris. Temos que lutar.

Ele soltou um suspiro, mas aquiesceu. Concordou comigo.

— Vamos nos vingar, mas tem que ser direito.

— Como assim? — Fiz uma careta.

— Vou acabar com eles... Todos eles.

— "Vou", não. Vamos. Nós dois.

— Não. Você nem vai se atrever, não posso arriscar te perder de novo.

— Miguel... Vou com ou sem você. A ideia foi minha.

— Você não está pronta para esse tipo de coisa, Chris. — Encarou-me seriamente. Seus olhos azuis estavam muito perto, quase hipnotizando a minha mente.

— Então, me treine. Deixe-me preparada e, quando chegar a hora, leve-me contigo.

Miguel balançou a cabeça, contrariado. Soltou outro suspiro.

— Tem outro jeito? — murmurou a pergunta.

— Não.

— Foi o que pensei. — Sorriu. — Agora pare de falar e pensar nisso. Quero amar você... Preciso te amar agora. Do contrário, vou enlouquecer.

E foi assim que os nossos corpos se uniram em um só. Nossos corações estavam tristes, arrasados e degolados... Mas com uma vontade absurda de sentir amor, de continuar acreditando que era possível sermos felizes, de fazer com que as tragédias não se tornassem algo corriqueiro em nossas vidas e não nos separassem para sempre.

Chris sempre será o nosso amigo e, sem dúvida, um dia nos juntaremos a ele. Conversaremos de novo, riremos com suas piadas. Mesmo que em outro plano, se é que esse tipo de coisa exista. Rezo para que sim.

Meu coração jamais o esquecerá. Jamais deixarei de agradecer todas as noites a uma força maior que o colocou em minha vida e, apesar de ter me tirado tão cedo, foi intenso o bastante para me fazer entender o que é a amizade e até que ponto podemos chegar por ela. Hoje, sinto que seria capaz de tudo. Destruir o grupo de Orlando era um objetivo que eu devia à memória de Chris. Porém, o que eu devia mesmo era à minha felicidade com Miguel.

Isso era obrigatório. Chris jamais nos perdoaria se deixássemos o nosso amor em segundo plano; ele odiaria se parássemos de lutar por nós.

Enquanto eu sentia as mãos ternas de Miguel envolverem o meu corpo e me deixarem em um estado completo de êxtase, tive duas certezas. Duas certezas absolutas. A primeira era que eu nunca deixaria de amá-lo. Seja ele quem fosse, não importando onde estivesse nem como estivesse, o porquê também não seria necessário. Eu o amarei, e isso me fará continuar. A segunda era que eu nunca, jamais, deixarei de ser a sua cúmplice.

Agradecimentos

Muitíssimo obrigada por ter chegado até aqui! A história de Christine tem um gosto especial por ter sido a primeira que idealizei, ainda na minha adolescência, portanto é uma satisfação enorme poder compartilhá-la com você. Gostaria de fazer alguns agradecimentos às pessoas que me ajudaram e incentivaram a tornar Diário de uma cúmplice *possível.*

Agradeço à Livia, minha querida irmã mais nova, e primeira leitora, que surtou a cada capítulo e me incentivou a escrever esta história. Ela foi a primeira pessoa que me falou: "vamos lá, Mila, você é capaz". Obrigada pelo apoio incondicional, maninha!

Sou muito grata às minhas queridas leitoras betas, que com paciência e carinho me ajudam de todas as formas possíveis, fazendo com que meu desejo de escrever se torne o desejo delas de ler tudo que escrevo. Patricia Silva, Lílly Gonçalves, Helen Moro, Sara Cândido, Denise Costa, Joyce Morais, Rosemeire Molan, Luciana Maia, Lygia Fernandes, Joseane Araujo, Erika Romani, Tanielly Sommer, Ivany Souza, Carol Rabelo, Josy Stoque, Paula Pilar, Aline Carvalho, Mariana de Brito, Andrea Parker, Juliane Gomes e Vitória Freitas. Vocês são presentes valiosos que a vida me deu! Obrigada por todo apoio e consideração.

Não posso deixar de agradecer ao meu marido, Éverton, por aguentar uma maluca que vive no mundo de seus personagens constantemente, e aos meus pais, Jaciara e Walter, por respeitarem minhas decisões.

Aos meus leitores e leitoras queridos, tanto do Wattpad quanto da Amazon, muito obrigada por me acompanharem e torcerem pelas publicações, por valorizarem o meu trabalho e me presentearem com muita alegria, diariamente. Vocês tornam os meus sonhos realidade.

Por fim, agradeço a Deus, a quem tudo devo.

Muito obrigada!

Este livro foi composto em Dante e Din
e impresso pela Intergraf
para a Editora Planeta do Brasil
em abril de 2016.